姚叙　倪星桥

多年后终于再次相遇在一起的两人相视一笑
而这一笑
不再将过去多年的那些弯路全都抹去了
所有的痛苦都不再是真的
如同一场梦醒来
他们发现自己刚成年

秦汩

青春归来

秦三见 著

18-28

长江出版社
CHANGJIANG PRESS

就这样一直去更远的未来吧。

目录
contents

第一章　001
新学期里新气象

第二章　022
这学我是非上不可吗？

第三章　060
他善良又可爱

第四章 101
短暂的世外桃源

第五章 135
圣诞快乐，小卷毛

第六章 154
两个人的除夕

第七章 181
走不到的十八岁

第八章 235
一个人的山城

第九章 270
安城，乔岭

第十章 325
他们和青春一起回来了

番外 356
平行时空

3分 18-28
青睐

这一刻,姚叙仿佛把星河搬到了倪星桥眼前,璀璨的不是这个夜里只为倪星桥亮起的那棵圣诞树,还有姚叙始终只向着他的坦诚与炽热。

以后不管你去哪里，就算翻山越岭也要来见我。

第一章 新学期里新气象

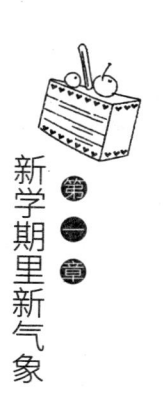

八月底某天的清晨六点，已经天光大亮。卧室里闹钟刚响，床上的人就腾地坐起了身。

姚叙是个从不赖床的人，不管前一天晚上睡得多晚，第二天闹钟一响就起床。

他关了闹钟，从床上下来，洗漱，换衣服，确认了一遍书包里的东西，该拿的一样不少。

昨晚他妈妈上夜班，家里只有他自己。他随手往书包里又塞了个面包，六点二十分的时候准时出了门。

新学期第一天，他像过去每一个上学的日子一样，六点二十分下楼，骑着单车到前面一栋楼的三单元门口等倪星桥。

姚叙在楼下等了五分钟，还没见到倪星桥的人影，就在他准备扯着嗓门朝楼上喊时，倪星桥火急火燎地推开楼门出来了。

倪星桥跟姚叙不一样，他是那种如果没人叫他，能直接睡到天荒地老的人。

"谁昨天跟我说的，今早肯定不迟到？"姚叙笑他。

倪星桥明显还没睡醒，带着怨念瞪了他一眼："一整个暑假我就没这么早起来过！"

人为什么要上学呢？上学为什么非要这么早呢？这是困扰了倪星桥一整个九年义务教育时期又继续在高中困扰他的问题。

倪星桥迷迷糊糊地开了车锁，哈欠连天地骑上车跟着姚叙上学去了。

夏日清晨，一天中最舒服的时候。微凉的晨风终于吹得倪星桥逐渐清醒，但肚子也"咕噜咕噜"地叫了起来。

"新学期的第一天我就没吃早饭。"倪星桥说，"这可不是什么好兆头。"

"我给你带了面包。"

倪星桥一听，眼睛立刻就亮了："还得是你啊！我的好哥哥！"

"这会儿知道管我叫哥了？你不是一直自称是我的老大吗？"

"我这是嘴甜！"倪星桥笑得露出了一对儿小虎牙，"把你哄开心了，明天还有面包吃！"

"谁都没你心眼儿多！"姚叙喜欢跟倪星桥耍嘴皮子玩，看着他嬉皮笑脸地跟自己开玩笑，就什么烦心事儿都没了。

姚叙跟倪星桥算是真正意义上的发小，两人的交情可以追溯到他们出生之时。

当年，姚叙的母亲跟倪星桥的母亲在同一家医院同一天生孩子。等待生产的时候，两家人凑一块儿聊天，聊着聊着发现竟然是同一个小区的。

倪星桥他爸是个热情又爱开玩笑的人，随口就说："咱们这么有缘，孩子又是同一天出生的，那得是多大的缘分啊！"

那天，姚叙的母亲跟倪星桥的母亲同时被推进了产房，两人几乎是同时生出了重量都差不多的胖小子。

之所以说"几乎同时"，是因为倪星桥在他妈肚子里多赖了三分钟，也就是这三分钟，导致后来姚叙一直自称是倪星桥他哥。

对于这件事，倪星桥一直懊悔，早知道他那时候就应该自律一把，早点儿出来，就因为这短暂的三分钟，姚叙得压他一辈子！

俗话说"三岁看到老"，他俩还没出生，这脾气、秉性就已经定型了。总之，姚叙打小就是积极主动的主儿，倪星桥则打小就爱赖床。

"对了，我听说咱班的班主任是'狠人'啊！"

每一个中学生的世界里都一定曾经出现过一个甚至几个被称作"狠人"的班主任，这简直成为铁一般的定律。

倪星桥说："嗯，我也听说了。"

高二新学期，他们刚刚经历了重新分班。姚叙跟倪星桥从幼儿园开始就一直是同班同学，但高一却分到了不同的班，这让两人都十分不习惯。好在，高二文理分科，重新分班，一整个暑假倪星桥都在求神拜佛，祈求老天再把两人分到一块儿去。

倪星桥的妈妈笑他说:"看着还怪虔诚的,你要是每次期末考试都能拿出这个劲头来,早就考年级第一了。"

倪星桥听了就不乐意了,说:"话可不是这么说的!人各有志,年级第一从来都不是我的追求!"

"那你追求什么啊?"倪星桥他妈问。

倪星桥不假思索地回答:"当然是跟姚叙同班啊!"

他妈笑得不行:"你问没问过姚叙,人家烦不烦你啊?"

"他才不会烦我呢!"倪星桥那叫一个自信,"我俩感情深厚!你们大人是不会懂的!"

大概是老天爷真的被倪星桥感动了,开学前的分班名单一出来,他俩的名字就挨在一起。

又能同班了,倪星桥觉得心里特踏实。

从家到安城一中不算远,两人骑车也不过二十分钟。快到学校的时候,路上跟他们穿着一样校服的学生逐渐变多,姚叙突然听见后面有人叫他。

"叙哥!一个假期不见,我可想死你了!"

倪星桥冷眼看着从后面赶上来一边骑车一边忸怩作态的家伙没吭声。

姚叙说:"路里,做个人。"

路里是姚叙高一一整年的同桌,特爱闹的一人,不过两人关系不错,这回又分到了一个班里来。

路里还在那儿闹:"不嘛不嘛!人家想你!"

一整个暑假没来学校,虽然大家都说着还没玩够不想上学,但走进校园一个个都是满脸的兴奋。

高二的教室在三楼,倪星桥很喜欢这种可以跟姚叙一起上楼一起走进同一个教室的感觉。

教室里已经坐了不少人,他们俩一进去就看见传说中的"狠人"站在教室窗边,板着脸看着进门的每一个人。

倪星桥倒吸一口凉气,躲在姚叙身后小声说:"总觉得下一秒他就要给我来个下马威。"

姚叙回头看看他:"那我得拦着,好好的小伙儿,给吓坏了算怎么回事儿!"

"就是!"

"刚来的同学赶快找地方坐下。"班主任的声音没有丝毫感情,"别堵在门口,又不是路障。"

倪星桥偷偷撇撇嘴，推着姚叙往后面走。他们找了个靠后的位置，两人自然坐在了一起。

没过一会儿，路里也来了，扫视了一圈教室，乐呵呵地冲着姚叙跟倪星桥就过来了。

"他是不是对你有什么企图？"倪星桥问，"还是对我有企图？"

姚叙带着笑意看着走过来的路里，对方路过的时候，他问："你对我有企图？"

"你有病？"

"那你对他有企图？"姚叙指了指倪星桥。

路里吓个半死，反问："我有病？"

倪星桥听着这话觉得不对劲呢，在路里落座于他们身后时，扭头问："你是什么意思？"

"意思是桥哥太高贵，我可不敢跟你耍心眼儿。"

姚叙在旁边笑得不行，倪星桥又质问他："你这是什么意思？"

"意思是你很高贵，只有我可以算计你。"

"滚！"

三个人在这边闲聊，姚叙突然想起倪星桥还没吃早饭，伸手摸进书包，把面包拿了出来。倪星桥倒也不客气，接过来就撕开包装缩在位置上准备开始本学期第一次"上课偷吃"。

"你吃早饭了吗？"倪星桥下嘴之前，还想着问问姚叙，也算有良心。

"吃过了。"姚叙说，"特意给你带的，快吃。"

倪星桥"嘿嘿"一笑，不管那么多了，填饱肚子比较重要。

"有发小真好。"路里在后面嘀咕，"我回家得问问我爸有没有跟我在同一家医院出生的小孩儿，给我介绍一个当哥们儿，实在不行，我主动一点儿去跟他结拜也不是不可以。"

姚叙则靠在椅背上悠闲地转笔，而倪星桥咽下嘴里的面包，转过去故意调侃路里说："这事儿可遇不可求，你还是做梦比较快。"

路里撇撇嘴："你还是别跟我说话了。"

新学期，新气象。班里百分之八十的同学都是新面孔。

别看倪星桥整天挺机灵的，其实他只在姚叙身边才会放心撒欢，平时是那种很难融入新集体的，所以高一一整年都不是很顺心，不过这回不用担心了，高一时候的同桌也在这个班级，还有姚叙跟路里，孤独肯定不会再找上门了。

上课铃声响起的时候,教室已经坐满了人。

班主任走上讲台,沉默地看着坐在下面的同学们。

"新学期了,自我介绍一下。"班主任转身在黑板上写下了自己的名字:曹军。

"以后我就是你们的班主任,不出意外的话,会一直带你们到毕业。"

也不知道是谁,突然开始鼓掌,其他人也只好赶紧跟上,为班主任营造了一个热烈欢迎的景象。

"狠人"就是"狠人",在一片掌声中依旧板着脸。

太冷酷了。倪星桥有种不祥的预感。

等到掌声停息,曹军说:"多余的话我就不说了,未来两年时间我们慢慢互相了解。我先选个代理班长。"

曹军话音刚落,坐在后面的路里立刻举手:"老师,我想自荐!"

曹军抬眼看看他:"姚叙,你先代理一周班长。"

所有人都朝着姚叙这边看了过来。

在安城一中,姚叙也算是个风云人物了,长得帅,学习好,身边总有一群人围着。去年的运动会长跑、短跑第一名都是他,篮球赛也是姚叙带着他们班一路冲杀,直接赢了高三最强的那个班,可以说是出尽了风头。

上学期期末考试,姚叙又是年级第一名,曹军让他当代理班长也不是没道理的。

路里哀叹:"姚叙,我的一生之敌。"

倪星桥趴在桌子上笑,一是笑姚叙就这么当了"官",二是笑路里的那句话。

姚叙对当班长这事儿毫无兴趣,但既然班主任已经指定了,他也不会逆着对方的意思来,他没那么叛逆。

代理班长姚叙被曹军叫着去办公室领取班级备品和一大堆要填的表格,他前脚刚出去,倪星桥就听见前桌的两人议论说:"万万没想到,竟然跟姚叙分到了一个班。"

"这说明什么?说明咱班是重点班。"

"应该是稳了,我看倪星桥也在名单里。"

"就是那个万年老二?"

倪星桥跟姚叙不同,他为人相当之低调,或者说懒,几乎不参加任何学校活动,也不做任何引人注目的事。另外,大家确实对第一名更有兴趣,他这个"万年老二"跟姚叙一比,真的没什么存在感。

倪星桥趴在桌子上听着,翻了个白眼。

"别这么说,有一回他比姚叙高了三分吧。"

倪星桥忍不住了,戳了戳前面的人。

坐在他前面的那两个同学回过头来看他。

倪星桥说:"同学,以后聊八卦的时候还是小声点儿。"

"怎么了?"

他指了指自己:"因为,我就是倪星桥。"

高二(13)班是个重点班没错了,年级第一、第二都在这儿。

前桌的同学尴尬地笑笑:"加油。"

倪星桥心想:我加什么油?还是你们加油吧!

他不想再多说,暗自较劲,准备放大招,下次考试超过姚叙,人总不能被另一个人死死压着永不翻身吧!

姚叙回来的时候看见倪星桥一脸悲壮地在做题。

"开学第一天就这么刻苦?"

倪星桥一个眼刀丢过去:"姚叙,打赌。"

"打什么赌?"姚叙一脸茫然地坐在了倪星桥身边。

"这学期第一次月考,我总分比你高。"倪星桥一生要强,坚决不能被人看扁了。

虽然之前跟他妈妈说他一点儿都不在意当不当第一,但说实在的,从小到大姚叙什么都压他一头——出生比他早三分钟,个子比他高半头,五次考试四次在他前头……这还是挺让人上火的。

姚叙支着下巴看他:"行啊,赌注是什么?"

"随便。"

"你确定?"姚叙不怀好意地看着他。

倪星桥觉得这人没安好心,眯起眼睛问:"你在琢磨什么呢?"

姚叙凑到他耳边说:"你要是赢了,我帮你写一学期的作业;我要是赢了,你帮我写。"

"好啊,你个姚叙!"倪星桥说,"还班长呢,'狠人'要是知道你这样,肠子都得悔青了。"

这时候路里突然插进来,好奇地问:"哪样?哪样?让我也听听呗!"

"跟你没关系。"倪星桥说,"我们俩的事儿,不告诉你。"

路里撇撇嘴:"不说拉倒,那我有秘密也不告诉你们!"

倪星桥想说自己一点儿都不好奇路里的秘密,因为按照自己对他的了解,他的秘密无非就是那些闹出笑话的事儿,路里这人就这样,沉迷于低级趣味无法自拔。

他话还没说,曹军又进了教室:"这节课先开班会。"

姚叙刚刚跟着曹军去办公室,帮他把又厚又重的一堆备品和资料都给抱了过来,他进来时倒是只端着自己的水杯,悠闲自得。

原本闹哄哄的教室又安静下来,曹军往讲台上一站,先喝了口滚烫的茶水。

倪星桥小声嘀咕:"总喝烫水容易伤食管。"

姚叙憋着笑,看了他一眼。

"虽然学校名义上不设立重点班,但是,坐在这里的每一个人都是我精心挑选的。

"高二是人生中的转折点。"

这话,这帮学生从小就在听——小学五年级可是转折点,初三可是转折点,中考可是转折点……一直转折到现在,转得他们都蒙了。

"是高中生涯的重中之重。"

曹军在上面说,倪星桥在下面连连点头,非常配合,堪比专业捧哏人士。

"所以,在我的班里,为了你们能不负青春,我要宣布几条规则。"

好嘛,前面说了那么多,都是在为这个做铺垫。

"早自习七点开始,但是我要求咱们班的同学六点四十分就到齐。"

曹军的一句话,引来大家的哀号。

"怎么回事!"曹军敲敲桌子,"提前二十分钟能要了你们的命吗?"

姚叙倒是无所谓,但此时倪星桥看起来仿佛老了十岁,让这位早起真的不如要了他的命。

"早起的鸟儿有虫吃,你们每天比别人早二十分钟上学,两年下来,能把别人甩出一大截!"曹军说,"这点儿付出是值得的!"

倪星桥那张清秀的小脸这会儿皱巴得跟刚出炉的包子似的,他觉得自己还不如包子呢,起码包子还是热乎的,他现在心已经凉透了。现在就是后悔,早知道这样,不应该祈祷跟姚叙在同班的,这种苦,姚叙一个人吃就够了!

姚叙凑过来,小声跟倪星桥说:"以后咱们每天最晚六点十分就得出门了。"

"六点十分我还在被窝呢。"

"那我就去揪你。"

"你不如去宰了我。"倪星桥哀叹一声，趴在了桌子上。

之后，曹军的话倪星桥没再细听，无非就是上学不允许带电子产品，男生头发不能过长，女生头发不能染烫，每天规规矩矩穿校服，不许打闹，不许早恋之类的。

就在倪星桥以为曹军终于说完的时候，讲台上站着的中年男人又给了这位少年当头一棒。

"还有点儿时间，我们调换一下座位。"

倪星桥一个激灵坐直了身子，姚叙也有些意外。

才跟姚叙当了一节课同桌的倪星桥怨念加倍，觉得自己跟曹军肯定八字不合。

曹军其人，确实有点儿东西：在琢磨学生这方面，功夫相当了得。

自从分班结果出来之后，他认真研究了班上的每一个学生，清楚地知道谁什么性格，谁有些偏科。他的敬业程度在整个安城一中无人能敌。

不过，也正是因为他"教学有方"，他带出来的学生都是当届考入重点大学最多的。

"三分钟，你们把自己的东西都收拾好，我念到名字的就出来。"

倪星桥垂头丧气地收拾书包，后面的路里还在说："完了完了，'狠人'又要折腾你们这俩苦命人咯。"

"你说谁跟谁是苦命人！"倪星桥质问。

"桥哥，你真不必这么敏感。"路里说，"我只是随口说说。"

姚叙收拾完书包，抬起手，搭在倪星桥头顶，转陀螺似的把头给转了回来。

"没事。"姚叙耐着性子安慰他，"不坐一起，至少还在一个班。"

倪星桥嘟囔："我又没说什么。"我说我舍不得了吗？没有吧！

虽然没说，但都写脸上了。

换座位这事儿很快就落到了倪星桥跟姚叙的头上，曹军让两人收拾书包出来。

"姚叙，你坐齐韦宁旁边。"

这个齐韦宁，上次期末考试年级排名第三。

倪星桥就不懂了，第三名跟第一名坐一起，那他这个第二名为什么不能跟第一名坐一块儿？

姚叙乖乖坐过去，他跟齐韦宁以前就只在走廊打过照面，没怎么接触过，不过齐韦宁这人看着就挺正经的，一直坐得笔直，不苟言笑。

倪星桥抱着书包，一脸不开心。

终于，曹军的目光落在了倪星桥身上。

"你坐路里旁边吧。"

路里？路里！

此时，早早调换完座位的路里正一脸憨笑地看着他。

路里这人虽然嘴碎，还不着调，但成绩确实还不错，混不上年级前三名，但在一中几乎每次都稳定在年级前十名，不错了。

倪星桥怎么都没想到自己会跟路里坐一起，他看看姚叙，姚叙也看了看他。

"这儿呢，这儿呢！"路里抬手，"我叫路里！"

知道你叫路里！倪星桥在心里默默叹气，每走一步都心如刀割。

路里帮他把椅子拉出来："坐！"

倪星桥一屁股坐下，直接趴在了书包上。

"我说，"路里小声说，"你别区别对待也太明显了。"

倪星桥还在书包上趴着，扭头看他："我区别对待什么了？"

"你看重叙哥，嫌弃我。"

"首先呢，我不是针对你，你不要太伤心。"倪星桥说，"其次呢，我跟他是发小情谊，他在我身边方便我'奴役'他。"倪星桥说完就不搭理路里了，自己趴着继续郁闷了。

这节课在闹哄哄的调换座位中结束了，曹军临走前把课程表给了代理班长姚叙，让他有空打印出来贴在班级墙上。一上午，过得有点儿慌乱，刚收假的学生们压根儿没收心，后面两节课上得也是心不在焉的。

到了午休的时候，姚叙来找倪星桥一起出去吃饭。

"我也去！"路里在一边举手示意。

倪星桥勾勾手指："走吧，给你个面子。"

三个人往教室外面走，路过姚叙的座位，他随口问还没走的齐韦宁："一起吃饭？"

齐韦宁还是冷着张脸，瞥了他们一眼，从椅子旁边的地上拿起了保温饭盒："我带饭了。"

他看过来的一眼是冷冰冰的，倪星桥觉得真是比曹军还难相处。

被拒绝的姚叙也没多说什么，带着倪星桥跟路里往外走。

"你的同桌可太'高冷'了。"出了教室之后，倪星桥还回头看，"哎，你看人家,边吃饭还边学习。"

姚叙也回头看了一眼,但很快就把倪星桥的脸给扳了过来:"别看了,什么时间做什么事,一心二用不可取。"

"姚叙你是看别人努力你紧张了吧!"

路里人称"一中小灵通",发生在这个学校明里暗里的事情,他无所不知,无所不晓。于是,在吃午饭的时候,他非常贴心地给姚叙跟倪星桥"科普"了一下班上的重点新同学。

"叙哥,你那个同桌不简单。"路里说,"齐韦宁是咱们副校长的儿子。"

"你是从哪儿听来的?"姚叙问,"副校长的儿子不是已经读研了吗?"

这位校长的儿子还挺出名的,当年高考的时候是省理科状元,祝贺的横幅在一中校门口挂了好久,那时候姚叙跟倪星桥还是小学生,但每天路过一中都能看见,印象相当深刻。

"这你就有所不知了。"路里神神秘秘地说,"他是咱副校长二婚生的,可能怕别人说闲话吧,一直很低调!"

姚叙抬头看了他一眼。

倪星桥问:"真的假的?"

"我的消息当然保真!"

"卖西瓜的也总说自己的瓜保熟,"倪星桥吐槽,"但我妈妈总是被骗。"

"我可跟那些小摊贩不一样。齐韦宁他妈妈跟我妈妈是高中同学,我妈妈跟我说的。"路里说,"可能是因为二婚说着不好听,再加上有那么个状元哥哥,所以齐韦宁一直都特要强。"

倪星桥若有所思地点点头:"我似乎理解他为什么午休还要一边吃饭一边学习了。"

"你们俩,"路里故弄玄虚地指了指姚叙跟倪星桥,"是他的重点打击对象。"

"打击我们干吗?"姚叙终于抬起了头。

"你们俩成绩比他好啊!"路里说,"一个年级第一名,一个年级第二名,他常年位居第三。"

倪星桥"哼哼"两声,说道:"下次我第一名。"

姚叙笑了:"行。"

"什么行不行的?"倪星桥说,"你等着瞧吧。"

因为今天被吐槽是"万年老二",倪星桥也要开始对姚叙展开进攻了。

"不过话说回来,齐韦宁应该人不坏,就是不太好相处。"路里对姚叙说,"他平时要是对你阴阳怪气的,你就别搭理他。"

"我又不招惹他,他阴阳怪气我干吗?"

"忌妒呗。"路里一副什么都明白的架势,"你长得帅,人缘好,成绩也好,今天老师直接让你当代理班长,你都没看见当时他脸色有多难看。"

"他要是喜欢就给他当,我没意见。"

"不是那么回事啊!"路里说,"总之,你还是小心点儿,你不像桥哥,人家运气好。"

"我运气怎么好了?"倪星桥问。

路里"嘿嘿"一乐:"有我这个同桌,你运气还不好?"

可能因为有了路里的提醒,午饭后回到教室,姚叙没多跟齐韦宁说什么,倒是齐韦宁主动跟他说了话,问他都在做什么练习册。

对于这种事情,姚叙从来不遮遮掩掩,往桌上一指:"就这些。"

齐韦宁看了一眼,见都是学校发的,外加几乎一中学生人手一本的习题集,就再无其他。

"没别的?"

"没了。"姚叙说,"光是这些都做不完。"

齐韦宁显然不信,转过去再没跟姚叙说话。

姚叙挺不喜欢他身上这劲儿的,再想到路里的话,更不愿意搭理他了。

下午的自习课,齐韦宁出去了很久才回来,回到座位之后整个人气压更低了,姚叙坐在他旁边觉得半个身子冰凉。他扭头看向倪星桥那边,发现那人竟然跟路里趴桌子上玩五子棋呢!

倪星桥这人典型的"说一套做一套",之前还说路里是姚叙的"狐朋狗友",他才不会跟那家伙混到一起去,结果自习课上,路里拿出草稿纸画上格线,两人一对眼神就玩起来了。那场面,其乐融融。姚叙托着下巴冷眼看着,看着看着,扯下一张纸团成纸团,直接丢过去,准确无误地砸在了路里的脑袋上。

路里"哎哟"一声,班里其他人都看向了他。

姚叙拿出了班长的威严:"好好自习,不许玩游戏!"

路里撇撇嘴,要收起草稿本。

倪星桥不乐意了:"我马上就赢了!"

"行了行了,算你赢了。"路里说,"班长在那儿公报私仇呢,你看不出来啊?"

倪星桥回头看姚叙，对方冲他挑了挑眉。

"你跟他有什么私仇？"

"桥哥，你是真不懂还是在装傻呢？"路里说，"太单纯，会吃大亏哦。"

开学第一天就这么风平浪静地过去了，然而第二天一大早，倪星桥就因为跟路里在教室门口打闹被曹军当场逮到，两人都被"发配"到教室最后面，罚站了一整节早自习课。

倪星桥以为早自习被罚站已经是今天的痛苦之最了，万万没想到的是，新学期开学第二天，曹军抱着一沓数学试卷走了进来："这节数学课我们不往下讲，先做个随堂测验。"

这合理吗？

倪星桥倒不是惧怕考试的人，但这也太让人措手不及了。

"不用紧张，就是摸摸你们的底。"曹军一边让姚叙发卷子，一边说，"我会根据这次随堂测验的成绩选个课代表。"

倪星桥对课代表这个"官职"不感兴趣，但有一件事他是很感兴趣的——姚叙发试卷到他这里的时候，小声问了句："赌吗？"

那得赌啊，不能让姚叙觉得他怕了！毕竟倪星桥昨天还扬言要在新学期全方位碾压他。

"谁输了请一个星期双皮奶！"倪星桥十分有骨气地应战了。

一节课四十五分钟，一张数学试卷。倪星桥摩拳擦掌，撸起袖子准备大干一场。然而，他做着做着就发现自己低估了曹军的本事。

曹军不知道从哪儿弄来的这张试卷，才做到第五题倪星桥就皱起了眉。超纲了啊！

姚叙也发现了。他们现在才上高二，但里面有些题需要用到高二下学期才学到的知识点。

姚叙跟倪星桥都是数学好手，天生对这门学科就感兴趣，假期的时候两人凑在一起把高二全年的教材都简单看过了一遍，学得不扎实，但好歹有了个了解。

姚叙抬头看向倪星桥的时候，发现对方也刚好转过来看他。彼此都心知肚明，这张卷子是曹军用来吓唬他们的。不愧是"狠人"，每天都有折磨人的新手段。

下课铃声响起的时候，倪星桥还有两道大题没写，姚叙也是眉头紧锁。

曹军让大家放下笔，一时间教室里怨声载道。

每一组最后一桌的同学在曹军的吩咐下起身逐次往前收试卷，倪星桥观察着每个人的表情,几乎每个人都是一副欲哭无泪的样子。

除了齐韦宁。那人跟平时无异,脸上写满了淡定。

试卷收上来,曹军带着自己的"战利品"骄傲地离去。

他前脚刚走,后脚教室里就炸开了锅。

"要死要死要死!"

"老曹真是心狠手辣啊!杀人于无形!"

路里叫唤得最大声:"神啊!我上辈子是造了什么孽,这辈子让我学理啊!"

姚叙过来,拍了拍倪星桥短得扎手的圆寸头:"感觉怎么样?"

"这一周的双皮奶,我请定了。"倪星桥已然自暴自弃。

"也不一定。"姚叙说,"对于这次的赌局,我输得势在必得。"

两人互相嘲笑了一番,倪星桥勾勾手指,姚叙乖乖地凑了过来。

"你同桌有点儿东西。"

"何出此言?"

倪星桥用余光偷瞄齐韦宁:"刚刚我就一直在观察他,交卷的时候,他笑了。"

姚叙沉默几秒钟,倪星桥还以为他在琢磨齐韦宁,却没想到对方开口时说的是:"怎么?他笑得比我还帅吗?"

跟姚叙比长相的话,齐韦宁确实没有胜算,但这次数学随堂测试,满分一百分的卷子,齐韦宁是唯一过九十分的。

曹军这人行动力超强,上午考的试,下午自习的时候已经阅卷完毕,把试卷都发下来了。

"大家做这张卷子的时候应该也感觉出来了,它稍微有一点儿难度。"

路里吐槽:"曹老师您谦虚了,这是能让我直接原地消失的难度。"

他刚说完,曹军看了过来,路里立刻闭嘴了。

曹军:"不过,也算是给你们提了一个醒,别觉得自己学得不错了。这是三中去年一次月考的试卷,我拿过来简单做了调整,看看你们做的,一塌糊涂!"

一中跟三中向来不对付,都声称自己是安城唯一的重点高中,去年省状元落在了三中,自那之后,三中的学生路过一中校门口的时候说话都更大声了。

两所学校互相较劲,两所学校的学生也互看不顺眼。

"我不管今年的高三怎么样,但我希望到你们高考的时候,不能让三中的人看我的笑话。"

姚叙拿到自己的试卷，扫了一眼。

他很少错这么多，主要扣分的部分都是超纲的内容。

曹军说："姚叙，没记错的话，上次期末考试你数学满分。"

姚叙点头说"是"。

"看看你今天的试卷，不羞愧吗？"

姚叙想了想，还真的回答了："不是很羞愧，主要是因为超纲了。"

此话一出，好多人在底下偷着笑。倪星桥也笑，他本来因为自己才得八十一分懊恼呢，毕竟这辈子没拿过这么低的分数，但听见姚叙的话，实在忍不住。

"还不羞愧？"曹军生气了，"超纲了，人家齐韦宁怎么就会做呢？"

旁边的齐韦宁顿时坐得笔直。

"咱们班唯一超过九十分的就是齐韦宁。"曹军说，"我是想通过这张试卷让你们明白自己的处境，按照教材的节奏来学是远远不够的。"

曹军站到了讲台上："从这学期开始，我们必须赶进度，在下学期开始前就把高三的内容都学完，不然你们一个个懒懒散散的，还以为自己时间很多呢！"

姚叙侧头看向齐韦宁的试卷，对方也瞥了他一眼。

因为这次测验，齐韦宁顺理成章地当起了数学课代表。而姚叙，把那张八十三分的试卷叠好，放在书桌里，再没拿出来。

放学的时候，倪星桥觉得姚叙心事重重的。

"你是不是受刺激了？"刚开学，暂时还没晚自习，下午五点来钟，倪星桥跟姚叙已经推着单车走出了校门。

"我受什么刺激了？"

"别嘴硬了。"倪星桥说，"你的数学课代表被齐韦宁给抢了呗。"

整个高一阶段，姚叙数学几乎每次都满分，在他们班也一直都是数学课代表。

其实课代表也不算什么"官职"，但倪星桥觉得它是一种象征，证明这人在这个学科是当之无愧的"神"。虽然倪星桥总是不服气，但至少在数学这个学科上他对姚叙是持肯定态度的。

"那倒没有。"姚叙说，"我就是突然觉得挺有压力的。"

"啊？"倪星桥歪着脑袋看他。

"你听曹军那话,这学期就要把高三的知识点都学完。"姚叙说,"你不觉得这事儿有点儿扯吗?"

"呃,我觉得对别人来说可能有点儿扯,但你肯定能学得挺好的。"倪星桥说,"哎,现在说这个干吗?车到山前必有路,走吧。"

倪星桥说着"走吧",但走的方向跟回家的方向正相反。

"你干吗去?"姚叙拉着他的手腕,"你家在这边呢!"

"我知道!这次打赌我输了啊,比你少两分呢!今天晚上,双皮奶伺候!"

两人特别喜欢吃学校附近一家甜品店的双皮奶,更确切地说,其实是倪星桥喜欢吃,但倪星桥从来不说自己想吃。

初中那会儿,有一次他边走边吃,刚好遇见同学,几个嘴巴挺欠也挺坏的男生,看见倪星桥在吃双皮奶就来嘲笑他,说他没有一点儿男孩儿样,喜欢吃小姑娘才吃的东西。

虽然后来这几个小浑蛋被姚叙给说了,但倪星桥还是有了心理阴影,从此以后再也不说自己想吃甜品了。

他虽然不说,但姚叙知道。打那以后,姚叙总找各种理由让倪星桥陪他去,买小蛋糕,买双皮奶,然后几乎都是倪星桥一个人吃掉双人份。

两人往前骑没多远就是那家叫"青睐"的甜品店,把单车停好,欢天喜地地进门去。

甜品店的店长是个漂亮姑娘,二十来岁,每次看他们来都笑盈盈的。

"欢迎光临。"

这是倪星桥跟姚叙新学期开学后第一次过来,两人很热情地跟店长打招呼。

"你们来了啊!"店长看到是他们俩,依旧眉开眼笑,"是不是又长个儿了?"

"我长了。"姚叙说,"他没有。"

倪星桥一听就不乐意了,直接双手压着姚叙的肩膀把人往下按。

店长被打闹的两个男孩儿逗得直笑,突然想起什么似的,说:"对了,等你们好久了!"

她说:"我推出了新品,可可双皮奶。"

倪星桥听了眼睛都亮了。

"作为我的老顾客,这两份送你们。"店长拿出两盒双皮奶,"一份是可可的,一份是抹茶的。"

她笑着说："我记得你们俩说喜欢来着。"

"对对对！"倪星桥兴奋得不行，"我喜欢可可，他喜欢抹茶。"

其实都是倪星桥喜欢的，姚叙之所以说自己喜欢抹茶，也是因为之前倪星桥嘀咕过一次。

"谢谢店长姐姐！"倪星桥接过来，还有点儿不好意思，"真送我们了啊？"

"真的啊。"店长姐姐冲他们俩一眨眼，"不过，有一个小请求。"

她指了指自己桌上放着的宣传单："如果你们觉得好吃，记得回去帮我多宣传。"

"没问题！"姚叙直接拿了一沓宣传单放到了自己书包里。

他们俩拿着双皮奶到靠窗的位置坐着，这地方几乎成了他们的专属位置，吹着空调吃双皮奶，看着窗外来往的人群和车流，觉得生活特美好。

夏日傍晚，清风微凉，他们俩无忧无虑地相对而坐。倪星桥吃得很慢，细细地品味着他最喜欢的双皮奶。姚叙看着他，眼神清澈，藏着点儿少年心事在里面。

"傻。"

"你才傻呢。"倪星桥嘴上永远不服输，虽然不知道姚叙为什么突然没头没脑地说他傻，但必须先还嘴。

"问你个问题。"

"但说无妨。"

姚叙说："你不会转学吧？"

倪星桥怔了一下："你爸要把你接走？"

姚叙笑了："不是，我就随便问问。"

"那就不会。"倪星桥说，"反正我不会走就是了。"

姚叙脸色深沉地望着他，倪星桥总觉得这人似乎有话还没说完。

姚叙盯着倪星桥看，很认真很努力，想看进倪星桥眼睛的最深处去。

很多时候，看起来似乎是倪星桥很依赖他，但姚叙心里清楚，其实是他更依赖倪星桥。

从小到大，姚叙不像倪星桥那么嘴甜，不像倪星桥那么爱笑爱闹，大人们都说他比倪星桥成熟懂事，可没人知道他有多羡慕对方。

他不得不成熟，不得不懂事。他就是人们所说的过早结束童年的孩子，而他成长过程中所有关于快乐的记忆，都来自倪星桥。

到现在他还记得倪星桥十六岁时许下的愿望。那天，倪星桥提着蛋糕来姚叙家,两个人坐在姚叙的房间,一起庆祝他们的十六岁生日。

倪星桥说:"我的第一个愿望就是以后不管发生什么事,我们都能每年一起过生日。"

倪星桥又说:"我的第二个愿望就是高二分班的时候,能让我倪星桥跟你姚叙分到同一个班里去。"

倪星桥很怕老天爷听他的生日愿望时弄错了人,特意叫了两人的全名。

"那第三个愿望呢?"姚叙问。

"不能说。"倪星桥说,"第三个愿望得放心里。"

直到现在,姚叙也不知道倪星桥那天许的第三个愿望到底是什么。

但姚叙十六岁那年唯一的生日愿望就是:让老天实现倪星桥的愿望。

姚叙跟倪星桥回家的时候天已经快黑了。

两人在倪星桥家楼下挥手道别,姚叙一个人骑着车继续往前——他家在倪星桥家后一栋。

但姚叙却并没有回家,而是路过了自家那栋楼,径直朝着小区后门去了。他不想回家。

从小区后门出去,马路对面有间24小时开的便利店,姚叙经常在那里坐着,坐到没办法了再回家。这天也一样。

姚叙进便利店,买了个面包当晚餐,然后在便利店角落的休息桌边坐下。他一边吃面包,一边拿出书本。今天的数学测验让他有些受伤,其实他并没有那么想争第一名,但他有不得不拿第一名的理由。

姚叙坐在这里闷头学习,便利店的店长也习惯了他,还给他接了杯水端过来。

他在这里学到快九点钟,然后才收拾书包起身往家走。

每个人身上都不止一道阴影,而家,还有家里的人,是姚叙身上所有阴影中被刻画得最浓重的。

他推着单车来到自家楼下,锁好车子后抬头看了一眼,四楼亮着灯。

姚叙步伐平稳地上楼,却在掏出钥匙开门前先深呼吸了一番。

进门,照例打招呼:"妈,我回来了。"

正在洗衣服的戚美玲从洗手间探头出来看他:"洗个手,喝完牛奶进屋学习吧。"

"嗯。"

姚叙没告诉她这个星期还没开始晚自习这件事,他想能躲一会儿是一会儿。

这么说起来,似乎有些不孝,身为儿子怎么对自己的妈避之唯恐不及呢?但姚叙就是没办法,他一回到这个家,一想到她就觉得喘不过气来。

姚叙放下书包,看了一眼茶几上的牛奶。

每天晚上他都要喝一碗热牛奶,哪怕戚美玲上夜班也会在九点半的时候打电话回来提醒他喝掉。但是,姚叙乳糖不耐受,每次喝完就会吐。

戚美玲是知道这件事的,但她觉得一个大小伙子哪有那么娇气,喝个牛奶就会吐?她觉得姚叙就是不爱喝,在给自己找借口。

姚叙没办法,也懒得跟她吵。随她去吧,这个家她说了算。捏着鼻子喝完牛奶,姚叙一阵犯呕,他不只乳糖不耐受,其实也不喜欢纯牛奶的味道。

"我喝完了。"姚叙去洗好了碗,规规矩矩地放好,"我回屋学习了。"

"好!"戚美玲今天心情还不错,可能是因为听说儿子进的是重点班。

姚叙尽量把呼吸放轻,拿着书包回了自己的房间。已经上高中了,但姚叙独自在房间的时候也不允许关门,戚美玲必须时刻能看见他的任何动作。

姚叙坐在书桌前,又想到今天那张八十三分的试卷。他扭头从书架上拿下之前买来的高二全年课本,在老师还没开讲的时候,自己先闷头学了起来。

"你爸出差给你买的荔枝。"

晚上九点四十分,倪星桥正坐在桌前犯困。暑假刚过,他还没从懒散的状态中走出来,早上睡不醒,晚上不学习的时候却特精神,一开始学习就犯困。

他妈端着一盘荔枝进来:"尝尝,可新鲜呢!"

正在打瞌睡的倪星桥一个激灵,清醒了:"我最喜欢荔枝了!"

"你什么都喜欢。"他妈妈吐槽他,"就是不喜欢学习!"

"也没有,"倪星桥撒娇似的笑着,"主要是因为刚开学,也没什么可学的。"

他剥了一颗荔枝:"嗯!真好吃!"

说着,他仰头问他妈:"我爸买了多少?"

"挺多呢,够你吃了。"

他妈妈的话音刚落,倪星桥立刻蹿出了房间。他找到荔枝,装了小半袋,换了鞋就要往外跑。

"大晚上的你干吗去?"

"我给姚叙送点儿,"倪星桥说,"他今天请我吃双皮奶了呢!"

其实是人家甜品店店长请的。

"你慢点儿!"看着儿子风风火火地往外跑,家里两个大人也没半点儿招儿。

倪星桥就是这样,有什么好东西都想着姚叙。

外面已经很黑了,老小区的照明也没那么好。倪星桥有点儿怕黑,但还是加快了脚步,冒着风险也要第一时间把荔枝给姚叙送到。

其实明天给也不是不行,但倪星桥想着姚叙晚上学习的时候可以吃点儿,提神醒脑。

他跑得连呼哧带喘,"当当当"地敲响了姚叙家的门。

戚美玲洗完衣服就拉了把椅子过来,坐在餐桌边,从这里刚好能看到姚叙。

门一响,戚美玲跟姚叙同时看了过去。

戚美玲:"你别管,学你的。"

她起身,走到了门前:"谁啊?"

"戚阿姨!是我!倪星桥!"

一听是倪星桥,戚美玲下意识地就皱了眉。倒是姚叙,立刻放下笔来到了门口。

戚美玲有些不悦,她不喜欢有人打扰姚叙学习。

"我给他开。"姚叙站在那里,像是申请似的说出这句话。

戚美玲沉默地瞪了他两秒钟,然后说:"速战速决。"

姚叙点点头,看她转身走了,赶紧给倪星桥开了门。

门外的人急得够呛:"怎么半天才开门?我差点儿被鬼追上了!"

姚叙笑了:"鬼在哪儿呢?你指给我看看。"

"别看别看。"倪星桥怕死了,他推着姚叙往屋里进,不让对方看他的身后。

"你妈呢?"倪星桥小声问。刚刚听到的明明是她的声音,怎么这会儿没见着人?

"在厨房呢。"

姚叙正说着,戚美玲装作刚忙完的样子从厨房出来了:"小桥来了啊,这么晚了不在家学习,跑这儿干吗来了?"

虽然有点儿虚情假意，还有点儿阴阳怪气，但至少表面上，戚美玲对待倪星桥的态度还是过得去的。只不过倪星桥也不是真的傻子，他能感觉出戚美玲不是很欢迎他。

"我爸出差带回来的新鲜荔枝。"倪星桥递过去，"让我给你们送点儿来。"

姚叙不喜欢他妈妈对倪星桥的态度，见戚美玲没有接荔枝的意思，自己赶快伸手接了过来。

"大晚上就为了这跑一趟？"姚叙问。

"嗯。"倪星桥说，"那……那我不打扰你了，我先回去了。"

"我送你。"姚叙想都没想就开了口。

"人家小桥也不是小孩儿了，用得着你送？"

倪星桥觉得气氛尴尬，有点儿后悔刚才冒冒失失地过来了。

"他怕黑。"姚叙放下荔枝，换了鞋拉着倪星桥就走了。

完了，完了，完了。出门的时候倪星桥说："我觉得你妈肯定更烦我了。"

姚叙走在他后面，用力跺脚让已经很迟钝的感应灯亮起来："不会。"

"不会什么啊，在这方面我还是挺有眼力见儿的。"

倪星桥觉得姚叙的妈妈一直都不太喜欢他，也不知道究竟为什么。

"不过话说回来，我说我送你，你竟然不推辞？"

倪星桥"哼哼"两声："我干吗要推辞？我本来就怕黑。"

走出楼门，外面黑咕隆咚的，并肩而行的两个男孩儿吹着夏日的晚风，悠闲地往前走着。

夜晚寂静，只能听见虫鸣。姚叙觉得这个时刻是安逸的，宁静的夜晚让他安心，身边的人也让他安心。如果能就这样逃离那个家就好了。

可是，姚叙也清楚，如果自己真的逃离了，那也就意味着他要离开周围熟悉的环境，还是打消了逃离的念头。

"还要我送你上去吗？"很快就到了倪星桥家楼下，姚叙难得地觉得两人住得这么近并不是一件好事。

倪星桥其实想说不用了，这样至少显得他没那么没出息，可是想了想，还是说："我前几天看了一个恐怖故事，就是发生在楼道里的。"

姚叙无奈地看着他笑："既然这么怕，为什么还看呢？"

"刺激嘛。"倪星桥说，"你不懂，我们年轻人就喜欢追逐刺激。"

姚叙眯起眼若有所思地看着他。

"你干吗呢?"倪星桥有点儿紧张,"别想吓唬我!把我吓死了对你没好处!"

"谁稀罕吓你!"姚叙揽了一下倪星桥的肩膀,就像小时候一样,"赶紧走吧,送你回家,回去晚了你爸妈还得担心。"

"他们是不会担心的。"

两个人往楼上走,依旧是姚叙在后面。

倪星桥跟他说再见的时候特意提醒他回去记得吃荔枝。

姚叙冲他挑挑眉,意思是知道了,然后一个人下楼,快步往回走。回到家的时候,戚美玲的脸色很难看,姚叙尽量避免跟她有眼神接触,立刻进屋学习去了。

姚叙坐在桌前,有些走神。

戚美玲把倪星桥拿来的荔枝放进盘子里,泡上水,端过来放在了姚叙的书桌上。

她没说话,姚叙也没抬头。

之后,她又轻手轻脚地离开,继续坐在那张椅子上,在几米开外的地方守着姚叙,看他学习。

姚叙的目光落在一颗荔枝上,有些失神,他赶紧深呼吸,把注意力拉回到课本上。

第二章 这学我是非上不可吗？

开学第三天，倪星桥已然想着退学。

早上六点十分，姚叙在楼下没等到倪星桥，把单车往旁边一支就上楼抓人去了。

他敲门的时候，倪星桥正闭着眼睛刷牙。

"昨晚睡得挺早的，今天还是起不来。"说话的是倪星桥的妈妈，"你快点儿啊，人家姚叙等你呢！"

倪星桥眯缝着眼睛看看姚叙，扯出一个毫无灵魂的笑容来。

"得了，别笑了。"姚叙倚着洗手间的门催他，"你要是再磨蹭，今天咱俩都得挨罚。"

曹军说了，迟到的人早自习一律不准进教室，到走廊背书去。

背书没关系，倪星桥从小记性就好，差点儿就练就了过目不忘的本领。

但问题是，这丢人啊！

倪星桥甩甩脑袋，赶紧刷完牙，用冰凉的水快速地洗完脸就准备往外冲。

"黄女士，我们走啦！"倪星桥不想被罚站，他打算早自习的时候偷偷补个觉。

"别毛手毛脚的，注意安全！"黄女士在门口嘱咐了这么一句，但她儿子显然没听见。

倪星桥跟姚叙出门，满嘴都是抱怨："不行了，我这祖国的花骨朵被摧残坏了。"

"你昨晚是几点睡的?"

倪星桥冲他挤眉弄眼,一看就一肚子坏水。

昨天姚叙送他回来后,他又做了几道题就洗漱钻进了被窝,跟他妈妈说为了早起所以要早睡。他爸妈没管他,心想早点儿睡也好,免得不长个,毕竟现在都比人家姚叙矮半头了。

但其实,倪星桥是躲在被窝看小说了,一看看到后半夜,还差点儿泪洒他的荞麦枕

——在夜晚,他是个多愁善感的小男孩儿。

关于这件事,倪星桥不打算告诉姚叙,他怕对方笑话他。

早上六点四十分,其他教室里的人还稀稀拉拉的,但高二(13)班的教室门口,曹军已经站在那里掐着点准备抓人了。

姚叙跟倪星桥紧赶慢赶,算是踩着最后的点进了教室,比他们晚了一步的路里无奈地被逮住。

倪星桥坐下后就开始幸灾乐祸,把"缺德"两字写在了脸上。

他见曹军的注意力都放在走廊,全身心地对那些迟到的同学进行"爱的教育",于是把罪恶的手伸进了书包,抽出了昨晚他看得欲罢不能的小说。

倪星桥用教材在桌上给自己摆起了一个"堡垒",以此来挡住曹军的视线,然后,把这本小说放在下面,再拿一本练习册做遮挡。

他是有点儿心虚的,但他对自己说:我只看一会儿就收起来。

小说已经看了四分之三,男女主角眼看着就要修成正果。

倪星桥情绪饱满,对别人的爱情充满了期待。

突然,一只手伸了过来,以迅雷不及掩耳之势抽走了他的书。

倪星桥吓了一跳,抬头就对上曹军那冷酷的眼。那一瞬间,倪星桥觉得自己离地狱很近。

"好看吗?"曹军问。

曹军的眼神没有感情,声音也没有感情,但没有感情就是最可怕的。

倪星桥脑子转得飞快,然后说了句:"没有数学练习册好看!"

曹军冷笑,如恶魔般低语:"既然这样,今天放学前把三单元之前的课后习题都做完,错一道罚十道。"

倪星桥右眼皮开始疯狂地跳,憋得脸都红了。

"没听清?"

"听清了!"倪星桥这次是真的要飙泪了,"保证完成任务!"

曹军看看他，又嫌弃地看了一眼小说的封面："看这玩意儿？"他嘀咕着，拿着书走了。

倪星桥瞬间泄气，像一摊烂泥趴在了桌子上。

不远处，姚叙正扭头看他，另一边的门外，路里伸长了脖子想看看他桥哥看的是什么。

"我太倒霉了。"倪星桥一边抱怨一边咬牙切齿地做题，"三单元还没讲！我做什么啊！"

倪星桥这一整天恨不得厕所都不去了，有点儿时间就在做题。

姚叙倒也贴心，下了课就过来慰问他。

"这道题我不会。"倪星桥说，"曹军好狠的心！"

"还不是怪你自己。"姚叙拿过他的练习册看了看，拉着还在哀鸣的他开始讲题。

路里在一边看热闹，等那两人讲完题，好奇地问："桥哥，什么书啊？好看吗？"

好看是好看，但为了看这本书付出的代价也太大了。果然，诱人的玫瑰都是带刺的。

倪星桥拒绝回答路里的提问，含泪继续做那看不到尽头的数学题。

下午最后一节课，上课铃声刚响，齐韦宁走进了教室。

几日观察下来，班里同学都是什么性格，互相都有了大概的了解。

齐韦宁这个人也不知道是真正经还是假正经，永远端着架子，话少表情也少，看起来总是特傲气。倪星桥不太喜欢他身上那股劲儿，觉得好像永远紧绷着，时刻与世界为敌。

至于姚叙，虽然他跟齐韦宁两人是同桌，但极少交流，课桌中间仿佛有一条隐形的界线，谁都不越界。

这会儿，齐韦宁像往常一样高傲地抱着一沓数学作业卷子走了进来，同时瞥向倪星桥："曹老师让你带着练习册去他办公室。"

倪星桥痛心疾首，但也只能从命。

他拿着练习册生无可恋地往外走，然后听见了齐韦宁的嘲讽："早知如此，何必当初。"

倪星桥回头瞪他，要不是因为曹军正在办公室等着，倪星桥肯定要跟这家伙掰扯掰扯的。

从教室一路走向数学组的办公室，倪星桥每一步都走得无比痛苦。此时此刻，他仿佛就是用鱼尾换人腿的小人鱼，每走一步都心如刀割。

不过，他倒是真的把这些题都做完了，还让姚叙从头到尾帮他检查了一遍——练习册后面的答案不一定靠谱，可姚叙肯定是靠谱的，毕竟这家伙是在老师提问时一口气能答出三种做法的"数学之神"。

倪星桥到了数学组办公室，一眼就看见了曹军。他十分乖巧，也十分紧张："曹老师。"

曹军回头看看他，随手招呼让他进来。整个年级的数学老师都在这个大办公室办公，这会儿除了曹军之外还有好几位，其中还有高一时教过倪星桥的周老师。

周老师一直特别喜欢倪星桥，觉得他机灵，就是容易马虎。

倪星桥路过周老师的时候，还挤出个尴尬的笑容跟对方打招呼。

昔日爱徒如今沦落到被老师叫来单独"审判"，周老师非但不想解救他，还打算看他的热闹。所以说，所有被数学老师盯上的学生，都是折翼的天使。

倪星桥来到曹军面前，颤颤抖抖地把练习册递上。

"你很紧张？"曹军问。

"没有啊。"

"那年纪轻轻就缺钙手抖？"

倪星桥"呵呵"一笑："曹老师您真幽默。"

"没你幽默。"曹军翻开他的练习册，开始检查。

倪星桥瞄到曹军手边就放着他被没收的那本小说，花里胡哨的封面跟数学组的气质非常不搭。这书是他从市图书馆借的，还得还呢。倪星桥站在曹军办公桌旁边，趁着对方检查作业的时候，开始琢磨怎么才能让对方把书还给他。

曹军突然抬眼看他，倪星桥吓了一跳："做错了？"

"这题，你给我讲讲。"曹军指着一道题说。

这道题倪星桥之前怎么做都跟答案对不上，后来叫了姚叙跟路里一起讨论，三人得出结论：答案写错了。

推翻官方答案的感觉既兴奋又忐忑，但倪星桥还是拿起笔，半趴在曹军的办公桌上，认认真真一个步骤一个步骤地说起了自己的解法。

这一道题讲了好几分钟，曹军问他："你觉得自己做得对吗？"

倪星桥被这么一问，有点儿不确定了，但他重新看了一遍自己的解题过程，还是说："我觉得我是对的。"

曹军突然就笑了："行，算你过关了。"

练习册上这道题的答案确实印错了，曹军早就知道这一点。

倪星桥立刻来了精神："那就是说，答案真的错了啊？"

"行了，别在这儿大呼小叫的，拿着练习册回去吧，还有十分钟就放学，还能做一会儿题。"

"谢谢曹老师！"倪星桥兴奋地拿着练习册就走，走出几步，又迈着小碎步溜了回来。

"怎么？题没做够，还想再申请几个单元？"

"不是，不是，不是！"倪星桥吓坏了，"曹老师我想问问，那个……"

倪星桥壮着胆子指向自己的那本书："是我从图书馆借的，还得还，您能还给我吗？"

曹军冷眼一甩，倪星桥吓得转身就跑："不用了！我再买一本还回图书馆！"

十几岁的小男生，还是有点儿怕老师。

放学的时候，倪星桥在教室等姚叙，那人去找曹军，放学铃都响了好一会儿，教室里的人都快走光了，他人还没回来。

倪星桥趴在桌上忧愁，又目送着齐韦宁高傲地从他面前走过，走出了教室。

"得意什么啊！"倪星桥撇嘴，"下次考赢你！"

倪星桥觉得，要杀齐韦宁的傲气，只有通过成绩才能奏效。

"想什么呢？"姚叙突然出现在了教室门口。

"少爷您总算回来了！"倪星桥等得都不耐烦了，看见姚叙赶紧起身，抓起书包就走，"我都饿死了。"

他来到姚叙身边，两个人并肩往外走。

"你找老曹干吗去了？这么久才回来！"

姚叙冲他一笑，变戏法似的拿出了一本书。倪星桥一看，这不是他被没收的那本嘛！

姚叙看着封面上的人物："谁啊？"

"谁你个头！"

"这书你不要了？"

"还我啊！"倪星桥把书抢过来，赶紧塞进书包。被姚叙知道自己在看这种书，真的很丢人！

"没想到你喜欢看这样的书。"

果然，该来的还是来了。

但倪星桥还打算做一下最后的挣扎，他灵光乍现，立刻甩锅："是路里的！他非要我看。"

"哦？路里的啊。"姚叙说，"那行，我明天直接还路里吧。"

他一边说着，一边作势要从倪星桥那儿拿回这本书。

"哎呀！哪有你这样的！"倪星桥抱着书包撒腿就跑，姚叙在后面笑得十分猖狂。

姚叙是费了点儿口舌才把倪星桥的小说给要回来的。

其实他去曹军办公室一开始并不是为了这个，是曹军叫他过去的。

下周一开班会，曹军想提前跟他这个代理班长谈谈。

在开学前，曹军特意跟姚叙之前的班主任聊过，知道姚叙对当班干部毫无兴趣，高一的时候拒绝了除了数学课代表之外的所有职位。

那位赵老师说："看得出来，他心思就扑在学习上，觉得当班干部浪费时间和精力，也可以理解。"

理解是可以理解，但曹军总觉得还是要锻炼一下的，所以刚开学他就指定姚叙当代理班长，也是想借这个机会多跟姚叙接触一下，摸清楚这孩子的情况。

这几天以来，曹军时刻都在关注班里同学的动态。在曹军看来，姚叙绝对不是那种闷头死读书的学生，他有能力平衡好一切，所以曹军将他认定为重点培养对象。

曹军说："这几天这个班长当得感觉如何？"

姚叙："还行，主要是因为也没什么事。"

"下周一的自习课开班会，正式选班干部。"曹军看看姚叙，"有没有意向竞选一下？"

姚叙笑了："没有。"

言简意赅，虽然答案在曹军的意料之中，但他还是有点儿失望。

"说说理由。"曹军还真挺好奇的。

刚开学那天，齐韦宁就主动来找他，说是自己想当班长，他让齐韦宁先好好跟同学们相处，到时候开班会，进行民主投票选举。

那边有人积极自荐，这边的这小子劝都不愿当。青春期少年的心思是真的挺难捉摸啊。

"对当班干部没兴趣？"

"没有。"姚叙回应得干脆。

在这方面，曹军倒是不打算勉强谁，毕竟强扭的瓜不甜，尤其像姚叙这样的，你要是真的强扭，他宁愿折了藤蔓也不会屈服。没这个必要。

"行吧，你也别有什么压力，我就是问问。"曹军说，"这套练习题拿回去，明天早自习之前发给大家。"

姚叙从曹军办公桌上抱起那一摞练习试卷，没走。

"还有事？"

姚叙的目光落在了曹军手边的那本小说上。什么玩意儿这是！

姚叙额头的青筋都在跳，没想到倪星桥看的竟然是这种小说。

姚叙暗笑了一下。

"倪星桥交给你的任务？"曹军笑着打趣。

曹军也知道这俩小子关系好，天天上学放学一起走。

"不是。"姚叙看见书脊上贴着市图书馆的标签，于是说，"这书是他从图书馆借的，还得还，曹老师，能不能……"

"行啊你，够义气啊。"曹军靠着椅背看他，"冒着挨骂的风险来跟我要被没收的书？"

姚叙耳朵有点儿红，他以前没干过这事儿，主要是因为以前倪星桥上课干什么他都不知道。现在不一样了，现在两人在一个班，那家伙折腾什么他都清楚。

他也清楚倪星桥肯定惦记着想要回去。

"知道我带过的学生都怎么叫我吧？"

"狠人"嘛！但姚叙不敢说，他得摇头。

"不知道？"曹军笑了，"都管我叫'狠人'，意思就是，我这人铁石心肠。"

姚叙也笑了："没啊，我觉得曹老师您挺好的。"

姚叙不是那种会故意讨好别人说好听话的人，很少对别人油嘴滑舌。他说曹军挺好的，这是真心话。

虽然曹军对学生们严厉到近乎无情，但能感觉出来，他是全身心投入在了这帮孩子身上，有一位认真负责的班主任其实是他们的幸运。

曹军可不信这小子的话，他带过这么多学生，太清楚这些半大小子整天在背后怎么说他。

"书给你也行，但我有要求。"

"您说。"

"参加今年的数学竞赛。"

据曹军了解，高一那会儿赵老师就推荐姚叙参加省里的个人数学竞赛，如果比赛拿到前三名就能代表他们省出战北部奥数联赛，表现出色很可能拿到名校入场券。

但姚叙以不感兴趣为由拒绝了。

那场数学竞赛倪星桥是报名了的，结果那家伙因为睡过了头，错过了。

曹军说："咱们学校已经两年没有人冲到奥数联赛了，我觉得你是不可多得的好苗子。"

姚叙下意识地想拒绝，他确实不想参加这些比赛。不感兴趣是一方面，他还有不想告人的原因。

"我不是拿这件事要挟你，"曹军把没收的那本书放到姚叙面前，"它分量可没那么重。"

姚叙明白，曹军只是借着这个机会把数学竞赛这件事抛给他。

"书你拿回去，这件事你认真考虑。"曹军说，"还有时间，我等你的答复。"

姚叙盯着桌上的那本小说，迟疑了一下，拿了起来。

"我明白了。"姚叙临走时说，"谢谢曹老师，我会认真考虑的。"

曹军说的这些事姚叙都没告诉倪星桥，不过姚叙估计这家伙今年应该还是会参加。

到时候再说吧，反正离报名还有一阵子。

姚叙跟倪星桥离开学校的时候，校园里已经没多少人了。

倪星桥想着反正现在爸妈都没下班，他回去饭还没有做好，就打算去"青睐"一边吃双皮奶一边把小说剩下的部分看完，周末好去图书馆还掉。

姚叙说："我和你一起去吧。"正好他也不想回家。

两人推着单车往"青睐"走，倪星桥一扭头竟然看见"青睐"旁边的小巷子里，齐韦宁正被几个男生堵在那儿。

"什么情况？"倪星桥猛拍姚叙的胳膊。

姚叙顺着他的视线看过去，看见齐韦宁的书包被丢得老远，后背贴着墙，几个穿着一中校服的男生正围着他。

齐韦宁想跑，找到机会往外挣扎，但他本来也不是敏捷的人，很快就被人揪着后领拽了回去。

"欺负人啊！"倪星桥立刻把单车支在一边，想都没想就往巷子跑。

姚叙并不是喜欢管闲事的人，但这种事他也不可能当没看见，更何况倪星桥已经愣头青似的冲过去了，再怎么也不能让倪星桥自己去。

姚叙甚至没来得及支单车，随手那么一丢就追了上去。

齐韦宁缩在墙边死死地咬着牙，不看别人，也不说话。

围着他的一个男生踢了他一脚，愤恨地说："你爸作的孽你就帮他担吧！"

这一脚踢在了齐韦宁的膝盖上，疼得他捂着膝盖跌在了地上。

紧接着，那三个男生对着他就是一阵拳打脚踢，这个年纪的男生正是下手没轻没重的时候，不知道留余地，一心发泄自己的愤懑。

倪星桥见状大喊："你们干吗呢！"

那三人扭头看见倪星桥，其中一个转过身来就要挥拳。

倪星桥就是冲得快，但在跟人打架斗殴这件事上毫无经验，眼看着拳头就要落到自己脸上，他紧急刹车倒吸一口凉气。

在倪星桥还没反应过来时，姚叙已经把他拉到了身后，几乎同时抓住挥拳人的手腕，反向一掰，紧接着对方吃痛，哀号起来。倪星桥被姚叙拉了个趔趄，差点儿被甩墙上去。

"劫后余生"的他震惊地看着姚叙跟那几个男生扭打在了一起，以一敌三，秒杀众人。

姚叙什么时候练就的这身本事？几乎每天都跟他待在一起的倪星桥竟然对此一无所知。

这个时候，齐韦宁也看清楚了来人，有些意外，也有些心情复杂。

他瑟缩在墙边，目光扫着周围，想找点儿什么工具来防身。

不过，姚叙没给他这个机会，那三人实在不经打，转眼间已经落荒而逃，但逃走前倒是放了狠话："你给我等着！"

姚叙站在那儿，无畏无惧地说："好啊，我等着，高二（13）班姚叙，别找错了人。"

倪星桥全程以痴呆状看着姚叙的英姿，等到那几个人走了，姚叙转过来看他："傻了啊？"

"牛啊！"倪星桥忍不住起立鼓掌，"你还有多少惊喜是我不知道的？"

姚叙突然一笑："别闹。"

"真的！我怎么不知道你这么能打？"倪星桥说，"行了，从今天开始我就任命你当我的私人保镖，包吃包住包陪写作业。"

姚叙一听"包住"，心想：这好啊，他乐意至极！

两人还在这儿说俏皮话呢，那边齐韦宁忍着身上的疼痛扶着墙站起来，到一边捡起了书包。

姚叙跟倪星桥看向他，这时候才发现齐韦宁的校服都脏了，脸上也挂了彩。

倪星桥摸摸校服裤子的口袋，掏出一包纸巾："你鼻子流血了。"

齐韦宁看了一眼那粉红包装的面巾纸，没接，只是抬手蹭了蹭鼻子下面，蹭了满手血。

他不说话，就抱着书包站在那里。

倪星桥见他不接自己的纸巾，又是一副冷漠不通人气的样子，心里火大。

"不要拉倒。"倪星桥把纸巾揣回了裤子口袋。

姚叙打量了一下齐韦宁，问了句："没事吧？"

齐韦宁迟疑了一下才摇摇头。

"走吧。"姚叙拉住倪星桥，带着人往巷子外面走。

姚叙跟倪星桥都没多问齐韦宁那些人为什么打他。

他们只做自己觉得该做的，至于其他，不在他们该管的范围内。

倪星桥跟姚叙走开了，到了巷子口的时候再回头，发现齐韦宁还以刚刚的姿势在那里站着，像是一座雕塑。

"他好怪。"倪星桥说。

姚叙也看了齐韦宁一眼，没多说什么，叫着倪星桥快走，去"青睐"。

"我觉得他很没礼貌。"倪星桥跟姚叙坐在"青睐"吃双皮奶的时候，还在对刚刚的事情耿耿于怀。

"谁？"

"你同桌啊！"倪星桥说，"不管怎么样，我们路见不平拔刀相助，他怎么连句'谢谢'都不说？"

姚叙一边低头写作业，一边说："如果下次你再遇到有人欺负他，你还会帮他吗？"

倪星桥抿抿嘴，想了想，说了句："会的吧。"

倪星桥这人就是这样，小孩儿心性，不记仇。就像小时候，姚叙惹急了他，他追着姚叙打，扬言再也不跟他好了，结果第二天还是拎着一袋子零食去找姚叙一起吃。

倪星桥搭眼往下一看，惊讶地说："你都做到这儿啦？"

聊天的工夫，人家姚叙数学作业都写了三分之一了，倪星桥还抱着双皮奶在那儿吃呢。

"你快点儿吃，吃完赶紧写作业。"

"我不写了。"倪星桥说,"我叛逆,今天我要抄你的作业。"

姚叙哭笑不得,问:"你叛逆什么呢?"

"跟'狠人'置气呗。"倪星桥说,"他没收我的书,还罚我写了那么多题。我现在想起'数学'这两个字就想吐。"

也是,今天倪星桥在数学的海洋里遨游到快淹死了,晚上还要写数学作业,已经心理应激了。

"今天我要当个自甘堕落的浑不凛。"倪星桥说,"你好好写,写完赶紧上交组织。"

"你是我组织?"

"我是你领导。"倪星桥拿腔拿调地说。

姚叙笑着说:"行,你是我领导。不过就今天,今天歇歇,睡一觉明天起来可不能继续这样。"

"明白。"倪星桥也不是真不懂事的人,"我不会真自甘堕落的,月考我还要赢你呢。"

回家前,倪星桥把姚叙写完的数学作业塞进了自己的书包,心满意足地打算回去抄作业。

但他这人呢,除了自习课偷摸看小说之外也真的干不了什么坏事,一道题还没抄完,心虚得不行,最后还是自己咬牙切齿地写完了。这做人啊,道德感太强真是很累的。

这一天倪星桥做了太多数学题,导致他晚上做梦都在进行数学考试。整个考场就他一个考生,然而却有十个曹军围在他身边监考,吓得倪星桥早上醒来有种劫后余生的感觉。

早上突降的大雨,一中大门口堵车堵成了停车场,车与车之间的距离小得要命,中间还陆续有学生见缝插针地蹿来蹿去。

姚叙跟倪星桥下车的时候,车门都只能开道勉强一人侧身挤出去的缝。

姚叙先下车,淋着雨打开伞,再护着倪星桥下来。

"我真像个尊贵的少爷。"

姚叙笑道:"可不是嘛,少爷您可慢点儿,地上都是水坑。"

他话音刚落,倪星桥一脚踩进了水坑里。

白色的帆布鞋瞬间湿了个透,他懊恼道:"我是傻子吗?下雨天穿帆布鞋!"

快被自己气死的倪星桥缩在姚叙的伞下跟着对方一起往校门口走,他觉得自己今天肯定会过得特别惨。

"救，救，救，救命！"

姚叙跟倪星桥刚到校门口就听见路里嚷嚷着跑了过来，那家伙没撑伞，已经淋了个彻底。

路里水蛇似的扭动着绕开前面的人，一头钻进了伞下。

三个大小伙子，两个身高超过一米八。三人挤在一把小伞下，显得那把伞特别可怜。

"你的伞呢？"倪星桥问。

"没带啊！"路里脸上都是雨水，"我爸妈都出差了，早上我出门就忘了这事儿。"

倪星桥见姚叙被挤得半个身子都在外面了，赶紧掏出自己的伞丢给了路里："拿去，拿去！"

路里如获至宝，一边打开伞一边说："你自己有伞怎么还蹭叙哥的？"

"我懒得拿伞！"倪星桥说。

"那你可真懒！我这辈子就没见过比你更懒的人了，也就叙哥，换个人都不会这么让着你！"

倪星桥听了路里的吐槽，恼羞成怒，要不是因为正在下大雨，他肯定出去跟路里干一架。

三个人都湿淋淋地到了教室，哪怕是这种恶劣的天气，曹军也已经在教室门口"恭候多时"了。

路里说："曹老师！我今天没迟到！"

曹军："你还挺骄傲的。"

路里"嘿嘿"地笑着把伞撑起来放到走廊，靠窗那边已经摆了一排五颜六色的雨伞。

进了教室，倪星桥鞋湿得难受，趴在桌上念叨："我命休矣。"

外面大雨哗哗地下，上课的时候雷声轰隆，倪星桥看着窗外，觉得这天像是漏了。

虽然是上午，但教室还开着灯，上了年头的教学楼，没有空调，夏天就只能依靠头顶上飞速旋转的电风扇。

教室闷得不行，大家都有些心不在焉，姚叙那个好胜心极强的同桌竟然还没来。

到了课间，有人把窗户打开，凉爽的风裹着潮湿的空气进来，在"蒸笼"闷了许久的学生们直呼好爽。

姚叙过来问倪星桥觉得怎么样，已经稍微适应了的倪星桥只是耸耸肩，说："还行，正在鞋里养金鱼。"

"咦！嫌弃！"路里装模作样地抖了抖肩膀。

三人正在说笑，齐韦宁背着书包走进了教室。

路里小声跟倪星桥嘀咕："以后咱们要是迟到就学他，干脆第一节课不来了，也就不用罚站了。"

姚叙跟倪星桥知道他昨天放学后被人欺负的事，这会儿特意盯着他看，发现齐韦宁脸上的伤清晰可见。齐韦宁也看了他们一眼，没有过多的反应。

倒是等上了课，姚叙回到位置上，齐韦宁突然说了句："昨天的事，谢谢。"

姚叙感到有些意外，但没多说什么，只回应了一句："没事。"

其实，姚叙想的是：你应该去谢谢倪星桥，要不是那小子先冲了过去，我未必真的会出手。

开学第二周，课间的教室闹哄哄的，一直到打了上课铃，曹军迈着悠闲的步子走进来。

"这节开班会，"曹军说，"选班委。"

就这么一句话，让下面坐着的学生们都躁动了起来。

曹军说："从班长开始吧，想要自荐的可以举手。"

他话音刚落，齐韦宁就举起了手。倪星桥托着下巴看着齐韦宁的方向，听见路里说："齐韦宁之前就一直当班长，来咱班后还跟'狠人'自荐过。"

倪星桥转过头来惊讶地看他："你怎么什么都知道？"

"我是校园小灵通啊！"路里骄傲地说，"在整个一中，什么事都逃不过我的眼睛。"

"喊，你就吹牛吧。"倪星桥扫视教室一圈，发现姚叙没举手。

不过也对，姚叙向来对这种事情不感兴趣。

曹军让姚叙这个代理班长把那几个举手的学生的名字写到黑板上，然后让所有人匿名投票。

路里要跟倪星桥打赌："我赌齐韦宁选不上。"

"为什么？"倪星桥问，"你又听说什么了？"

"不是听说。"路里解释道，"这人性格别扭，要强又古板，虽然才开学一周，但你注意到没有，他在班上没有任何一个走得近的朋友，这样的人要是当了班长,大家都没好日子过。"

倪星桥觉得他说得有道理:"这么说来,你才是班长的最佳人选。"

路里还真的举了手:"桥哥慧眼识英才!"

倪星桥嗤笑一声,却没料到,路里还真的高票当选了。

"完了,完了,你完了。"倪星桥对路里说,"齐韦宁今天晚上就要去'暗杀'你了。"

路里才不在意齐韦宁,为了庆祝自己当选班长,晚自习之前他拉着姚叙跟倪星桥一起出去吃饭。

"一个问题。"吃饭时,路里问他俩,"今天选班长,投票的时候你们投的是谁?"

他很在意。路里其实就是脑子一热随便竞选一下,当不上也无所谓,但他必须得知道他的两个好兄弟把票投给了谁。

"我要是说我投给了齐韦宁……"倪星桥故意逗他。

"那我立刻去跳海。"

"可惜了。"姚叙给倪星桥夹了块肉,然后说,"咱们安城没有海。"

"叙哥,不带这样的!"路里故做委屈,还装模作样地擦眼泪。

"行了,不闹了,那肯定是投你的。"倪星桥说,"毕竟你名儿好写。"

倪星桥这人,张扬得很。路里终于开心了,立马又让老板拿三瓶冰镇杨梅汁来。

"我还没说呢,"姚叙问他,"不想知道了?"

"你也肯定是投的我啊!"路里说,"你俩向来'同流合污',他都投我了,你也肯定投的我!"

他刚说完,倪星桥的筷子已经敲上了他的头:"什么'同流合污'!我俩这叫英雄所见略同!"

"有区别吗?"路里问。

倪星桥说:"当然有区别了,你能不能好好学学语文啊!"

"行吧行吧,随你的便,怎么说都成!"路里说,"为了报答二位投我的票,我决定给你们透露一个小道消息。"

姚叙抬头,看了他一眼,对他的小道消息表示不感兴趣。

但倪星桥不一样,倪星桥最爱听八卦:"快说!"

路里凑近他们俩,神神秘秘地说:"下周咱班会有转学生。"

"转学生?"倪星桥问,"你这又是听谁说的?"

"别管我听谁说的,等着看就完事儿了。"路里说完,还美滋滋地抿了抿嘴,"还是个美女呢!"

姚叙对这件事毫无兴趣,但倪星桥上了心,接下来的几天见缝插针地问路里:"那个美女,怎么回事啊?"

十六七岁的男生,有些事还不太懂,但对于某些事已经有了朦朦胧胧的感觉。

倪星桥这些日子沉迷于言情小说,并表现出了好奇心。

当然,这件事他只偷偷写在了日记本里,连关系最好的姚叙他都没告诉,他怕姚叙笑话他。倪星桥的心里包袱可重呢。

路里原本就不打算保密,奈何姚叙似乎左耳朵听进右耳朵就出去了,压根儿没当回事,还是倪星桥给面子!

"我跟你说了,你可得保密,我答应她先不张扬的。"路里一副神神秘秘的模样,倪星桥听了更起劲了。

"当然当然!"倪星桥点头如捣蒜,"除了姚叙,我绝对不跟任何人说!"

路里表示很满意,冲他勾勾手指:"凑近点儿。"

课间,倪星桥跟路里的两个脑袋靠在了一块儿,从厕所回来的姚叙进门就看见这一幕,一只手就插在了那两人脑袋中间,迫使二人分开了。

"哎!干吗啊!"倪星桥不高兴了,一抬头发现竟然是姚叙,就说,"别闹!"

"干吗呢你们俩?"姚叙问,"憋什么坏主意呢?"

"没!"路里说,"桥哥向我打听转学生的事儿呢。"

路里一边说一边冲姚叙挤眉弄眼:"桥哥表示很感兴趣,姚叙,你要被踢出好友列表咯!"

姚叙嗤笑一声,然后目光落在了倪星桥身上。倪星桥没心没肺,一心催促路里赶快说。

"我跟她……"路里面露羞涩,竟然还扭捏了起来,"是网友。"

安城一中作为市重点高中,严禁学生上学带电子设备,家长们相当听老师的话,别说上学不能带了,给孩子买手机的也没多少。

路里家条件好,他爸妈经商,没多少时间管他。平时他跟着爷爷奶奶住,老人溺爱孩子,基本上路里说要什么那就立刻给什么。

他又勾了勾手指,让倪星桥跟姚叙都靠近些。

"看看。"路里竟然从书包里摸出了手机来。

"行啊你!胆子很大啊!"倪星桥说,"这要是被曹军发现,毕业前你都别想要回来!"

"所以要低调啊!"路里鬼鬼祟祟地扫视周围,然后火速点开QQ,"看见这个没?'轻舞飞扬'!"

"这我看过!"倪星桥可以说是"博览群书"了,"那个叫什么来着?女主角的网名就是这个!"

这书有点儿年代感了,首版上市的时候倪星桥才三岁。

不过,经典就是经典,言情小说狂热爱好者倪星桥肯定是不会错过的。

当初看这本小说的时候,他也幻想过自己交个网友,但很可惜,到现在为止,他周末在家玩个电脑都得偷偷摸摸的!

"就是她。"路里还点开了对方的QQ空间,里面有"轻舞飞扬"的照片。

空间里唯一一张照片是她坐在钢琴前,侧脸恬静,黑色长发柔顺,白色长裙垂坠,简直就像书里描述的模特。美女,确实是个美女。

倪星桥还想仔细看看,路里却不干了,宝贝似的捂住手机,小气得很。

路里说:"她本来是山城的,人家那里可是全国顶尖的教育大省,她上重点高中,牛着呢!"

倪星桥知道山城,他恨得牙痒痒的一个地方,他们做的最难的试卷都出自那个地方。

"那她怎么来这儿了?"倪星桥问。

"不知道,她没说。"路里抿嘴,"我觉得有可能是为了跟我做同学。"

他话音一落,姚叙跟倪星桥几乎同时面无表情地走开了。

倪星桥:"快上课了,我得去上个厕所。"他对路里说,"建议你和我一起去洗手间。"

"我不想上厕所。"

"没说让你上厕所,我觉得你可以用冷水洗把脸,清醒清醒,别再白日做梦了。"

路里听了不乐意地对姚叙说:"你这发小说话怎么这么难听?"

"忠言逆耳利于行。"姚叙说,"你还是跟他一起去吧。"

倪星桥对路里口中的美女表示了极大的兴趣,然而很可惜的是,他并没有机会在开学第三周的时候亲自迎接这位美女的到来。因为他住院了。

俗话说,人要是倒霉,喝凉水都塞牙。倪星桥本来就淋了雨感了冒,一个星期都没见好,周末到了的时候,他想着不能再拖了,得去图书馆把借来的书还掉。结果,刚从图书馆出来,骑着单车转了个弯,巷子里驶出一辆黑色轿车,直接送他"一飞冲天"了。

有那么一瞬间，倪星桥想：完蛋了，我还没活够呢！

不过，值得庆幸的是，当时那车的速度不高，倪星桥被撞这么一下没伤到内脏，有些轻微脑震荡，外加左腿骨折，但因为送医及时，所以住院一段时间就可以了。

姚叙知道这消息，火急火燎地赶来医院时，倪星桥已经醒了，但还晕，睁开眼睛就晕到想吐。

"正好，你来了。"倪海明出差了，没在家，黄茜一个人忙前忙后，加上惊吓过度，这会儿眼睛都是红的，"你看着他一会儿，我得去取片子。"

"行。"姚叙说，"我照顾他。"

黄茜心疼地看了一眼靠在病床上翻白眼的儿子，眉头紧锁地出去了。

姚叙也心疼，还有点儿后怕。

今天原本他跟倪星桥说好了一起去图书馆，但他妈妈说什么都不让他出门，只好取消了。

姚叙来的路上一直后悔，当时自己要是跟着，倪星桥就不会出这种事了。

此时的倪星桥难受得不行，一条腿还打着石膏被吊着。

"难受吗？"姚叙眉头都拧到一块儿了。

倪星桥现在觉得天旋地转，不能看东西，晕。但他听见姚叙的声音，睁开眼看对方，结果，那感觉就像是在高速运转的滚筒洗衣机里，他没忍住，扭身直接就吐了。

还好黄茜遵照护士的嘱咐，在旁边准备了个套着塑料袋的垃圾桶，要不然收拾起来也麻烦。

姚叙被他这样给吓着了，赶紧过去轻轻给他拍背、拿水。

同样闻讯赶来的路里一进门就看见这一幕："不是吧？桥哥看见我来都恶心得吐了？"

"少说屁话。"姚叙说，"脑震荡了。"

"啧，这可怜见儿的。"路里看着倪星桥这样也怜惜了，"伤筋动骨一百天，你还伤了脑子，一时半会儿回不了学校吧？"

倪星桥吐完了，漱了口，浑身无力地继续在病床上靠着。

姚叙给他收拾了垃圾桶，路里在一边观察他："桥哥，还行吗？"

"反正暂时还没死。"倪星桥不能睁眼，他紧闭双眼，有气无力地说。

"行，那就还行。"路里说，"没事，我们都是有担当的好男人，就算你缺胳膊少腿了，也不会嫌弃你的，你瘫了，咱也是好兄弟。"

要不是倪星桥这会儿实在不能动,他绝对要打死这个路里。

"不过,你怎么就让人给撞了呢?"

"不是人,是车。"

姚叙回来的时候,倪星桥正在费劲地讲述事故的经过。

"我往前骑,那车突然就从巷子冲出来了。"倪星桥说,"我平时觉得自己反应挺快的,怎么到这时候就变迟钝了呢?"

"正常。"路里说,"吓蒙了呗。"

几个人正聊着,黄茜回来了,身后还跟着两个手里提了不少东西的人。

姚叙跟路里看过去,乖巧地和黄茜打招呼。

姚叙注意到她身后的那两人,一个看起来四十多岁的男人,旁边还跟着个和他们年龄相仿的男生。姚叙跟路里往一边让了让,听见那男人说:"小同学,实在对不起,我对那一带不熟,不知道那条巷子是单行的。"

倪星桥不敢睁眼,怕再吐了,也不太想跟这位肇事者对话,毕竟是这人把他害这么惨的。装睡好了。拒绝原谅。年轻人就是这么倔强。

那人显然是很愧疚的,把带来的水果和营养品都放在了病床边的桌子上:"我会承担一切责任,医药费和营养品的费用都由我来付,你还有什么需要尽管提,我联系的护工很快就来了。"

倪星桥一听,这人好像还可以,毕竟现在能老老实实做人、老老实实承担责任的男人不多了。于是,他勉强撑起眼皮,决定看看这个害他不浅的人长什么样。

但倪星桥睁眼看见的第一个人是站在最后面的那个陌生男生,穿着一件他没见过的校服,个子挺高,长得挺白,还挺帅的呢。倪星桥有点儿晕,赶紧又闭起了眼。

黄茜说:"孩子脑震荡,还晕着。"

"明白明白。"又是那男人在说话,"你受罪了,实在对不住。"

之后,黄茜跟那人聊倪星桥的检查结果,姚叙和路里就在一边听着。

姚叙也注意到那个男生穿着的校服很陌生,不是安城任何一所中学的。

他打量对方时,一抬眼发现对方也在看他,没什么多余的表情。

倒是路里在一边嘀咕了一句:"跩什么?"

本以为彼此的交集也就到此为止了,却没料到,周一开学,曹军带着两个新同学走进了教室:"林屿洲、林苏晨,咱们班新来的转学生。"

曹军对新同学的介绍言简意赅,除了姓名没有多余的介绍。

姚叙原本在整理倪星桥的作业,那家伙虽然脑震荡还住着院,但坚持写完了周末的数学作业。

当时姚叙问他："怎么只写数学作业？"

倪星桥说："装装身残志坚的样子给老曹看，以后他会更照顾我。"

姚叙笑得不行，觉得这家伙的脑子多少坏掉了。

他脑子里装的都是倪星桥的事情，所以抬头看向新同学时，第一反应是那男生看起来眼熟。

他并没有意识到，这个叫林屿洲的就是前两天在医院遇见的那个。

他只是习惯性地忽略一些不重要的人和信息，能被他记住的，都是经过几轮筛选的。

倒是那个林屿洲，一眼就看见了坐在第三排的姚叙。

"你们俩先坐最后一排吧。"转学生来之前，班里已经没有空位，曹军特意找了两个学生搬了新的课桌椅过来，放在了教室的最后面，"下次月考之后重排座位，你俩暂时这么坐着。"

新来的两个学生乖乖往后面走，经过路里的时候，他耳朵都红了。

路里冲着走在前面的女生挤眉弄眼，还故意咳嗽，试图引起对方的注意。

人家确实扫了他一眼，但那目光仿佛是在看一个陌生人。

路里心想：行吧，她肯定是害羞了。

新生坐下后，曹军就开始正式上课，但路里完全没有心思听课，时不时就回头偷看。

林屿洲小声对旁边的女生说："前面有个人总看你。"

路里好不容易熬到下课，想跑过去跟林苏晨聊天，但人家低头看书，压根儿没搭理他的意思。

路里纠结了，想了想，从书包里摸出一块巧克力，小跑着过去，放到她桌上，然后再小跑着去找姚叙。

倪星桥不在，诉说心事的对象就只剩姚叙一个了。路里很寂寞。

"叙哥。"路里春风满面地来到姚叙桌边，没骨头似的往人家桌子上趴，"就是她。"

姚叙回头看看，刚好跟那叫林苏晨的女生对视。

"你不是说来的是个美女吗？"

"这还不美吗？"路里说道，"这比照片上还好看啊！"

林苏晨今天穿了件白色短袖衬衫，加一条百褶裙，本来人就高挑白净，在一众穿着蓝白短袖衫和运动长裤的学生堆里更显眼了。

"我不是这意思。"姚叙说,"我是说,怎么来了俩?"

"不知道。"路里有点儿不高兴。

"而且,"姚叙说,"她好像并不认识你。"

一句话惹毛了路里。

"怎么可能!"路里说,"我俩网聊了半年!"

"哦?"姚叙笑笑。

"你别不信。"路里说,"她刚来,害羞,等慢慢熟悉了,我跟她一定会开展一段温馨的校园友情。"

"谁要校园友情啊?"

路里的身后突然有人说话,他跟姚叙一起看过去,没想到来人是那个叫林屿洲的男生。

林屿洲笑盈盈地看着他们,身上穿着跟林苏晨相似的白衬衫和黑长裤,眉眼跟那林苏晨还有点儿像。

路里看着林屿洲,心中警铃大作。

林屿洲单手揣兜,看着倒挺潇洒自在,一点儿都没有初来乍到的尴尬感。

他对姚叙跟路里说:"还记得吗?咱们见过。"

经他这么一提点,路里一下就想了起来。

"对!你是那个!"

姚叙:"哪个?"

路里转过去对姚叙说:"那个害人精!让咱家桥哥躺下的那个!"

"让他躺下的是我爸。"林屿洲如是说。

这么一解释姚叙才勉强想起,他们确实见过,当时姚叙只注意到这个男生身上的校服,没想到,他就是新来的转学生。

林屿洲笑问:"想起来了?"

路里咬牙切齿道:"想起来了,仇人!"

姚叙看着两人斗嘴,没兴致跟他们一起闹。

路里用审视的目光看林屿洲,恨不得把人看出个窟窿来。

"你对我很感兴趣?"林屿洲歪着头问路里。

路里打了一个激灵:"你疯了还是我疯了,你哪只眼睛看出来我对你感兴趣了?"

"我两只眼睛都看出来了。"林屿洲故意逗他说,"上课的时候你一直回头,不是在看我吗?"

"救命啊！"路里哀号着，跑回了自己的座位。

林屿洲觉得逗弄他特有意思，眼含笑意地目送他回去，然后转过来对姚叙说："没想到咱们还成了同学。那个男生也是这个班的？"

姚叙指了指路里旁边空着的座位："那家伙的同桌。"

林屿洲一怔，随即笑开："还真巧。"

"这种巧合一点儿意思都没有。"姚叙想起还在医院遭罪的倪星桥，看着林屿洲心里就有火，"建议你和你的家人以后开车多加小心，别给别人添麻烦。"

林屿洲之所以过来搭话，就是因为认出了他们，心里觉得抱歉，想缓和一下关系，没想到，姚叙是真的不给面子啊。

碰了一鼻子灰的林屿洲也不打算多说什么了，正好这时候上课铃声响了起来。

"好，知道了。"林屿洲说完就回自己的座位了。

他刚坐下，林苏晨问他："你跟他们说什么呢？"

"没什么，就替你爸跟人道个歉。"

林苏晨瞥了他一眼："你爸自己怎么不去道歉？"

"道过了。"林屿洲说，"他差点儿吓死。"

放学之后姚叙没回家，直接去了医院。

曹军知道倪星桥在住院，下午自习课的时候找姚叙了解了一下情况，十分贴心地告诉姚叙："他每天就不用急着交作业了，等出院了回学校一起交上来就行。"

当姚叙把曹军的话一五一十地转达给倪星桥时，倪星桥震惊到脑子里再次震荡："他真这么说的？"

"一字不差。"

"他真心狠手辣啊！"倪星桥捂着心口说，"无情。"

"行了，你吃饭了吗？"姚叙不关心别的，就怕倪星桥饿着。

"还没呢，我爸给我买粥去了。"

"天天吃粥啊？"姚叙说，"营养跟不上，骨头恢复得慢啊。"

"其实也不是。"倪星桥"嘿嘿"地笑着说，"除了粥，还有香浓大骨汤。"

"挺好，等你出院能胖一圈。"

听姚叙这么一说，倪星桥立刻紧张了："那可不行！我要保持身材，胖了不好看。"

"你不管是什么样都好看。"姚叙一边把今天发的试卷往外拿,一边随口说道。

"你就糊弄我吧,我要是胖成猪,看你还这么说不!"倪星桥小声嘀咕。

正在这时,倪海明拎着粥和大骨汤回来了。

"哟,姚叙也在啊。"倪海明问,"刚放学就来了?"

"嗯。"这会儿已经挺晚了,姚叙也不能待太久,把作业给倪星桥整理好就准备走了,"我来给他送作业。"

"来都来了,一起吃点儿。"倪海明说,"这小子借着住院的由头,天天要吃消夜,吃清淡了还不行,昨天烧烤今天骨头汤,你帮他吃点儿,要不然他出院得胖二十斤。"

倪星桥听了就不乐意了:"你是我亲爸吗?"

姚叙笑道:"倪叔叔,我就不吃了,我妈在家等我呢。"

他转头对倪星桥说:"你好好休息,我明天再来。"

"等会儿!"倪星桥突然叫住了姚叙。

姚叙回到病床边,问:"怎么了?"

倪星桥冲他一笑,手伸进病号服的口袋里,抓出一把水果糖塞给了姚叙。

那一瞬间,姚叙像是被什么击中了,倪星桥放在他手心里的根本不是口味各异的糖,而是一把被对方藏起来的星星,在他的世界里猛然闪亮起来。

姚叙看向倪星桥,那张笑脸让他很开心。

"走吧走吧。"倪星桥说,"回去太晚,你妈该担心了。"

姚叙点点头,把糖放进自己校服裤子的口袋里。他跟倪星桥说再见,跟倪海明也道了别。

离开病房,他挪不动步子,靠在门口的墙上看着窗外的夜空。

姚叙满脑子都是刚刚倪星桥给他糖的模样,他掏出一颗,打开包装,放进了嘴里。

清爽的薄荷味,姚叙觉得这就是世界上最美妙的味道。

倪星桥在医院遭受病痛的折磨——但他自己觉得其实是在享清福。每天不用早起,想睡到什么时候就睡到什么时候,偶尔他睁眼时间太久他妈妈还会说:"你再多睡会儿!"

"睡神"倪星桥认为自己终于过上了好日子，当然，如果不用写作业就更好了。

而姚叙每天早上自己骑车上学，晚上再自己一个人回家，这对于他来说有些不习惯。他跟倪星桥从小就一起上学放学，突然落单，心里总是空落落的。

这天放学，他值日，打扫完教室拎着书包出去的时候校园里已经没多少人了。

他沿着操场边的小路往停放自行车的停车场走，走着走着，听见左手边的小树林里传来嬉笑吵闹的声音。

似乎每一所学校都有一个传说中的小树林，因为树丛茂密，可以很好地遮挡视线，于是这地方就成了"摸鱼圣地"，很多学生都喜欢往这儿钻。

姚叙一开始没当回事儿，但往前走几步之后突然意识到不太对劲，他听见的是笑骂声，还有人在呜咽。姚叙并不是个喜欢管闲事的人，但这个"闲事"不包括校园霸凌。

他转身看过去，然后朝着声音传来的方向走了过去。姚叙这还是第一次来学校的小树林。

"干吗呢？"姚叙一手拎着书包，一手揣在裤子口袋里，他距离那些人有一米多远，站定后冷着声音问道。

姚叙个子高，长得周正，路里经常说他不笑的时候让人觉得特有压迫感。此时，这种压迫感在这个小树林里尽显。

姚叙的一句话让不远处的几个人都扭过头来看他，也是这个时候他才注意到，狼狈地坐在地上的人竟然是齐韦宁。

齐韦宁哭得眼泪鼻涕混在了一起，脸上还有伤，他被丢在一边的校服外套上被人踩了好几个脚印。

"你是谁啊？"其中一个男生语气不善地质问姚叙。

齐韦宁坐在地上使劲用手擦眼泪，似乎不想让姚叙看见自己哭成这样。

姚叙说："他同桌。"

齐韦宁突然就啜泣起来，肩膀抖动，无法自控。

蹲在齐韦宁身边，手上还拿着根树枝的男生嗤笑了一声，骂道："你也一起来挨揍？"

姚叙叹气，他真的不想打架，尤其是在学校里。

"他怎么招惹你们了？"姚叙问。

"没怎么招惹啊，"蹲着的男生说，"就看他不顺眼。"

QINGLAI / QINSANJIAN

录取通知书
acceptance letter

录取杯回志：

经录取你入我校 _金融专业_ （本） 学习。
请持本通知书于9月6日-7日到我校报到。

校长：

山城大学
SHANCHENG UNIVERSITY

录取通知书
Acceptance letter

亲爱的同学：

经查你入学考核，被录取为（某）专业。
请持本通知书于9月6日-7日到校接报到。

校长：

山城大学

SHANCHENG UNIVERSITY
山城大学

QINGLAI / QINSANJIAN

"这理由真新鲜。"姚叙朝他们走过去,在几个人的注视下弯腰去捡齐韦宁的校服外套。

他刚要捡起来,那校服袖子就被一个人给踩住了。

姚叙抬眼看他,对方居高临下地威胁道:"你可想好了,现在可不是讲义气的时候。"

"谁跟你说我讲义气了?"姚叙手上使了劲儿,硬是把衣服从对方脚下给拽了出来,他把衣服丢给齐韦宁,同时说,"我跟你们一样,讲的是力气!"

说着,他直接挥拳,眼前的男生防备不及,下一秒就护着肚子栽到了旁边。

齐韦宁是见识过姚叙身手的,可能上次倪星桥在,姚叙还比较收敛,这回他可是真的一点儿都没手下留情,该踢的踢,该踹的踹,反手就攥住挥向他的拳头猛力反向一掰,那清脆的一声,齐韦宁听着都觉得疼。

眼看着打不过,那几人要撤。

姚叙说:"站住!"

没人听,他过去一腿将人扫倒在了地上。

姚叙问:"你们到底为什么欺负他?"

倒地上的男生被打怕了,一边往后躲一边说:"他爸记了我大过,我只能找他算账。"

说起"他爸",齐韦宁的表情立刻发生了变化。

路里是给姚叙讲过齐韦宁的八卦的,他自然也知道"他爸"是谁,于是没再多说话,让那几人走了。

姚叙本想这事儿就这么算了,却没料到其中一个走前还放了句狠话:"你等着,这事儿没完!"

姚叙笑了:"行啊,高二(13)班姚叙,别找错了人。"

小树林里终于安静了下来,姚叙扭头看向齐韦宁,问:"衣服,不要了?"

齐韦宁打了一个激灵,终于回魂,手忙脚乱地把脏兮兮的校服外套捡了起来。

不光衣服被踩脏了,他的书包也惨遭踩躏,书本、文具都被倒了满地,书包上也都是脚印。

"谢谢你。"齐韦宁没抬头看姚叙,一边道谢一边收拾东西。

姚叙捡起自己的书包,站在一边看他,然后问:"你为什么不反抗?"

齐韦宁的动作一滞，狠狠地咬了咬牙才说："打不过。"

姚叙皱起了眉，又放下了书包。

"过来。"

"啊？"

姚叙说："教你两招，很简单，下次他们再欺负你，这两招起码能吓唬住他们。"

因为值日加上齐韦宁的事，姚叙今天到医院的时间比平时晚了不少，他进病房的时候倪星桥已经吃完消夜，正靠在那里打嗝。

"哟！还知道来啊！"

姚叙笑着说："你这话怎么听起来阴阳怪气的？谁惹你了？"

"你呗！"倪星桥说，"我以为你在学校玩儿得太开心，把好兄弟都给忘了呢！"

"在学校有什么可玩的。"姚叙把书包放一边，坐在了椅子上。

"转学生呗。"倪星桥说，"路里那个大嘴巴都跟我说了。"

最近倪星桥住院，每天无聊得很，他爸大发慈悲，把家里不用的手机放了张卡，给他玩。

这下好了，他也开始广交网友了，而众多网友中跟他聊天最频繁的就是路里，班里有什么风吹草动路里都会给他通风报信。

"都说什么了？"姚叙起身去洗了个手，回来后给倪星桥剥荔枝吃。

"说咱班转来两个新生，一男一女。"倪星桥喜欢吃荔枝，姚叙就一颗接着一颗地喂，就好像他伤的不是腿，是胳膊，"长得可好看了。"

"路里是这么说的？"

"嗯。"

姚叙看了他一眼，笑问："这跟我有什么关系？"

"关系大了。"倪星桥说，"原本我在是长得最好看的，现在我有了新对手，我的地位岂不是受到了威胁？"

姚叙被他的脑回路逗得直笑，将一颗荔枝放进他的嘴里："放心吧，谁能跟你比啊？你跟神仙似的。"

"虽然是在夸我，但我怎么听着感觉这么别扭呢？"

姚叙笑道："不别扭，就夸你呢。你脑子撞坏了，少用，别瞎琢磨。"

"姚叙！你脑子才坏了呢！"

姚叙就笑，坐在那里目不转睛地看着他。

"哎，你脖子怎么了？"倪星桥突然注意到姚叙脖子上有一道细长的伤口，血刚凝固不久。

姚叙一脸茫然地抬手摸，这才注意到自己脖子被划伤了。伤口不深，也不算太长，之前姚叙都没感觉，这么一碰才稍微觉得有点儿疼。

"可能是打架的时候被树枝划到了。"

"你打架了？"倪星桥虎躯一震，"跟谁啊？新来的转学生？因为我吗？"

"想什么呢！"姚叙想，如果自己真的因为倪星桥跟林屿洲打了起来，那也应该是因为那家伙的爸撞了倪星桥。

姚叙说："我值完日出来，看见又有人欺负齐韦宁。"

听到这个，倪星桥都皱起了眉："怎么回事？他平时不言不语的，到底从哪儿招惹这么多仇人？"

"我问了，就是因为齐韦宁他爸，这些学生迁怒于他了。"姚叙说，"挺惨的，衣服上都是脚印。"

"人怎么能这么坏呢？欺软怕硬，齐韦宁真倒霉。"

姚叙点了点头。在这件事上，齐韦宁确实是无辜的受害者，校园霸凌对于一个成长中的孩子来说，有时候无异于灭顶之灾。

倪星桥伸手戳了戳姚叙："你主动出手相助了？"

"对啊。"姚叙冲他挑眉，"是不是很遗憾没看到我揍人的英姿？"

倪星桥笑他："少自恋了！"

笑完，倪星桥又说："我以为你不会多管闲事的。"

"这不算闲事，就算今天不是齐韦宁，我也会站出来。"姚叙停顿了一下，又说，"再说了，上次我不是问过你，如果再遇到这种事你会不会帮忙，你当时点了头。"

"那是肯定的，我这人最有正义感了。"

"所以，我也得站出来。"姚叙又剥开一颗荔枝，递给了倪星桥，"近朱者赤，我肯定不能拖你的后腿啊。"

倪星桥满意地点点头："不错不错，小姚很有悟性啊！"

姚叙他妈妈上夜班，于是这个晚上，他索性留在医院陪床了。

"你跟阿姨说了吗？"倪星桥睡前要去厕所，小心翼翼地让姚叙扶着，坐上了轮椅。

"说了。"其实没有。

姚叙发现最近妈妈对自己的管控欲越来越强，有时候想法很偏激。前几天他随口说了句自己放学过去给倪星桥送作业,她当即就和他吵了起来,因为觉得他这是在浪费自己的时间。

其实之前也发生过这种情况,姚叙给倪星桥讲题,戚美玲就会骂他。在她眼里,倪星桥不是姚叙的儿时玩伴,不是住在附近的邻居,不是同班同学,只是竞争对手。

姚叙很不喜欢他妈妈的这种观念,但为了减少两人的争吵,他现在在她面前能不说话就不说话了。

所以,今天晚上他在这里陪床,根本就没告诉她。

倪星桥被姚叙推着去了洗手间,路上还嘀咕:"我一直觉得我还挺招人喜欢的。"

"那是呗。"

"但我总觉得你妈好像不太喜欢我。"倪星桥突然回头,"哎,你说是不是因为我太优秀了,她每次看见我就想起不争气的你,觉得心里难受啊?"

姚叙强忍着才没笑出声来,他顺着倪星桥的话茬往下说:"对,你太优秀了,搞得我都有压力了。"

倪星桥"嘿嘿嘿"地坐在轮椅上傻乐,这腿要是没坏,他还得抖三抖。

睡前,医生来查了一下房,看倪星桥这架势,觉得他离出院不远了。

"住院也挺好的,"倪星桥说,"比上学好。"

话是这么说,但住得越久落下的课程越多,倪星桥想想就心慌。

倪星桥住的是单人病房,费用都是林屿洲他爸出。

病床旁边有张专门留给陪床人员的小床。晚上,姚叙就睡那儿。

倪星桥很快就睡着了,这人真的是睡神附体,白天有事没事就来一觉,晚上也能照睡不误。

但姚叙不一样,他辗转半天,毫无睡意。姚叙侧身躺着,一直看着倪星桥。

病房的窗帘拉了起来,只有一盏小夜灯亮着。微弱的光恰好能让姚叙看清倪星桥的脸,十六七岁的男孩儿,清秀明朗,还未成年,是一副少年人的骨架,轻盈得像春日里的风。

姚叙有些羡慕他,但更多的是欣慰。

他很庆幸自己身边还能有这样一个人,让他的日子过得没那么艰难。

早上,闹钟还没响姚叙就已经起床,洗漱完去医院的食堂买了早餐,回病房的时候倪星桥还在呼呼大睡。

这家伙，不上学还真的天天睡懒觉。

姚叙看时间差不多了，给倪星桥留了张字条，告诉那家伙早饭买好了，自己先去上学了。

眼看着快六点四十分，曹军早就站在门口守着了，但往常来得最早的齐韦宁迟迟没到。

姚叙想起昨晚齐韦宁被人欺负的样子，觉得他今天可能不会来了，毕竟脸上还有伤呢。

让他没想到的是，齐韦宁来了，脸上挂着彩，进门的时候，曹军问他："脸上的伤是怎么回事？"

齐韦宁说："骑车摔了。"

他说完，看向了姚叙。整个班级只有姚叙清楚，这根本不是摔伤的。

曹军显然也不太信他的说辞，但也没多问，让齐韦宁回座位去了。

虽然昨天又一次被搭救，但今天齐韦宁在面对姚叙的时候也没变得话多起来。不过，他心里还是感谢对方，趁着没人注意，给了姚叙一盒牛奶当作答谢礼。

姚叙是真的不喜欢喝牛奶，戚美玲每天逼着他喝，现在想起那味道都想吐。但他还是收下了，他不喝还有倪星桥呢，更何况，齐韦宁也是出于好意，姚叙不至于一点儿面子都不给。

齐韦宁下午就提前走了，上体育课的时候，他眼看着齐韦宁被一个女人接走了。

"他需要的不只是你帮他出头。"蹲在一边花坛上的林屿洲突然笑着开了口。

姚叙刚从篮球场下来，流了一身汗，转头看过去，还愣了一下。

林屿洲说："他不学会反击就永远摆脱不了现状。"

"你说什么呢？"姚叙假装听不懂。他转身往超市去，刚打完球，又热又渴。

林屿洲从花坛上跳下来，跟上姚叙，把手里的冰镇矿泉水递了过去。

姚叙看都没看，更没打算接。

碰了一鼻子灰的林屿洲也不恼，就笑着走在他身边。

"你跟着我干吗？"姚叙问。

"觉得你有意思。"林屿洲说，"你这人看着冷冰冰，不通人气儿，但有时候又挺仗义的。"

姚叙放缓脚步看向他，有些不悦："你很了解我？"

"没有啊。"

"那就不要擅自揣测我是什么样的人。"

林屿洲看着他开始笑,像是听到了什么好玩的笑话。

姚叙不耐烦地瞪了他一眼,觉得这人没礼貌。

他本来对这个林屿洲就没好印象,毕竟是这家伙的爸害得倪星桥住院,姚叙在倪星桥的事情上才不讲那么多道理,不管对方道歉态度多好,他都要记仇,而且要迁怒。

"你可真凶。"

姚叙懒得理他,继续快步朝着超市走去。

林屿洲没再跟着他,而是突然扫见了那个叫路里的。

体育课无聊,他又不喜欢打球,于是没事找事,到角落里掏出了手机。

路里刚买了个雪糕去花坛边准备凉快凉快,校服口袋里的手机突然振动,他贼眉鼠眼地扫视周围,确认没人看他,背过身去,偷偷掏出了手机。

"轻舞飞扬"发来消息:今天好热。

路里心跳加速。

刚才他去买雪糕的时候给林苏晨也买了一个,但对方没要,还一脸茫然地问他:"我们很熟吗?"

路里想说:那是很熟的啊!两人每天晚上聊QQ聊到后半夜。

但他考虑到人家女孩子可能是害羞,于是傻笑着说:"咱们不是同学嘛!"

林苏晨面无表情地说:"那你要给全班同学买雪糕?"

太狠了。为了保住自己的零花钱,路里灰溜溜地走了。

刚刚还在拒绝自己,这会儿却突然发消息,果然美女只是脸皮薄,不好意思而已。

路里心花怒放,回复说:是啊,所以我刚刚才给你买雪糕。

林屿洲看着他的回复,挑了挑眉。

正巧这时林苏晨从后面过来,拍了一下他的后背:"干吗呢?"

"那个路里刚才给你买雪糕了?"

"你怎么知道的?"

林屿洲笑问:"你收了没?"

"我要他的雪糕干吗?又不是自己买不起。"林苏晨说,"他有点儿奇怪。"

"想跟你套近乎吧。"

"那是他没事做了吗？"

林屿洲看着他姐，觉得全世界最奇怪的人其实就是她。

姚叙照例放学后先去医院看倪星桥，他天天这么折腾，倪星桥爸妈都觉得不好意思了。

"没事。"姚叙说，"每天过来看看我也放心。"

今天晚上戚美玲在家，姚叙也不好太晚回去，跟倪星桥斗了一会儿嘴就走了，刚到医院楼下，突然想起书包里的牛奶还没给倪星桥，于是又折返了回去。

倪星桥正躲被窝看小说。

"鬼鬼祟祟地看什么呢？"姚叙把牛奶放到他手边的桌子上，凑过去看。

倪星桥赶紧往被窝里藏："不给你看！"

姚叙揪着倪星桥的耳朵，在对方的哀号声中离开了病房。

姚叙回到家的时候，戚美玲已经洗好了水果等他多时。

"怎么又这么晚？"

"值日。"姚叙不能说自己是去医院看倪星桥，那样的话，今天晚上必然又要吵一架。

"怎么总是你值日！"戚美玲让他自己拿着水果回房间去，"我得找你们老师说说，这太浪费时间了。"

姚叙一手拿着书包一手端着水果盘，听见她的话停住了脚步。

"你能少管一点儿吗？"姚叙背对着她，极力控制自己的情绪，"你考虑过我的感受吗？"

只是这么一句话，就让戚美玲当场急了，在姚叙还没反应过来的时候，他手里的水果盘已经被打翻在了地上。

"你说什么呢？"戚美玲冲着他嘶吼，"你还好意思说这种话？"

姚叙一动不动，闭上了眼。

这种时候不能跟她对着干，否则就真的没完没了。

"我沦落到今天都是你害的！你现在来跟我讲我没考虑你的感受？"戚美玲发了疯似的冲着姚叙喊，"你当年考虑过我的感受吗？我供你吃供你穿，供你上学念书，你回报我什么了？狼心狗肺的东西！你还不如死了！"

姚叙深呼吸，不吭一声。

这些话他听了不知道多少遍了，从初中开始，从姚振海跟她离婚开始。

这几年，戚美玲变得越来越偏激，姚叙每天在面对她的时候要小心、小心、再小心，生怕自己一不注意说了什么话让她崩溃。

她崩溃，他也快了。

戚美玲后来在骂什么姚叙已经听不清了，他开始走神，用这种方式来逃避当下的困境。

等到戚美玲骂累了，姚叙才缓缓睁开眼睛。

眼前的女人眼睛通红，依旧怒视着他，好像跟他有深仇大恨，恨不得剥了他的皮。

"骂完了吗？"姚叙弯腰捡起地上的一颗苹果放到了她的手里，"骂完了，我要去学习了，马上月考，考不了第一名你又要砸桌子。"

他说完，绕过她，回到了自己的房间。

姚叙把房门反锁，听见外面的人又尖锐地喊叫："你锁门干什么！"

姚叙对此充耳不闻，也不回应，放下书包坐在床上，看着窗外的月亮发呆。

过了好一会儿，戚美玲依旧在对着他的房门拳打脚踢，姚叙仍然置之不理。

他来到书桌前，打开书包拿出一个黑色的笔记本。

那是他的日记，他有太多想倾诉的事情，但不能对任何人说。

人就跟气球一样，藏了太多情绪是会爆炸的，就像戚美玲那样，会疯掉。

姚叙不想疯掉，也不想说给别人听，于是写在日记本上，当作唯一的出口。这个日记本记录下的才是真正的他，而戚美玲、倪星桥以及其他人见过的姚叙，都是片面的。

他缓慢地翻着那些写得满满当当的纸页，门外戚美玲正在骂他是白眼狼。

翻到空白的一页，他拿起笔，在上面写：

9月17日 阴

夜晚一团糟。

笔尖点在最后的句号，空心的标点符号被涂黑。

姚叙想，要是倪星桥在就好了，他想从对方身上寻求一点儿安慰。

他闭上眼，在骂声中想象对方，那个家伙这个时候应该还躲在病房的被窝里看小说，就像躲在童话世界里无忧无虑的小王子。

而他姚叙，是被拴在黑森林里的囚徒，只有斩断锁链才能逃出去。

他不知道自己到底能不能有机会真的走到小王子身边，也不知道小王子看见这样的他，会不会觉得害怕。

姚叙趴在桌上，轻声叹气，拿起桌上的墨水瓶就砸向了墙面。

黑色的墨水在白色的墙上散开，然后迅速流到地面。

就像生活的阴暗面正在吞噬清透的阳光，让姚叙觉得人生了无希望。

原本倪星桥还指望着高二的第一次月考拿个年级第一名，但计划没有变化快，谁能想到他压根儿没有参与第一次月考的机会呢。

开学一个月，安城一中毫无人性地把月考安排在了一个风雨呼啸的周末。

外面电闪雷鸣，考场里只能听见翻阅试卷和笔尖落在纸上的唰唰声。

安城一中每次考试的考场都是按照名次安排的，一个考场三十人，年级前三十名的学生都在这里。

姚叙坐在第一排的第一个位置，第二个位置的倪星桥和第三个位置的齐韦宁都没来。

倪星桥没来是因为还在住院，那齐韦宁呢？

考完试走出考场的时候，姚叙的心里有那么一刻是疑惑的。

大雨还在下，姚叙站在教学楼门口迟疑了一下。

"走啊！"路里从后面赶了上来。

姚叙早上是骑单车来的，不过那会儿雨势还没这么大，现在外面都下得"冒烟"了，甚至看不清前路，骑车回去有些危险。更何况，他也不想回家。

今天戚美玲上的是夜班，白天一整天都在家里，他并不想跟她共处一室。

"你先走吧。"姚叙说，"我有东西落下了，得回教室一趟。"

姚叙逆着人流往回走，一路回到了自己班。

因为刚考完试，教室的门还开着。姚叙走进去，坐在了倪星桥的位置上。他从书包里拿出随身带着的练习册，低头写了起来。

曹军什么时候进来的，姚叙一点儿都没发现，直到对方站在他旁边指了指他刚写完的一道题说："这步错了。"

姚叙吓了一跳，抬头看向曹军。

"曹老师。"他讶异地跟曹军打了个招呼。

曹军问他："怎么没回家？"

姚叙自然不能说是因为不想看见他妈妈，于是找借口："没带伞。"

说完才发现，这会儿雨已经停了。

曹军只是点点头，问他这次考得怎么样。

"感觉还行。"姚叙说，"最后三道题都挺难的，但是我觉得我答对了。"

曹军笑着拍拍他后背："还挺自信的。"

姚叙也笑着说："在别的地方不一定，但在这种事上我还可以。"

曹军很喜欢姚叙，他也觉得少年人就得有这种意气风发的骄傲。

"行，自信点儿是好事。"曹军看了眼时间，准备走了，"对了，之前跟你说的数学竞赛的事，记得给我答复，虽然寒假才开始，但报名得提前。"

姚叙还真的差点儿把这事儿给忘了，他点点头，表示自己知道了。

曹军走后，姚叙也收拾东西离开了学校，他看时间还早，准备买两份双皮奶，然后去医院找倪星桥。

周末的"青睐"顾客很少，但没想到，他刚一进去就看见了林苏晨和林屿洲姐弟俩坐在店里面。

林苏晨依旧冷冰冰的，看见他跟不认识一样，转学过来之后两人还没说过话。

但林屿洲不同，看见姚叙时眼睛都亮了。

"姚叙？"林屿洲坐在那里，面前放着杯果汁。

姚叙看了他一眼，随口冷淡地打了个招呼，但再转头面对"青睐"的店长姐姐时，脸上挂起了微笑："姐，我要两份双皮奶，一份抹茶口味，一份巧克力口味，带走。"

店长笑着问他："今天怎么自己一个人来呢？"

"那小子被车撞了，住院了。"

店长姐姐一听，吓了一跳："撞了？没事吧？"

姚叙看了一眼不远处的林屿洲，然后说："腿折了。"

"哎哟，那可挺难受，一时半会儿都养不好。"店长给他打包了两份双皮奶，还放了一盒小饼干在袋子里，"给那小孩儿买的吧？饼干当我送的，祝他早日康复。"

姚叙笑着道谢，拎着袋子就走了。

林苏晨说："看见没有？人家烦你。"

"我又不瞎，当然看见了。"林屿洲喝着果汁看向窗外，看见姚叙把甜品店的袋子挂在单车车把上，然后长腿一迈，骑车走了。

"你在人家面前倒立洗头,他都不带多看你一眼的。"

"你是我亲姐吗?"

"就因为我是你亲姐,所以才提醒你,"林苏晨说,"再说了,你是不是挨打没挨够啊?"

林屿洲就笑了,目送着姚叙消失在了视线里。

"我不就是无聊嘛,想交个朋友怎么了!"

"我看你确实是挺无聊的。"林苏晨说,"到处闲聊。"

她突然想起什么,一把揪住林屿洲的耳朵说:"你别再打着我的旗号跟那个路里闲聊了!你这是诈骗,到时候人家告你,你爸都不给你辩护!"

"哎!疼!"林屿洲说,"我没打着你的旗号啊!是他自己误会了!"

这事儿,路里真的冤,但林屿洲也不算是真的诈骗。

林屿洲当初注册了QQ号,性别一栏清清楚楚填的是男,网名是随机取的。

至于路里,两人意外加了好友,有一次林屿洲在QQ空间发了他姐弹琴的照片,自打那以后,这个路里就认定了"轻舞飞扬"是个美女。

林屿洲呢,确实有点儿缺德,当初觉得不过就是个网友,误会就误会吧,却没想到有一天,他们成了同学。

林屿洲说:"我觉得这也算缘分,看起来他挺欣赏你的,人也还可以,你就跟他……"

他说完,林苏晨揪他耳朵揪得更起劲儿了:"还是老师作业留得少了!有空多学点儿习吧你!"

倪星桥对于错过本学期第一次月考表示深深的遗憾。

路里说:"你这就是得了便宜还卖乖。"

倪星桥问:"怎么?你考糊了?"

路里唉声叹气道:"糊了不至于,但十有八九年级排名要下降。"

又是周一,倪星桥依旧躺在病床上。

下午的时候,他实在无聊,掐指一算,班里的同学正在上体育课,于是打了电话给路里。

路里躲到操场的角落,一边吃薯片一边跟倪星桥聊天:"考数学的时候我突然流鼻血,我觉得这不是什么好兆头。"

"血光之灾啊!"倪星桥说,"看来你要遭受老曹的毒打了。"

路里一阵哀号:"你什么时候能出院啊?要不咱俩换换,我替你躺着,你替我上学吧。"

"想得美！"倪星桥说，"我要好好珍惜不用上学的日子。"

"你差不多就回来吧，再不回来，你那发小就要被人抢走了。"路里十分"友善"地提醒倪星桥，"我觉得叙哥被人盯上了。"

"谁啊？"倪星桥一头雾水，心想：谁盯姚叙啊？盯姚叙干吗啊？

"不告诉你！"路里说，"提示就到此为止，更多的惊喜你自己回来之后再慢慢去发现吧。"

路里把倪星桥的胃口吊了起来，躺在病床上吃荔枝的人看向了窗外，他打算等晚上姚叙过来的时候问问最近这家伙到底有什么事在瞒着他！

倪星桥在那边辗转反侧，姚叙却完全没意识到有什么问题。

体育课上，他跟其他人一起打篮球，林屿洲也参与了进来。

姚叙其实并没那么排斥林屿洲，只要这家伙别总来跟自己搭话。

好在，球场上的林屿洲表现得还挺正常，球技不错，跟姚叙一队，第一次一起打球竟然还挺默契的。

对于这些中学男生来说，很可能因为一场球赛就拉近彼此的距离。

临近下课，体育老师的哨子声响起，这帮小子依依不舍地停了下来，准备过去集合，林屿洲最后一个三分球刚好投中，抬手就要跟姚叙击掌。

这次姚叙没有不给他面子，回击了一下，两人一起过去集合了。

这些都被路里看在眼里记在心里，准备找时间跟他桥哥打小报告。

体育课结束，接下来两节课是自习。

让大家没想到的是，曹军竟然叫各科课代表去老师办公室领试卷。

"不是吧！"路里惊呼，"周日才考完，分数这就出来了？"

安城一中的传统——昨天考试，今天出分。

不光试卷批阅完了，而且分数出来了，连年级排名都统计好了。

路里坐在那里双手合十，闭着眼祈祷："希望给我留条活路。"

最后一排的林屿洲一边转笔一边笑盈盈地说："这学校有意思，学生熬夜学习，老师熬夜阅卷，看谁先熬死谁。"

因为要公布成绩，原本应该很安静的自习课现在变得有些吵闹。

曹军走进教室的时候，站在门口轻咳一声，所有人立刻噤声。

他手里拿着一张打印出来的名单，上面是本次月考的成绩和排名。

姚叙深呼吸，无论经历过多少次这样的场面，他还是会紧张。

他把手里的笔拆了装上，然后又拆开了。

曹军往他这边扫了一眼，姚叙不确定这个眼神意味着什么。

等到课代表把试卷都领了回来，站在讲台上的曹军终于开了口："课代表下课再发卷子，我们先开班会。"

每个人都很紧张，公布成绩这种事，有时候无异于公开处刑。

曹军说："首先要说一个好消息，这次月考，咱们班平均分是年级第一。"

他话音一落，教室里掌声四起。

曹军说："没什么值得鼓掌的，咱们只比隔壁班多了0.5分而已。"

这时候说"0.5分而已"了。路里在心里吐槽，平时可不是这么说的：0.5分在高考的时候能被甩出去几百人！

曹军审视着讲台下的学生："另外，数学和物理最高分的人也都在咱们班。"

姚叙拆笔的手停顿了一下。

"现在我念一下成绩，咱们直接调座位。"之前曹军就说过，以后每个月月考结束之后他会调换一次座位，完全按照成绩排。

他的这个规定让一部分同学和家长心怀不满，但就算有人反对，曹军也不理会。

他的说法是：想到前面来？想要一个好的学习氛围？那就努力提高自己的成绩。

非常没人情味，非常"心狠"的一个人。

听说要重新排座位，坐在最后面的林屿洲立刻开始收拾书包。

林苏晨问他："你怎么这么积极？"

"因为他很快就会点到我的名字。"林屿洲志得意满地冲他姐挑了挑眉。

林苏晨面无表情地看他，转回去之后翻了个白眼。

林屿洲说："信不信，这次第一不是你就是我。"

"你怕是想得太多了。"转过来虽然没几天，也没怎么跟这个班级的同学接触过，但据林苏晨观察，这里藏龙卧虎。

林屿洲向来都是一个自信的人，而且考试结束之后他凭借超乎常人的记忆把考试内容重新整理，觉得自己分数绝对不会低。

但让他没想到的是，曹军说："这次咱们班成绩第一名是姚叙，也是年级第一名。"

所有人都对这个结果不意外，毕竟在过去的一年里，姚叙只有那么两三次考了第二名，在大家心里，他就是这届的学神。

姚叙终于松了口气，他脑子里冒出的第一个念头依旧是：她不会生气了。

　　想到这里，姚叙觉得自己其实挺可悲的，他从来都不是在为了自己学习，也不是为了满足自己，为了博一个美好将来而努力，完完全全是为了他妈妈。

　　他永远都忘不了那次，因为物理考试时发高烧漏答一道小题，考了个年级第二名，回家后，戚美玲拿着那个人留下来的皮带狠狠地往他身上抽。

　　姚叙不想再挨打了，也不想再被骂是废物。

　　他只是为了维护住自己的尊严和家庭短暂的安宁，所以才拼了命要考第一名。其实，他一点儿都不喜欢学习。

　　放心下来的姚叙有些走神，直到林屿洲已经站在他旁边轻轻敲他的桌面，他才回过神来。

　　"同桌，请多指教。"林屿洲坐在了他的旁边。

　　姚叙依旧是第一名，这次调换座位没有任何变动，但齐韦宁缺席考试，而第二名的林屿洲坐在了他旁边。

　　姚叙很是意外，林屿洲倒是看出了他的意外。

　　"没想到吧？"林屿洲说，"我深藏不露。"

　　姚叙轻笑一声，没说话。

　　林家姐弟都考得不错，林屿洲成了姚叙的同桌，右手边就是他姐。

　　林苏晨拎着书包过去坐下，这次考了个第十五名的路里只能仰起头遥遥望着林苏晨默默心酸流泪了。

　　至于倪星桥，他跟齐韦宁一样，缺考，都被曹军丢到最后一排去了。

　　得知这个消息的倪星桥差点儿从病床上直接翻倒在地。

　　"我跟齐韦宁是同桌？"

　　晚上，姚叙拿着空白的试卷来，并且交代他，曹军让他都写完。

　　倪星桥对这件事情毫不在意，他更在乎的是自己未来一个月竟然要跟齐韦宁坐在一起，那家伙很难相处的！

　　"我想好了。"倪星桥说，"伤筋动骨一百天，我这个月也不能出院。"

　　"不行哦。"黄茜笑眯眯地从医生那里回来，"医生说了，这周五你就可以出院了。"

　　倪星桥咬住嘴唇，欲哭无泪："你们真的是一点儿都不心疼我啊！"

　　黄茜说："没事的，儿子，你爸在你的拐上贴了哪吒的贴纸，你的拐就像他的风火轮，随时随地，想去哪里就去哪里！"

　　倪星桥又一声哀号："疯了吧！"

他想到自己未来一段时间每天都要拄着拐去上学的滑稽样就觉得丢人，再想到人生已经这么苦还得每天跟一脸苦相的齐韦宁坐在一起，苦上加苦，他就是苦瓜转世了。

"哎，不对啊！"倪星桥突然反应过来，"齐韦宁怎么也没参加考试？也让人撞了吗？"

是不是那家伙也得住院好久，他们可以少坐在一起几天了？

"不知道。"姚叙说，"莫名其妙地就没来。"

他想起那天放学后齐韦宁被霸凌，第二天下午就被人带走，之后就一直没来学校。

倪星桥陷入了沉思，问："他该不会因为这个转学了吧？"

"你少操心别人的事了。"姚叙说，"好好享受这最后一个星期可以睡懒觉的时光，下个星期开始回去上学了，曹军可不会因为你一条腿不好用就对你网开一面允许你迟到。"

倪星桥再次遭到当头一棒，生无可恋地倒在了病床上。

"别学了。"倪星桥说，"让我沉沦吧。"

这时候，姚叙从书包里拿出两盒包装得很好的双皮奶，倪星桥腾地坐了起来。

"你不是要沉沦了吗？"

"现在是准备时间。"倪星桥嬉皮笑脸地从姚叙手里接过双皮奶，"等我吃完再沉沦。"

第二章 他善良又可爱

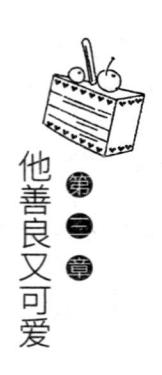

倪星桥这嘴，有时候就跟开了光一样。

第二天，数学课的下课铃声一响起，大家就开始躁动，但曹军并没有急着走。

"有件事，说一下。"曹军一开口，教室又安静了下来。

走廊上已经喧哗起来，其他班级的同学一到下课时间就跟放羊似的，闹腾了起来。

曹军说："咱班数学课代表转学了，这次月考姚叙数学成绩年级第一，课代表暂时由姚叙担任。"

他说完，看了一眼姚叙。

姚叙倒是不排斥，高一他也当了一整年的数学课代表，只是他没想到，齐韦宁竟然真的转学了。

曹军走了之后，姚叙扭头看向最后一排空着的位置，那里有两张没人坐的课桌，一张是倪星桥的，另一张原本是齐韦宁的。

"奇怪了。"路里跑过来八卦，"齐韦宁怎么突然就转学了？"

姚叙笑了："怎么，你这校园小灵通这次不灵通了？"

"啧，糟糕，失灵了。"齐韦宁这次转学，路里竟然没有提前得到消息。

为了维护自己"校园小灵通"的尊严，路里赶紧来到姚叙身边，让他给自己打掩护，掏出手机给倪星桥发消息：震惊！高二（13）班齐韦宁！转学了！

倪星桥此刻正躺在病床上捏自己的小肚子，他觉得住院这段时间他胖了不少，都说男人到了中年就会开始发胖，但他才十七岁，还没到中年竟然就胖了，这可不是什么好兆头。

手机在屁股底下振动，他伸手摸过来，打开一看，是路里发来的QQ消息。

倪星桥也是个爱听八卦的人，一看路里说齐韦宁转学了，这好奇心就起来了。

等一个QQ爱：真的假的？为什么啊？

姚叙低头扫了一眼路里跟倪星桥的聊天界面，直接被倪星桥的QQ名给震撼到。

"什么玩意儿？"姚叙嫌弃地问，"等一个QQ爱？"

路里沉浸在八卦中，跟倪星桥聊得火热。

旁边，看热闹的林屿洲笑着说："他是不是有什么小心思啊？"

姚叙一个眼刀甩过去，林屿洲耸耸肩："干吗？不让人说实话吗？"

路里从热聊中抬头，对林屿洲说："友情提示，谈论桥哥的时候，要用词谨慎。"

林屿洲不明白，问："为什么？"

"这小子，"路里指了指板着脸翻书的姚叙，"是倪星桥头号粉丝。"

林屿洲笑了，说："看不出来啊，姚叙还会对别人的事儿上心呢。"

"我们桥哥可不是别人！"路里把握住机会，向新同学证实自己"校园小灵通"的身份，"告诉你个秘密。"

他勾勾手指，林屿洲还真的挺配合，凑了过去。

"姚叙跟倪星桥，是同年同月同日出生的发小，他俩的交情岂是你我比得了的！"

路里的话让林屿洲一愣，随即大笑出声："真的假的？"

"真的啊！虽然这事儿有点儿神奇，但你别说，仔细琢磨琢磨，还挺……"路里越说越来劲，结果被姚叙直接拎着校服衣领丢出去了。

姚叙说："路里，今天放学前都不许靠近我这桌半步。"

路里面对姚叙那是相当没出息，人家说一他不敢说二，老老实实往自己的座位走，走之前还用余光偷瞄了一眼林苏晨。

真好看。虽然女神板着脸，连半个眼神都没给自己，但女神就是女神，真好看！

路里多看人家一眼都觉得心花怒放，尽管被姚叙凶了，但心情还是非常好。

林屿洲是个观察仔细的人,他同时捕捉到了很多重要的信息。

"他说的该不会是真的吧?"林屿洲问。

"闹着玩的。"

"我就知道!"林屿洲笑着说。

"我是说,路里那添油加醋的劲儿是闹着玩的。"姚叙看向了他。

林屿洲反应了好一会儿,直到上课铃响了才惊讶地说:"你的意思是,还真有这么一回事?"

姚叙不搭理他了,把上节课的笔记整理好,打算晚上拿过去给倪星桥。

接下来这节课,林屿洲走神了,托着下巴看着英语老师,但一个单词都没听进去。

倪星桥终于等来了出院日。

倪海明把儿子安置到轮椅上:"怎么着?还舍不得走?要不你再住一阵?"

"谢谢您!"倪星桥赶紧说,"但再住一阵就不用了吧!"

虽然不用上学不用早起是很好,但倪星桥整天被圈在这里也实在有些无聊了。他不想上课,但想回学校玩。如果每天都有体育课就好了,倪星桥开始做梦。

一家三口刚从住院部的大楼出来,还没到停车场,就看见一个男人风风火火地跑了过来。

这人倪星桥认识,毕竟不久之前,就是这位看着人模人样的叔叔把他撞飞的。

"不好意思,来晚了。"

"林叔叔好。"倪星桥可乖了,对撞了自己的人也笑脸相迎。

"感觉怎么样?"这位林叔叔做人也算厚道,不仅主动付医药费,还隔三岔五给倪星桥买这个送那个,倪星桥在这半个月长胖,他功不可没。

"没事儿,挺好的。"倪星桥傻傻地笑。

几个大人寒暄了几句,倪星桥听见他说自己儿子也想过来,但下午临时有随堂测验,不好请假。

倪星桥在心里吐槽:随堂测验,这简直是曹军最热衷的"活动项目"。

虽然没跟着曹军多久,但倪星桥还真够了解他的。

教室里鸦雀无声,所有人都在闷头做题。

曹军又弄来一套难度极大的数学试卷,占用了下午的自习课,折磨这帮中学生。

这套卷子题量很少,但难度系数非常大,包括姚叙在内的所有学生做题速度都慢如龟爬。

两节课的时间,勉强做完,交卷时姚叙都觉得头疼。

"我真的挺佩服你。"林屿洲苦着一张脸看姚叙,"最后两道题我都没写。"

姚叙揉了揉有些酸疼的脖子,一边收拾草稿纸一边说:"我写了也未必对。"

林屿洲点头:"那倒也是。"

姚叙瞥了他一眼,觉得这人比齐韦宁还不会聊天。

"哎,今天那小子出院啊?"

姚叙看着他,问:"什么?"

林屿洲托着下巴笑着一脸奸诈:"倪星桥,是叫这名吧?我听路里说了,你俩是发小,关系特好,我都忌妒了。跟我从小一起长大的就我姐,她还跟我不是一路人,但我觉得咱俩脾气、秉性挺合的,应该也能成挺好的朋友。"

"你差不多就得了。"姚叙整理好桌子上乱糟糟的草稿纸,准备跟路里一起去吃饭,"下周他回来上课,你别在他面前胡说八道。"

倪星桥平时看着傻乎乎的,没什么心眼儿,其实是挺敏感的一个人,他可不希望这林屿洲跑到倪星桥那儿胡说八道,搅得那家伙心神不宁。

"放心,我绝对不胡说八道。"林屿洲故意逗他,"我就是对他也挺好奇的,感觉你俩都是挺有意思的人。"

姚叙拿他没办法,干脆不搭理了。

"你跟那个林屿洲说什么呢?"路里叫姚叙一起去吃饭,两人往外走的时候林屿洲还看着他们笑,"我怎么觉得他笑得不怀好意呢!"

"那小子一肚子坏水。"姚叙头也不回地拉着路里走了。

倪星桥觉得自己是个特别矛盾的青春期少年,一方面不想早起去上课,另一方面又想回学校跟大家玩。但不管他怎么想,病休的日子算是彻底结束了。

返校前的这个周末,他在家写作业写到头晕眼花。

两个星期没去上学而已,没写的卷子就堆成了山。

姚叙来了他家，原本打算简单跟他说一下各科的进度，结果倪星桥一直补作业，根本没空听他说。

"你这两个星期都干吗了？"姚叙问他，"天天睡觉？"

"吃饭，睡觉，看小说。"倪星桥说，"还顺便上 QQ 聊一下天。"

"什么？"姚叙疑惑道。

"失败啦！"倪星桥头也不抬地继续写，落在卷子上的字迹龙飞凤舞，他自己都不认识。

"你等会儿再写。"姚叙忍不了了，直接抽走了他的笔，"说说，怎么回事？"

倪星桥莫名其妙地看着他："你干吗跟审犯人似的？"

姚叙说："你可是我亲眼看着长大的，你跟别人在网上聊天，我当然得问清楚了。"

"哎呀！别说得好像你是我爸似的！"倪星桥最近比较敏感，因为他觉得自己胖了，姚叙再这么盯着他，他的脸会更大。

倪星桥躲开，又抢回了自己的笔。

他一边写作业，一边漫不经心地说："路里都有欣赏的对象了，我反正无聊，就也想有一个。"

"我看你还是作业少了。"

"吃点儿水果！"

倪星桥的思绪被突然来送水果的黄茜打断了，见了荔枝他就没闲工夫想那些有的没的了。

"你这孩子就不能跟人姚叙学学？作业总拖到最后一天才写，还怪人家老师留得多。"黄茜扫了一眼儿子堆积如山的卷子，恨不得跟戚美玲家换孩子。

她出去后，倪星桥抱怨："我妈可喜欢你了，我都怀疑当年在医院咱们俩是不是抱错了。"

姚叙下意识地想：如果是就好了。

但很快，他又否定了这个想法。不行，他不希望倪星桥经历他经历过的那些事。十七年来，姚叙家一地鸡毛，他很小的时候就意识到，他家里的空气都比外面更稀薄，有时候他甚至觉得他妈其实一直憎恨他。

这样的日子一点儿都不好过，还是别让倪星桥吃这个苦了。

可能是因为"假期"结束，心理压力太大，倪星桥晚上做了个噩梦。

梦里面,四下漆黑,伸手不见五指。他一个人紧张兮兮地来到学校,鬼鬼祟祟地沿着小路走进了小树林。

梦里的小树林让人瘆得慌,堪比鬼片现场,但倪星桥还是壮着胆子往里去,走到深处,确定没人盯着他,他从背包里拿出作业,疯狂地写了起来。

就在他奋笔疾书的时候,突然有人出现,吓得他一屁股坐在了地上。

等到他看清来人,松了口气,原来是姚叙。既然是姚叙,那就没什么可怕的了。

梦里,倪星桥大言不惭地对姚叙说:"你来得正好,快点儿帮我写作业,等会儿曹军要检查的!"

然而就在他把笔塞到对方手里时,姚叙的脸突然变成了曹军的,吓得他一声尖叫,直接吓醒,后背发凉。这会儿才早上四点出头,倪星桥却因为这个噩梦再无睡意。

倪星桥看着天花板,想到自己昨晚写完了作业,竟然有种劫后余生的感觉。

因为倪星桥腿脚不方便,这些日子肯定是不能骑单车上学了。倪海明特意开车送孩子,还捎带上了姚叙。

早上六点多,姚叙照例到倪星桥家楼下等着。

倪星桥被他爸搀扶着,拄着拐下楼,一眼就看见了站在阳光下的姚叙。

阳光灿烂,姚叙笑得比阳光还灿烂。照理说,这种时候倪星桥应该元气满满或者哈欠连天地跟姚叙打招呼,然后得意地说一句"那些试卷我全都写完了",但这会儿,他一看见姚叙就想起昨天晚上那个梦,想到梦里姚叙的脸突然变成了曹军的,倪星桥立刻起了一身的鸡皮疙瘩。

姚叙看他们出来,过去迎了一下,倪海明也乐得有人帮忙,让姚叙搀扶这小残疾人去路边等自己,他小跑着开车去了。

姚叙的手刚碰到倪星桥的胳膊,倪星桥打了一个激灵,差点儿跌倒。

"抽什么风呢你?"姚叙抓住他胳膊,"腿脚不方便还胡闹。"

倪星桥心想:谁胡闹了!要不是昨晚你跟曹军在梦里联合整我,我会这样吗?

等他想完,突然又觉得不对劲,昨晚明明是姚叙吓唬他、对不起他,他心虚个什么劲啊!

想到这里,倪星桥态度又变了,立刻昂首挺胸,摆起架子来:"小叙子,扶朕出宫。"

姚叙笑他:"派头真不小。"

"快点儿!"倪星桥说,"不然朕就把你打入大牢!"

这样的清晨让人心情愉悦到了极致,好久没跟这家伙一起上学,姚叙确实有点儿想念了。

俩孩子坐在后排,倪海明给他们当专职司机。

倪星桥在车上昏昏欲睡,抱怨晚上没睡好。

"因为今天要上学,焦虑到失眠了?"姚叙问。

焦虑是真的,但并没有失眠。

倪星桥说:"都怨你。"

姚叙就觉得奇怪了,问:"跟我有什么关系?"

要不是因为倪星桥他爸在前面,他肯定要补一句:难不成你梦见我了?

让姚叙没想到的是,倪星桥还真的说了这么一句:"梦见你了,没睡好。"

姚叙还没来得及说话,前面的倪海明先笑了:"梦见人家姚叙嫌你烦了吧!"

"是亲爸吗?"倪星桥吐槽,"你怎么跟我妈一样!"

早上倪星桥跟他妈说自己因为梦见姚叙没睡好,他妈也是这么说的。这是什么家长啊!

姚叙满心都是好奇:"梦见我什么了?"

倪星桥下意识就要把梦脱口而出,但在说出来的前一秒决定还是忍一忍,那梦实在有点儿丢人,说出来肯定要被笑话的。他爸会笑话他,姚叙也会笑话他。

而且就他爸这个大嘴巴,没准儿三天之后,整个小区都知道倪星桥梦见自己在小树林写作业,还被姚叙吓着了。

不能说,坚决不能说。

倪星桥:"打死我也不会说的。"

"那就是了。"倪海明还在那里煽风点火,"肯定是姚叙嫌你烦了。"

倪星桥生气,决定跟他爸冷战十分钟。

到了学校大门口,倪海明停好了车,和姚叙一起把那臭小子从车上扶下来。

"拄好拐。"倪海明最后叮嘱了几句,就潇洒地上班去了。

姚叙陪着倪星桥慢慢悠悠地往教学楼挪,后面的路里小跑着追了过来。

"好久不见啊，我的哥！"路里兴奋地冲过来搂住了倪星桥的脖子。

倪星桥这会儿哪受得了这个动作，差点儿直接被拽倒，还好姚叙反应快，把他抓住了。

"Sorry（对不起）！"路里赶紧道歉，"忘了你现在是残疾人了。"

倪星桥狠狠地瞪他："闭嘴！"

三个人磨蹭到教室门口，刚好六点四十分多一点点。

曹军看见倪星桥挂着拐费劲地往教室走，晚了半分钟也没计较。

"谢谢曹老师！"倪星桥满面春光，"我一定早日康复以报答您！"

"赶紧回去自习！少说废话比什么都强。"

倪星桥"嘿嘿"地笑着，跟着姚叙和路里进了教室。

半个多月没来，倪星桥进教室的时候突然有些恍惚。

经历了一场月考，教室里同学们的座位有了调动，倪星桥刚一进教室，觉得这一切特陌生。

"你在这组最后一桌！"路里指着靠墙那组的最后面，"齐韦宁转学了，你现在就自己坐那儿，雅座！"

"去你的雅座！"倪星桥可不稀罕这样的雅座。

他不情不愿地往后面走，路过关系好的同学，走红毯似的跟人打招呼。

姚叙就目送着他到了座位，然后才回自己的座位去。

"你眼神都黏人家身上了。"林屿洲一大早就开启嘲讽模式。

姚叙瞥了他一眼："要你管？"

"我可不敢管。"林屿洲回头看倪星桥，刚好对上那人震惊的目光，"哎，他看我呢。"

姚叙扭过头去，看向了倪星桥。

此时的倪星桥觉得自己灵魂都在颤抖：这是什么情况？为什么那小子坐在姚叙的身边？

倪星桥跟林屿洲见过几次，第一次是他刚被撞的那天，林屿洲就在现场，不过当时倪星桥脑震荡，看什么都想吐，对他的脸没什么印象。

不过，后来林屿洲跟着他爸去看过倪星桥两回，倪星桥对他没什么兴趣，两人也几乎没说过话，倒是林屿洲他爸闲聊时说过自己的孩子都转学到安城一中了。

没想到啊，竟然转来了他们班！更让倪星桥惊讶的是，那小子竟然跟姚叙是同桌！

他倒不是因为同桌这件事忌妒林屿洲，他只是震惊。在倪星桥看来，林屿洲这小子就是那种典型的把心思都花在打扮上，整天招猫逗狗的，没想到成绩竟然这么好。

不过，转念一想也对，要是成绩不行，曹军也不会要他。

怨念，太让人心怀怨念了。

倪星桥趴在桌上，觉得自己此刻就是墙角孤零零的一株狗尾巴草，心里的怨念更重了。

看着林屿洲坐在那里跟姚叙嬉皮笑脸地聊天，两人看起来关系竟然非常好！

这就让他的怨念更深了！他住院这么久，姚叙竟然没跟他说过林屿洲转到了自己班上来，两人都成为同桌了，都这么亲密了，竟然都没说！

这时，路里传了字条过来：桥哥，欢迎归队，今天中午你请客！

倪星桥翻了个白眼，咬牙切齿地在字条上画了个丑兮兮的狗头传回去了。

过了一会儿，路里又收到了倪星桥的字条，上面写：中午我请客，不带姚叙，孤立他！

倪星桥扬言孤立姚叙，但他根本忍不住，下了课人家一来，小嘴儿就叭叭地没停过了。

"你心情挺好啊！"倪星桥趴在桌上，还是他先主动跟姚叙说的话。

姚叙直接坐到了他旁边空着的位置上："你回来上学了，我心情能不好吗？"

"哟，连体婴终于团聚了！"路里也凑了过来。

"谁跟他是连体婴！"倪星桥一百个不乐意，"再造谣我要告你了。"

"要告谁？"突然一个声音插了进来，"我爸是律师，可以帮你。"

倪星桥抬头一看，好嘛，烦谁谁来！

"你是哪位？"倪星桥可一点儿都不客气。

林屿洲觉得他特有意思，故意逗他："不认识啦？你出院我还差点儿去接你呢。"

"哦！姚叙的新同桌！"倪星桥阴阳怪气的，听得姚叙跟林屿洲都笑了。

林屿洲问："你不爽啦？"

"我疯了吗？"

路里在旁边帮腔："我说你怎么要孤立姚叙，搞了半天原来是不爽了！"

倪星桥不高兴了："路里你跟谁是一伙的！"

路里义正词严："我跟真理站在一起。"

"我就是真理！"倪星桥撇了撇嘴，又偷瞄了一眼林屿洲。

现在，倪星桥已经单方面把林屿洲当成了眼中钉。至于为什么，其实他自己也说不清楚，就好像原本稳固的小世界突然被人入侵了。

面对倪星桥略微的敌意，林屿洲丝毫不在意，反倒是笑盈盈地伸手："正式认识一下吧，我叫林屿洲。"

倪星桥心想：你还挺能装腔作势的！

不过，倪星桥也不是那种真的会使小性子的人，好歹是新同学，面子还是得给的。

倪星桥跟林屿洲握手，姚叙就盯着两人握在一起的手，刚握了一下，他就说："行了，差不多就放开吧。"

这种时候，还是路里这个局外人看得明白："你们这些高中生，还是作业少，老曹多给你们留点儿作业，你们就没闲工夫互相看不爽了。"

路里的话是相当有道理的，不过曹老师并没有配合他一起"整治"这些臭小子。

下午的时候，曹军把体育委员叫去了办公室，等体育委员回来的时候，宣布了一个重要且振奋人心的消息："号外号外！"

体育委员站在讲台上，拿腔拿调地说："众所周知，咱们学校每年秋天都要开运动会。"

他话音刚落，教室里就炸了锅。

上学实在无聊，大家每天不是做题就是考试，就指望着运动会玩几天。

因为才刚分班不久，体育委员对大家擅长的项目不太清楚，于是让大家自荐项目，最后没人报的他再想办法。

自习课变成了自荐课。教室里，大家讨论得热烈，积极性也很高。

路里当仁不让地报名了短跑和接力，还跟体育委员说："其实，我还想试试铅球。"

体育委员表情遗憾："可惜了，这次没这个项目。"

"那真是太遗憾了。"路里坐下，回头看倪星桥，用口型问：你报点儿啥？

倪星桥觉得他脑子坏了，这是运动会，又不是残运会。

倪星桥以往在运动会上只有看热闹的份儿，他当啦啦队队员还行，真上场，那不是给班级争光，而是给班级抹黑。

但他知道姚叙长跑很厉害。

正琢磨呢，体育委员谄媚地笑着对姚叙说："姚叙，五千米……"

倪星桥一听见姚叙的名字，脖子立刻伸得老长。姚叙不知道在低头看什么，被点名后抬头，想都没想就说："行。"

体育委员差点儿飙泪，感恩戴德地说："你就是我亲哥！"

林屿洲竟然也举起了手："我也可以跑五千米。"

倪星桥一下就被刺激到了，嘀咕道："我要是没残，我也能跑！"

前桌回头看倪星桥，笑他说："你跑五十米都不及格，还跑五千米呢！"

这位吐槽他的，正是他高一时候的同桌，当时他们体育课有个五十米跑的测试，倪星桥跑五十米的速度甚至输给了班上几个女生。一生要强的倪星桥在这件事上永世抬不起头来。

"我那是保留实力呢。"倪星桥狡辩，"你知道什么啊！"

体育委员心满意足地把所有项目都填满了，火速跑去找班主任。

林屿洲问："到时候较量一下？"

姚叙没那个好兴致："你想要的话，第一名给你。"

林屿洲笑得不行："你就那么自信？"

姚叙看了他一眼："行啊，那到时候比比看。"

因为有了运动会这事儿，学生们心里都跟长草了似的。

倪星桥虽然上不了场，但他比报了项目的姚叙都兴奋。运动会前一天，拄着拐都要拉着姚叙一起逛超市。

姚叙说他："陛下，您真的不用什么事都亲力亲为，这种小事写个清单，我给你买回去就完事儿了呗。"

"那可不一样。"倪星桥说，"我要的是这个气氛。"

姚叙哭笑不得，只能推着购物车陪他逛。

倪星桥喜欢吃零食，就像他喜欢吃"青睐"的双皮奶一样。两人走在一排排货架间，见着什么拿什么。

到了运动会当天，倪星桥拄着拐，左边站着姚叙，右边站着路里，那两人手里都提着两个大塑料袋，里面满满的都是零食。

路里说："你可真行，吃得完吗？"

"吃得完！"平时黄茜不让倪星桥总吃零食，这回他终于有了正当理由，当然得多买点儿。

路里说他:"你知道为什么你没叙哥长得高吗?"

"为什么?"倪星桥还真的好奇。

他跟姚叙从小一起长大,水土都一样,怎么差距就这么大?

路里不怀好意地说:"就是因为你零食吃太多。这样吧,为了你好,这两袋子给我吧。"

"我就知道你没安好心!"

三个人往自己班的区域走,刚到就看见林屿洲已经坐在了那里。林屿洲招呼他们过去,倪星桥不乐意,姚叙无所谓,但路里欢天喜地地跑了过去——林苏晨也在。

有林苏晨的地方就有他路里,更何况,众所周知,运动会是最适合拉近大家距离的,路里肯定要把握机会啊!

路里跑到林苏晨旁边坐下:"你来得真早。"

林苏晨正戴着耳机听歌,压根儿没听见他说话。

倪星桥看出了端倪,问姚叙:"路里咋了?"

"这小子想跟林苏晨交朋友呢。"

"看出来了,人家好像不太愿意搭理他。"

运动会上,每个人都喜气洋洋的,毕竟不用上课,哪个学生不开心?

路里更开心,难得能跟女神坐在一起,绞尽脑汁在找话题。

"你喜欢吃果冻吗?"他从背包里拿出一袋果冻来。

林苏晨看了一眼,摇摇头:"不吃,谢谢。"

"那你吃薯片吗?"路里又从背包里拿出了一袋薯片。

"我吃我吃!"倪星桥与路里中间隔着林家姐弟,看见薯片眼睛都亮了。

"你不是有吗?吃自己的!"路里心想,我这些零食可不是给你准备的。

倪星桥吐槽他:"小气。"

刚好到两首歌切换的时候,林苏晨耳机里这会儿没有声音,听见了倪星桥的话。

她看看倪星桥,又转过来看了眼路里。

路里被她看这么一眼就脸红得像被蒸过,脑子都不转了。

路里没想到的是,林苏晨非常直接地问他:"你想跟我交朋友?"

路里差点儿晕过去。

她的一句话,引得周围那几个人都看向了他们。

倪星桥连连点头，但出于兄弟情义，这个问题得留给路里自己回答，倪星桥只是偷偷点头表示自己什么都知道。

林屿洲觉得这事儿可太逗了："姐，你是不是太直接了？"

"我这不都是跟你学的吗？"林苏晨说，"要说直接，咱们家谁能比得了你？"

她这么一说，倪星桥的八卦之心又蠢蠢欲动起来。

虽然跟林屿洲不熟，还有点儿不对付，但该八卦的时候倪星桥可是一点儿都不含糊。

他好奇地问林屿洲："她这是啥意思？你干什么了？"

一肚子坏水的林屿洲笑了。

"你笑得真丑。"倪星桥一点儿都不客气。

运动会开幕式上，每个班级的运动员都要参与走方阵，倪星桥左手边和右手边的两人都在体育委员的召唤下离开了，路里也去了。

他伸长了脖子，目光追随着姚叙跟林屿洲，发现那两人竟然走在一起。

林屿洲个子也挺高的，不带偏见地说，长得也挺帅。

等到那些人都走远了，去准备入场了，倪星桥收回视线，看见了一直安静地坐着听歌的林苏晨。

倪星桥没忍住，凑了过去。他腿还打着石膏，挪过去着实费了点儿劲。

林苏晨感觉到这边的响动，转过来看他。

被林苏晨这么一看，倪星桥有点儿不好意思了。

"我叫倪星桥。"回学校之后，倪星桥跟这位转学生还没说过话，"那个……我听路里说，你是林屿洲的姐。"

"你说什么？"林苏晨没听见他的话，只看见他的嘴巴一开一合。

她摘下耳机，说："我没听清。"

倪星桥更尴尬了。现在这情况，不知道的还以为他趁着旁边的人都不在，自己来和女生搭讪。好丢脸啊。

"我说我叫倪星桥。"

"知道。"

"你知道？"

"林屿洲说过。"

倪星桥倒吸一口凉气。

"他爸把你撞进医院去了。"

美女说话真的是太直率了。

"那不是你爸啊?"是重组家庭吗?

"也是我爸。"林家姐弟就是习惯这么说话罢了。

倪星桥尴尬地呵呵笑,脚指头都抠到一起了。

"有事?"林苏晨问。

倪星桥发现这位女同学真的很高冷,就这么几句话,他都要冻死了。

"我想跟你打听个事儿啊。"倪星桥莫名地心虚,"我不是要窥探人家的隐私,就单纯八卦一下。"

他越解释,越显得心虚。

"林屿洲他……"倪星桥鬼鬼祟祟地看了一眼接受检阅的方队,这会儿还看不见自己班级的运动员,他说,"他跟姚叙,是不是有什么……秘密啊?"

"他惹你了?我帮你收拾他。"林苏晨确实直接,直接到差点儿让倪星桥摔下去。

"不不不不不,"倪星桥否认得那叫一个快,生怕被误会,"我俩半点儿恩怨都没有。"

"嗯,那就好,他还算有良心,不欺负残疾人。"

倪星桥无语,心想:这位姐姐嘴巴也够损的,果然不是一家人不进一家门。

"你想问什么?"

"没,没事了。"还是算了,倪星桥觉得自己不太敢跟这位姐说话。

倪星桥耷拉着肩膀在观众席上坐着,看着自己班级的运动员方队走过来。

主席台上,主持人念着他们班的检阅词,他看着那两个走在队伍最后面的人,觉得那两家伙看起来气场还挺合的,因为他俩,整个班级的颜值水平都被拉高了。

哼,那是我没上场。倪星桥想,要是我上场了,就没他们俩什么事儿了!

开幕式结束,运动会算是正式开始了。

因为长跑是整个运动会的最后一项,在第二天下午才进行,所以这会儿姚叙跟林屿洲都在观众席上坐着看热闹。

如果是以前,倪星桥早就凑到最前面看热闹了,但今天,他就身在一场热闹之中。

姚叙拧开饮料的盖子递给倪星桥。

倪星桥:"我自己来吧,以后你帮林屿洲拧就行。"

姚叙觉得他莫名其妙:"我帮他拧干吗?"

倪星桥欲言又止,"咕嘟咕嘟"地喝了半瓶果汁。

以往,每次开运动会,不是刮风就是下雨,像是个魔咒,但这次他们运气好,艳阳高照,一点儿风都没有。

倪星桥捏着饮料瓶,心事重重。

"路里!"倪星桥身子往后,朝着路里喊了一嗓子。

路里正兴奋地给人加油呢,倪星桥嗓子都快喊哑了他才转过来。

"你陪我去厕所呗。"

姚叙听见他的话,立刻站了起来:"我带你去。"

"不用!"倪星桥心里是有了点儿小疙瘩的。

他跟姚叙从小一起长大,一直觉得他们俩是最亲密的朋友,可是自己只不过住了几天院,一回来好像风云突变了,姚叙跟别人有了他不知道的秘密。

姚叙这个叛徒,倪星桥不高兴了。

路里跟姚叙都觉得奇怪,但倪星桥不愿意,姚叙也没勉强,就叮嘱路里小心照顾着。

倪星桥拄着拐,还被路里搀扶着,两人小心翼翼地往教学楼去。

路里问:"你跟叙哥吵架了?"

"没有啊。"

"那陪你上厕所这种好事怎么落到我头上了?"

倪星桥"哼哼"两声:"怕你觉得我冷落了你。"

路里笑道:"那我可得谢谢你。"

倪星桥不说话了,指了指前面的花坛,意思是要去那边坐。

"你不去厕所?"

"不去,我其实就是想出来透透气,那边太吵了。"

真稀罕,竟然能听见倪星桥说嫌别人吵。

"你不对劲啊。"路里扶着他在花坛边坐下,"你俩是不是吵架了?"

"路里,我问你一个问题啊。"倪星桥说,"如果你从小到大最好的朋友身边有了更重要的朋友,你会怎么做?"

路里很敏锐地问:"你是说叙哥?"

"哎呀,不是!"倪星桥赶紧往别处扯,"是我看的一本小说里的主角。"

"哦,那得具体情况具体分析。"路里想到倪星桥看的那些小说,"如果这本小说的主角是一对情比金坚的兄弟,那兄弟俩就能战胜不速之客。"

倪星桥被他带进去了:"那要不是呢?"

"那就成炮灰了呗。"路里说,"在这种事情上,从来没有什么先来后到,有时候就是一瞬间的事儿。"

他对倪星桥说:"你看,我分析得多有道理。"

"路里,你好恶心。"倪星桥嫌弃路里肉麻。

路里说:"你不懂。"

倪星桥阴阳怪气地说他:"哇哦,你好了不起。"

路里扭捏地笑道:"哎呀,别这么说,我也就一般一般,世界第三啦!"

"神经病。"倪星桥还是觉得心里沉沉的,这地方看不到姚叙跟林屿洲,也不知道那两人是不是趁着自己不在凑到了一起。

"关我什么事!"

"啊?"路里被他那一句莫名其妙的话吓了一跳,"你自言自语什么呢?"

"路里,我一直觉得你是个懂得很多的人。"

"哈哈哈哈哈哈,过奖了,不过我确实比一般人知道得多点儿。"路里倒是一点儿也不客气。

倪星桥目光炯炯地看着他:"那我问你一个问题。"

"你说。"

"你觉得我这个人怎么样?"

路里原本蹲在花坛上,倪星桥的这一句话差点儿让他脚底一滑,从花坛上摔下去。

"桥哥,你怎么突然问我这个问题?"路里脸上写满了震惊,这可不好回答,路里觉得倪星桥在给他下套,不管他怎么回答,这家伙可能都不会满意。

毕竟,倪星桥小心思多,保不准在算计他什么。

"桥哥!"路里灵光一现,紧张地说,"你该不会也想跟苏晨交朋友吧?"

"你想多了。"倪星桥撇撇嘴,"我就是想知道,你们觉得我这个人到底怎么样。"

路里一听倪星桥这话,松了口气:"不是这样就好。"

他对倪星桥说:"你挺好的啊,长得好看,学习好,鬼点子多,就是……"

"就是什么？"

路里瞄了他一眼："就是有时候爱使小性子。"

他说完，生怕倪星桥生气，赶紧补充："但你使小性子的时候也挺可爱的！"

"那个林屿洲呢？"

"你可爱关他什么事？"

"我的意思是，你觉得他人怎么样？"倪星桥问，"我跟他，你觉得谁更好？"

"那必须是我桥哥！你压根儿不应该有这个问题！"

倪星桥撇撇嘴，嘀咕了一句："那为什么姚叙跟他关系这么好了？"

"啥？"路里歪着脑袋问，"谁跟谁？"

倪星桥心里有个小疙瘩，他以前都没发现，原来自己这么看重姚叙。

他不好意思继续说下去，怕路里笑话他。

"没谁。"倪星桥在反省，他应该做快乐阳光的小男孩儿，内心怎么能这么拧巴呢！

两人正打闹着，路里就看见姚叙从远处走了过来。

倪星桥也看见了姚叙，对方头顶阳光，步履从容地朝着他走来。

倪星桥觉得姚叙身上仿佛带了一圈圣光，那叫一个帅。

但同时，他也有点儿不敢直视姚叙，总觉得好像看多了就会让对方发现自己那点儿小心思。

姚叙来了，路里解放了。

路里："你陪着这个祖宗吧，我得回去了。"

"路里你无情！"倪星桥恼羞成怒。

路里笑嘻嘻地跑了，根本不打算反驳。

"怎么了？"姚叙单手插在校服裤子的口袋里，另一只手拍了一下倪星桥的肩膀。

"没事。"不知道为什么，本来再自然不过的动作，现在倪星桥却觉得很别扭。

他下意识地往旁边躲，姚叙的手就那样僵在了半空。

这行为太反常了，倪星桥再怎么说自己没事，姚叙也不会信。

"说说吧。"姚叙收回手，站在他面前，居高临下地看着他。

"说什么？"

"你觉得呢？"姚叙微微躬身，两人平视。

姚叙似笑非笑地看着他："是不是干了什么见不得人的事了？不然，你心虚什么？"

倪星桥不敢跟他对视，头往别处转，结果被姚叙扳了回来。

"哎，你干吗啊？！"

"我还想问你呢，你干吗啊？"姚叙眼睛一眨不眨地盯着倪星桥看，"今天一大早就奇奇怪怪的，是不是背着我干了什么坏事？"

"你别胡说！我可没有。"倪星桥抬手拍开姚叙的手，"明明是你背着我跟林屿洲拉帮结伙，这才几天啊，就玩得那么好。"

"什么？"姚叙皱眉。

倪星桥不管那么多了，他就是心气儿不顺，一股脑儿把心里那点儿小九九全说了："姚叙，你别跟我装了，你俩现在可好呢，我要是没回来，估摸着过两天就要歃血为盟了！"

姚叙听完，愣了一下，随即笑了起来。

"你笑什么？"

"你就因为这个跟我闹别扭啊？"姚叙逗他，"看不出来啊，你这么看重我啊。"

他说着，又抬手拍倪星桥的肩膀，但被甩开了。

"你别扒拉我！"倪星桥说，"你就笑吧，你可得意了！"

"哎，我问你一点儿事。"姚叙轻笑一声，直起身子转个身坐到了倪星桥旁边。

倪星桥想提醒他刚才路里踩着这里来着，但一想，反正花坛边本来也不干净，坐就坐吧。

"你是不是特在乎我？"

"没有。"倪星桥说，"我广交好友，不差你一个。"

"真的不差我一个？"

"嗯。"话虽是这么说，但倪星桥的嘴撇得能挂油瓶了。

姚叙笑他："不像啊。"

"我没有！"

"那你闹什么脾气呢？"姚叙问，"因为林屿洲跟我走得近，所以不高兴了？"

倪星桥不吭声了。

姚叙见他这样，哭笑不得，不顾对方反抗，又去拍他的肩膀。

"你那小心思都写脸上了。"姚叙说,"放心吧,你在我这儿,永远都是排第一位的。"

"你就话说得好听。"倪星桥说,"从小你就会哄我,谁知道是不是说一套做一套。"

"长这么大,我骗过你吗?"

倪星桥想想,还真的没有。

"我骗谁也不会骗你的。"姚叙看着他气鼓鼓的小脸说,"你放心好了,对我来说,你永远都是最重要的那个朋友。"

听到姚叙这么说,倪星桥终于转过去看向了对方。

姚叙太坦诚了,也太真诚了,这让倪星桥突然觉得自己有点儿无理取闹,不好意思了。

他赶紧移开了视线,说:"姚叙,你扶我回去吧。"

"这就回去了?"姚叙说,"咱班短跑没进决赛,这会儿没什么可看的。"

"我关心的不是比赛啦,"倪星桥对他说,"我要回去找林屿洲,让他知道知道谁才是你姚叙的榜一大哥!"

姚叙看着他大笑,然后乖乖地帮他架好拐。

两人慢慢往回走的时候,姚叙问:"问你个问题,当你看到我跟林屿洲走得很近时,是什么感觉?"

倪星桥有点儿不好意思,但还是认真回答了:"不开心。"

"为什么?"

"觉得林屿洲跟你关系好,你就不怎么跟我玩了。"倪星桥说,"我知道这么想不好,但从小你就是我最好的朋友,那我失去你了,还不能难过一会儿啊!"

姚叙听了他的话,突然说不清心里是什么滋味。

他紧握着倪星桥的胳膊,扶着对方往回走,然后轻声说:"放心吧,你永远不会失去我这个好朋友的。"

年少时代从来不畏惧许下诺言,姚叙对倪星桥说"你永远不会失去我这个好朋友"的时候,郑重其事,并且相信。倪星桥并没有意识到姚叙在说这句话的时候有多认真,他半开玩笑似的说:"你就说话好听。"

姚叙笑着说:"我跟别人说话可没这么好听。"

这倒是真的。倪星桥喜欢姚叙给他的这种"特殊待遇"。

姚叙去了个厕所,回来的路上刚好遇见生活委员,对方刚从教学楼出

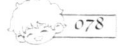

来,手里拿着一沓信。

"来得正好!"生活委员走过来抽出其中一封递给姚叙,"有你的一封信,我直接给拿过来了。"

姚叙有些意外:"我的信?"

生活委员又确认了一遍:"对,高二(13)班姚叙。"

姚叙从她手里接过来,看着牛皮纸信封,还是一头雾水。他想不到有谁会写信给自己。

姚叙拿着信回到班级的座位区,看见林屿洲正在跟倪星桥抢一包薯片吃。

姚叙站在后面看了他们一会儿,觉得这两人相处得怪有意思的。

"姚叙!"倪星桥先回头看见了他,告状似的说,"林屿洲抢我吃的!"

林屿洲说:"刚才打赌你输了,这是我的了!你怎么耍赖呢!"

姚叙哭笑不得地走回去,从两人手里一把抢过那包薯片,然后塞给了倪星桥手里。

林屿洲说:"哎,你这人把'不公平'都写脸上了啊!"

倪星桥喜不自胜,得意地在旁边扭动。

"这是什么?"倪星桥注意到姚叙手里的那个信封。

"不知道,"姚叙说,"不知道是谁给我的。"

倪星桥跟林屿洲都凑过来看,林屿洲说:"情书吧!"

一听是情书,倪星桥来劲了:"快拆开看看!"

姚叙对此不是很感兴趣,随手把信丢给了倪星桥。

倪星桥可不管那么多,把薯片放到一边就准备拆信:"我可拆了啊!"

"嗯。"

趁着倪星桥跟姚叙都不注意,林屿洲把那包薯片给拿了回来,还吃上了。

倪星桥的注意力都放在了这封信上,他还嘀咕呢:"写情书怎么用这种信封啊?不应该用粉色的吗?"

"可能人家就是不走寻常路,这样才能引起姚叙的注意呢。"林屿洲添油加醋地说,"追男神还是得多用用心!"

倪星桥听了,觉得这家伙的话倒是有点儿道理。

他继续拆信,抽出来厚厚的一沓,递给了姚叙。

"我素质很高的。"倪星桥说,"不看别人的信。"

姚叙笑了,从他手里接过来,打开。

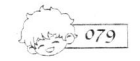

让他们都没想到的是，给姚叙写这封信的人竟然是齐韦宁。

齐韦宁转学走得突然，悄无声息的，谁都不知道究竟是怎么回事。

姚叙有过猜测，或许跟校园霸凌有关。齐韦宁骨子里要强，又倔强，姚叙能明显感觉到他对人是非常不信任的，不信任同学，也不信任老师。

这可能跟他的家庭有关。副校长二婚生子，低调得很，但学校这帮学生私底下乱传八卦，再加上有那么一个优秀的哥哥，齐韦宁肯定压力很大。而副校长呢，根本没太多时间关注孩子的情况，他把齐韦宁安排在安城一中，以为自己给了他最好的条件，但实际上，齐韦宁真正的想法根本没被他在乎过。

姚叙想起他爸，觉得他们是一丘之貉。

"齐韦宁的字还真的挺好看。"倪星桥发自内心地感慨了一句。

"齐韦宁？"林屿洲问，"就是你之前那个同桌啊？"

林屿洲跟齐韦宁几乎没有什么交集，他来了不久齐韦宁就走了，两人连一句话都没说过。

"转学了，还给你写信？你俩的关系还真好。"

林屿洲转过去问倪星桥："以前你是不是也像针对我一样针对齐韦宁？"

"我针对你们干吗？"倪星桥歪着头问。

"觉得我们跟你抢好朋友呗！"林屿洲冲他挤眉弄眼的，没正形地开着玩笑。

倪星桥还没来得及说什么，姚叙先开了口："你还真了解倪星桥。"

然后，倪星桥就捶了姚叙一拳。

三个人闹够了，三颗脑袋凑在一起看齐韦宁的信。

"你们俩能不能给我留点儿隐私？"

"不能。"倪星桥很果断地说。

"一个人看是看，两个人看也是看，"林屿洲跟着倪星桥一起厚颜无耻地说，"多我一个不算多。"

姚叙拿这两人没办法，只能警告他俩看了也不许往外说。

齐韦宁的信里其实没说什么不能让人知道的事情，只是特意感谢姚叙出手相助。

"我从来都被教育，必须忍耐，在家里忍耐，在外面忍耐，别人对我好，我不能轻易接受，别人欺负我，我也不能回击。我被教育，别的孩子身上可以有刺，但我不能，我跟他们不一样，我不能惹是生非，不能给那个人添麻烦。"

姚叙看得皱眉,倪星桥在旁边已经撇起了嘴。

"从来没人帮过我,没人站在我这边,直到那天,你跟倪星桥从巷子口跑过来,我第一次觉得我好像并不是一个该死的人。后来,你又救了我一次,还跟我说应该学会反抗。你是第一个告诉我可以反抗的人,我很感谢你。"

齐韦宁的叙述并没有过多地渲染情绪,可是看得倪星桥心里紧巴巴的。

他们像大多数同学一样,不喜欢齐韦宁的性格,觉得他固执、要强、难相处。可是,生活幸福的少年们从来没有真正地去了解过自己的这位同学处于什么样的境遇中,他们只看到对方表现出来的别扭性格,没想过他为什么会这样。

齐韦宁被欺负,一味地隐忍,不敢告诉老师,也从来不敢反抗。他或许并不是真的懦弱,而是始终被告知他不可以反抗,他的身份让他不能给别人添麻烦。

倪星桥有些难受,小声说:"姚叙,我有点儿后悔了。"

"后悔什么?"

"齐韦宁在的时候,我应该跟他交朋友。"

齐韦宁一个朋友都没有,从来都是独来独往的。倪星桥想起刚开学那会儿他们叫对方一起去吃饭,可他拿起保温饭盒,自己坐在教室里一边吃一边继续做题。

孤僻、冷漠、假正经。但其实,他也希望有朋友吧。

姚叙知道倪星桥是个心软的家伙,很能理解对方此刻的心情。他抬手拍了拍倪星桥的肩膀,没说什么。

等到看完信,三个男生都沉默了好一会儿。

姚叙说:"他转学也好。"

倪星桥点了点头,心情沉重的倪星桥轻声说:"希望他到了别的学校能交到好朋友。"

姚叙笑了,看着倪星桥鼓着的腮帮子,觉得心里也柔软起来。

他眼前的人是个善良的小神仙,可以化解心头的一切愁绪。

两天的运动会上,倪星桥对别的都没什么兴趣,就盼着姚叙的五千米长跑。

路里吐槽他:"你真的是越来越偏心了。"

"何出此言?"倪星桥说,"我从来都是偏向姚叙的啊!"

林屹洲正在后面热身,听见他的话,凑过来说:"我也跑五千米,等会儿记得给我加油。"

"你?得了吧!"路里看透一切似的说,"他连我都不在乎,更不会在乎你,人家只关注自己的好发小姚叙!"

然后,路里就被倪星桥用拐给揍了。

姚叙从洗手间回来,倪星桥叫起来:"你号码布在我这儿呢!"

姚叙脱掉校服外套,穿着长跑运动服的他高挑结实,坐到了倪星桥旁边。

倪星桥给他在背上别好号码布,往对方肩膀上一拍:"加油!拿个第一回来,为班争光!"

林屹洲凑热闹:"哎!给我也加个油啊!"

"你随便吧。"倪星桥摆摆手。

姚叙对他的反应十分满意,笑盈盈地抬手拍了拍倪星桥的肩膀。

姚叙跟林屹洲去检阅处做准备,倪星桥仰着脖子看他们。

路里说:"叙哥真的挺帅。"

"那是自然的!"

路里笑嘻嘻地回去,坐到了林苏晨身边,十分殷勤地把刚买的饮料递了过去。

林苏晨没要,说:"我不喝饮料。"

"矿泉水我也有!"

"我自己带了。"林苏晨摘掉耳机,看着路里,觉得这人傻得有点儿可怜。

想到自己那个弟弟整天在网上招摇撞骗,她都觉得羞愧。

林屹洲,但凡是正经的事他都不会干,专干缺德事。

路里被林苏晨这么看着,小心脏跳得特别快,脖子根都红了。

"你……"林苏晨犹豫了一下,还是决定提醒一下这个傻小子,"不要在网络世界投入太多真情实感。"

"啊?"

"网上有很多骗子。"

路里笑着说:"但你不是。"

"也未必。"她原本想着干脆直说算了,但看着路里,话到嘴边了又有点儿于心不忍。

"我信你。"路里就像是林苏晨养的一只大金毛犬,那叫一个忠心,那叫一个单纯。

林苏晨觉得孺子不可教了,她都提点到这程度了,好人也算做尽了,就暂时让他活在幻想之中吧。毕竟,梦碎是一件很让人悲伤的事情。

"该说的我都说了,"林苏晨喝了口水,最后嘱咐他,"你别让人卖了还替人数钱呢。"

"不会!"路里说。

林苏晨无奈了,怜惜地看着他,心想:还真是个傻瓜。

五千米长跑是运动会的最后一个项目,参与人数众多,但最后能坚持下来的其实很少。

倪星桥看着那一群运动员被带到了起跑点,约有二三十人,但他一眼就看见了姚叙。

姚叙跟林屿洲站在一起,两人在讨论着什么。林屿洲特别白,在人群里特别显眼,可是倪星桥却只能看见他旁边的姚叙,又高又帅,一看就是能拿第一名的。

一声枪响,五千米长跑开始了。倪星桥招呼着路里过来扶着他挤到了班级最前面。

跑道离观众席有一段距离,但倪星桥不管那么多,扯着嗓子给姚叙加油。

也不知道谁弄来了一个大喇叭,倪星桥跟人家借来,撕心裂肺地喊着:"姚叙加油!"

路里吓坏了:"哥!你悠着点儿!不然等会儿要脑充血了!"

倪星桥不管,他就是要卖力地给姚叙加油。

姚叙这会儿压根儿没在最前面,长跑跟短跑不一样,它考验的是耐力,要在最后一段才爆发。他现在处于第一梯队,但隐在几个人之中,和林屿洲一起轻松地往前跑。路过自己班级这边,听见倪星桥在喊,忍不住看着这边笑。

林屿洲故意朝着倪星桥挥手,然后对姚叙说:"他给我加油呢!"

"醒醒,他喊的是'姚叙加油'。"

姚叙笑着跑过了倪星桥那边,还回头看了一眼。

林屿洲也顺着他的视线扭头看了一眼咋咋呼呼的倪星桥,说:"喊得痛心疾首的,不知道的还以为谁怎么他了呢。"

"劝你不要阴阳怪气。"姚叙说,"吃不着葡萄说葡萄酸。"

五千米的长跑,参赛的学生们绕着四百米的跑道一圈又一圈地跑。

倪星桥拄着他的拐,还倚靠着旁边的路里,恨不得喊得全世界都听见自己在为姚叙加油。

他特别喜欢运动会,喜欢看姚叙在运动场上所向披靡。倪星桥觉得这样的场面才最能代表他们的青春,意气风发,无所畏惧,连掉汗水的样子都特别帅。

路里说倪星桥:"怎么人家参加比赛,你这么兴奋啊?"

倪星桥敲他脑壳:"你知道什么叫'与有荣焉'吗?那是我最好的哥们儿!他跑第一,我与有荣焉!"

"鱼淹什么?"路里一脸茫然,"你说什么呢?"

倪星桥无奈地摇头:"你要不重新接受义务教育吧!"

五千米长跑,到了最后冲刺的阶段。

林屿洲紧随其后,他还没忘了自己要跟姚叙一较高下呢。

至于观众席上的倪星桥,正抓着路里的胳膊让他一起给姚叙加油,林苏晨不知道什么时候也来了前面,就站在路里身边。

路里问:"给林屿洲加油啊?"

林苏晨很淡定地说:"就是看看。"

路里看出来她是不好意思跟大家一样疯喊,于是跟她说:"这样吧,我帮你给林屿洲加油,你答应周末陪我去音像店。"

林苏晨转过来看了他一会儿,就在路里觉得她可能转身就要走的时候,她却说了句:"好。"

路里喜出望外,抛弃朋友,高喊:"林屿洲加油!"

倪星桥震惊,恨不得掐死这个"背叛"的路里。

但最后,姚叙还是第一个冲向了终点线,林屿洲紧随其后。

林屿洲说:"你是我这辈子在长跑上碰见的第一个对手。"

姚叙喘着粗气,笑道:"以后你还会发现,我在很多事情上,都会打败你。"

林屿洲说:"你得意什么啊!"

因为姚叙跑了第一,倪星桥激动得差点儿忘了自己还是个病号,拐杖都丢一边去了。

姚叙登记完转身就跑回了自己班所在的区域,一眼就看见倪星桥坐在最前面,冲他张牙舞爪。

倪星桥兴奋得小脸通红，头发丝乱舞，欢乐直冲云霄。姚叙朝他走过来，倪星桥不安分地拍着姚叙的背："牛啊！牛啊！姚叙牛啊！"

旁边，路里看林苏晨："虽然你弟没跑第一，但你答应我的事也不能赖账。"

林苏晨轻声一笑，转身就走："知道。"

路里看着她的背影，觉得这世界上不会有比林苏晨更酷、更让他觉得特别的女生了。

这届运动会，高二（13）班算是满载而归了，没少拿名次，最后颁奖的时候，学校还给了个"最佳团体奖"，体育委员作为代表去领奖，回来的时候跟曹军一起笑得互相龇白牙。

自从倪星桥受伤，姚叙就每天把他照顾得无微不至。

倪星桥说："你就像本王子的贴身保镖。"

"最近又看什么小说了？"

倪星桥笑着说："哎呀，被发现了。"

姚叙把人送回家，天已经快黑了，黄茜留他在家里吃饭，倪星桥也说："留下留下，你都好长时间没在我家吃饭了！"他嚷嚷，"正好明天周一，我作业还没写完，等会儿吃完饭咱俩一起写作业。"

姚叙最后还是回家了，不是不想留下，而是因为今天他妈妈在家。

自从上次闹过之后，姚叙跟他妈妈的关系变得更加紧张，原本两人还能勉强互相说几句话，但最近他只要想起她，就会觉得胸口闷。

但没办法，那是他妈妈，他怎么都躲不掉，更何况，姚叙也知道，她心里也苦。一个人支撑这个家，怨恨又委屈，所有的情绪都没处发泄，只能释放到姚叙的身上。

这些年姚叙竭尽所能让自己理解她、体谅她，但有时候他真的不知道自己还能坚持多久。

他从倪星桥家出来，在小区里转了半天，突然觉得自己挺可悲的，连回家都需要勇气。

果然，一进家门就听见戚美玲冷着声音质问他："怎么才回来？"

一句话就让姚叙的心直接被凿出了一个窟窿。

他强压着情绪，进屋，换鞋，拎着书包往自己的房间走。

"送倪星桥回去。"

"他又不是没长腿，用得着你送？"

姚叙不想跟她起争执,只能解释说:"他现在还拄拐,不方便,上台阶需要人帮忙。"

"别人为什么不帮?就你闲?"戚美玲把手里的水杯往地上一摔,"一整个周末,你学习了吗?我跟你说过多少次,那些没用的活动少参加,它除了让你浪费时间,还能给你带来什么?"

戚美玲走过来,扯他的书包:"我跟你说话呢!你转过来!"

姚叙被扯得一个趔趄,靠在了墙边。

他说:"运动会是学校的安排,我就算不报项目,也要坐在那里当观众。"

"谁说的?怎么就有人能跟老师请假呢?"

姚叙闭上眼深呼吸,尽量让自己保持平静:"妈,你能稍微给我一点儿空间吗?就一点点。"

"给你空间?现在真的是翅膀硬了,我花钱供你吃供你穿,供你上学念书,现在跟我说让我给你空间?"戚美玲指着他的鼻子骂,"你跟你那个爸一个样子,不知好歹,狼心狗肺!"

姚叙咬紧牙关,告诉自己不要说话。

不要说话,不要反抗,等会儿她发完脾气,这事儿就算过去了。

"杂种!"戚美玲每到这个时候就几乎全无理智,骂出来的话像刀子一样在姚叙心上割,"畜生!"

姚叙低着头,看着被丢在地上的书包不吭声。

"明天我就去找你们班主任,让他以后别拉着你参加这种活动。"

"你能不能少干这种事!"姚叙还是没忍住,吼了出来,"你要我考第一名,我考了,为了让你满意,我每次都拼了命地拿那个第一名,你就不能给我留条活路吗?"

"你说什么呢?"戚美玲一脸不可思议地看着他,"你说你在为了谁考第一名啊?是我上学还是你上学?是我要考大学还是你要考啊?"

她往前靠,明明手里没有刀子,但就好像有一把见血封喉的尖刀抵在姚叙的动脉上。

她睁大着眼睛问他:"咱们谁给谁留活路啊?要不是你,我的日子至于过成这样吗?"

姚叙无可奈何,只好不看她。

是,我是罪人。姚叙想,我才是这个家最可恨的人。

他说:"好,我知道了,下次不会再有了。"

他躲开戚美玲，弯腰捡起书包往卧室走："我可以向你保证不再参加这些浪费时间的活动，但倪星桥我还是要照顾，你可以左右我的一切，但这件事我不会变。"

他说完，回屋反锁了房门。

门外，又是一阵唾骂，而这个房间仿佛成了冰冷的坟墓，埋葬着姚叙的一整个青春。

戚美玲闹了一晚上，又是哭又是骂的。姚叙好几次都想冲出去劝她有病看医生，但最后还是放弃了，他很清楚如果自己说了这种话将会面临什么难以控制的情景。

姚叙几乎一晚没睡，就那么躺在床上睁眼到天亮。早上五点多，他简单洗漱，趁着他妈不注意，出门了。

姚叙没吃早饭，也没心情吃。他在小区的长椅上坐着，背英语单词，同时等倪星桥一起上学。

姚叙坐的地方就在倪星桥家那栋楼的旁边，早起做饭的倪海明一低头就看见了他。

倪海明打开窗户，确认那是姚叙，于是扯着嗓子喊："姚叙！一大早在那儿干吗呢？"

大清早扰民，倪海明被刚起床的媳妇给骂了一顿。

姚叙听见倪海明叫他，抬头看过去，笑着招了招手。

黄茜探头看见了他，招呼他上楼来。

姚叙倒也不扭捏，收起书拎着书包就上楼了。

"叔叔阿姨早。"姚叙进门的时候，乖巧地跟两人打招呼。

黄茜问他："怎么这么早就在外面看书？吃饭了吗？"

"还没。"姚叙说，"我早上起来想背单词，怕吵到我妈睡觉，就出来了。"

"看人家这孩子，多努力。"倪海明嘀咕，"我家那臭小子还在被窝里打呼噜呢！"

姚叙笑着说："我去看看他。"

"行，去吧，把人叫起来，我给你们做早饭。"倪海明特喜欢姚叙，经常说倪星桥跟姚叙从小一起长大，但人家姚叙身上的优点他是一点儿也没学着。

姚叙把书包放在客厅，轻手轻脚地推门进了倪星桥的卧室。

倪星桥这会儿还在做美梦，梦里他跟路里中了商场的大奖，所有店家的美食随便吃。

姚叙进来，又关好门，然后来到了倪星桥床边。

正沉浸在美食中的倪星桥丝毫没有发现姚叙的到来，做梦做得口水都快流出来了。

姚叙在他床边坐下，看着那张睡得通红的脸，觉得自己一整晚的焦虑躁郁全都被抹平了。

倪星桥对于他来说就是有这样的魔力，姚叙很庆幸自己的世界里还有这样一个人。

从小就是如此，每次姚叙心情不好，倪星桥总有办法让他开心。

与其说倪星桥依赖姚叙，倒不如说姚叙离不开倪星桥。

姚叙也不急着叫对方，就这么安静地坐在一边看他。倪星桥长得好看，有少年的朝气，是一种仿佛山间清泉的感觉。

梦里，倪星桥跟路里撑得走不动道，还想着揣一点儿小甜品给姚叙吃。

他捧着一堆甜品，到处找姚叙，跟遇见的每一个路人打听："嘿，兄弟，见着姚叙了吗？"

但每个人都说没见到，要么就是不认识。

倪星桥着急了，这甜品放的时间长了就不好吃了，姚叙跑哪儿去了？

他转着圈找，路里提醒他说："别找了，姚叙压根儿就没来！"

倪星桥一惊，气得醒了。

梦里找不到姚叙的倪星桥一睁开眼睛就看见了姚叙那张脸出现在自己面前，他愣了好半天，说了句："路里骗我！"这不是来了嘛！

倪星桥怎么都没想到这个时候姚叙就在自己家等着他起床了，所以看见对方的一瞬间，还以为依旧在梦里。

倪星桥说："给你好吃的。"

结果一抬手，空的。

姚叙笑着问："什么好吃的？"

他瞥见倪星桥的手臂："让我吃你胳膊？"

"哎！你怎么在这儿？"倪星桥终于醒了。

已经是秋天，早晚很凉，倪星桥睡觉不喜欢穿厚的睡衣，还是穿着背心，赶紧又把胳膊缩回了被窝里。

"来叫你起床。"姚叙说，"叔叔阿姨都快做好早饭了。"

倪星桥扭头看了眼闹钟："还早呢！我再睡十分钟。"

他翻了个身，完全不给姚叙面子。姚叙倒也不催他，就笑笑，然后去他书桌边坐着看书。

倪星桥桌上放着不少书本,昨晚睡前打开的练习册下面还压着一本看了一半的小说。

"龙日一是谁?"姚叙问。

倪星桥嗷嗷叫着试图下床去夺书,奈何他腿脚还不灵便,差点儿一头栽下去摔个狗啃泥。

姚叙赶紧扶住人,然后取笑他:"晚上不写作业,偷偷看小说啊?"

"劝你保守秘密!"倪星桥说,"否则我迟早将你灭口。"

"小小年纪,可不能说这种话,违法犯罪的事儿咱不能干。"

"少来,"倪星桥说,"你要是敢告诉我爸妈,你就是我仇人。"

"不告诉他们也行,但你总得给我点儿好处吧。"姚叙狡猾得很,倪星桥在他这儿任何事情都占不到便宜。

"你要什么好处?"倪星桥说,"放学我请你吃双皮奶。"

"那是你爱吃的。"姚叙跟他讨价还价,"收买别人,不是得投其所好吗?"

"那行,你说你好什么吧。"

姚叙想了半天,竟然没想出自己喜欢什么。

"想不出来啊?"倪星桥笑道,"那就双皮奶!"

他可太知道怎么拿捏姚叙了。

姚叙无奈一笑,说:"行吧,我是治不了你了。"

早饭还没好,倪星桥赖在床上不起来。他看看姚叙,突然觉得时间过得有点儿快,好像不久前他们还是小屁孩儿呢,转眼都这么大了。

"姚叙,你要是哪天交新朋友了,是不是就不带我玩了?"

倪星桥突然没头没脑地来了这么一句,问得姚叙一愣。

"不会。"姚叙抬手拨弄了一下他睡得乱糟糟的头发说,"我不是你的跟班吗?你走哪儿,我跟哪儿。"

倪星桥心里知道,这是姚叙哄他的话,但还是挺开心的。

"真的啊?"

"真的。"

"那行,那你跟我拉钩。"倪星桥伸出手,钩住了姚叙的小手指,"拉钩上吊,一百年不许变。"

姚叙笑他:"还玩小孩儿的把戏。"

"我本来就是小孩儿。"

倪星桥是真的不想长大，他想一辈子在爸妈身边，在姚叙身边，当一个每天赖床的小屁孩儿。

俩孩子在卧室闹，没一会儿，黄茜就进屋叫他们吃饭了。

"今早吃什么？"倪星桥脸还没洗，先关心吃什么。

"做什么你就吃什么，"黄茜说，"睡懒觉的家伙没有挑三拣四的权利！"

倪星桥撇撇嘴："我爸肯定又煮面了。"

倪星桥已经连续一个月早上吃面条了，他爸不知道受了什么刺激，迷上了做各种面条。

什么鸡蛋打卤面、牛肉打卤面、鸡蛋汤面、牛肉汤面，反正每天早上都不重样就是了。

可是就算这样，也架不住天天吃面啊！

倪星桥说："我都快成面条了。"

黄茜也不客气："那不行，你没有面条好吃。"

受到严重心理创伤的倪星桥说道："这个家已经没有我的容身之地，姚叙，要不你带我逃走吧？"

姚叙笑而不语，黄茜吐槽："你腿脚还没好，还逃走呢，你都跟不上人家。"

她催促儿子赶紧起床，再磨蹭下去，今天上班的、上学的都得迟到。

因为姚叙来了，黄茜跟倪海明开始偷懒，盯着倪星桥换衣服、洗漱的活儿就交给了姚叙。

姚叙扶着他去洗手间，又帮他换上了校服。

"我好像提前过上了老年人的生活。"

"老年人不会这么晚才起床。"姚叙也吐槽他，"五点多人家就下楼打太极了。"

倪星桥哀号一声，决定放弃做老年人。

两个孩子两个大人，坐一起吃早饭。

姚叙对这种其乐融融的温馨场景感到十分陌生，每次都是在倪星桥家才感受得到，而他自己家，不曾出现过这样的场面。

记忆里，他爸还没离开这个家的时候，家里也是整天争吵不断，要么父母两人见面就对骂，要么是戚美玲在家里唱独角戏一样嘶吼。姚叙觉得最可笑的是，家庭关系已经成了这样，那两个人在外面却装出一副恩爱的样子，他爸其实不算配合，但戚美玲恨不得逢人就说两人感情好，像是在极力证明什么。姚叙觉得他们都挺可悲的。

后来那个人走了，戚美玲彻底爆发了。哪怕是三十多摄氏度不开空调的家里，也比冰窟还冷。

对于姚叙来说，倪星桥家是他幻想中的避风港，他偶尔逃过来，偷一点儿人间的温暖。

倪海明厨艺很不错，倪星桥就算抱怨，但还是吃光了一大碗，甚至意犹未尽。

"咱们四个，你吃得最多。"倪海明说，"肚皮都鼓起来了。"

"我长身体呢。"倪星桥说，"就因为你们总不让我吃饱，所以我才比姚叙矮！"

倪海明"啧啧"两声，笑着跟姚叙说："看见没有？这小孩儿一点儿道理都不讲。"

姚叙一直在笑，他喜欢这里的每一个人。

吃完饭时间差不多了，倪海明开车送他们去学校。

"下周就到国庆假期了。"路上，倪星桥问，"这次去哪儿玩啊？"

开车的倪海明忍不住说儿子："就你这腿脚，我看哪儿也去不成。"

倪星桥恨啊，咬牙切齿地说道："都怪林屿洲！"

反正不管什么事儿，怪林屿洲就完事了。

早上出门的时候还晴着的天，快到学校时竟然下起了雨来。

倪星桥说："看吧，老天都为我流泪。"

"你想得有点儿多了。"

面对姚叙的不配合，倪星桥怒目圆瞪，吓唬对方。

姚叙被逗得直笑，然后担心等会儿倪星桥走路不方便。

下车的时候，雨已经下得很大，还电闪雷鸣的。

车跟家长不能进校园，倪海明看见这样，有点儿担心。

"我背你吧。"姚叙说，"你撑着伞。"

"啊？"倪星桥坐在车里，惊讶地看着姚叙。

"路滑，地上都是水，你挂着拐容易摔。"姚叙把自己的书包挂在胸前，然后先一步下车，让倪星桥趴到自己的背上来。

倪星桥有点儿不好意思，倪海明更不好意思。

倪海明说："要不我背他吧，咱们跟门卫说说。"

"没事儿，叔叔，这边也不好停车，别麻烦了，我直接背他进去就行了。"

在姚叙的坚持下，倪星桥红着脸，当着众多同学们的面，被姚叙背了起来。他趴在姚叙背上撑着伞。

倪海明笑着说:"从小到大,就姚叙最可靠。"

倪星桥羞愤地催他爸快走:"你要迟到了!扣钱呢!"

然后他又催姚叙:"走了走了,你也要迟到了!"

姚叙笑笑,跟倪海明道了别,然后背着倪星桥小心翼翼地往校园里走。

"哟,孙猴子背五指山!"

倪星桥都不用看就知道说这话的人是路里,他翻了个白眼,说:"能不能说点儿好听的!姚叙哪儿像孙猴子?"

"行,那你是孙猴子!"

要不是行动不便还得撑伞,倪星桥肯定是要揍路里的。

路里开玩笑归开玩笑,还是过来帮着倪星桥拿书包和拐杖。

三人踩着雨水往教学楼走,裤腿很快就湿了。倪星桥突然想起自己腿脚还灵便的时候,有一次也是下雨,他跟姚叙挤一把伞,后来一脚踩进水坑,一整天鞋子都是湿的。

好像他一切的记忆里都有姚叙存在,从小到大,所有事情都是跟对方一起经历的。

他突然就趴在姚叙背上笑了起来。姚叙问:"笑什么呢?"

"没事儿。"倪星桥不打算说那些话。

旁边的路里倒是不甘寂寞地开了口:"得意呗,别人顶多有专车接送,他还有专人轿子,高兴呢!"

倪星桥心情好,不跟他一般见识,只回了一句:"路里,你忌妒我!"

因为下雨,课间操取消了,体育课也取消了。

下午的时候,曹军见缝插针,把体育课变成了"数学随堂测验"。

"咱就是说,我爸妈吵架的频率都没咱班数学测验的频率高。"路里吐槽。

"我看你是皮痒了。"倪星桥吐槽他。

这次的试卷也难得要死,交完卷倪星桥觉得脑瓜疼,他叫姚叙来跟他讨论题,结果姚叙刚过来就被人叫走了。

班里一同学在门口喊:"姚叙,有人找!"

姚叙有些意外,出去了。

来找姚叙的不是别人,而是他爸姚振海。

姚振海跟戚美玲离婚之后,几乎就没怎么出现过,生活费不管,法院判的姚振海该给的抚养费这些年可以说姚叙是一分钱都没收到过。

姚叙记忆里唯一一次收到姚振海的红包还是过年的时候姚叙被叫到爷爷家,那红包是姚振海给姚叙爷爷的,姚叙爷爷顺手塞进了他的书包里。

自从姚振海和戚美玲离婚,姚叙就仿佛没有爸了。他站在教室门口看着姚振海,没过去。

姚振海走过来,对他说:"下周我生日,你阿姨想叫你一起去家里吃个饭。"

姚叙面无表情地看着他,利索地拒绝:"不去。"

如果知道来人是姚振海,姚叙无论如何都不会出来。

他说完转身就要走,但被姚振海给抓住了胳膊。

姚叙不想跟他在教室门口发生争执,这么多人看着,实在不怎么体面。

"你离我远点儿。"姚叙说,"我哪有资格去你家吃饭!"

"你怎么说话呢?"姚振海不悦地道,"你阿姨特意让我来叫你。"

"无事献殷勤,非奸即盗。"姚叙说,"你们打的是什么算盘我不知道,但我不会去。"

姚叙狠狠地甩开他的手,回教室去了。

路里已经先一步回来给倪星桥通风报信:"是叙哥他爸。"

倪星桥都不记得上次见到姚叙他爸是什么时候了,小时候就很少见,都是倪海明带他们玩,各种假期包括姚叙的生日,都是在倪星桥家里两人一起过的。

倪星桥一直都知道姚叙爸妈感情不是很好,后来离了婚,但姚叙从不提起,他也不好问。因为知道姚叙家现在只有他跟妈妈,倪星桥就总是想办法对姚叙好,有什么好吃的、好玩的都送去给姚叙,希望对方开心些。

这么多年过去了,姚叙看起来并没有因为这件事受到太大的影响——倪星桥一直是这么以为的。

但年少的男孩儿并不知道家家有本难念的经,姚叙把一切煎熬和黑暗都藏了起来,只给他看美好的一面。

这是姚叙对他的保护,希望他永远天真快乐,不要尝一丁点儿人间之苦。

因为姚振海的出现,姚叙一整天的心情都不是很好。

倪星桥大概能猜出是因为什么,但又有点儿不敢问。

很多时候倪星桥看起来没心没肺的,但他也不是真的傻,尤其他很在意姚叙的事情。平时总是口无遮拦地跟大家开玩笑,巧舌如簧,擅长诡辩,但每次姚叙心情不好的时候,他就会很紧张,会不知所措,连安慰的话都不知道怎么说出口。

于是，上晚自习的时候，倪星桥翻出之前从"青睐"甜品店拿回来的宣传单，又跟路里借了手机，偷偷给店长姐姐发了条短信：姐姐，我是经常去你店里吃双皮奶的倪星桥，就是那个长得挺帅头发还自然卷的男生。我朋友今天心情不好，我想给他买份双皮奶，但是要上晚自习，我腿还折了，不方便出去，我可以加钱，能帮忙送到学校后门吗？求求了！

倪星桥很担心对方看不到短信，连发了三遍。

好在，店长姐姐很快就回复了他，两人约定在第二节晚自习的课间，学校后门见。

"倪星桥，我刚才讲什么了？"

刚发完短信的倪星桥突然被点名，吓得打了一个激灵，撑着桌子缓缓地站了起来。

现在是英语晚自习，英语老师讲前两天测验的一套卷子，倪星桥只知道老师讲到了阅读理解这部分，可是具体讲的是哪道题他不知道。他溜号了。

"别以为自己成绩好上课就不用听了。"英语老师是个只有说英语的时候口齿才格外清晰的中年男人，不笑的时候看起来特凶，他说倪星桥，"现在才哪儿到哪儿，高三还没上呢，成绩说下去，那不是一下子的事吗？"

倪星桥自知理亏，只能乖巧地点头。

鉴于他还是伤员，英语老师放了他一马，没让他站着听课。

倪星桥坐下后松了口气，抬头看向前面，路里在幸灾乐祸。

熬到第二节晚自习的课间，倪星桥拄着拐就往外溜。

姚叙今天情绪不佳，坐在那里没动，也没注意到倪星桥。倒是林屿洲，看着倪星桥鬼鬼祟祟溜出去，觉得有猫腻。林屿洲装作不经意地跟了上去。

"喂，干吗呢？"

倪星桥刚跟店长姐姐交易完，拿着两份双皮奶要往回走，结果直接被林屿洲抓包了。

学校后面距离教学楼很近，但这边很少有人来，路灯都没前面的亮。

倪星桥一个人来这里其实是有点儿害怕的，他满脑子都是闹鬼的传说，但哄姚叙开心的念头还是战胜了他的恐惧，却没想到，林屿洲这一嗓子，吓得他差点儿人仰马翻。

还好林屿洲反应快，扶住了他。

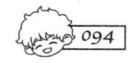

"可以啊,"林屿洲说,"宁愿自己摔了,也要护住吃的。"

倪星桥刚刚的姿势过于滑稽,人都要倒了,拐都掉地上了,却双手托举起了双皮奶。

"身残志坚"。

"你怎么那么烦人啊!"倪星桥见是林屿洲,气不打一处来。

"你还说我?要不是我,这会儿你已经摔个屁股开花了!"

"要不是你吓唬我,我也不会摔!"

林屿洲弯腰帮他把拐杖拿起来重新架好,问他:"你拿的是什么?"

"不告诉你!"倪星桥把双皮奶抱得特紧,生怕被人抢了。

林屿洲也不恼,乐呵呵地跟着倪星桥往回走。

"姚叙今天情绪很低落。"

"我知道。"倪星桥心想:不用你提醒我!

"从下午开始几乎没说过话。"

"哦。"倪星桥想到姚叙的样子,自己也觉得心里闷闷的。

"他没事吧?"

"你想干吗?"倪星桥警觉地问。

林屿洲差点儿笑出声来:"我能干吗!同学之间,关心一下,有问题吗?"

"别人关心是没问题,但我总觉得你不安好心。"

"这就是你对我的偏见了!"林屿洲说,"我面相多和善啊,人帅心善的,你怎么能恶意揣测我呢?"

倪星桥跟林屿洲斗嘴斗了一路,在第三节晚自习上课前回到了教室。

倪星桥直奔姚叙的座位,那人还坐在那里发呆。

"姚叙!"倪星桥把手里装双皮奶的袋子往他面前一放,"据说心情不好的时候吃甜品就会开心。"

姚叙有些意外地看向他。

"我特意从店长姐姐那儿买来双皮奶。"

林屿洲在旁边说风凉话:"哦,原来是双皮奶,有我的份儿吗?"

"没有!"倪星桥凶巴巴地说道。

林屿洲趴在桌子上笑得不行,逗倪星桥可太有乐趣了。

姚叙确实心情糟糕,糟糕到没精神说话,可是面对这样的倪星桥,他一下子就觉得世界明亮了——至少还有这么一个人是在认真在乎他的。

"谢谢。"姚叙带着笑意看着他。

姚叙突然这么客气，倪星桥很不习惯。

他打开袋子，把里面的两份双皮奶都拿了出来。

"都是我的？"要知道，以前每次两人去"青睐"，不管点几份双皮奶，几乎都会进倪星桥的肚子里。

"啊……"倪星桥尴尬一笑，"有一份是我自己的，嘿嘿嘿。"

他不好意思地拿起一份，刚好上课铃声响了起来。

"你偷吃，我回去了。"倪星桥拿着双皮奶，拄着他的拐，在老师进教室之前回到了最后一排的角落里。这个地方可太适合偷吃东西了！

每天的最后一节晚自习有足足一小时，老师不讲课，都是自习。

倪星桥用书堆起一座小山，挡住英语老师的视线，然后缩着脖子埋在书堆里偷吃。

有时候，味道一般的食物在偷吃时都会变成人间美味，更何况这是倪星桥最喜欢的双皮奶。

就在倪星桥吃得快活似神仙时，余光瞥到旁边的窗户，然后就吓得差点儿魂飞魄散——曹军的脸就贴在后面的窗户上，正面无表情地看着他吃东西。

教室的后门，学生的噩梦。

倪星桥嘴上还残留着双皮奶的甜，人却已经仿佛跌进了油锅里。他惊恐地跟曹军对视，然后赶紧收拾残局，把双皮奶放进书桌里，书堆推到一边，拿起练习册假装学起来。

曹军淡定地看他完成这一系列操作，然后走到前门，再以魔鬼的步伐来到了倪星桥桌边。

曹军的到来引起了所有人的注意，大家的目光都齐刷刷地朝向了倪星桥。

丢人又丢大了。倪星桥觉得还好自己没有把自己伪装成高冷、不食人间烟火的帅哥，否则只会更丢人。他低头，不敢看曹军，假装在认真做题。

曹军也没多说什么，只是用手指敲了敲他的桌子。

倪星桥心领神会，悲伤地把只吃了几口的双皮奶上交了。

曹军一进教室，大家大气儿都不敢喘，这会儿人走了，纷纷往靠近后门的窗户上瞄，生怕他杀个回马枪。过了好一阵子，后门没有再出现曹军的身影，大家总算松了一口气。

心情糟透了的姚叙因为倪星桥送来的一盒双皮奶开心了起来。晚上放学的时候，跟之前一样，第一时间过去帮倪星桥拿书包。

倪星桥笑嘻嘻地问他:"你好啦?"

姚叙也笑了,问:"我怎么了?"

"没事儿!"既然他不说,倪星桥也不提,现在开心了就行。

两人像往常一样离开教室往外走,跟着放学的人流慢慢挪到了校门外。

然而就在这个时候,姚叙又看见了姚振海,那人竟然还没走。看见他的一瞬间,姚叙愣在原地,觉得脊背发凉,他不想当着倪星桥的面跟姚振海起冲突。

倪星桥是认识姚振海的,毕竟他跟姚叙从出生开始就在一起,姚振海搬走之前,他也几乎每天跟对方打照面。

倪星桥看看姚叙,正巧这时候倪海明叫他们。倪海明刚刚一直在打电话,没注意姚振海就在附近,这会儿过来,看见对方,也有些意外。

"哟,老姚。"倪海明笑着跟姚振海打招呼,"有一阵子没见了。"

姚振海回应道:"是,太忙了。"

倪海明笑笑,看看姚叙又看看倪星桥。

姚叙说:"咱们走吧。"

他自始至终没跟姚振海说话,扶着倪星桥就准备上车。

"姚叙。"姚振海叫住了他。

姚叙告诉自己千万不能发火,他绝对不要在倪星桥面前失控。

姚振海说:"我跟你说几句话。"

姚叙没办法,他不想这个时候吵架,但又清楚,姚振海不会轻易让他走。

他对倪海明说:"倪叔叔,你们先回去吧。"

毕竟这是人家的家务事,姚叙都这么说了,倪海明也不能非要等人家。

倪星桥也感觉到气氛微妙,虽然姚叙从来没在他面前说过关于他爸的事,但大家都住在一个小区,姚振海那些破事倪星桥也有所耳闻。出轨,抛妻弃子,还不给抚养费。

倪星桥都恨得牙痒痒。可是姚叙从来不说,倪星桥也不敢问。

"我们等你吧!"倪星桥说。

"不用,你们先回去吧。"姚叙说,"挺晚的了。"

安城一中第三节晚自习上完已经十点,着实不怎么早了。

倪星桥不想留下姚叙一个人,可是他爸把他塞进了车里,带走了。

倪星桥在车里一直回头看:"姚叙今天不太开心。"

倪海明从后视镜看了一眼,无奈地叹了口气。

校门口，姚叙冷脸跟姚振海对视。

因为倪星桥腿脚不方便，他们出来的时候已经是最后一拨，这会儿校门口的学生稀稀拉拉，很快就没了人。

姚振海说："上车吧，车上说。"

"就在这儿说。"姚叙态度很坚决，语气也很冷硬。

他一点儿都不想见到姚振海，也不想听对方说哪怕一个字。

姚振海看儿子这样，也心烦，可今天是带着任务来的，必须得完成。

"周末我过生日，你是我亲儿子，必须去。"

"凭什么？"姚叙说，"你不给抚养费的时候怎么不想着我是你亲儿子？"

"你怎么跟我说话呢？我是你爸！"

"是吗？我爸不是死了吗？"

姚振海愤恨地掏出烟点上："都是你妈把你教坏了。"

"少把责任往别人身上推。"姚叙虽然平时对他妈也是惧怕跟厌烦交织，但他绝对不允许姚振海说她的不是。他不配。

姚叙说："你生日跟我没关系，我没兴趣去见证你的美好生活。"

他说完，转身就要走，走前又回头说了句："不过，如果是葬礼可以通知我，我敲锣打鼓去庆祝。"

"你在说什么话！"姚振海一把抓住姚叙，趁着姚叙还没反应过来就一巴掌打在他脸上。

姚叙一侧的脸瞬间就红了，火辣辣的。

其实对于姚叙来说，被爸妈打几乎是家常便饭。他从小就被姚振海打，有一次被打得鼻血止不住地流，后来还被送去了医院。

小时候他一直以为每家都是这样，父母一吵架小孩子就要挨打，要做父母糟糕情绪的发泄工具，可是后来他才知道，像这样的才不正常。这是家庭暴力。

姚振海离开这个家之后，姚叙依旧时常挨打，只不过打他的人从姚振海变成了戚美玲。

两人使用暴力的风格不同，姚振海更简单粗暴些，扇巴掌，抄起凳子往姚叙身上丢，而戚美玲更多的是言语攻击夹杂着皮带的抽打，每次被她用来往姚叙身上抽的皮带正是姚振海留下的那条。

姚振海打出这一巴掌之后也没觉得有什么，他依旧指着姚叙鼻子骂："我生你养你那么多年，不是让你来气我的。"

"你跟现在的老婆孩子也是这么说话的吗？"姚叙问。

姚振海皱起了眉。

"我们是有多对不起你？"姚叙想起之前过年的时候，他回爷爷奶奶那里，听到亲戚谈论姚振海，说他现在简直就是完美的好老公，对老婆言听计从。

姚叙那天没多逗留，他很怕遇见姚振海跟他的现任妻子，还有他们的孩子，他还没成熟到学会应对这样的事情。

可是今天，姚叙实在忍不住了，他想不明白，为什么姚振海在别人面前可以温柔体贴，做好老公、好父亲，可是到了他们面前，就把一切恶和凶残不遗余力地展露出来。

难道他很恨他们吗？姚叙真的想不明白。

姚振海也被问住了，愣了一下后狠狠地抽烟。

姚叙说："你根本就不是想找我去给你过生日吧？"他看着姚振海，紧锁眉头，"是有别的打算吧？"

姚振海确实不想过来找姚叙，怕惹麻烦。可是最近老头子立遗嘱，把名下两套房子都给了姚叙，一套住宅一套商用房，值不少钱呢，这可让家里闹翻了天。

这件事姚叙知道，爷爷立遗嘱的时候他必须到场，那天姚叙要去爷爷家，戚美玲跟着他一起去的。

当时签完字，公证完，戚美玲立刻打电话给姚振海。一开始对方不接，她就不停地打。

等他终于接电话了，戚美玲像是宣告战争胜利一样，得意地对姚振海说："爸的两套房子都给姚叙了，你一根头发都没有。"

她的这通电话引发了不小的家庭战争，姚振海跟他爸吵，现任妻子也跟他吵。

戚美玲心满意足地看热闹，当天还难得地带着姚叙去餐厅吃了顿饭，花了好几百元。

可是姚叙一点儿胃口都没有，他几乎没动筷子。不管是热闹还是争吵，都好像与他无关。

他看着这些成年人的闹剧，觉得生活很可悲。他只想离开，满脑子都是离开。但姚叙也清楚，他现在哪儿都去不了。

姚叙说："我知道你在想什么，别做梦了。"

他一秒钟都不想跟姚振海多待，见远处有公交车驶来，快步跑向了公交站，车刚停稳他就跳了上去。这个时间段，公交车上几乎没什么人了，姚叙走到最后一排，坐在了靠窗的位置。

　　姚振海站在原地烦躁地抽烟，他之所以烦并不是因为跟姚叙吵架，也不是因为打了儿子一巴掌，而是因为翁瑶交给他的任务没完成，回去免不了要遭抱怨。

　　公交车缓缓驶离车站，姚叙的脸依旧疼得钻心。他半边脸通红，已经微微肿了起来。

　　为什么呢？姚叙就是想不明白，姚振海为什么偏偏对他们这样。

　　他看向窗外，看着街景，不知道自己还要忍受多久。

　　这趟车行驶缓慢，路线也绕，哪怕没人上车，到了每一个站点也会停下。

　　姚叙就安安静静地坐在最后面，在宁静的夜晚，慢慢地朝家走。到小区门口的时候已经快十一点了，但他还是不想回家，于是走到倪星桥家楼下，坐在长椅上仰头看那扇亮着灯的窗。

　　窗帘还没拉，暖色的光洒出来，可是落不到姚叙的身上。

　　他知道倪星桥就坐在那扇窗户旁边的桌边，可能在学习，也可能在偷偷看小说。

　　万家灯火，这一扇最让他觉得温暖安心。他觉得自己可悲，竟然只能这样来偷别人的一点儿光。

　　不过，因为对方是倪星桥，所以应该没关系的吧。

　　倪星桥善良可爱，是天底下唯一不会吝啬把光分享给他的那个人。

第四章 短暂的世外桃源

姚叙回家的时候已经很晚了,一进门就看见戚美玲坐在那里等着他。戚美玲什么都没干,就是坐着,专心等姚叙回来。

姚叙进门前就已经做好了这样的心理准备,倒也不意外。

"我以为你死在外面了。"戚美玲声音冷冷的,让姚叙觉得她一直这么期待着。

姚叙说:"我爸去学校找我,耽误了回来的时间。"

姚叙的一句话直接让戚美玲崩溃了。她也不管手边有什么,直接朝着姚叙丢了过来。

那是个花瓶,不过家里早就没有花了。

陶瓷花瓶结结实实地砸在姚叙身上,他没躲,被砸之后看着花瓶摔碎在了地面上。瓷片在姚叙脚边碎裂一地,就像这个四分五裂的家。

姚叙说:"这是咱们家最后一个花瓶了。"

"你爸已经死了!"戚美玲声嘶力竭地说,"不许你提他!"

姚叙在门口叹气,平静地提醒:"已经很晚了,你不要吵,会扰民。"

"你听见没有!"戚美玲上前,拖鞋踩在了碎瓷片上,"你听见我说的没有!"

"别喊了,我听见了。"姚叙说,"你去坐着,我把地上的东西收拾一下。"

戚美玲气喘吁吁,眼睛通红,她不明白自己为什么总是这样。

姚叙把她拉开，将书包放回房间，然后拿着笤帚来扫地。

家里安静得有些让人心慌，戚美玲靠在沙发上深呼吸，但最后还是忍不住问："他找你干什么？是不是想让你跟他走？"

姚叙扫地的动作停滞了一下，然后头也不抬地说："你想多了。"

戚美玲狠狠地咬着牙，恨极了那个狼心狗肺的男人。

"他应该是冲着爷爷的房子来的。"

"我就知道。"戚美玲坐直，咬牙切齿地说，"这件事你别管，他来找你，我去骂他。"

"没必要吧。"姚叙不想让她再去吵架，"我已经跟他说了，这是爷爷给我的。"

戚美玲盯着他看，突然问："你的脸怎么了？"

姚叙转过去，不想让她看见自己被打的侧脸。戚美玲过来，迫使他转过来看自己。

"是姚振海打的？"她声音尖厉，怒目圆瞪。

姚叙说："你去休息吧，我收拾完还得写作业。"

戚美玲狠狠地推开他："我怎么养了你这么个废物！他打你你怎么不还手！"

姚叙无奈地叹气，听着戚美玲用这些话骂他，他已经麻木了。

"你小点儿声。"

"你能受他气我不能！"戚美玲转身就进了洗手间。

姚叙不想管她，只想收拾完残局赶快回自己的房间。

大晚上，戚美玲一直在折腾，姚叙也不问，躲在卧室做作业。

其实他心烦意乱，无心学习，投入不进去，毕竟这样的一场闹剧结束后，没谁真的能毫发无伤。姚叙趴在桌上，想着要不睡吧。就在这个时候，他听见戚美玲出门的声音。

今天戚美玲上的不是夜班。姚叙猛地直起身子，跑到窗边看。过了一会儿，戚美玲的身影出现在了楼下，她精心打扮，然后快步走出了小区。

姚叙大概能猜到她去做什么，这也不是第一次发生了。

姚振海不是人，是这一切的始作俑者，可是姚叙也希望有一天他妈妈能走出那个人带给她的阴影，她的人生还很长，为什么不为了自己活？他开始怨恨自己，无力改变这一切。

姚叙一晚没睡，戚美玲在凌晨醉醺醺地回了家。

姚叙正在煮面，看见她落魄的样子，心里也是一阵难受。

"吃饭吗？"姚叙问她。

戚美玲眼睛通红，脸颊还划伤了。

姚叙知道，昨晚她一定去找姚振海了，去他的新家，跟他和他的现任妻子吵架。

戚美玲瘫坐在沙发上，姚叙看得心疼。

不管平时戚美玲对他多严苛多残忍，但他都清楚，她心里苦。这个女人承受着巨大的痛苦生下了他，又一个人费劲地把他带大，对他打也好骂也好，到头来他还是会为她感到难过。

姚叙去用热水洗了毛巾，拿过来帮她擦脸。戚美玲看着他，眼泪直往下掉。

"妈。"姚叙轻声说，"去洗把脸，吃点儿东西，好好睡一觉。"

戚美玲觉得自己心头压着的已经不是巨石，而是一整座大山。从前她也是体面光鲜的女人，外貌不错，学历不错，工作不错，正值事业上升期就结婚生子，错过了升职不说，最后在姚振海的劝说下做起了全职妈妈。结果呢，她牺牲了这么多，换来的却是这样惨痛的遭遇。

就因为姚振海，她变得面目全非。她特别恨，恨别人也恨自己。

她就是不甘心，为什么把她害成这样的人还能舒舒服服过着好日子，而她，她明明是受害者，却要承受这么多痛苦。凭什么！

她想看到姚振海跟那个第三者倒霉，想看到他们身败名裂、身无分文。

那些无耻之徒为什么可以得意地活在这世界上，因果报应是真实存在的吗？

戚美玲觉得既然自己被毁了，她就要反击，她要去毁掉曾经毁了她人生的人。

看着眼前皱着眉头给自己擦脸的姚叙，戚美玲五味杂陈。

"不用你管。"她推开姚叙的手，起身回屋了。

姚叙有些担心她，打算今天请假不去学校了，在家里陪着她，但戚美玲隔着门说："我说了不用你管！你吃完饭赶紧滚！"

姚叙手里攥着已经不再温热的毛巾，犹豫半天，决定不再说话。

他的面煮过头了，水都烧干了。面条他没吃几口就倒掉了，收拾了一下就出门上学去了。

像往常一样，姚叙早早等在倪星桥家楼下，倪星桥一出来，一张明媚的笑脸缓和了他糟糕的情绪。

"嗨，帅哥！"倪星桥被他爸扶着，竟然非常调皮地举起拐杖跟姚叙打招呼。

姚叙笑道:"别闹,别摔了。"

倪星桥笑嘻嘻的,向来不听话。

糟糕了一整晚的心情终于好了,姚叙跟倪星桥坐上车,用力地握了握对方的手腕。

"你没事吧?"倪星桥担忧地看着姚叙。

"没事啊,怎么了?"

"黑眼圈,眼睛还红。"倪星桥问他,"昨天几点回家的?"

"十一点多。"

倪星桥想问姚叙昨晚他爸找他干吗,但又觉得这事儿不太好问,毕竟姚叙平时都不爱提起他爸,他不想给对方添堵。

"你十一假期怎么安排?"倪星桥想到个开心的话题。

"没想呢,"姚叙说,"大概率在家学习。"

倪海明赶紧接话:"看看人家姚叙,多认真!"

倪星桥不高兴地噘嘴:"不行,我得玩。我是小孩儿,放假就得玩。"

以前每年五一、十一放长假,倪星桥一家三口都会外出旅行,山清水秀的好地方去了不少,繁华大都市也没少去。

倪海明热衷于带儿子参观名牌大学,每次都问儿子:"喜欢吗?想来念书吗?"

倪星桥就说:"这是我想来就能来的吗?"

这次十一长假,因为倪星桥脚受伤,估计出行这事儿要取消了。

"要不这样吧,"倪星桥灵机一动,"咱们就城市周边自驾游呗。"

倪海明从后视镜看了儿子一眼,问:"什么意思?"

"你开车,带我们几个玩去。"倪星桥说,"我妈、我、姚叙!"

他转过去问姚叙:"戚阿姨能一起去吗?"

姚叙想起他妈妈的状态,觉得她可能不会让他去。

"她要工作吧。"戚美玲现在在一家大型连锁超市工作,三班倒,没有长假期。

"那好吧。"倪星桥往前凑,问他爸,"行不行?"

"倒也不是不可以,"倪海明说,"我记得前年买的帐篷还没怎么用过,咱们野餐去呗。"

倪星桥开心地说:"就这么定了!"

姚叙看着他欢天喜地的样子,发自内心地笑了起来。

有的人真的是天降的礼物，他在不知不觉中就能治愈某些人的心病。

看着倪星桥，姚叙突然觉得生活好像一点儿都不难熬了，他抬起手，拍了拍倪星桥的肩膀，笑着说："还没放假心就长草了。"

倪星桥转过来冲他笑，眉飞色舞地说："那不是因为能跟你一起出去玩嘛！"

姚叙知道这是倪星桥的玩笑话，可他还是要当真，当成宝贝似的，攥在手心，揣进口袋里。

他对倪星桥笑，也不说什么，看着阳光透过车窗落在倪星桥的小卷毛上，再被自己尽收眼底。

不会有什么比这更美好了，不会有谁比倪星桥更好了。

倪星桥在关于玩的这件事上，有着较强的组织能力。

十一长假，因为他自己不能出远门，于是开始劝说路里也留下来，跟他和姚叙一起开启城市周边游。

"里子，你想想，这是生你养你的城市，是你的家乡，是你考上大学离开之后，承载着你乡愁的地方。"

路里正偷偷跟"轻舞飞扬"聊QQ，两人约着放假第一天就一起去音像店。

"那万一我就在本地读大学呢？"路里说话的时候都没走心，心都放在网聊上了。

"啧，能不能有点儿出息！"倪星桥说，"谁考大学还考在自己家门口啊！"

路里抬头看看他："你到底想说什么啊？"

"十一假期别出远门了，来我家，我爸带咱们仨来一趟'城市周边深度游'！"

路里歪着头看他，想了想，问："咱们仨？你爸、妈，还有我？"

"姚叙啊！"

"那我更不能去了！"路里说，"你们两家人一起玩，我去算怎么回事儿啊？"

"胡说八道什么呢！"倪星桥正要吐槽他，林屿洲就悠悠哉哉地过来了。

"聊什么呢，这么开心？"

"你哪只眼睛看见我们开心了？"倪星桥说，"我俩在吵架呢，马上就要打起来了，你还是躲远点儿，免得溅你一身血。"

林屿洲笑了："要打起来了？那更好，有热闹看。你俩快打，到时候谁需要法律援助的话，可以找我爸。"

"神经病！"倪星桥懒得说他，转过来又催路里，"你琢磨琢磨，反正十一出行哪儿都是人，还不如跟我们玩。"

林屿洲一听就说："你们要去哪儿玩？带我一个。"

"不带你。"倪星桥特别果断地拒绝了。

路里看了一眼林屿洲，突然灵机一动："我们十一要去郊游。"

"哦？"林屿洲来兴趣了，"去哪儿？都有谁？"

"城市周边深度游！"路里眼睛都亮了，"桥哥、叙哥、我，还有你和你姐。"

林屿洲听明白了，路里哪是要邀请他啊。

倪星桥也听明白了，直接扒拉路里的脑袋："你疯了！你这个无耻的家伙！你对得起姚叙的一片心吗！"

路里哀号着求饶，然后说："叙哥肯定能体谅我的！"

倪星桥气得连呼哧带喘："体谅你个头！"

路里晃晃脑袋，把被倪星桥揉得像鸡窝一样乱糟糟的头发捋顺，又仰头对林屿洲说："你看这事儿是不是挺好？你俩刚来没多久，对这边不熟悉，别看我们安城不大，但是周边环境可好呢！"

倪星桥翻着白眼吐槽："你又知道了。"

"真的！"路里满怀期待地看着林屿洲，就等他点头了。

"既然你们诚心诚意地发出了邀请，那我就勉为其难地答应吧。"林屿洲还做作了起来。

"太好了！"路里一拍大腿，觉得自己离跟女神交上朋友又近了一步。

"那你姐那边……"

"她啊，她不喜欢集体活动，大概率我代表我们家参与本次活动。"林屿洲笑嘻嘻地说，"她应该不去了。"

路里脸色一下就变了，瞬间十分冷酷地表示："她不去的话，那你也别去了。"

倪星桥托着下巴笑盈盈地说："你的名字叫无情。"

上课铃声响了起来，林屿洲当没听见路里的话，只接收到了出游邀请，乐呵呵地回了座位，还对姚叙说："你们十一假期出去玩，我也一起去。"

姚叙有些意外，问："是倪星桥跟你说的？"他还琢磨呢，这两人什么时候关系变得这么好了?

林屿洲就是那种巴不得天下大乱的人,他冲姚叙挑眉一笑:"嗯哼,没看出来吧,我俩现在关系挺好的。"

姚叙打量了他一下,很确定地说:"是路里叫你的。"

"唉,人太聪明真的会很无趣。"林屿洲吐槽。

另一边,路里一想到自己没邀请到林苏晨还把林屿洲给约来了,更是生无可恋,他从倪星桥座位离开前扯着嗓子哀怨地唱了一句:"我好难。"

十一假期很快就到了,虽然各科老师都留了很多作业,但对脱了缰一样的学生们来说已经没那么重要了。他们的当务之急是出去玩!

倪星桥虽然嘴上说着不让这个来不让那个去的,但他爸去租帐篷的时候,他还是叮嘱说:"我们有好多人呢,你租个大点儿的。"

而林屿洲,倒也尽心尽力为了路里劝说他姐。

"你就当帮我还个人情。"林屿洲说,"趁着这次机会,赶着他心情好的时候,把'轻舞飞扬'其实是我这件事告诉他。"

林苏晨正坐在客厅练琴,听他在一边絮絮叨叨,觉得特烦。她停下来,抬眼看着每天到处搞事情的弟弟:"你终于良心发现了?"

"倒也不是。"林屿洲说,"我主要是怕他万一以后想不开做出什么无法挽回的事,我得负刑事责任的吧!"

林苏晨冷笑一声:"到时候你爸都不帮你辩护。"

"那是肯定的,要是真的发生这事儿,他恨不得直接把我扔监狱去。"林屿洲凑过去,十分殷勤地给他姐揉肩,"美女,那你就去呗,他们几个都挺好玩的,你就当散散心。"

林苏晨有点儿犹豫。

"要不然一整个十一假期,爸肯定找老师天天来盯着你练琴。"

林苏晨一听,立刻答应:"好,我去,这事儿就这么定了。"

林屿洲"奸计"得逞,觉得自己简直就是天才,把他姐的软肋拿捏得死死的。这事儿路里真得给他记一大功,到时候不好好感谢他一下都说不过去了。而且,自己也算帮了路里一把,到时候网友的事情被拆穿,路里应该也不至于真的恨他吧。林屿洲其实有点儿心虚了。

就这样,原本四人的出游计划最后变成了大家组团出去玩。

黄茜跟倪海明是对带孩子出去玩这件事非常上心的家长,一方面,他们觉得孩子们每天上学很累,难得放假,应该好好休息;另一方面,他们自己也想找个山清水秀的好地方玩一玩。

他们做好了攻略，也跟路里的爸妈联系了，到时候两家的家长开两辆车，带着五个孩子一起出去玩。

虽说是城市周边游，但还是安排了两天一夜。他们选的地方是距离安城不算太远，开车出城后差不多四十分钟就到的一个小山庄，在那里可以自己搭帐篷露营，有专人管理，还算方便安全。

出发的当天早上，倪星桥跟姚叙自然是坐一辆车，路里极力邀请林苏晨跟他坐一辆，至于林屿洲，他说："林屿洲，你不是跟桥哥关系好吗？你去坐他们那辆车。"

倪星桥身躯一震，赶紧催促他爸开车。

姚叙故意问他："你怎么那么怕林屿洲？"

"听听！这说的是什么话！"倪星桥说，"我这可都是为了你！"

姚叙忍着笑，说了句："那我可真得谢谢你。"

最后，林屿洲和林苏晨都坐路里家的车，路里想挨着林苏晨坐，奈何林屿洲挤在了两人的中间。

路里掏出手机，给"轻舞飞扬"发消息：好期待。

然后他就听见了林屿洲口袋里的手机响起了QQ新消息提示音，但此时的路里并没有多想，他真的什么都没想，如果这个时候他哪怕多想一点点，可能就发现事情不太对劲了。

路里发完消息，脑袋往后靠，侧着头看林苏晨，试图跟对方对上视线。然而林苏晨一直扭头看窗外，不用练琴的假期对她来说简直就是梦中世界，她可要全心全意享受这样的时光。

倒是林屿洲，也往后靠，挡住了路里的视线。

"啧，躲开点儿。"路里说。

林屿洲特欠儿地冲他笑："我俩长得差不多，要不你多看看我？"

"差多了，好吗！"路里吐槽他。

这边车上气氛微妙，那边却格外欢快。

黄茜在车里放歌，是他们那个年代的人非常非常喜欢的粤语情歌。

倪星桥从小听到大，都会唱了。于是，他在后排座位上一边吃零食，一边摇头晃脑地跟着唱，气得黄茜不停地回头说："五音不全的人不要唱！"

但是倪星桥才不管那么多，快乐地边唱边惹他妈生气。

黄茜无奈地说："儿子，你困不困？要不睡一会儿？"

"不困！"倪星桥兴奋得眉飞色舞，"我要一路唱到目的地！"

结果，倪星桥真的一直唱到了目的地，下车的时候，嗓子都哑了。

露营这天秋高气爽，天蓝得跟油画似的。倪海明选的这个地方环境好，人也不多。

四个大人带着四个孩子安营扎寨，还有个倪星桥，跷着还没拆石膏的腿在一旁瞎指挥。

因为人多，倪海明还真的弄来了一个超大豪华版帐篷，"四室一厅"还带着个敞开式前沿，就算是十个大人在里面都不会觉得挤。

不用干活的倪星桥心情不错，拿着相机一通拍，十张有八张没对上焦。

等到帐篷搭完，大人们又开始忙活。来之前倪海明已经跟山庄租好了烧烤炉，这会儿他跟路里他爸一起去取，黄茜跟路里妈妈打开带来的食材，准备等男人们回来就开工。

几个臭小子没一个有眼力见儿的，还得是林苏晨，主动过来帮忙。

她一过来，路里就也跟过来了。路里一来，林屿洲为了"保护"他姐，也不得不过来。

姚叙原本要跟着倪海明他们去拿烧烤器材，但被倪星桥给叫住了，说自己无聊，需要有人陪。在大家都忙活的时候，姚叙就只能负责哄"小孩子"了。

倪星桥说："这地方真好，我的腿要是能自由活动就好了。"

"怎么？要在这儿练三级跳？"

倪星桥满怀怨念地看着他，说："不要哪壶不开提哪壶！"

去年体育测试，莫名其妙地增加了一项三级跳，倪星桥跳的时候摔了个狗啃泥，还没达标。

姚叙笑他："没事，据说今年的体育测试将三级跳换成别的项目了。"

"什么？"

"俯卧撑吧。"姚叙说，"一分钟做多少个来着，我忘了。"

"嚯，一点儿都没安慰到我。"倪星桥说，"我一分钟能做十个就顶天了。"

说完，倪星桥仰天长叹："体育，我的一生之敌。"

姚叙带着笑意看他，看一只蜻蜓飞过来，似乎要落在倪星桥的鼻尖上。

"这都几月份了，怎么还有蜻蜓呢？"倪星桥冲着蜻蜓吹气，把它给吹跑了。

"你俩在干吗呢？"露个营，可把林屿洲给忙坏了，一边要盯着路里，一边又想凑这两人的热闹。

"不告诉你！"倪星桥一看见林屿洲就如临大敌。

林屿洲嬉皮笑脸地凑过来,问:"怎么回事啊?一见着我就变成刺猬,这么不和谐?"

"我跟你谈什么和谐?"倪星桥撇了撇嘴。

"和谐相处、友爱互助是每一个公民应有的美德。"林屿洲坐在了姚叙旁边的椅子上,然后特别认真地说,"不开玩笑了,我遇到一件有点儿棘手的事情。"

"你可以找你爸对你进行法律援助。"倪星桥脱口而出。

姚叙总是能被倪星桥偶尔冒出的俏皮话逗笑,这家伙以后该不会去说相声吧?

林屿洲"啧"了一声:"这事儿我爸也帮不了我,不仅帮不了我,还可能揍我一顿。"

"律师会这么暴躁吗?"倪星桥说,"那我以后不能找律师老婆咯。"

"你才多大,少想这些有的没的。"姚叙对他笑。

倪星桥撇嘴:"我马上就成年了啊!"

"小屁孩儿一个。"

林屿洲翻起了白眼,觉得自己过来坐在两人旁边真的是有点儿多余:"你们俩差不多就行了,这儿还有个饱受折磨的人等待你们施以援手呢。"

倪星桥迅速捕捉到了重点:"你背着我们干了什么见不得人的事?"

林屿洲深呼吸了一下,说:"这是一个关于'替身'的故事。"

说起这个,倪星桥熟啊!阅书无数的他最近正在看一本这样情节的书,艺术果真源于生活啊!

"哟,还真的有故事啊!"倪星桥来劲了,"说说,我最喜欢听别人的糟心事。"

"你说你这人是不是缺德?"林屿洲说,"你的快乐一定要建立在别人的痛苦之上吗?"

"对啊。"倪星桥大言不惭地说,"我就是这样的人!"

眼看着这两人又要斗起来,姚叙赶紧转移话题:"你刚才说有什么事要我们帮忙?"

"看吧,说正事儿还得是叙哥。"林屿洲说,"是这样的,我有个朋友。"

倪星桥:"哦,你自己的事。"

林屿洲恼羞成怒,强调说:"我朋友的事!"

倪星桥嬉皮笑脸地摆手:"好的好的,你朋友的事,说吧。"

"我有个朋友,交了个网友。"林屿洲说,"每天没事闲聊,还挺有意思的。当时呢,也没多想,因为离得远。有一天,我这个朋友在QQ空间的相册里上传了一张他……"

林屿洲差点儿脱口而出"他姐",后来意识到这暴露得太明显了,赶紧改口说:"他女性朋友的照片,结果他这个网友就把那个女生误认成他了。"

"等一下,我想提问。"倪星桥举手,"你朋友和那个网友,都是男生?"

林屿洲点头。

"哇哦。"倪星桥现在更坚定了林屿洲这个"朋友"就是他本人的想法。

姚叙坐在那里,百无聊赖,懒得听林屿洲后面说什么,他直接无情地戳穿他:"你现在坦白加道歉,路里还不至于恨你。"

倪星桥笑了,拍姚叙胳膊:"你别那么快说破啊,我还没听够呢!"

林屿洲一脸震惊地问:"你们都知道了?"

"路里应该还不知道。"姚叙回头,看了一眼正围着林苏晨转悠的路里,"啧啧,可怜。"

"太可怜了。"倪星桥跟姚叙一唱一和,"脆弱的心,捧起又被狠狠摔下,真让人心疼。"

倪星桥入戏很深,说完转过来,发现姚叙跟林屿洲都用怪异的眼神看着自己。

"小说看多了,见谅。"倪星桥解释完,终于换上了正常人的表情。

林屿洲说:"你俩别光说风凉话,这都是意外,我不是故意的啊。"

他愁眉苦脸地往椅子上一瘫:"现在我就想解释,但又怕路里发疯。你们知道的,他本来的精神状态不是特别稳定。"

"你说我里子哥是精神病!我要去告状!"

林屿洲"哼"了一声:"去吧,正好直接让路里解决了我,免得我因为他受煎熬。"

倪星桥听着这话觉得不对劲:"林屿洲,你真行啊。"

"我怎么了?"

"你是我认识的人里,对大家最公平的一个。"

林屿洲没懂他的意思。

"就是说,你见一个得罪一个。"

倪星桥对姚叙竖起了大拇指:"不愧是你,我肚子里的蛔虫。"

"我?你俩疯了吧!"林屿洲说,"我平等地尊重这里的每一个人。"

倪星桥跟姚叙十分默契地翻了白眼。

"不开玩笑了,我该怎么办啊?"林屿洲说,"刚转学来的时候,我就是觉得逗逗他挺好玩的，但现在吧，大家也算是朋友了，我继续这么下去，很危险啊……"

倪星桥跟姚叙异口同声道："自作孽不可活。"

林屿洲仰天长啸。

姚叙看他都这样了，觉得还是好言相劝一下吧。

"我说真的，你还是趁早直接把这事儿告诉他。"姚叙说，"路里不是不讲道理的人，你好好道歉，把事情解释清楚，他到时候会给你个痛快，不会过多折磨你的。"

"我真的太谢谢你了。"林屿洲说，"叙哥真会安慰人。"

他说完，又看向因为跟林苏晨搭上了话，整个人开心到快要变成直升机飞起来的路里，终于站起来，决定解决这件由自己造成的麻烦事。

林屿洲这次是真心想把网友这件事解决，因为他发现，如果再不说清楚，事情可能真的不太好收场了。

林苏晨正把带来的水果一一分盘，路里在旁边给她添乱。

林屿洲觉得他姐肯定不会想跟路里这种男生成为什么好朋友，他姐现在一门心思就在学习上。

不是说路里不好，只是他在林屿洲心里就是一个长得还不错的……谐星。

此时，"谐星"路里对林屿洲的心思一无所知，还沉浸在跟林苏晨一起露营的快乐中。

林屿洲灵机一动，跑去帐篷里把自己的吉他拿了出来。

"路里。"林屿洲过去，对路里说，"我给你唱首歌吧。"

"啊？"路里一头雾水，"唱什么？"

"你点，"林屿洲说，"你说让我唱什么，我就给你唱什么。"

无事献殷勤，非奸即盗。路里看着他，觉得有猫腻。

"你是不是想害我？"

"我害你干吗？"林屿洲催促他，"快点儿，我迫不及待了。"

路里想了想，心想：你非要给我唱歌，那就唱吧，正好人美景美，就差点儿音乐了。

"《说谎》，"路里说，"就是说谎的人要吞一千根针那个，你会吗？"

最近路里特喜欢这首歌，天天挂嘴边。

林屿洲原本想着给路里唱歌，然后再说：我都给你唱歌了，那我骗你的那件事你也不能跟我生气了。

小算盘打得是挺好的,结果人家跟他说"说谎的人要吞一千根针"。

林屿洲当即觉得自己嘴巴里扎得慌。

"那什么,你就不能选积极阳光正能量的歌?"

"这多积极阳光正能量啊!"路里十分认真地说,"让说谎的人吞针,弘扬正能量啊!"

林屿洲无语,摆摆手:"我随便弹随便唱,你随便听听吧。"

路里翻了个白眼:"那你问我干吗?"

林苏晨懒得听他们俩斗嘴,转身去帮忙做别的事。路里赶紧跟上,林屿洲紧随其后。接着,林屿洲修长的手指在吉他弦上一拨,弹唱了一首披头士乐队的歌。

路里以前没怎么听过这种类型的歌,不过林屿洲还挺像那么回事儿,吉他弹得不错,唱得也不错。路里不知道的是,这首歌的歌词,恰是林屿洲的心声:帮帮我!帮帮我!

"你弟可以啊。"路里对林苏晨说,"有两把刷子。"

林苏晨也挺意外的,她没想到这家伙竟然会给路里唱披头士的歌。

"你要是喜欢,他还能继续给你唱。"就算别人不知道林屿洲打的什么算盘,但林苏晨心里是门儿清的。

不过她不准备戳穿林屿洲,也不打算多管,林屿洲自己惹出的事自己摆平,就算到时候路里一气之下要跟他"同归于尽",她也只会帮忙打个110。

路里对林屿洲说:"你再给我唱个。"

林屿洲在心里抱怨他不知道见好就收,但身体还是很诚实地又唱了一首。

路里问:"你今天怎么了?为啥对我有求必应?"

林屿洲见这会儿气氛正好,轻咳一声对路里说:"我确实有话跟你讲。"他勾勾手指,"你过来一下。"

路里眼珠子一转,小声问:"该不会是跟你姐有关的吧?"

林屿洲想想,觉得还真是。于是,他一点头,路里立马跟上。

姚叙跟倪星桥在旁边看完了这一整场"演出",倪星桥说:"等着吧,待会儿你就能听见心碎的声音了。"

"你还挺了解的。"

"那是。"倪星桥说,"我也算是过来人了。"

姚叙一听,觉得这话不对劲啊,他怎么就是过来人了?

"等一下，你这话是什么意思？"

倪星桥叹气道："其实我不想跟你说的，说出来有点儿丢人。"

"少年但说无妨。"

倪星桥犹犹豫豫地说："那我说了，你不许笑话我！"

"你说完我再决定笑不笑。"

倪星桥"哼哼"着使劲儿揉姚叙的头发。

"好了，好了，别闹了。"姚叙拉住他的手腕，让倪星桥安分下来。

"我住院的时候不是无聊嘛，"倪星桥说，"那会儿天天跟路里聊QQ。"

"然后呢？"姚叙有种不祥的预感。

"然后我就也想像路里那样，就胡乱加了十几二十个网友。"

这话一出，姚叙的火气一下就蹿到了脑门儿。

"你……还真是精力旺盛啊。"

"我……哎，我就是好奇，想交个网友。"倪星桥说，"加网友随便聊聊，结果他们都挺奇怪的。"

"怎么个奇怪法？"

"上来就让我开视频，管我叫妹妹。"

姚叙的火气没了，现在只想笑。

"怎么回事？你是不是资料上性别填错了？"

"没有啊！"倪星桥说，"我QQ头像用的是自己的照片！"

他掏出手机，给姚叙看。

一张倪星桥龇牙笑的自拍照，小卷毛在风中有点儿凌乱。

他原本长得就秀气白净，这照片还真的有点儿雌雄不辨，也难怪每次他一说"头像是本人"，人家就管他叫妹妹。

"后来好不容易有一个聊得还挺好的，"倪星桥说，"结果一打开视频，是个五十多岁的婶婶，婶婶让我好好学习，不要浪费时间上网。"

姚叙真的不想笑他，但也真的忍不住。

倪星桥气急败坏地捂姚叙的嘴："不是说好了不笑我的嘛！"

姚叙笑得让周围人都看了过来，倪星桥小脸涨得通红，觉得自己没脸见人了。

姚叙笑够了，问倪星桥："以后还瞎聊吗？"

倪星桥臊眉耷眼地摇头："网络世界不可信。"

另一边，还被蒙在鼓里的路里跟着林屿洲走到了远离帐篷的地方。

林屿洲准备措辞良久，然后说："你是不是约了'轻舞飞扬'后天一起去游乐场?"

路里把这个十一假期安排得明明白白,这两天来露营,后天约林苏晨一起去唱片店,然后两人一块到游乐场度过快乐的一天。

"你是怎么知道的?"路里先惊讶了一下,紧接着意识到肯定是林苏晨跟他说的。这么一想,路里更开心了。

他笑得很是得意:"哎,你姐在家的时候,是不是经常跟你提起我?"

林屿洲略显尴尬,不过还是认真地回忆了一下,对路里说:"偶尔吧。"

路里一拍大腿:"我就知道!"

"你知道什么了?"

"她也在默默关注我!"

"啊?"

"你想啊,你姐多高冷的人,她要是没拿我当回事儿,她会提起我吗?"

林屿洲想解释,林苏晨之所以偶尔提起路里,是为了规劝林屿洲少惹是生非,但路里根本不给他解释的机会。

路里继续说:"再说了,你姐是不是没跟你提起过别人?"

林屿洲想了想,说:"好像还真的是……"

路里又一拍大腿:"准了!"

他欣喜若狂,恨不得当场唱首《好日子》。

看着这样的路里,林屿洲更没法坦白真相了。

"你叫我过来,就是为了告诉我这个?"路里满心欢喜地看向林屿洲,"真不愧是我的好兄弟!"

林屿洲心想:咱俩什么时候成好兄弟了?再说了,等你知道你的那个网友"轻舞飞扬"是我的时候,如果还能说出这句话,我才信你当我是好兄弟。

"那个……"

"兄弟!"路里突然过来搂住了他的肩膀,"我觉得咱俩就是命中注定的好兄弟,以后有什么事,你尽管开口,只要不上刀山下火海,我都尽力办。"

林屿洲"呵呵"一笑,轻轻推开他,生无可恋地说:"我可真的谢谢您。"

看着他们俩"亲亲热热"地回来了,倪星桥对姚叙说:"看起来问题解决了,路里并没有跟林屿洲同归于尽。"

姚叙剥了颗橘子,掰下一瓣递给了倪星桥。

"我怎么觉得情况不妙呢?"

果然,林屿洲很快就如行尸走肉般挪到了他俩这边来。

"怎么样?路里没有扬言要灭了你吗?"

林屿洲摇头。

"可以啊,路里成长了。"倪星桥笑着说。

"那是因为我根本没和他说。"林屿洲抱着吉他仰头看天说,"还不小心,单方面成了他的好兄弟。"

在弄巧成拙这件事上,林屿洲算是已经修炼到家了。现在,估计不仅未来的路里恨他,连林苏晨也恨他了。

唯一让他感到安慰的是,他作为一个公民,还是受法律保护的。骗人不对,但罪不至死,林屿洲希望路里知道真相后,至少放他一条生路。

青春期的男生,想什么都很夸张。

他满怀怨念地想往姚叙肩膀上靠,结果靠到的是倪星桥伸过来的手。

"不要趁着我们对你释放怜悯之心的时候就这样,"倪星桥说,"姚叙脸皮薄,不好意思拒绝你,你不要得寸进尺噢!"

林屿洲怨念更深了:"他脸皮薄不好意思拒绝我?"他"呵呵"一声笑了,"那你还是不太了解他,他拒绝别人的时候,果断得我都听见心碎的声音了。"

说起这个,倪星桥就又来劲了。

"什么情况啊?给我讲讲来龙去脉呗!姚叙怎么了啊?"倪星桥想八卦一下。

"哟,行啊,还会用成语了。"林屿洲抓重点的能力跟倪星桥有得一拼。

"废话!我可是当过一个月的语文课代表!"

"一个月?"林屿洲问,"怎么就一个月?"

倪星桥抓抓自己的小卷毛:"月考考砸了呗。"

林屿洲肆无忌惮地嘲笑他,然后被倪星桥用拐杖给捶了背。

"别想转移话题!"倪星桥说,"跟我说说!"

"你怎么那么喜欢往别人伤口上撒盐?"林屿洲转过去跟姚叙说,"你怎么不管管他?"

"又不是我的伤口,他愿意撒就撒呗。"

林屿洲气死,说:"我算是看出来了,你们俩就狼狈为奸!"

"成语用得不错啊!"倪星桥问他,"下学期要不要竞选一下语文课代表?"

倪星桥就这样被转移了注意力，跟林屿洲一闹起来，也忘了继续八卦姚叙的事儿了。

"对了，我到现在还不知道你究竟为什么转学呢！"倪星桥说，"你们是从山城来的，那边的教育水平不比我们安城高吗？"

林屿洲撇撇嘴："怎么扯我这儿来了？刚才不是聊姚叙吗？"

"哦，对，姚叙的事儿还没说呢。"

林屿洲刚要得意，就听见倪星桥说："没事儿，等回去了我自己慢慢审他。你说说，你为什么这时候转学啊？山城高考分数线比这边低吧？"

林屿洲瞥了他一眼，又对姚叙说："他怎么这么八卦？"

"天生的。"姚叙笑盈盈地看向了倪星桥。

林屿洲算是看出来了，就没人治得了倪星桥。

"一切都因我的反叛精神而起。"林屿洲故作高深地说了这么一句。

"反叛精神？你还有那玩意儿呢？"倪星桥小嘴儿叭叭个不停。

"废话！我可是听摇滚长大的！"林屿洲"哼哼"两声，终于还是给他们讲了自己是如何跟他妈大吵一架，如何跟游戏厅的小混混打了起来，如何被逮进派出所，又是如何求助林苏晨那位钢琴老师的。

"那个老师真是个好人啊。"倪星桥感慨道，"如果全天下的老师都有他这样的觉悟，我们当学生的得有多快乐！"

"你现在还不快乐吗？"姚叙问。

倪星桥"嘿嘿"一笑："要是曹军不留作业，不搞随堂测验，那我就快乐了。"

他们俩美滋滋地聊起来了，林屿洲又想起了那位陆老师。他还挺惦记他的，当时他跟妈妈闹别扭，说什么都不回去，留宿在陆哲明家里那晚，两人聊了很多，这让林屿洲特恍惚，从来没人跟他聊过那么多心事。

林屿洲的爸妈早就离婚了，他妈妈带着俩孩子在山城，他爸一个人来了安城。

当年离婚其实还挺和平的，两人财产分割上也没任何矛盾，离婚之后都没再婚，几乎每个月都会联系一下。那次闹完之后，他跟他姐被送来了安城，两人的那位律师父亲也忙得整天见不着人，跟以前在妈妈身边其实没两样。

他有点儿想陆哲明，想再和他聊天，特舒服，特解压，好像全世界就只有这么一个能耐心听他说话的成年人。

林屿洲被送来的时候其实有点儿不情愿，在家里又闹了一通，甚至跟他妈妈说："要不你把我过继给陆哲明吧！"

他这话震惊了全家，当然也震惊了陆哲明本人。

林屿洲他妈给人家小陆老师道歉，说这孩子青春期脑子坏了，陆哲明倒是没说什么，笑笑就算了。

至于林苏晨，她原本不用来的，见她弟这样，不放心，刚好妈妈要去国外研修半年，索性一起跟来了。

他们讨论这件事的时候，路里突然叫姚叙过去帮忙扶梯子——他们带了个风筝来，还没飞起来，就挂在旁边的树上了。

倪星桥扭头看向姚叙，然后听见林屿洲说："所以我特别羡慕你。"

"羡慕我？"倪星桥转回来，疑惑地看向他。

林屿洲点了点头，也望向了姚叙的方向。

"或者说羡慕你俩吧。"林屿洲说，"一起长大，有什么心事都能互相说。"

"你跟你姐不也是吗？"

"那可不一样。"林屿洲告诉他，"我姐心思重，自从爸妈离婚之后，她变得少言寡语的，我不太敢跟她说有的没的，怕她压力更大。"

倪星桥歪头看着林屿洲，感慨了一句："没想到你还挺贴心的。"

"那是，你是不了解我，了解我的人，就没有不被我征服的。"

"喊，少来。"

林屿洲嬉笑着，过了一会儿又说："所以我特想回去找陆哲明。"

"想和他聊天啊？"倪星桥看着林屿洲，突然觉得他有点儿可怜，连一个能好好说说话的人都没有。

倪星桥最受不了被冷落，最受不了没朋友，所以一时间有点儿心疼林屿洲了。

"嗯。"林屿洲说，"从心理学上讲，我应该是对他产生了依赖。"

"你还懂心理学呢？"

"也不是很懂，我爸书架上什么书都有，我看过一点儿。"

他告诉倪星桥："我想等放假以后回去找他，把我在这边发生的事都告诉他，我觉得他那么会倾听的人，一定会愿意听我说这些。"

倪星桥听着他的话，想到他刚刚说的"依赖"，再扭头看远处的姚叙，他觉得自己对姚叙也有这种依赖的感觉。

帮路里把风筝拿了下来之后，姚叙没立刻回来，他留在那边帮着大人们穿串、烧烤，等到一切就绪才回来扶倪星桥过去吃饭。

姚叙看出倪星桥有心事，问他："琢磨什么呢？"

微风把倪星桥头顶的一缕头发吹得支棱起来了，特别可爱，当事人却对此一无所知，他满脑子都是刚刚那些事，看着姚叙的时候，有点儿紧张，生怕被对方察觉了心思。

倪星桥不好意思被姚叙知道自己对他产生了依赖心理，这太没出息了，都是同龄人，他怎么还跟小孩儿似的呢？他慌里慌张地看向别处，说："好吃。"

"那你就多吃点儿。"姚叙说，"吃什么补什么，这个也给你。"

"这啥？"倪星桥接了过来。

"鸡心。"姚叙说，"给你补补心眼儿。"

要不是两只手都拿着烤串，倪星桥一定要跟姚叙干一架。刚刚被少年心事困扰着的倪星桥一下就把那些事情抛之脑后了，跟姚叙斗嘴吵闹，一如往常。

四个大人五个孩子吃饱喝足后，大人们坐在一起聊天，孩子们也凑一块儿玩去了。

林屿洲给大家弹吉他，倪星桥就扯着嗓子乱唱。

"没一个字在调上的！"林屿洲吐槽他，"要不你别唱了，我耳朵疼。"

他越是这么说，倪星桥唱得就越是起劲。

林屿洲："姚叙，你真的不管管他吗？"

姚叙躺在草坪上看天，笑着说："唱得多好，平时想听还听不见呢。"

倪星桥听了更开心，得意地冲林屿洲做鬼脸。

林屿洲翻了个白眼，说："也就你受得了他！"

因为林屿洲的这句话，倪星桥扭头看姚叙，眼珠子一转，凑了过去。

"问你一点儿事。"

姚叙看看他："问吧。"

"你真的觉得我唱得好？"

这问题对于姚叙来说一点儿都不难回答："客观上来讲，五音不全，这世界因为没有你的歌声而美好。"

倪星桥举起手边的拐杖就要打人，但姚叙很快就接着说："但主观上来讲，天籁之音，你就是人间唯一的百灵鸟。"

"百灵鸟"笑了，笑得小脸通红，像母鸡下蛋似的直打鸣。

林屿洲开始乱弹琴了，他算是发现了，自己真的就很多余。

这边的两人就不用说了，另一边，路里在那儿疯狂讨好他姐，他姐原本是定力十足的人，竟然被路里拙劣到令人头皮发麻的破笑话给逗笑了。

都是什么人啊！那些大人不管管吗？

一帮人玩到天黑，开始分睡袋。倪星桥仗着自己行动不便，选了最角落，但一扭头就能透过塑料窗看星星的好位置。

"姚叙在我旁边！"

倪海明问："你连爸爸都不要了吗？"

"姚叙，姚叙！"倪星桥对他爸的话充耳不闻。难得出来玩，谁还要跟家长睡一起啊！

几个大人在一起，孩子们都在另一边。

唯一的女孩儿林苏晨拒绝跟那几个臭小子挨得太近，睡在了黄茜的旁边。

倪星桥因为过于兴奋，根本睡不着，想跟姚叙聊天，但又怕吵到其他人。

他不远处就有一个门，于是像只虫子一样裹着睡袋扭了扭，小声问姚叙："出去玩一会儿吗？"

姚叙也睡不着，他们俩轻手轻脚地起身，姚叙扶着倪星桥离开了帐篷。

外面的小凳子有点儿凉，姚叙拿了个垫子给倪星桥。

"真周到啊。"倪星桥乐呵呵地看他，"全世界就你对我最好了。"

姚叙笑着说："你爸妈要是听见了定会骂你。"

倪星桥"嘿嘿"地笑，接过了姚叙递来的毯子。

眼下已经是十月份了，晚间有些凉。两人裹着一条毯子，紧贴着彼此看星星。

倪星桥说："这感觉还挺安逸的。"

姚叙吐槽他："你竟然还知道这么高级的词汇。"

"我懂的可多了！"说完这句话，倪星桥其实有点儿心虚。

他懂什么啊，他只是看多了小说，等真的轮到自己，脑子就跟糨糊似的。

倪星桥缩在毯子里，暖乎乎的，他仰头看星星，想唱歌却又怕扰民。

"姚叙，你说有一个至交好友的感觉到底是什么样的啊？"

他这么一问，姚叙愣了一下。

"为什么突然这样问？"姚叙问。

"不为什么。"倪星桥说，"就是好奇。"

姚叙想了想，轻声说："就是原本空落落的心里搬进去一个人。"

倪星桥扭头看他。

"你想象一间空房子，原本布满了灰尘，一无所有。但是后来，走进来一个人，你为了那个人勤勤恳恳地打扫房间，把什么好东西都往那个人周围堆。"姚叙说，"一束花、一份甜品、一杯奶茶，还有好看的书、好玩的玩具、精致的礼物。"

倪星桥想象着那个画面，向来脑补能力一级棒的他，很快就在脑子里盖好了一栋大楼，随时等待至交好友入住。

"好神奇。"

"什么？"姚叙不明所以。

"没事，没事，我自言自语呢。"倪星桥赶紧闭嘴，脑子乱糟糟的。

"林屿洲是不是跟你说了什么？"

"什么啊？"

"我在问你啊，"姚叙笑道，"今天下午你跟他聊过之后，总是心神不宁的。"姚叙问，"他该不会说了什么奇怪的话吧？那小子唯恐天下不乱。"

"才没有呢。"倪星桥说，"我对林屿洲开始有点儿改观了。"

"为什么？"

"他都没什么朋友，怪可怜的。"

姚叙忍不住笑出了声："你怪有意思的。"

两个男生抬头看星星，倪星桥继续琢磨着今天林屿洲跟他说过的关于"依赖"的事，甚至想要跟对方借那本书看看。而姚叙，只希望身边这个人能一直都开心。

帐篷里，路里早早睡着了，躺在旁边的林屿洲迟迟没能入睡，他注意到外面的两个人，不禁有些羡慕。他也小心翼翼地从睡袋出来，拿着手机离开了帐篷。

林屿洲没去打扰姚叙跟倪星桥，而是从另一侧出去，走了很远。他躲在一棵大树后面，挣扎了好久，拨通了那个不敢存下但一直记在心里的手机号码。

电话响了三声，那边的人就接了起来。

"你好，哪位？"

陆哲明的声音传来，还是像以前那样，温文尔雅。

林屿洲一下没绷住，哭了。

由于一直没人应答，陆哲明以为对方是打错了，很快就挂断了电话。

林屿洲坐在树下，抱着膝盖哭了一会儿，觉得自己挺没出息的。

他扭头看向远处依旧坐着的两个人，他们是知心好友，可是他却是孤零零的，好不容易有一个想要接近的人，却还没来得及多说几句话就被他妈妈送到了这么远的地方来。

林屿洲希望时间快点儿过，希望自己快点儿长大。等他长大了，十八岁了，高考完了，他要第一时间回去找陆哲明，他要考回山城，天天去找陆哲明。

少年在俊朗温柔的大哥哥身上看到了希望萌发的新芽，并下决心努力浇灌。

少年的友谊最可贵、纯粹，纤尘不染。没有一丝世故和轻浮，有的只是赤诚和珍惜。

鲜衣怒马少年时，一场好梦胜春光。

姚叙觉得，跟倪星桥他们一起出去玩就像是躲避到了一个世外桃源，只不过，快乐的时光总是短暂的，人还是要回归到正常生活中来。

两天一夜的城郊露营在第二天下午的时候结束，一行人返程，孩子们都流连忘返。

倪星桥说："要不你们走吧，别管我了。"

倪海明吓唬他："也行，不过我们不会给你留帐篷，也不会给你留吃的。"

"姚叙留下陪我就行。"

"姚叙也不会留给你。"倪海明冲着儿子坏笑，笑得倪星桥直哼哼。

回去的路上，姚叙有些心不在焉，倪星桥问他："怎么啦？"

还在回味露营的倪星桥用手肘撞了撞姚叙："是不是也不想回家？"

姚叙确实不想回去。跟倪星桥他们出来露营，这事儿他都没跟戚美玲说，如果说了，免不了又一场家庭战争，最后以两败俱伤收尾。

姚叙撒了谎，说自己这两天去班主任家补课。刚好1号晚戚美玲上夜班，不会知道他没回家。

姚叙已经快受不了这样的生活了，可是目前他还没办法逃离，于是只有忍耐，或者祈祷在某一天，戚美玲能好起来。

对，姚叙觉得她真的病了，毕竟小时候记忆里的妈妈不是这样歇斯底里的。

想到这些，他也恨姚振海，要不是他，这个家，还有她，都不会变成这样。

倪星桥问:"你在想什么呢?"

见姚叙半天没回话,倪星桥觉得奇怪。

"在想晚上吃什么。"

倪星桥傻乎乎地信了,笑得怪里怪气的,说:"原来你也会想这么无聊的问题!"

"哎,真是天真无邪的小孩儿。"正在开车的倪海明接了话茬,"这可不是无聊的问题。"

"没错。"黄茜说,"早上吃什么,中午吃什么,晚上吃什么,这是人类最难解的三大难题。原谅你年少无知,等你长大就明白了。"

倪星桥撇撇嘴:"啥啊?"

开车回去需要四十来分钟,倪星桥后来靠着姚叙睡着了,跟小猫似的。

车窗外是金秋十月的美景,姚叙看着沿途的景色,听着倪星桥平缓的呼吸,享受着这个假期最后的一点儿美好时光。

下午四点多,到家了。姚叙先下了车,挥手跟他们道别。

"没事儿就来我家里玩啊!"倪海明开车走前,还给姚叙留了这么一句。

倪星桥说:"有事儿也可以来,我没事!"

姚叙笑笑,目送他们继续开车往小区里面去。让他没想到的是,刚一回头就看见了站在单元门前面的戚美玲,她冷着脸看着他,不知道站了多久。

姚叙的心一下就沉了下去,嗓子眼发紧,手指发麻。

"你干吗去了?"戚美玲质问。

姚叙没说话。他想越过她直接回家,但她挡在楼门口,不让他进。

"我问你话呢!"

戚美玲刚吼完,后面有邻居下楼,被这一声吓了一跳。

邻居迟疑地来到戚美玲身后,轻声说:"不好意思,借过一下。"

姚叙先让开,然后戚美玲侧身让邻居过去。

住在这里的人大都是老住户了,彼此就算没那么熟,也都是点头之交。邻居过去的时候,尴尬地看看戚美玲,戚美玲也挤出个笑来解释说:"臭小子学会骗人了。"

邻居也笑了,说:"姚叙学习那么好,你也别把孩子管得太严。"

邻居说完就走了,留下戚美玲心生怨念。一个对自己家里情况一点儿都不了解的人凭什么来指手画脚?如果不管得严,姚叙能有今天的成绩吗?

因为邻居"帮腔"姚叙，戚美玲的火气更盛了。

等到那人走远，戚美玲问姚叙："是不是出去玩了？"

姚叙还没来得及回答，戚美玲紧接着问："为什么骗我？"

她根本不给姚叙解释的机会，愤恨地说："你怎么把他恶劣的品性都给继承了？撒谎成性，狼心狗肺的畜生！"

姚叙用力深呼吸，开口说："妈，回家再说行吗？"

"回什么家？"戚美玲吼骂着，"你还好意思说回家？不是不愿意回家吗？滚啊！这不是你家！"

她说完，转身上楼，在姚叙跟上去的时候，已经进屋反锁了门。姚叙站在门口，敲门也不是，离开也不是。他就那样站了好久，然后隔着门道歉。

"对不起，我不应该骗你。"

姚叙不想解释太多，因为他知道，自己说什么对方都听不进去，在她面前，他的解释是最无用的。不如直接认错，然后认罚。

果然，戚美玲开了门。

"进来。"

姚叙进门，脱了鞋之后直接往客厅里走，脱掉了上衣，跪在了客厅中央的地上。

戚美玲回了卧室，拿出姚振海留下的那条皮带，再回来的时候，狠狠地抽在了姚叙的身上。戚美玲一边打他，一边哭，她不明白为什么他们都要骗自己。

假期的第三天，倪星桥还在睡梦中就接到了路里的电话。

"桥哥，帮我挑挑衣服！"

倪星桥怀疑自己听错了："大半夜你发什么神经？"

"都七点了！"

"才七点！"这可是假期！哪个小孩儿假期七点就起床啊！

倪星桥气得牙痒痒："七点你打什么电话！"

"今天我跟苏晨要见面呢！"

跟林苏晨见面？倪星桥嗅着八卦的味道，立刻睁开了眼。

"你俩什么情况？她怎么会在假期和你见面？"

路里笑得特欠揍："她和我见面当然是因为被我的人格魅力征服了！"他说，"不闲扯了，我们约了十点见，我得赶紧选衣服。"

他问倪星桥："你说我穿什么呢？穿运动服会不会不够正式？"

"是啊。"倪星桥说，"穿你爸的西服吧，你的女神一定会对你刮目相看。"

"那我爸能直接把我脑袋打掉。"路里说话向来夸张，"别闹了，快点儿帮我想想。"

"你就随便穿呗，上学时天天穿校服，你最丑的样子她都见过不知道多少次了，除非你今天穿成奥特曼，不然你穿什么都不会让她眼前一亮。"

路里想想，问："我穿成奥特曼会让她眼前一亮？"

"嗨，你倒也可以试试，不过她眼前一亮之前，可能警车先亮了，说你有碍市容，直接把你给逮了。"

路里算是看出来了，找他给自己出谋划策是最错误的选择。

"算了，我看你也没什么好主意。"路里说，"这事儿还得靠我自己。"

"哎，你们在哪儿见啊？带我一个呗，我想看看热闹。"

"我们是正经八百地见面，不是去广场舞狮子。"路里说，"你个腿脚不方便的，凑什么热闹！"

被拒绝了的倪星桥愤恨地挂断了电话，把手机往被子里一塞，带着怨气继续睡觉。

另一边的路里，把衣柜都给掏空了，翻来覆去地搭配，最后还是穿了简单的一身运动套装。跟女神见面，路里紧张，生怕出什么意外让自己迟到，于是提前一个半小时就到了约定的地点。

路里忐忑不安地等着林苏晨的到来，甚至在这个过程中，不停摆姿势，希望自己能以最帅的角度出现在对方的面前。

他站在音像店里，来来回回地走。最后，还是老板先按捺不住了，对他说："我盯着你小子好一会儿了，警告你啊，我店里有监控，偷东西就给你拍下来！"

路里蒙了，没想到自己在这儿逗留太久，被人误会了。

他赶紧解释："不是不是，我在这里等同学。"

老板显然不信，谨慎地打量他："等同学出去等，别影响我做生意。"

路里就这样被音像店老板赶出了店铺。

他唉声叹气，好不容易找了个让自己看起来很帅的角度，结果无用武之地了。就在他耷拉着脑袋不知所措时，竟然看见了坐在对面甜品店的倪星桥。

"你怎么来了？"路里这边刚扯嗓子喊出来，另一边走来了两个人——

林苏晨跟林屿洲。

路里茫然地看着林屿洲:"你怎么也来了？"

姚叙要是再跟来，就真的成广场舞狮会了。

倪星桥当然是从林屿洲那里打听来的，凑这种热闹怎么会少得了他!

至于林屿洲……

"你不是约了我姐还有'轻舞飞扬'在这儿见面吗？"林屿洲尴尬地一笑，"其实吧，我才是那个'轻舞飞扬'。你看，我们都来了。"

不是每个人在年纪轻轻的时候就能承受这样的打击。

很不幸的是，路里成了那个被选中的男孩儿。他愣在那里，不敢相信自己听见了什么。

"我聋了。"

于是，林屿洲把"魔鬼的话语"重新说了一遍。

那一刻，路里突然理解了他妈看的电视剧中那个女生受刺激后，为什么会捂着耳朵摇头晃脑地大喊:"谁来救救我？"

路里在脑内上演了相同的场景，只不过剧中的人物变成了他自己。

林屿洲知道自己干了件不是人该干的事，这会儿正心虚，看着眼前这人入定了一样，有点儿担心，小声问他姐:"你有没有觉得哪里不太对劲？"

按照他的预计，现在自己应该正在被路里"追杀"。

林苏晨问:"你有没有听见什么东西裂开的声音？"

这种时候，路里对林苏晨的声音依旧保持着高敏感度，他点了点头。

裂开了，确实裂开了。

林苏晨觉得此地不宜久留，看了一眼坐在不远处吃小蛋糕的倪星桥，丢给林屿洲一句话:"自己解决，我去那边等你。"

关键时刻，亲姐是溜得最快的那个。

林苏晨来到倪星桥这边，点了杯奶茶。

倪星桥:"嗨!你也是来看热闹的？"

林苏晨笑笑，随口问:"姚叙不在？"

倪星桥疑惑道:"他为什么要在？"

"哦，我以为你们俩是连体婴。"林苏晨在倪星桥旁边坐下，一边喝奶茶，一边看热闹。

此时已经难受得不行了的路里终于恢复了意识，他不死心地问林屿洲:"你逗我？"

"没有。"林屿洲说，"我发誓这次确实没有。"

路里欲哭无泪，握紧了拳头。

林屿洲紧张地提醒道："君子动口不动手，动手了，就算是未成年人，也要负法律责任的。"

路里咬牙切齿地问："你为什么要耍我？"

"我不是故意的。"林屿洲说，"这事儿从一开始就是个误会。"

"但你 QQ 的性别是女。"路里说。

"你的不也是吗？"

路里突然想起，当初他设置的性别确实是女，因为那会儿正跟倪星桥打赌，赌输了的惩罚，后来就忘了改回去。都怪倪星桥！

路里突然瞪着正美滋滋吃甜品看热闹的倪星桥，倪星桥打了一个激灵，问林苏晨："他是不是想害我？"

"他为什么要害你？"

"姐姐，要不你还是坐那边的椅子吧，我怕路里等会儿来砍我。"倪星桥现在腿脚还是不太方便，不然他肯定主动跟林苏晨保持距离。

林苏晨轻声一笑："你想多了，他现在想砍的只有一个人。"那就是她的亲弟弟。

另一边的路里还在悲愤地说："我不打你，但我没想到，我当你是兄弟，你却耍我。"

林屿洲说："我早就跟你说过照片里的人是我姐，你不信啊。"

"你没说过。"

"说过，就在你第一次问我的时候。"

这可得追溯到好久以前了。

路里第一次看见林苏晨的照片，跑去跟网友"轻舞飞扬"说：你长得真好看。

当时林屿洲回了一句：那是我姐，不过我确实长得也不错。

可路里只当对方是出于少女的矜持才那样说，认定了这就是本人。

后来林屿洲也不辩解了，直接回复：行行行，好好好，随你怎么想。

这误会不就发生了。

林屿洲说："这事儿我确实有责任，我向你道歉。"

"道歉有用的话……"

"要不你告我吧。"林屿洲又开始说屁话，"以'欺骗同学'的罪名，请求警方逮捕我。"

路里翻了个白眼，快被这人气晕过去了。

"算了。"路里想了想,灵机一动,提出要求,"这件事你对我造成了巨大的伤害,无论做什么都难以弥补。"

"好严重。"林屿洲说。

"不过我可以给你一个戴罪立功的机会,或许能安抚一下我破碎的心。"

林屿洲觉得自己似乎可以猜出他想说什么。

路里说:"在你姐面前,多说点儿我的好话。"

林屿洲差点儿笑出声来。不过,这种时候,他也是很果断的。

"行。"林屿洲说,"我看你也还算是个不错的人,虽然我向来对我姐的交友圈子严加审查,但你的话,勉强过关吧。"

路里笑了,彻底眉开眼笑。

两个心怀鬼胎的坏小子达成了共识,从此称兄道弟,勾肩搭背。

"等会儿你把倪星桥带走。"路里说,"别让他在这儿看热闹。"

"行啊!"林屿洲痛快地答应了。

路里:"好兄弟!"

但让路里没想到的是,他的好兄弟林屿洲,实在不做人事。

路里跟林苏晨进音像店,那两家伙也跟了进来。

路里问林屿洲:"不是让你带走他吗?"

倪星桥不乐意了,反问道:"凭什么带我走?这音像店是你家开的吗?"

林屿洲说:"兄弟,不是我出尔反尔,主要是因为我俩也想买专辑。"他抬手一指,"倪星桥说要买那个。"

音像店的墙上,贴着一张已经泛黄的海报,上面印着几个字:《两只蝴蝶》。

路里看看海报,又看看倪星桥:"桥哥的音乐品位不俗,爱了。"

说完,他走了,留下倪星桥用手肘撞林屿洲:"你以后再造这种谣,我真的要拿起法律武器保护自己了!"

接下来,倪星桥跟林屿洲用各种借口紧跟着那两人,林苏晨都笑了:"这是团建吧?"

"团建是啥?"倪星桥问林屿洲。

"这不重要。"林屿洲说,"重要的是今天我们大家都过得很开心。"

是的,除了路里,其他人都很开心。

倪星桥看了一天的热闹,晚上回去后往姚叙家打电话,想问问他这一天都干吗了，顺便再聊一会儿八卦。结果姚叙家一直没人接电话，他噘着嘴嘟囔着，趴在窗户边往姚叙家那头看。

倪星桥发现姚叙家的灯都没亮，估摸着是真的没在家。他耐不住寂寞，跛着脚要下楼。

黄茜问他："小瘸子干吗去？"

"我才不是小瘸子！"倪星桥说，"下楼玩会儿，我要去做复健！"

倪星桥最近行动稍微便利了一丁点儿，但要能跑能跳还得等好一阵子。他自己磨磨蹭蹭下了楼，到小区的儿童乐园荡秋千去了。

可能因为十一长假，小孩儿们都被大人带着出去旅游了，这个时候这地方竟然没什么人。

倪星桥坐在秋千上，眼睛一直望向姚叙家。一天没见了，也没任何消息，倪星桥还挺不习惯的。

事实上，姚叙在家。从昨晚到现在，姚叙一口饭没吃，一口水没喝。

戚美玲拿着皮带把姚叙抽了一顿之后，就把他锁在了卧室里。她让他自己好好反省，也算是惩罚他，让他以后不准再骗她。

戚美玲越来越讨厌倪星桥，还有那一家人，觉得姚叙跟他们走得太近，心都玩散了。

姚叙听见电话铃响，猜测那是倪星桥打来的，可是他出不去，没办法到客厅去接电话。

戚美玲上班去了，自从离婚之后，她重新开始工作。只不过，原本在职场风生水起的她，因为多年的职场空白期，已经几乎跟社会脱节，原本的工作经验已经不作数，别人一听她当了十多年的全职主妇，就不再把她列入招聘计划之内。戚美玲碰壁多次，最后在24小时营业的商超找了份收银员的工作。

出轨又再婚的前夫对他们母子不闻不问，抚养费都不按时给，整个家就靠她一个人撑着，疲惫又无助。

她恨所有直接或间接导致她走到今天这个地步的人。她恨别人，也恨自己。她恨前夫，恨第三者，也恨自己的儿子。如果没有他们，她也不会活成今天这样。

戚美玲带着恨意过活，如今支撑她走下去的，就是竭尽所能培养姚叙，她要让所有人看看，她一个人也能把孩子养得很好。

姚叙的优秀是她唯一可以指向前夫的剑，所以姚叙必须做到最好，一刻都不能松懈。

露营回来之后，十一假期剩下的日子里倪星桥都没再见到姚叙。

他去姚叙家敲门，没人应。往姚叙家打电话，姚叙妈妈接起来后听见是他，直接告诉他姚叙不在家。还没等倪星桥问她姚叙去哪里了，什么时候回来，电话就被挂断了。倪星桥觉得奇怪，但又没什么办法。

本来假期应该开开心心度过，可是这一次，因为见不到姚叙，倪星桥每天都没精打采的。

黄茜说："不知道的人还以为你被人打蔫了。"

倪星桥撇撇嘴，进屋躺着玩手机去了。自从知道路里的网友其实是林屿洲之后，倪星桥就再也不期待上网交友了，他只觉得网络聊天害人不浅。

不过这几天他一直在跟路里聊天，路里说："只有叙哥不在的时候你才能想起我！"

这么混了几天，终于把假期熬过去了。

开学前一天晚上，倪星桥又去敲响了姚叙家的门，这次来开门的是姚叙。

姚叙被他妈关了好几天，戚美玲不在家的时候就把姚叙锁在卧室里，只有她回来后才开门让他吃饭、上厕所，然后再关回去。

姚叙也不说什么，不反抗，随她去了。毕竟这次确实是他说了谎。

眼看着要上学了，今天戚美玲还是上夜班，总算解除了对姚叙的"软禁"。

倪星桥看见姚叙，一脸惊喜，也终于松了口气。

对于倪星桥来说，他习惯了随时随地只要想见就能见到姚叙的日子，就好像无论何时对方都非常坚定地站在他身边，扭头就能看见。

而且，姚叙从来没有不打一声招呼就消失，所以这次他的突然消失让倪星桥很不安。好在，时隔多天，姚叙终于又出现在倪星桥的面前了。

"你去哪里了啊？"倪星桥问，"一声不吭就走了，吓死我了。"

姚叙不可能告诉倪星桥在他身上发生的事情，他始终都在隐瞒，希望自己让倪星桥看到的都是阳光快乐的一面。

他说："去我奶奶那儿了，好一阵子没见到她，想她了。"

听姚叙这么说，倪星桥总算松了口气。

倪星桥鬼鬼祟祟地探头往里看："今天晚上就你自己在家啊？"

他是有点儿害怕戚美玲的。

姚叙倚在门框上冲他笑："对啊，你要来陪我？"

倪星桥一听姚叙邀请他，当即决定回家拿书包去，今晚在姚叙家住。

"走走走，陪我拿书包去。"倪星桥催促着姚叙跟他一起出门，弄得姚叙都有点儿哭笑不得了。

两人回到倪星桥家，黄茜看见姚叙，说："姚叙啊，好几天没见了，去哪儿玩了？"

"去他奶奶家了！"倪星桥简直就是姚叙的"发言人"。

"我问姚叙呢，谁问你了！"

"你问不问我，他都是去奶奶家了！"

倪星桥拉着姚叙往自己房间走，跟他妈妈说："今天晚上姚叙自己在家，我要去陪他。"

黄茜巴不得儿子不在，好让她跟老公享受一下二人世界。

"去吧去吧，明早别起晚了，你爸送你俩。"

倪星桥手忙脚乱地收拾东西，看见什么就往书包里塞什么。

姚叙说："你急什么啊？搞得像是要逃荒。"

"怕我妈反悔。"倪星桥说，"你不懂，女人特别善变，我们得趁着她还没改变主意就赶紧跑。"

收拾完书包，倪星桥拿着校服就跟姚叙走了。最近他走路比之前要自在了不少，但依旧得拄着那个拐，匆忙"逃走"的样子，看起来是有点儿可怜的。

姚叙笑着跟黄茜道别："阿姨，我们走了，明天早上我负责叫他起床。"

门外的倪星桥听了，嚷嚷道："别叫我！"

回到姚叙家，倪星桥扔掉拐杖脱了鞋直接就躺在了人家的床上。

"傻乐什么呢？"姚叙进屋的时候，看见倪星桥舒舒服服地躺在那儿，乐得咧开了嘴。

"解放了，解放了！"倪星桥说，"你不知道，这几天在我妈的威逼利诱下，我几乎是一刻不停地学习，累死了。"

这话，姚叙可不信。倪星桥光是电话就打过来三次，外加敲门四次。他跟路里他们出去玩，这事儿姚叙是知道的。

"你和路里干吗去了？"

说起路里，倪星桥来兴致了，满面红光，兴奋到眼睛也跟着发亮地给姚叙讲述了路里跟林家姐弟的事儿。

"我真的笑死了！"倪星桥幸灾乐祸，并表示自己从此告别网络交友。

姚叙给他洗了个苹果，递到他手里："这几天就干了这么点儿事？"

"当然不是！"倪星桥接过苹果啃了一口，"还认真学习了。"

"还有呢？"姚叙站在床边，低头看他。

倪星桥依旧躺在那里，看向姚叙，两人对视。

"姚叙。"倪星桥突然很想问对方一个问题。

"说。"

"以后，你不会再一声不响地失踪了吧？"

姚叙惊讶地看向他。

"干吗那么看着我？"倪星桥啃着苹果说，"你都不知道这几天我是怎么过的。"

他狠狠地咬了一口苹果，仿佛咬的就是不打招呼就消失的姚叙："天天找你，却天天找不到你。"

倪星桥噘了噘嘴，像极了小时候的样子。姚叙没忍住，笑了。

"你还笑！"倪星桥说，"我都担心死了！"

"好好好，不笑了。"姚叙扯了张纸巾给他擦嘴，哄着他说，"是我不好，我应该提前和你说一声。"

"以后不会再这样了吧？"倪星桥微微皱着眉，很认真地看着他。

"不会了。"姚叙说这句话的时候无比真诚，可心里却是有些不踏实的。诺言是许下了，可他的人生从来都不由他做主。他只希望自己不要辜负倪星桥的期待，只希望往后不管什么时候，他都能守住这个诺言。

"约法三章吧。"倪星桥心血来潮。

"三章？这么多？"

"这还多吗？"倪星桥拍了他一下，"我已经很不严格了！"

姚叙无奈地笑着说："行，约法十章都行。"

倪星桥终于开心了，竖起一根手指说："第一，以后不管去哪儿，都要跟我汇报！"

姚叙笑着说："没问题。"

"第二，以后如果要离开三天以上，得带上我。"

姚叙笑得很大声："去哪儿你都跟着？"

倪星桥点头："跟着。"

姚叙拿他一点儿办法都没有，说："行，跟着吧。那第三呢？"

"第三，如果再有一次突然消失，让我找不到你，我就真的再也不理你了！"

姚叙听着倪星桥的话，郑重其事地说了一句："好。"

跟姚叙"约法三章"之后，倪星桥心满意足，他吃完苹果，又玩了一会儿，然后被姚叙催促着洗漱睡觉了。

倪星桥从小就磨蹭，姚叙都躺下了他才从洗手间回来。躺到床上，还是觉得不甘心，又缩在被子里偷偷摸摸玩了一会儿手机。

两个人都睡在姚叙的房间，一张不大的双人床，姚叙盖着毛毯，倪星桥盖被，两人一人睡一头。房间窗帘没拉好，露出一条小缝隙，月光刚好从那条缝隙照射进来，让黑漆漆的屋子有了一点点的光。

倪星桥看时间不早了，有些不舍地把手机关了，放在了枕头下面，然后小心翼翼地坐起来，看到了躺在另外一头的姚叙，他借着这点儿月光看姚叙，觉得这样的夜晚真美好。

倪星桥早上睁开眼的时候，姚叙已经不在被窝里了。

平时姚叙自己在家的话，早饭就随便糊弄一口，吃一块面包或者一袋干脆面。但今天早上倪星桥在，他可不能糊弄对方。

姚叙早早起床，洗漱完就下楼去小区门口的早餐摊买了两份馄饨和一块小红糖饼。

倪星桥特别喜欢吃这家的红糖饼，但倪海明每天早上做饭特别积极，让倪星桥实在没理由到外面买来吃。

昨天晚上睡觉前，倪星桥特意叮嘱姚叙："明天一定要早点儿叫我，咱们俩上学前先到门口朱婶那里买块糖饼吃！"

倪星桥说的话姚叙都记在心上，一大早出来买早餐，就为了让倪星桥那个懒虫多睡一小会儿。

等到姚叙买完早餐回来，倪星桥还在做美梦，闹钟响起，姚叙隔着被子拍了拍倪星桥。

"小懒虫！起床！"

倪星桥"哼哼"叫着，意识还陷在梦境中。

"起床了，懒虫！"

倪星桥昏睡的灵魂逐渐被唤醒，迷迷糊糊地听见有人管自己叫懒虫。

他从小就被姚叙这么叫，条件反射似的说："姚叙你又欠揍了！"

此刻的姚叙被复读机上身了似的，趴在倪星桥耳朵边没完没了地说："小懒虫，起床。"

倪星桥不高兴了，平时起床气就不小的他此刻火气特别大，顺手用被子蒙住了那个堪比唐僧的家伙，并试图用被子堵住对方的嘴。然而，下一秒倪星桥就又赶紧把被子裹回了自己身上："好冷好冷。"

133

已经十月份，天凉如水了，尤其是早晚。倪星桥被这么一闹，终于醒了过来，嘟囔着说："我好恨。"

"恨什么呢？"姚叙从床上坐起来，伸手把倪星桥昨晚丢在椅子上的衣服拿了过来，"穿衣服去洗漱，我给你买好早餐了。"

一听到早餐，倪星桥立马精神了："是我心爱的红糖饼吗？"

"嗯哼。"姚叙笑着一挑眉。

倪星桥一听，立刻从床上弹起来，一边欢呼着"好人一生平安"，一边快速穿好了衣服。

看着眼前这人忙忙叨叨的样子，姚叙忍不住笑。如果每天都这样多好，姚叙想，我可以天天给他买红糖饼。

倪星桥吃饱喝足，发现才刚刚六点钟。

"还是起床早了。"倪星桥说，"你应该再晚二十分钟叫我。"

"这是因为今天你没磨蹭。"姚叙毫不留情地戳穿了他，"为了吃红糖饼，你从起床到洗漱完毕只用了五分钟，平时十五分钟都不够。"

倪星桥一眯眼："干吗干吗？！在我家装了监控吗？"

"是你妈告诉我的。"姚叙笑了，"她让我多管管你。"

"嚆！"倪星桥往椅背上一靠，"谁能管得了我啊！我可是无法无天的小霸王！"

闲聊到时间差不多，倪海明来接俩孩子上学了。

倪星桥觉得自己的腿最近恢复得挺好，不想挂拐，就拉着姚叙的胳膊，把人家当成了自己的拐杖。

倪海明又开玩笑，跟姚叙说："可苦了你了，你把这笔账记着，等以后长大了，他赚钱了，你得要回来。"

"好嘞。"姚叙笑着说，"那我可得记清楚了。"

"爸，你行不行啊！怎么胳膊肘往外拐，帮别人算计你自己儿子呢！"倪星桥不乐意了。

姚叙就看着他笑，觉得心情前所未有地好。

第五章 圣诞快乐，小卷毛

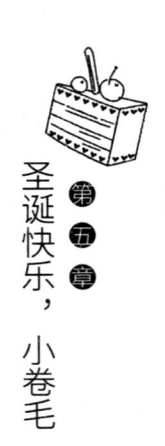

十一假期结束，大家开始规律地上学生活。用倪星桥的话来说就是：疲惫且无聊且睡不醒且受煎熬。

这煎熬的主要制造者当然还是班主任曹军，他带着整个数学组的老师抢进度，就为了在高二下学期开学时正式进入总复习阶段。

倪星桥原本就因为住院缺课了好久，落下的那些课程还没补完，现在跟着曹军的节奏学新知识更是吃力，每天累得说俏皮话的时间都少了。

不过姚叙倒是仗义，每天放学后还有周末，都会特意找时间帮倪星桥补前面重要的知识点。

姚叙不像老师讲课时那样，为了照顾全局，每一部分都要讲一遍，很多相对来说简单或者不那么重要的部分他会告诉倪星桥，事后倪星桥自己回去看。"姚老师"只讲重点干货。

倪星桥对照着姚叙特意为他整理的一份笔记疯狂补课，总算在第二次月考到来的时候，把落下的知识点给补完了。

因为上一次月考倪星桥没参加，这次考试的考场自然就安排到了最后。

安城一中按照成绩安排考场的这个传统之所以能流传下来，主要就是考虑到一个考场的学生水平都差不多，能在很大程度上避免打小抄这件事。

但这次，倪星桥因为意外情况被分到了最后一个考场，就算他人再怎么低调，也总是有人知道他就是那个"万年老二"。考试还没开始，就有人来跟倪星桥说"学霸，照顾一下"了。

倪星桥觉得莫名其妙,这人他都不认识。再说了,这就是一次月考,照顾不照顾的,意义大吗?

倪星桥没说话,他只想安分地考完这次月考,然后跟姚叙当同桌。

考试开始没多久,倪星桥就觉得有人在盯着他。他扭头一看,刚刚让他照顾一下的那个男生正趴在桌子上瞄他的试卷。倪星桥没管,继续闷头答题。

第一面的选择题写完,倪星桥拿起卷子翻页,他听见旁边发出很轻的"哒哒"声,看过去,又是那个男生。那男生让他把写完答案的卷子竖起来,假装翻页,方便他抄答案。

"别搞小动作啊!"监考老师在前面厉声提醒。

倪星桥皱皱眉,依旧不搭理,继续他的考试。

两天的考试结束,倪星桥的心情糟透了。

最后一门英语考完,他耷拉着脑袋收拾东西准备走,然后就听见有人骂骂咧咧地说:"装什么啊!"

倪星桥抬头看过去,说这话的正是想抄他试卷但应该什么都没抄到的那个男生。

对方瞥了倪星桥一眼,不屑地"喊"了一声,呼朋唤友地走了。

倪星桥翻了个白眼,他倒不至于因为这点儿事、这种人心情不好,只是考试的时候好几次被纸团砸头,还有两次扔到了他的桌子上,多多少少影响到了他的考试状态。

走出考场的时候,姚叙已经等在外面了。受了点儿委屈的倪星桥嘴巴噘得能挂油瓶了,哼哼唧唧地朝着姚叙的方向走。

"感觉怎么样?"姚叙问,"这次能全面碾压我不?"

"碾压什么啊!"倪星桥哀怨地说,"感觉这次年级前十名我都进不去了。"

姚叙捏捏他肩膀,帮他拿书包:"没事儿,还有机会呢。"

倪星桥的脚已经拆了石膏,恢复得还不错,慢慢悠悠地蹭着往前走。

他跟姚叙说了考试时发生的事:"有个小纸团,顺着我后衣领掉进去了。"

姚叙听得有点儿心气不顺,知道最后一个考场肯定乱,但没想到会这么夸张。

"我帮你拿出来。"说着姚叙就要帮忙。

"不用了。"倪星桥侧身躲了躲,"我一站起来它就掉出来了。"

他说完，两人都笑了。

姚叙知道倪星桥不开心，抬手揉揉他的小卷毛："反正都考完了，别想了，走吧，请你吃双皮奶。"

"嗯。"倪星桥撇撇嘴，"我要吃两份。"

"四份都行，今天你敞开肚皮吃，我请客。"

月考成绩公布那天，倪星桥趴在桌子上没精打采的。就像他预料的那样，这次考得确实不好，班级第五名，年级第十一名。

倪星桥很少会考得这么差，不过路里说："可以了，桥哥，你还缺了那么久的课呢！"

"可是除了数学，我其他科目都没考好。"倪星桥知道这是怎么回事，他现在怨气特别大，早知道这样，当初就算坐轮椅也应该来参加月考的。

排名一公布，曹军就在当天下午的自习课让学生们重新调整了座位。

姚叙依旧跟林屿洲坐一起，路里这次考得不错，班级第三，成功和林苏晨成为同桌。

倪星桥说："我以前可真是身在福中不知福。"

路里问："桥哥，此话怎讲？"

倪星桥遥望着跟自己隔了一组的姚叙，那边，林屿洲正特欠儿地冲他笑。

倪星桥说："以前我还想甩掉'万年老二'的头衔，现在好了，连'万年老二'我都当不上了。"

欲哭无泪，倪星桥觉得自己年轻的生命遭受了"重创"。

每次考试之后，总是有人欢喜有人愁。倪星桥在这边唉声叹气，路里却嘴巴乐得合不拢。

倪星桥摇头道："我恨。"

这次考试刚好处于期中，成绩出来后的那个周末，学校照例开家长会。

戚美玲那天原本是上白班，但开家长会对她来说是一件非常重要的事，于是跟同事换了班，精心打扮一番，然后出门了。

每次开家长会都是戚美玲最风光的时候，只有这个时候她才能找回跟从前类似的自信。

以前的戚美玲，年轻漂亮学历高，毕业后就进了一家不错的公司，因为工作能力强，升职也比同期进公司的其他人要快不少，不到一年就从普通职员升到了部门主管。

她为了那份工作付出了很多。那个时候的她，是自信骄傲的，她很清楚自己的优势在哪里，也知道应该如何在职场上将这一优势发挥到极致。

如今的戚美玲，不是那个风光无限自信骄傲的她，她吃了太多苦头，对这人生只想破口大骂了。如今支撑着她的是对前夫和前夫现任妻子的恨，她咬牙坚持着，就是想借姚叙的手，隔三岔五地往欺负她的人脸上扇巴掌。

对，她只能靠姚叙了，因为她知道，现在的自己已经什么都没有了。

戚美玲穿戴一新，化了个精致的妆，踩着高跟鞋打车去了安城一中。

每一次的家长会都是她的舞台，而家长会之后跟姚振海的见面之处则是她的战场。无论是在舞台上，还是在战场上，戚美玲都不会输。

果然，这一次她依旧坐在最前排的第一个位置，"姚叙妈妈"的头衔就像一顶桂冠，给足了她荣耀。

家长会上，她积极发言，说尽了漂亮话。感谢老师的帮助和教导，也鼓励各位家长多配合老师工作。这些话，她在出门前就打好了草稿，就像当年准备竞标演讲一样。

只有这个时候，戚美玲才觉得自己的人生还没有彻底失败，她跟十几年前的自己重合了。

她在其他家长羡慕的注视和掌声中重新坐下，骄傲地仰起头迎接班主任的目光。

等到家长会结束，她走在教学楼的走廊上，当其他家长来搭话，永远都会有那句："你们家姚叙太厉害了，每次都是第一名，我要是你，就开心死了。"

戚美玲则微笑着说："我都不怎么管他，孩子对自己要求太严格。"

她骄傲地经过那些人，看着那些跟自己一样手里拿着孩子试卷和排名单的家长，觉得只有自己在发光。出了校门，她直接打车去找姚振海。

每一次开完家长会，她都会把成绩单送给对方，没别的原因，只是告诉那个男人：看看吧，没有你，我们母子俩过得更好了。

戚美玲在餐厅等姚振海等了快一个小时。如果是因为别的事情见面，他让她等这么久，她早就翻脸了，但今天不同，今天是为了姚叙考试的事情。

姚振海进来的时候，戚美玲面前的餐盘已经空掉一半，她笑着说："还以为你又不来了。"

姚振海确实差一点儿就来不了了，他老婆因为知道他要来见戚美玲，在家跟他大吵了一架。

"说吧，又有什么事？"姚振海拉开椅子坐下，然后就看见了戚美玲放在桌上的成绩单。

"今天我去给姚叙开家长会。"戚美玲抬着下巴，很是骄傲，"又是第一名，年级第一名。"

姚振海喝了口水，一边翻看菜单，一边毫不关心地说："挺好的。"

姚振海不想跟她聊这些，只问她今天非要见面究竟想干吗。

"我想干吗？你觉得呢？"戚美玲没给他好脸色，"这学期开学到现在，两个月了，加上暑假的一个月，姚叙的生活费你给过吗？"

姚振海有些局促地又拿起了水杯。

"姚振海，我告诉你，姚叙不是我一个人的责任，别想把一切都甩给我！"戚美玲厉声斥责他，"这么多年，你有一次准时给过抚养费？他眼看着就要上高三了，马上就考大学了，到时候读大学，又需要不小的一笔钱！你是什么意思啊？管生不管养？姚振海，你可真是男人啊，帮别人养闺女养得心甘情愿的，自己的儿子却管都不管！"

"戚美玲你能别嚷嚷吗？"姚振海眉头紧锁，压低了声音，"这么多人看着呢！"

"怎么着？嫌丢人了？"戚美玲声音越来越大，情绪也越来越激动，"当初逼我离婚的时候，你怎么不嫌丢人呢？"

"戚美玲！你差不多就得了！"姚振海猛地一拍桌子，周围的人都看了过来。

附近的服务员也紧张起来，几个人互相看看，做好了请他们走人的准备。

戚美玲从前也是个体面人，只不过后来她发现，只有自己努力维持这虚假的体面实在有些可笑，反正姚振海已经撕破脸皮了，她也豁出去了。

"我差不多得了？"戚美玲笑问，"你有什么资格这么跟我说话？"

戚美玲把姚叙的成绩单往他身上甩，然后咬牙切齿地说："如果你下个月还不给抚养费，那我们就法庭上见。"

她说完，站起来，拿着包就走。走出几步，戚美玲又折返回来："忘了一件事。"

她微微一笑，拿起桌上姚振海喝剩下的半杯水，直接泼在了对方的脸上。

戚美玲找姚振海闹过一次之后，过了一个星期，她终于收到了姚振海转来的抚养费。只有一个月的，就好像前面那些月份并不存在一样。戚美玲又打电话吵了一架,当时她跟姚叙都在家,她就那么当着儿子的面骂姚振海不是个男人。

姚叙原本想回自己的房间,却被她强制留在客厅,逼着他听两人吵架。姚叙一直低着头,他真的很想离开这个地方。

十一月,北方城市正式入冬。

姚叙早上起床的时候,一拉开窗帘就发现下雪了,他第一反应是倪星桥应该会很开心。

倪星桥喜欢雪,每年冬天都会穿得厚厚的,把自己裹成太空人,然后拉着姚叙在家楼下堆雪人。

今年的第一场雪来得有点儿晚,不过下得倒是很大。

昨晚戚美玲上夜班,家里只有姚叙一个人。他们家今年还没交取暖费,家里冷得他手脚都冰凉。姚叙换好衣服,打开柜子找出去年倪星桥在圣诞节时送他的毛线围巾,出门时特意戴上了。

下雪天不算冷,棉絮一样的大雪让这世界变得格外安静。

两人这些年有约定,雨雪大风天不骑单车。倪海明有空的时候就送他们,要是没时间,俩孩子打车去学校。

姚叙早早在楼下等倪星桥,本以为到了冬天那家伙得陷入"冬眠"根本起不来床,却没想到,倪星桥比平时早了三分钟出现。

"你怎么这么早?"倪星桥跑出楼门,看见姚叙有些吃惊。

"这话不应该我对你说吗?"姚叙看着他笑了。

两人都穿着校服,外面套着一件羽绒服,姚叙穿的是黑色的,倪星桥穿的是白色的。与此同时,他们还戴着同款毛线围巾,黑色粗毛线织的,是黄茜出差的时候给他们买的。

本来就是黄茜买给姚叙的,结果倪星桥借花献佛,当自己给姚叙的圣诞礼物了。这事儿被黄茜吐槽了好几天。

倪星桥说:"我看下雪了,早饭都没吃就出来了。"

雪很大,倪星桥的头顶很快就积了一层薄薄的雪花,像是卷毛娃娃顶了一坨白色奶油,看起来怪好吃的。

倪星桥跟姚叙并肩往外走,嘀咕着自己有点儿饿。他们到了小区门口,倪星桥买了两份红糖饼,正巧有空着的出租车过来,付了钱就跟着姚叙上了车。

两人坐在车上看雪、闲聊、吃饼,倪星桥说:"对了,数学竞赛那个事儿，你要报名吗？"

全区中学生数学竞赛，排名前十的参赛者参加市里的考试，市排名前三的参赛者进入省队参加集训，明年春天会作为省队成员参加全国数学竞赛。

这学期刚开学的时候，曹军就跟姚叙说过这件事，他非常希望姚叙能参加。因为，一旦在全国数学竞赛中拿了名次，未来高考有加分的机会，就算不加分，有些学校也会免试录取。每年政策不一样，但好处多多是肯定的。

学生们都非常积极地参加这些竞赛，希望能尽可能减小过高考这座独木桥的压力。然而，姚叙是个例外，他一点儿都不想参加。

"我还没想好。"

"周五就要交报名表了。"倪星桥问，"你犹豫什么呢？"

在倪星桥看来，全校最应该参加的学生就是姚叙。在他心里，姚叙可是"数学的神"。

姚叙咬了一口红糖饼，嘟囔了一句："不知道。"

"你这人真奇怪。"倪星桥说，"我要是你，第一时间就把报名表交了。"

姚叙笑了："你现在也可以报名。"

"那倒是，除了你，我几乎没什么别的竞争对手了。"

姚叙带着笑意看他，特别喜欢他这股自信的劲儿。

"不过我说啊，如果，我是说如果，你有那么一丁点儿想法的话，我是希望你能参加的。"

"为什么？"

"你想啊，就这数学竞赛，市里前三名我志在必得，是吧，但是路里这人发挥不稳定，时常失常，到时候你不去，他去不了，我跟那么多不认识的人一起集训，会抑郁的。"

倪星桥说完，瞄了姚叙一眼："我就是想让你陪我。"

姚叙乐了，他就爱听这话。

"这么离不开我啊？"

虽然不愿意承认，但倪星桥确实离不开姚叙。

"你要是真的不想去，我倒也不勉强你。"倪星桥说，"那你最近给路里恶补一下，让他争取能陪我一起去。"

姚叙："我不。"

"哎！你这人真讨厌！自己不去，还不帮路里去！"

"谁说我不去了？"姚叙打开书包，拿出那张报名表，用课本垫着，二话不说就填完了。

"拿去。"姚叙把自己的报名表塞给了倪星桥，"你交报名表的时候顺便帮我交了吧。"

倪星桥的喜悦抑制不住，拿过姚叙的报名表时，嘴都咧开了。

"不愧是你。"倪星桥宝贝似的收好那张报名表，"我已经开始畅想我们一起去集训的美好生活了！"

姚叙笑他："别太盲目乐观，山外有山，人外有人，你就那么确定咱俩都去得了？"

"确定。"倪星桥说，"俗话说得好，人不轻狂枉少年。本少年现在非常自信，咱俩注定要为一中争光的！"

姚叙其实并不是对各类竞赛完全没有兴趣，他只不过不想没事找事。大部分学生参加竞赛，能拿到名次当然好，拿不到那就以后再努力。可一旦姚叙参加了，如果没能拿到一个让戚美玲满意的名次，接下来他的生活会极其黑暗。

姚叙心里是清楚的，他已经成了他妈向姚振海宣战的武器，如果在战场上有一星半点儿的失利，那责任都是他这个武器的。所以，就算想参加，姚叙也是能躲就躲。

更何况这一次，省队集训在寒假期间，必然是要经过一个春节的。

姚叙听说，每年冬天的集训，大家是不能回家过年的。就这一点姚叙也有所顾虑，他不想留戚美玲一个人在家孤零零地过春节，哪怕几乎每一年除夕两个人都会大吵一架，但也总好过让她自己守着一个冷冰冰的家。

只是，最近他们母子俩的关系越发紧张，姚叙真的已经有些疲惫了。躲出去也好，彼此都过个清净的好年。

交了报名表没多久，区里的竞赛考试就到了。姚叙没跟戚美玲说自己报名参加了数学竞赛，他打算到最后，万不得已时再说。

这次考试，姚叙和倪星桥都入围了，一个班占了全区前十的两个名额，曹军那几天都是春风满面的，讲课的时候看着都更轻盈了。

倪星桥说："你觉不觉得，曹军像只马上要扑腾着翅膀飞起来的鸟。"

路里笑得夸张，在课间都显得有些扰民。

这次数学竞赛路里跟林屿洲都没报名，路里是因为错过了交报名表的时间，后来一想觉得自己就算去考可能也没什么希望，索性放弃了。而林苏晨跟林屿洲姐弟俩这次根本没参赛资格，他们俩的学籍还在山城，就算要参加，也只能回山城参加那边的数学竞赛。

下午体育课，因为入冬了，外面冷，转移到体育馆去上。在体育馆三楼，体育老师带着大家跑了三圈之后就让大家自由活动去了。

姚叙和男生们打篮球，林屿洲也凑了进来，倪星桥懒得动，别说运动量那么大的篮球了，连相对来说不用跑来跑去的乒乓球他都拒绝去打，坐在观众席上戴着耳机听歌、看小说。

倪星桥耳机里在播放音乐，最近他的音乐播放器里都是林屿洲给他推荐的歌，一水儿的外国摇滚乐，有一天黄茜听了一耳朵，直夸儿子好品位。倪星桥听不太懂，就是听个氛围。

体育课上，倪星桥坐在远离人群的观众席最后一排，听着歌，低头看小说，偶尔一抬头就能看见姚叙穿着短袖T恤打篮球，而姚叙的校服外套和毛衣就在他手边。这生活，特惬意。

快下课的时候，姚叙从场上下来，去洗手间洗了把脸，然后过来找倪星桥。他刚坐下，路里就风风火火地跑了过来。

"报！"

倪星桥正准备分个耳机给姚叙，见路里来了，估计下课之前都没时间再听歌，索性关了音乐，也合上了书。

"何人击鼓鸣冤？"倪星桥装腔作势地问道。

"什么鸣冤啊！"路里坐在前面一排，转过来抱着椅背对他俩说，"我是来通风报信的！"

"下节课曹军又要随堂测验？"倪星桥身躯一震。

"不是！"路里说，"还记得你们的宿敌齐韦宁吗？"

"他怎么了？"记得那是当然的，不过倪星桥说，"他才不是我们的宿敌，我们的宿敌是曹军！"

路里："刚刚我看到了这次全区数学竞赛入围的大名单，有他啊。"

齐韦宁能入围这事儿不稀奇，不过他转学后跟大家都没了联系，也不知道他去了哪儿。

"三中。"路里说，"三中这次就入围了两个，其中一个就是他。"

一说三中，那还真的成了宿敌了。

"那又怎么了？"姚叙站起来，把毛衣套在T恤外面，同时满不在乎地说，"他能入围挺正常的。"

"那如果我说这次武宁区第一名是他呢？"

姚叙跟倪星桥都看向了路里。

安城一共有五个区，一中和三中分别在两个不同的区，一中在文宁区，这次的第一名是姚叙，而三中则在武宁区。

倪星桥眼睛一眯，拿着书当扇子，学着诸葛亮的样子说："可以啊小齐，有点儿本事啊。"

"总之呢，眼看着就要开始下一场考试了，这回就三个名额，咱安城可是卧虎藏龙，你俩加油吧。"

倪星桥把校服外套递给姚叙，歪着头对他说："小姚，加油吧。"

姚叙参加数学竞赛这件事还是被戚美玲给知道了。

市里考试前一天晚上，戚美玲特意跟人调换了夜班，在家陪着姚叙。原本姚叙心态挺好的，结果因为她，反倒紧张起来。

第二天一早，戚美玲说什么都要亲自送姚叙去考场，姚叙不愿意，两人又吵了起来。最后，姚叙趁着戚美玲不注意，开门先跑了。

考场设在离家有点儿远的一所中学，姚叙跟倪星桥提前一个半小时就出门了。打车过去，好在周末的上午不堵车，一路通畅，早早就到了考场。

这场考试一共就五十个人，十人一个考场，各区考生打乱排序。姚叙跟倪星桥不在一个考场，但他没想到的是，自己一进教室就看见了坐在第一排的齐韦宁。

齐韦宁看见他也愣了一下，两人对视，齐韦宁是有点儿想跟姚叙打招呼的，但他这个人实在学不会像别人一样正常社交，自以为笑了但其实脸上的肌肉纹丝不动。

倒是姚叙，自从看过齐韦宁寄来的那封信后对这人有了些许的改观，也可能是因为他发现自己跟齐韦宁的处境在某种程度上其实是有点儿相似的——他们都被逼着变得更优秀。

姚叙按照监考老师的指示把书包放在讲台上，然后通过检查，去找自己的座位。路过齐韦宁的时候，他笑了一下，还点头示好。

齐韦宁有点儿不适应别人主动又友善地打招呼，竟然觉得受宠若惊，在姚叙已经走到自己的位置坐下后，他转过头看过去，对姚叙笑了笑。

这场考试的难度明显高于上一次，即便坐在这里的是全市数学科目的尖子生，也都一个个眉头紧锁。一上午的时间，就那么几道题，但答起来实在不轻松。

姚叙做到第三题时，读了两遍题干，突然觉得这题似曾相识，他绝对做过类似的。正在回忆当初的做题方法，脑子里却突然冒出了戚美玲跟他吵架时撕掉的练习册。对,那道题就在那本练习册上。

一想到当时那个场面,戚美玲歇斯底里的叫骂声重现耳边,姚叙赶紧深呼吸,用力甩了甩头,想把她从自己的脑海里暂时请出去。然而好不容易找回状态,他又想起早上一起床戚美玲就对他说:"这可是全市的竞赛,你要是拿了第一,我就有理由找你爸去给你要奖励了。"

还奖励?抚养费都不给的男人……

原本时间就紧迫,姚叙竟然走起了神。他眉头拧在一起,觉得烦透了。

考试结束,姚叙有种不太好的预感。他因为在答题中走神,脑子乱哄哄的,导致状态急转直下,最后一道题想了好久才有思路,结果时间紧,没答完。

交完卷,姚叙一声不吭地拿着书包就走了,齐韦宁跟出去,只看见对方急切离开的背影。

倪星桥出来后,找了好半天才找到姚叙,唉声叹气地说:"完了,我不能陪你去集训了。"

姚叙笑笑,没说话,带着人走了。

俩孩子都觉得自己没戏了,索性都不放心上了。平时该上课上课,该偷懒偷懒。不过让他们没想到的是,成绩出来之后,两人竟然都考得还不错。

"可以啊,桥哥!"路里说,"翻身农奴把歌唱了啊!"

倪星桥揉了半天眼睛,眼珠子都给揉红了。

"我是第二吧?"倪星桥说,"第二是我吧?"

他还以为自己没戏了呢!

"是你,"路里说,"如果你叫倪星桥的话。"

课间,他们一听说成绩公布了,立刻跑到学校宣传栏那里去看成绩单。

倪星桥兴奋地跟路里击掌,欢呼着说:"寒假可以出去玩了!"

"玩什么啊!"路里说他,"你们是去集训的!要去学习去啊!"

"差不多。"倪星桥"嘿嘿"地笑着,又继续往上看,发现第一名竟然不是姚叙,而是三中的齐韦宁。

"姚叙呢?"倪星桥说完,发现姚叙的名字竟然在他的下面。

他总是习惯性地在自己上面找"姚叙"两个字,却没想到这一次,姚叙排第三名。当初说的就是全市竞赛前三名进行集训,但现在很尴尬的是,姚叙跟另一个人并列第三,不知道最后会怎么处理这件事。

姚叙也觉得应该是可以两人都进,但还没发通知,谁也不敢轻易下结论。而且对于他来说，现在有更棘手的问题。

倪星桥见他眉头紧锁，以为他因为没考好，所以心情不好，赶紧凑过去，撞姚叙的肩膀，说："晚上请你吃双皮奶。"

姚叙笑笑，倒也不客气："行啊，我要超大份。"

"怎么那么贪心啊！"

放学后，姚叙跟倪星桥真的去了"青睐"甜品店，店长没想到他们这么晚过来，特意多送了他们一盒小饼干。

在店里，两份双皮奶又都被倪星桥给吃光了，姚叙咬了两口小饼干，有点儿没胃口。

他们从甜品店出来，骑着单车回家。眼下已经是深冬，大晚上冷得不行。

倪星桥问："怎么感觉今年冬天格外冷？"

"嗯。"不光外面冷，而且家里也冷。直到现在，姚叙家也没交取暖费，母子俩每天在家抱着热水袋过日子。

到了家门口，姚叙先送倪星桥回去，然后自己在小区里转了好几圈都不想上楼。

今天他妈在家，肯定又会问成绩出来没。自从考完试之后，她几乎每天问一遍。当初戚美玲叮嘱他必须考第一，结果现在自己能不能进集训都是个未知数。

姚叙心情确实有点儿糟，可又不得不面对。他脚步沉重地上楼，开了门进屋，发现戚美玲今天似乎心情特别好，竟然给他做了消夜，还哼着歌。

"妈。"姚叙进门换鞋，心里有点儿忐忑。

"今天怎么这么晚？"

戚美玲心情果然是好的，如果平时他回来这么晚，她一定要先问怎么回事，然后严厉地斥责他，但今天竟然和颜悦色，没有要发火的迹象。

"放学后，我跟老师聊了一会儿。"姚叙自然不能说自己陪倪星桥吃双皮奶去了。

他把书包放进卧室，扭头偷偷观察他妈。

"给你熬了汤，喝点儿。"

姚叙其实一点儿都吃不下，但又没办法拒绝，只能硬着头皮过去坐在了餐桌边。

"妈，你今天挺高兴的。"

可能是习惯了家里的低气压，戚美玲突然这么开心，让姚叙有点儿紧张。

"高兴，当然高兴了。"戚美玲拿了碗过来，给姚叙盛了热乎乎的汤。

她把汤碗放在姚叙面前，轻声一笑，说："姚振海家倒霉了，我能不高兴吗？"

姚叙听见那个名字，下意识地就皱起了眉。他不想问发生了什么，也不感兴趣。

但戚美玲在这种时候根本抑制不住内心的喜悦，对他说："姚振海买了辆新车，结果刚上路就撞了。"

姚叙抬头看向了她。

戚美玲一副幸灾乐祸的样子，说："三口人都进医院了，他帮别人养的那个宝贝闺女到现在还没醒呢。"

她坐下来，仿佛大仇得报一般地说："真是自作孽，活该！"

姚叙皱着眉听她说完，然后说："他倒霉是活该，但孩子是无辜的。"

他这一句话，又像是个炸弹，瞬间引爆了戚美玲。

"你说什么呢？"戚美玲骂他，"姚叙你是不是傻啊？脑子坏了吧你！谁无辜啊？我最无辜了好吗！"

又开始了。姚叙头埋得很低，不打算继续和她多说，快速喝完汤，在她的骂声中回屋了。考试那事儿，今天就不能说了。姚叙叹了口气，拿出练习册准备写作业。

每天都是这样，永远都是这样。姚叙也不知道自己这样的生活还要过多久，也不知道自己还能继续坚持多久。偶尔，就比如现在，他脑子里想的就是：不如一起毁灭吧。

然而就在此时，他翻开物理练习册，突然看到倪星桥画在页脚的鬼脸，一瞬间就笑开了。

他世界里唯一的光，他唯一能握住的光。

姚叙用手指肚轻轻蹭了蹭那个滑稽的鬼脸。好吧，又一次被安慰到了。

那家伙真是无处不在，也还好他无处不在。

姚叙提心吊胆了好几天，甚至难得去找了曹军。之前，他一直对数学竞赛这件事没太多想法，能进省队更好，进不去也就算了。可是现在，倪星桥板上钉钉可以去，他想跟对方一起。

更何况，现在的他巴不得赶紧逃离那个家，这个春节他想清净点儿。

姚叙希望自己能争取一下这个机会，可曹军目前也不确定到底会怎么处理。

过了几天，具体安排还没通知下来，倒是路里那边打听到小道消息，说是几年前有过类似的情况，当时两个人总分相同，最后单独又给这两人各出了一道题，愣是刷掉了一个。

路里若有所思地说："这种考试最搞人心态了，不过叙哥向来稳，我觉得问题应该不大。"

姚叙听他说这事儿的时候，没什么想法，反倒是倪星桥焦虑得不行。

"就不能两个都入围吗？"倪星桥急得眼睛都红了，"这是什么破比赛啊！"

因为这个不知道靠不靠谱的小道消息，晚上倪星桥回家还偷偷哭了一场。他想好了，如果姚叙去不了，他也不去。反正他本来并不觉得自己真的能在全国竞赛里拿到什么名次，就是为了去玩的，姚叙不去，他去也没意思。

想清楚了的倪星桥裹上羽绒服就跑出了家门，奔着姚叙家去了。

姚叙这晚自己在家，听见敲门声吓了一跳。他过去开门，看见倪星桥站在门口，鼻尖冻得通红。

"你怎么来了？"都晚上十一点多了，这家伙突然跑过来，姚叙意外又担心，"跟你爸妈吵架了？"

以前有过一次，倪星桥耍小脾气，跟爸妈拌了几句嘴，说什么都要离家出走。然而，他离家出走走得最远的距离也就是到姚叙家，躲在人家家里不肯走，最后黄茜跟倪海明亲自带着两大袋子零食过来把儿子哄好接回了家。姚叙还以为他故技重演了。

但让姚叙没想到的是，倪星桥开口就是："如果你去不了，我也不去了。"他说，"我放弃这次的机会，把名额让给别人。"

姚叙惊讶地看着他。

"真的。"倪星桥说，"我陪你。"

姚叙盯着他看，说不动容是不可能的。倪星桥就是全天下最珍贵的朋友，总是能准确无误地戳中姚叙的心。

"不遗憾吗？"

"不能跟你一起去才遗憾。"倪星桥说，"我青春的价值可不是一场考试能衡量的。"

姚叙笑了："那要用什么来衡量？"

"呃……"倪星桥认真地想了想，然后说，"你的参与度。"

"什么？"

倪星桥得意地笑着说:"是不是受宠若惊了?"

他像一只开了屏的漂亮小孔雀,骄傲地展示着自己的大尾巴。

受宠若惊吗?确实是,但更多的是感动。这一次姚叙没管那么多,微微上前,握住了倪星桥的手。

倪星桥以为姚叙是因为竞赛的事情难过,于是轻声说:"哎呀,没事嘛,不管怎么样,有我陪你呢。"

姚叙觉得,倪星桥就是一艘船,承载着很多美好的事物,而唯一的乘客就是他。无论他赶往港口的路有多少险阻,那个人都会为他保留着那仅有的一张船票。

在姚叙看来,倪星桥才是永远都不会放弃他、不会背叛他的人。

"一直陪我吗?"姚叙问。

"那当然!"倪星桥傻乎乎地笑着说,"咱们俩可是发小呢!"

倪星桥用这个来安慰姚叙,果然让对方笑出了声来。

数学竞赛集训的名单终于在十二月中旬正式公布了,姚叙跟三中的那个女生都在名单里面。

倪星桥乐得恨不得敲锣打鼓:"嘿!我不用弃权了!"

路里搂着他脖子,笑得一脸奸相:"啧啧啧,可以啊,这回算是公费出去玩吧?"

倪星桥打他:"什么出去玩啊!我们是去学习的!"

"没错。"姚叙过来,往教学楼走,"就是出去玩。"

倪星桥被姚叙带着走,一边挣扎,一边嘴硬地说:"神经病!玩什么玩!我可是去学习的!"

林屿洲跟路里走在他们后面,吐槽说:"这俩春风得意的人怎么那么讨厌啊!"

路里看看他:"你是忌妒。"

"我忌妒什么啊。"

集训安排在寒假,在那之前,大家先要面对的是令人头疼的期末考试。

时间已经进入十二月下旬,这一整个学期,除了数学这科的老师在疯狂赶进度之外,其他科目的老师也不甘落后,同学们基本上都提前学完了至少一学期的内容。

老师着急,学生压力大。到了期末这个阶段,每个人都面带土色,大家已经累得毫无灵魂。

不过，青春期的孩子们倒也会见缝插针地苦中作乐，满心欢喜地迎接着圣诞节。对于学生们来说，春节只不过是意味着放寒假，他们更热衷的是过圣诞节和元旦。

倪星桥和姚叙每年都会互换礼物，去年倪星桥送姚叙的是他妈妈出差时买的毛线围巾，今年准备的是一个打开开关后会下雪的音乐盒。

他在包装之前，写了一张卡片在里面：明天请我吃双皮奶！

礼物原本应该在圣诞节当天送出，可倪星桥这人藏不住事儿，勉强撑到圣诞节前一天的早上，下楼时就塞给了姚叙。

姚叙笑着问："是什么？"

"不告诉你，晚上回家你自己偷偷看。"

姚叙笑他："你小心思还真多。"

入冬之后，如果不下大雪，两个人就还是骑单车去学校，冷是冷了点儿，但习惯了就也还好。

因为是圣诞前一天，作为班长的路里又喜欢折腾，中午的时候订了一箱用透明印花包装纸裹着的苹果，发给了班里的每一个人。

"平安夜，得吃平安果！"

路里忙得热火朝天，发到倪星桥后，戏瘾上来的倪星桥站起来双手接过苹果，一边鞠躬，一边说："感谢班长赏赐的平安果！我一定会半夜照着镜子吃完的！"

"你照镜子吃什么苹果？"路里一头雾水，"炫耀自己吃相好看吗？"

"嘁，这你就有所不知了。"倪星桥说，"据说，平安夜当晚十二点，对着镜子吃苹果，吃完之后，就能看见自己未来的长相！"

路里疑惑地看着他："我听说的不是这个版本啊！"

"那你听说的是什么？"

"我听说半夜十二点对着镜子削苹果，苹果皮不能弄断，削完之后能看见鬼。"

"啊啊啊！"倪星桥最怕鬼了，大白天听到这句话都吓得汗毛直竖，"路里你闭嘴！"

路里恶作剧得逞，怪笑着跑了，继续去发苹果。

倪星桥被路里的话给吓着了，决定死活不能让这苹果活到晚上。他立刻拆开包装，跑去把苹果给洗了。

一直等到晚自习放学，倪星桥跟姚叙都到了家楼下，他还是没收到姚叙送的圣诞礼物。

"你就没有什么东西想给我?"倪星桥沉不住气了。

姚叙想了想,恍然大悟:"哦,对,还真有。"

他打开书包,在倪星桥满怀期待的注视下,拿出了一本练习册:"林屿洲说这是你的,让我帮他给你。"

"哦!"倪星桥气鼓鼓地接过来,不再搭理姚叙,锁了单车就走了。

姚叙当然知道他在期待什么,不过时间还没到,惊喜还没准备好。

倪星桥回了家,没精打采的。倪海明问他:"被老师训了吗?"

"你就不能盼着我点儿好吗?"倪星桥嘟囔道,"我到底是不是你亲儿子?"

他放下书包,看见桌上有苹果,又啃了起来。

"我妈呢?"

"出差了,下午临时受命,现在就剩下咱们了。"

"那我今天晚上没法学习了。"

"儿,何出此言呢?"

"我妈不在家,我心情不好。"倪星桥满嘴胡话,"人生很灰暗,没办法静下心学习。"

倪海明"呵呵"一笑,把他赶到房间写作业去了。

倪星桥确实没什么精神,不过倒不是因为黄茜出差,而是因为姚叙。他觉得姚叙变了,跟他不是最好的了。

往年,姚叙一大早就会给他礼物,而且别人都没有,只给他一个人。今年,姚叙连圣诞礼物都不给他准备了。倪星桥很委屈。

"唉。"

倪海明进屋的时候就看见儿子唉声叹气地趴在那里,问:"忧愁什么呢?"

"不能告诉你。"倪星桥说,"我们青春期少年的烦恼,你们大人是理解不了的。"

倪海明笑他:"行啊,开始有烦恼了,说明不是真傻子。"

倪星桥撇撇嘴,不高兴地别过脸去。

倪海明把洗好的水果放到他桌上,倪星桥的手机突然响了。他跑到床边,从枕头下面摸出来,一看来电号码,竟然是姚叙家的座机号。

"姚叙?"

"五分钟后下楼。"姚叙说,"小区后门的小广场,我在那儿等你。"

倪星桥想问他要干吗,但对方立刻挂断了电话。

五分钟？那是不可能的。倪星桥可等不了，他丢下手机穿了外套就往外跑。倪海明喊他："大晚上的干吗去啊？别留我自己独守空房啊！"

　　"你自己守着吧。"倪星桥着急忙慌地往外跑，"姚叙找我，他要送我圣诞礼物了！"

　　倪星桥喜欢仪式感，他是那种非常注重形式和氛围的人，黄茜说他之所以这样是因为小说看多了。

　　所以，在这么有氛围感的节日里却没收到姚叙的礼物，倪星桥耿耿于怀。他原本以为自己要带着心结入睡，却没料到，姚叙在这个时候打了电话来。

　　不过也对，姚叙什么时候让他失望过？别说失望了，失落都没有。

　　倪星桥火急火燎地朝着小区后门附近的小广场跑去，由于跑得太快，连呼哧带喘的，大冬天里竟然跑热了。

　　夜已经深了，小区里没什么人。他来到那个小广场，四下无人。

　　"姚叙！"

　　倪星桥怕黑，现在这地方黑乎乎的，他瘆得慌。就在他叫出姚叙名字的时候，眼前突然亮了。

　　距离他不远处有一棵大松树，这树在这里很多年了，年初那会儿倪星桥还开玩笑似的跟姚叙说："等圣诞节我要把这棵树扛回家当圣诞树。"

　　没想到，姚叙将自己随口一说的话实现了。当然了，姚叙没砍了那树给倪星桥送去，而是在这棵树上挂了充电的彩灯和装饰。

　　倪星桥刚刚一叫他名字，姚叙立刻打开开关，同时，摆在树下的小随身听也开始播放音乐。

　　倪星桥惊喜到张着嘴巴说不出话，姚叙从他后面走过来，站到他身边："圣诞快乐！"

　　姚叙带着笑意看向倪星桥，少年的脸在这个夜晚被暖色的灯映得泛红，整个人都被打上了一圈柔软的光。

　　如果可以，姚叙愿意满足倪星桥人生中的全部心愿。只可惜，年少时代能做的有限，于是只能尽自己所能，让对方快乐。

　　这一刻，姚叙仿佛把星河搬到了倪星桥眼前，璀璨的不是这个夜里只为倪星桥亮起的那棵圣诞树，还有姚叙始终只向着他的坦诚与炽热。

　　倪星桥看向他，觉得这棵圣诞树仿佛一枝金色的向日葵，在琳琅满目的世界里，只有它最出挑。倪星桥笑到眼睛都弯成了两道月牙，他开心得一蹦三尺高，像个快乐的小傻子。

十七岁的少年说不清楚感动究竟是什么,但那一刻的他,已经感动得无法用语言来表达了。

　　姚叙揉了揉倪星桥被风吹乱的小卷毛:"开心了?"

　　"特别开心。"倪星桥只是遗憾,遗憾没带相机出来,不能把这一刻永远地记录下来。

　　"明年圣诞节你还会送我圣诞树吗?"倪星桥问。

　　"你喜欢的话,每年都可以送。"反正这棵树又不会倒。

　　倪星桥抬手,要跟他拉钩。

　　"幼稚。"姚叙一边说着幼稚,一边还是跟倪星桥钩住小手指。

第六章 两个人的除夕

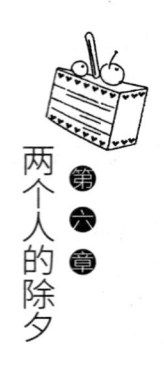

圣诞节之后,期末考试如期而至。

上次月考结束曹军没给大家调换座位,于是倪星桥就把跟姚叙坐同桌的希望寄托在了这次期末考试上,毕竟,下学期开学曹军是一定会让他们换位置的。

倪星桥铆足了劲儿答题,走出考场的时候自信满满,在骑着单车回家的路上,对姚叙说:"做好成为我手下败将的准备了吗?"

在他眉飞色舞的"挑衅"中,寒假正式开始,倪星桥也开始了除了吃就是睡的好日子。

期末成绩公布的时候,倪星桥正懒洋洋地躺在他爷爷家的沙发上逗狗。

路里打来电话:"桥哥,恭喜。"

"恭喜什么?"倪星桥不明所以。

"你还不知道吗?期末成绩出来了。"

倪星桥一听,直接从沙发上弹起,吓得爷爷养的狗撒腿就跑,还踹了他一脚。

"这么快?"

"嗯哼。"路里说,"排名都出来了,你以一分之差……"

"战胜了姚叙!"

"屈居第二。"

倪星桥:"……"毁灭吧。

开学初的时候，倪星桥就扬言在本学期拿第一，结果很不幸，他这个"万年老二"的头衔算是坐实了。

"别不高兴啊！好歹下学期你能跟叙哥坐同桌了。"

倪星桥趴回沙发上，已经感受不到寒假的美好了。

"对了，你跟叙哥什么时候去集训？我得给你们办个欢送会。"

"办什么欢送会啊！"倪星桥问，"你是不是又想着使什么坏呢？"

"哪能啊！我这是欢送你们，期待你们凯旋。"

"你就是找理由约林苏晨出来。"

路里"嘿嘿"地笑着："还是桥哥了解我。"

倪星桥在沙发上打了个滚，嘟囔着："随便吧，我现在心情很不好，你爱怎么折腾就怎么折腾，别来烦我了。"

路里一听，这是有戏了，火速挂了电话开始筹备他的欢送会。大冬天一定要吃火锅，吃完火锅再去唱歌。路里开始畅想，觉得这一定是个美妙的寒假。

从放寒假开始，倪星桥几乎没着家，不是在爷爷奶奶家混，就是在姥姥姥爷家混。老人宠孩子，倪星桥要什么就给买什么，臭小子过得那叫一个滋润。

而姚叙，绝大部分时候依旧闷在家里学习，戚美玲不让他出门。其间姚振海来过一次，这实属难得。

二人离婚之后，这房子留给戚美玲他们母子俩，打那以后姚振海就来过一次，还是好几年前，姚叙食物中毒进医院。

其实那次，姚叙很清楚是他妈故意做了坏掉的乳制品给他吃，他原本就乳糖不耐受，再加上已经坏了，吃完没多久就上吐下泻，肚子疼到汗都把衣服浸湿了。

戚美玲借此机会给姚振海打电话，让对方来家里接他们去医院，然而姚振海以"在忙，走不开"为借口，只帮忙叫了救护车。但最后姚振海还是去了医院，把姚叙跟戚美玲送回了家。

姚叙很清楚，在很多事情上他只是他妈用来折腾姚振海的工具，当然，姚振海也是活该。

姚振海这人，无事不登三宝殿，这次竟然主动来，自然是有目的的。他来的时候，戚美玲不在，上班去了，姚叙开门的时候没想到是他，看见那张脸就厌恶地皱起了眉。

"你妈不在？"姚振海问。

姚叙压根儿一个字都不想跟他说，作势要关门，却被姚振海用手挡住了。

"她不在正好，我是来找你的。"姚振海说，"咱们俩聊聊。"

上次姚振海去学校找他，借口是自己过生日，让他去吃饭。当时姚振海安的什么心姚叙是知道的。

当年接二连三地出轨，抛妻弃子，离婚后又不给抚养费，现在企图从姚叙手里要来爷爷留下的房子，白日梦都不带这么做的。

"我跟你没什么好聊的。"姚叙推开他，准备关门。但姚振海今天铁了心要进门，在姚叙关门时，赶紧伸手挡门。

姚叙的动作果然顿住了，不耐烦地看着他说："拿开。"

姚振海吃定了他不敢关门，无赖似的笑。姚叙才不管那么多，直接关门，夹了他的手。姚振海吃痛，失声大叫。

姚叙其实没真的用猛力关门，否则姚振海这手就算不废也得半残。

姚振海收回手，疼得指着姚叙鼻子骂："你个小畜生！我怎么生了你这么个狗东西！"

姚叙面不改色地说："对，你生的，所以是狗东西。"他加重了"狗"字的语调，让姚振海火冒三丈。

就在这时，倪星桥牵着他爷爷家的小泰迪腾地跑上了楼，一看见姚振海，还愣了一下。

"哎？"倪星桥好一阵子没在姚叙家看见姚振海了。

姚叙见倪星桥来了，下意识地皱眉，他不想让对方看见自己跟姚振海起争执的样子。

"姚叔叔。"倪星桥牵着狗愣在那里，觉得这两人之间气氛不太对劲，剑拔弩张的，而且姚振海的一只手肿得厉害。他正琢磨自己现在是不是应该先走的时候，那只爱凑热闹的小泰迪已经先一步凑了过去，抬起一条后腿，以迅雷不及掩耳之势，尿在了姚振海的皮鞋上。

一时间，场面尴尬又滑稽。

姚振海愣住了，没想到自己过来一趟，连条狗都不待见自己。他大骂一声抬脚就想踢狗，结果狗跑得快，还把尿甩到了他裤子上。

倪星桥赶紧扯住狗跟他道歉，姚叙却一把拉过倪星桥，把人拉进了屋，然后在姚振海的骂声中关上了门。

倪星桥满脸都写着"抱歉"，然而姚叙却忍不住想笑。

"干得漂亮。"姚叙说，"不愧是从小和我一起长大的，跟我一条心。"

虽然从小一起长大，但倪星桥对姚叙家里发生的事情了解得并不多。他只知道，刚上初中那年，姚叙的爸妈离婚了，好像还吵架了很多次。

那阵子姚叙总是心情低落，倪星桥很关心他，却又不敢问他到底发生了什么。

于是，倪星桥偷偷问自己爸妈，可爸妈只会一脸为难地说："别人家的事，你这个臭小孩儿就不要瞎打听了。"

所以，即便过了好几年，倪星桥也只是知道姚叙一直跟着妈妈生活，和他爸爸关系不好，而且姚叙爸爸已经有了新的家庭。

今天，倪星桥第一次亲眼看见他们父子俩吵架，他再怎么迟钝也能感觉到姚叙的烦躁。

他乖巧地牵着狗站在那里看姚叙，憋了好半天，说出来一句："姚叙，你要是不开心，我的肩膀可以借你靠。"

倪星桥有些局促地看着姚叙，他很想帮对方分担些什么，却在此刻意识到了自己的渺小。

他的肩膀并不宽阔，但是，他在面对自己最好的朋友时，坦诚又温柔。虽然渺小，却真挚。

向来没心没肺的小傻子突然关心起人来，姚叙的情绪一时间有些失控。他很感动，像是有什么在心底最深处涌动了。

"谢谢。"姚叙说完，冲倪星桥笑了笑。

倪星桥的手松开，牵狗绳落在了地上。解放了的小泰迪在两人脚边撒欢，而两个少年相视一笑，在这个被凉意充斥着的屋子里点燃了一把篝火。

寒假过了没多久，这群有着聪明脑袋瓜的学子坐上了去数学集训营的大巴，封闭式集训一个月，在隔壁市的一所干部管理学校，两人一间宿舍，倪星桥跟姚叙住一起。

宿舍不大，进门之后是一张对着窗户的书桌，书桌左右两边各一张单人床，靠近门的地方是两个衣柜，然后就什么都没有了。

不过，从小到大都很少离开家在外面住的倪星桥还是很兴奋，就像飞出笼子的小鸟，撒欢了。他把行李箱往旁边一放，书包随手一丢，直接倒在床上打滚去了。

姚叙任劳任怨地收拾，最后还把人从床上拽起来，给他铺好了床单，套好了被罩。

倪星桥跷着二郎腿坐在椅子上啃苹果，笑着对姚叙说："有个勤劳的发小就是好啊。"

他们收拾完行李被叫出去开会。各市的数学佼佼者齐聚一堂,倪星桥还是挺兴奋的。他们俩沿着走廊往外走,出了宿舍楼,对面就是教学楼。

"嗨。"

后面突然有人跟上来,走在了姚叙的身边。姚叙跟倪星桥看过去,发现竟然是齐韦宁。

其实刚一出宿舍,齐韦宁就看见他们俩了,但他这个人实在不习惯主动和别人搭话,做了一路的心理建设,都快到教学楼了才鼓足了勇气上前来打招呼。

倪星桥看见他有点儿惊讶,说:"好久不见!"

齐韦宁对倪星桥也客客气气地打了个招呼,他永远都记得那次他被堵在学校旁边的小巷子里,倪星桥不管不顾地冲过来帮他解围。

姚叙没什么多余的话跟他说,只是礼貌地回应一下。但倪星桥不一样,他是个话痨,叽里咕噜地开始问齐韦宁的近况,还跟他吐槽曹军最近有多严厉多变态。

"你现在……"倪星桥问他,"还挺好的?"

"啊?"

"就是,没人再欺负你了吧?"倪星桥一直都记得齐韦宁转学后写给姚叙的那封信,虽然两人没什么交情,甚至交集都不多,但他出于人道主义关怀,还是希望世上没有校园暴力。

齐韦宁生硬地挤出一个笑来,他不太适应被同学关心,但面对这样的倪星桥,他觉得挺开心的。

"没有。"齐韦宁说。

"那就好。"倪星桥笑笑,觉得齐韦宁跟以前不太一样了,不再冷冰冰的,也不再强撑着装出一副傲慢的样子。

就是一个普通的、成绩不错的、有点儿木讷的男生,不在一中上学了,那些风言风语对他的影响就变得有限了,应该生活得轻松一些了。

"没事,要是再有人欺负你,就用我教你的那几招。"姚叙突然开了口。

倪星桥一听,问:"你教他什么了?"

"之前姚叙教我几招防御的招式,说别人再欺负我的时候,可以试试。"

"我怎么不知道?"倪星桥惊讶地看姚叙,"你怎么没教过我?"

姚叙抬手带着人往教室走:"你用不着。我在你身边呢,哪有人敢欺负你?"

集训第一天,测试。一共不到二十个学生,每人一张桌子,进到教室就开考。

倪星桥被这架势惊得一愣一愣的:"这么对待祖国的花朵是合理的吗?"

"存在即合理。"一个不认识的学生从倪星桥后面擦肩而过,丢给他这么一句话。

姚叙揉揉倪星桥脑袋,催他快点儿坐下。毕竟,既来之则安之,反正他们也反抗不了,那就被推着往前走呗。

一场测试,三道题,答完就能交卷。

齐韦宁是有点儿本事的,在开考两个半小时的时候,举手示意老师他写完了。姚叙抬头看看他,又转过去看了一眼还在埋头苦写的倪星桥,没动,继续坐在那里转他的笔。

三道题都相当有难度,测试时间一共四小时,说起来似乎绰绰有余,但事实上,四小时过去,做完的人是少数。

省队集训的老师不像曹军,话少,收了卷就让他们去吃饭了,并告诉大家,晚上六点回来上课。

"第一天不应该让我们先适应一下这里的生活吗?"倪星桥耷拉着脑袋,觉得这一场测验用光了他一半的脑细胞。

"我们不是来生活的,"齐韦宁说,"是来学习的。"

倪星桥撇撇嘴,虽然觉得齐韦宁说得对,但他拒绝接受。

三个人坐在食堂吃饭,一人一碗牛肉面。姚叙把自己碗里的牛肉都挑出来放在了倪星桥的碗里,倪星桥熟门熟路地挑出香菜给姚叙。齐韦宁看着这两人,欲言又止。

省队集训的测验跟平时的考试不一样,阅卷结束后,并没有给他们每个人打分,只是画了每个解题步骤的对错。这些题的难度跟之前市里的考试差不多,每一道都让倪星桥觉得自己迟早要头秃。

三道测试题,到了晚上九点,才讲完两道。老师大发慈悲,考虑到他们中午刚到,舟车劳顿,九点钟就让他们回宿舍了。

倪星桥从没这么累过:"以前在学校上晚自习也是这时候下课,怎么没觉得这么累……"

"因为在学校的时候你第三节晚自习要么睡觉,要么跟路里玩。"姚叙无情地戳穿了他。

"不对。"倪星桥说,"还有一种情况。"

"什么情况?"

"我在偷偷看小说。"

这次过来,倪星桥下了决心要好好学习,所以咬咬牙,一本小说都没带过来。

回到宿舍,房间都被姚叙收拾得差不多了,倪星桥脱了外套就往床上一倒,宛若一摊烂泥。姚叙过来,拿起他随手丢在椅背上的羽绒服,挂在了门口的衣架上。

倪星桥感慨道:"还好有你在。"

姚叙回头看,那家伙已经翻了身,趴在那里看窗外的夜景。

"想什么呢?"姚叙走过来,拉开椅子坐到了倪星桥床边。

"有点儿想家。"倪星桥从小到大都很少离开家,离开父母的时候更少。突然跟着一群人到其他城市待这么久,他觉得自己变成了一棵无根的小草,被风吹得摇头晃脑的。

"还好有你在。"倪星桥又是这么一句。他是发自内心地觉得幸亏这种时候有姚叙陪着自己,不然这漫漫长夜,他怕是要没出息地哭着想家了。

姚叙看着他的侧脸,不禁觉得好笑,房间里很安静,只能听见彼此的呼吸声。

姚叙说:"没事,你走到哪儿我都陪着你。"

倪星桥转过来,看着他笑:"我可不信。"

"为什么?"

"等高考完了,万一咱们俩去不了同一所学校,那不就是要分开了?"倪星桥突然问他,"姚叙,你想考哪所大学啊?"

一直以来,姚叙的成绩几乎都是稳居年级第一,以目前的情况来看,他进全国顶尖的名校没有任何问题,甚至专业都可以随便选。是他选择学校,而不是学校选择他。

姚叙想了想,反问倪星桥:"你想考哪所?"

"那肯定是山城大学啊!"倪星桥说,"我从小就这么一个目标。"

山城大学,全国顶尖的高等学府之一,每年在他们省招生人数非常少,去年安城一中考上山城大学的只有三个人。

姚叙点点头,表示知道了。

"你呢,问完我你怎么不说?"倪星桥追问。

"你不是都说了吗?"

"啊？我说什么了？"

"你想考山城大学，"姚叙说，"就等于，我想考山城大学。"

倪星桥笑了，翻了个身，躺在床上看姚叙。

"看不出来啊，你挺能说会道的。"倪星桥说。

姚叙笑道："也就你好骗。"

"哎！"倪星桥挣扎着起来跟他打闹，"露馅儿了吧！竟然真的在骗我！"

"我没骗你啊！"姚叙躲开倪星桥的手，"真的！你考哪儿我考哪儿，真的不骗你！"

倪星桥终于安分了下来："你发誓。"

姚叙举起手发誓："我姚叙，对天发誓，绝没说谎，如果我说话不算数，那就天……"

"停停停！"倪星桥赶紧捂住了姚叙的嘴，"后面那些吓人的话你还是别说了。"

姚叙眼含笑意地看着他，特别想告诉他，自己说的每一个字都是认真的。

今天晚上有些不同寻常，离家很远，这氛围让倪星桥觉得很陌生。他是那种在自己不熟悉的地方就会觉得很不踏实的人，翻来覆去睡不着。有点儿想家，也有一点点的兴奋。

他在床上滚来滚去，后悔没带小说来。睡不着，倪星桥自暴自弃地翻了个身，看向了睡在对床的姚叙。

他一直都是小孩儿心性，平时心思单纯，什么事儿都不太过脑子，直到最近才突然察觉，姚叙好像变得不太一样了。此时此刻，当他借着从窗帘透进来的微弱月光观察姚叙时，发现对方真的让他熟悉又陌生。

熟悉的是，他们相伴彼此十几年，他对姚叙的一切都很了解。陌生的是，当他用另一种视角去打量这个人，会发现自己从未注意过的一面。

姚叙个子比他高，发育得也比他快。十七岁的姚叙已经开始有了大人的轮廓。头发剪得很短，鼻梁很高，回想到姚叙平时不笑的时候，不怒自威。

姚叙到底在想什么呢？姚叙长大以后会变成什么样的人呢？

倪星桥在胡思乱想中逐渐迎来了睡意。

集训的日子还不如在学校上课。每天早早起床，吃完饭就去教室，课一上就是一整天，有时候一天就讲一道题，听得倪星桥年纪轻轻就想"退休"了。

集训进行到一半，这帮回不了家的孩子迎来了春节。

这是倪星桥第一次没在家过年，对家和爸妈的思念几乎达到了顶峰。

除夕当天，他们放了一天的假，倪星桥盘算着，要不回趟家，可是负责的老师说了："谁也不能走，明天一早还要上课呢。"

倪星桥委屈到鼻子发酸，回去趴在床上哼哼。

姚叙拍拍他："哥带你出去玩。"

倪星桥抬头看他："去哪儿？"

"跟我走就是了。"姚叙拉住倪星桥，把人从床上拽了下来。

两个人穿上厚厚的羽绒服，戴上同款毛线围巾。出门的时候，他们看见齐韦宁拎着热水壶回来，对方问他们干吗去，倪星桥不想让对方跟着，顺口扯了句："秘密！"

姚叙笑了，抬手带着人就往外走。他们进行封闭培训的这所学校离市区很远，姚叙带着倪星桥坐公交车，快一个小时才到目的地。

倪星桥惊呼："电影院！"

"春节档应该很好看。"姚叙带着倪星桥往里走，这是他们两个头一次单独在外面过节，恍惚间姚叙憧憬，等他们长大，都到山城读书工作，到那时候，春节会不会就是这样度过的？

姚叙让倪星桥选片子，倪星桥自然选了部看起来喜庆热闹又好笑的喜剧片。取了票，姚叙又拉着他去旁边买爆米花。

"没想到过年的时候电影院人还挺多的。"

"嗯。"姚叙也有些意外，他还以为大家都安分地在家里过春节。

不过，这样热闹的场面倒是蛮不错的，很好地冲淡了倪星桥想家的忧愁。姚叙给他买了爆米花跟可乐，他不停地吃着，跟着姚叙检票进场。

倪星桥说："我觉得没那么想我爸妈了。"

"因为有这么多人陪着你？"

"算是吧。"倪星桥说，"百分之二十。"

"那另外的百分之八十呢？"

"还有百分之三十是因为爆米花，挺好吃的。"

姚叙点点头，等着他继续说。

"剩下的百分之五十……"倪星桥接着说。

"是什么？"姚叙问。

其实姚叙心里有一丁点儿的预感，但话还没从倪星桥口中说出来，他就不敢高兴得太早。毕竟，这家伙的脑回路跟一般人不太一样。不过好在，这一次，倪星桥的脑回路跟姚叙对上了。

倪星桥说："剩下的百分之五十是因为有你这个发小陪着。"

在光线昏暗的电影院里，姚叙看向了倪星桥。就在这时，电影开始了，影院里的灯光逐渐暗了下去。两个少年在漆黑的影院中对视，在大银幕亮起来的时候，倪星桥笑得眼睛亮闪闪的，望着他的姚叙也随着他一起笑了起来。

都说少年是最不会掩饰自己的一类人，因为他们天性单纯，又赤诚火热。然而，姚叙从来不是那样的人。他从小面对的就不是一个轻松自在的环境，对于他来说，克制和压抑才是常态，只有在倪星桥面前，他才能短暂地放松一下。

姚叙看着眼前的人，看着倪星桥的侧脸被电影院的大银幕映亮，在倪星桥缓缓绽开的笑容中，鼻子有些发酸。

倪星桥轻轻地拍他的背，安抚他，用笨拙但真诚的方式，给了姚叙一份从没有过的安全感。

这场电影，热闹无比，其间倪星桥好几次笑出了声。

而姚叙，被倪星桥深深地感染了，倪星桥笑他就笑，倪星桥安静他也安静。在这种时候他才真正地做了他自己。

走出电影院的时候，倪星桥的爆米花还没吃完，两人边走边吃，发现外面下雪了。

"不知道家那边下雪了没。"

倪星桥掏出手机，歪头，趁着姚叙还没反应过来，就按下了拍照键。

姚叙无奈地说："你连个说'茄子'的机会都没给我。"

"这样才自然！"使坏的倪星桥心情好得不得了，翻相册，看两人刚刚的那张照片，笑得更大声了。

照片里，他抱着爆米花龇牙笑得像个傻子，而他身边的姚叙正微微仰头看天上飘着的雪。

"怎么回事儿啊！"倪星桥哭笑不得，觉得世界不公，"我摆pose（姿势）还没有你抓拍帅！"

"你可爱。"

"不行，不行，以后不许再说我可爱。"

"为什么？"

倪星桥很认真地说:"路里跟我说,人们只有在一个人没别的优点,还不得不夸奖一下的时候,才会说可爱!"

原本倪星桥是不认同这个观点的,但是后来越琢磨越觉得路里说得有道理。一想到姚叙总说自己可爱,倪星桥就不乐意了。

"你可以说我帅,"倪星桥说,"也可以说我聪明。"

他把最后一颗爆米花放进了嘴里:"但是,不可以再说我可爱了!"

"这简直就是谬论。"姚叙说,"你还是少跟路里玩,那人脑子不行的。"

"你说路里脑子不好,我要跟他告状。"

"他本来就脑子不好。"姚叙揉揉倪星桥的脑袋,"他要是脑子好,说不出这种话。"

古诗里写:"每逢佳节倍思亲。"

除夕的白天,倪星桥在姚叙的带领下,好不容易减少了对家的思念,但到了晚上,还是想家想到整个人都丧丧的。

因为是除夕夜,同样没回家的食堂叔叔阿姨们给这些孩子做了很丰盛的年夜饭。带队的老师也没走,跟着大家一起吃饭,还给每个人都发了红包。

吃完饭,大家聚在一起看春晚。

倪星桥是雷打不动的春晚观众,每年必须从头看到尾。他之所以看春晚,不是因为觉得它好看,只是因为如果自己不看就没办法跟大家一起吐槽,那可太遗憾了。

今年不能在家看了,但好在他也没错过。只不过,看着看着,倪星桥就愈发觉得无聊了,趴在了桌子上。

姚叙伸手在他眼前晃了晃:"怎么了?"

倪星桥拍开他的手,把脸埋在了自己的臂弯里。

姚叙看出他心情不佳,想了想,索性把人拽出了教室。毫无准备的倪星桥就这么被姚叙拽出来,跟跟跄跄的,十分滑稽。他抱怨:"哎呀!你干吗啊?"

姚叙没有回答他,而是拉着他来到教室外面的走廊上。走廊很安静,没有一人路过。走廊也很吵闹,能隔着门跟墙听见里面传来的电视声和大家嬉笑的声音。

两个人面对面地站定,倪星桥难得一副严肃认真的样子。

姚叙问他:"心情不好?"

"嗯。"倪星桥皱起了眉。

164

"我还是想家。"倪星桥问,"你呢?我好像从来没听你说过想家。"

姚叙被他的话戳中了心思,下意识地眼神闪躲。

"姚叙,其实你有心事对不对?"倪星桥凑近他,"可是,你什么都不和我说。"

倪星桥有些委屈:"我最近觉得,咱们两个都有隔阂了。是不是对于你来说,我……没那么重要?"

姚叙愣住了,他从来没想过倪星桥会这么想。

"怎么可能!"姚叙说,"对我来说,你永远都是最重要的朋友。"

"那为什么你不让我和你分担呢?"倪星桥问,"还是说你觉得我太笨,没必要和我说?"

这个问题,倪星桥之前也问过,不过在那个时候,姚叙并没有给他一个明确的回答。后知后觉的倪星桥发现,在这件事上,姚叙似乎一直在把自己当小孩儿糊弄。他不想再被糊弄了。他是姚叙最好的朋友,最最最好的朋友,关于姚叙的事情,他不能比其他人知道得少。

姚叙就那么静静地盯着他好一会儿,但最后只是避重就轻地说了句:"是因为我爸那边的事。"

他告诉倪星桥:"我爷爷去世的时候把两套房子都留给了我,现在我爸想从我这里要回那两套房子,时不时就来闹一闹,我快烦死了。"

事实上,让姚叙倍感压力的事情并不止这一件,他那几乎快要疯癫的妈妈,那个永远不想回去的家,关于这些,他还是没办法开口告诉倪星桥。

只是这么一件对于姚叙来说无关紧要的事已经让倪星桥皱起了眉扁起了嘴,如果说更多,他真的会难过到哭出来吧?

姚叙太了解倪星桥了,看起来无忧无虑,每天傻乎乎、乐呵呵的,但实际上敏感着呢,过得太幸福的小孩儿几乎没什么抗压的能力。

当然了,姚叙也不希望他承受什么压力,更何况这压力还是自己带来的。

"你这是什么表情?"姚叙笑着捏了捏他的脸。

这一次,倪星桥没阻止他捏自己的脸,而是心疼地望着姚叙,说:"姚叔叔怎么……那么坏!"

姚叙听着倪星桥的话,忍不住笑了。他心想:这就坏了?果然啊,倪星桥是个太幸福的小孩儿,这个世界上很多丑恶的事情如果展现出来,真的会吓到他。

"还好。"姚叙上前半步,轻轻地揉了揉他的头发,"只是会觉得有些麻烦。"

其实，姚叙身上的麻烦事又何止这一件，但他到底还是怕倪星桥担心，说出最无关痛痒的一个，最后还是要他来安慰对方。

倪星桥皱着眉看他，眼睛有些泛红。

姚叙笑了："怎么回事儿？我还没哭，你就先哭上了？"

倪星桥撇撇嘴："我没哭。"他低下头，想了想，然后低声说，"我就是关心你。"

除此之外，倪星桥也在懊恼。他懊恼自己一直自诩是姚叙最好的朋友，到处跟别人说他们从小到大都是最了解彼此的人，可是直到现在他才发现，一直以来都是他在依赖姚叙，他总是围着对方说这个烦那个烦的，而对方正在为什么苦恼，他从没真正了解过。

倪星桥觉得自己这个好朋友当得相当不称职。

"在想什么？"姚叙弯下腰，歪着头看他。

倪星桥终于不情不愿地抬起头来跟姚叙对视，他问姚叙："你会怪我吗？"

"怪你？"

"嗯。"倪星桥觉得嗓子眼发紧，"怪我不够关心你。"

倪星桥这边话音刚落，姚叙还没来得及回答，学校外面就开始放烟花，教室里又是一阵喧闹，大家都跑出来到走廊的窗边看烟花。

姚叙跟倪星桥被裹挟在人堆里，彼此望着。倪星桥看着姚叙，觉得有一双手拿着鼓槌，打鼓一样敲着他的心脏。

其实他知道，姚叙是不会怪他的。十多年了，姚叙什么时候怪过他呢？可是，他心里难受，还不如让姚叙生他一场气，他会好好哄对方，就像以前姚叙哄他一样。耳边是轰隆的烟花声，还有大家的嬉闹声，可是倪星桥只听见自己紧张的心跳声。

姚叙迟疑了一下，越过人群重新来到倪星桥身边。

"去那边聊。"姚叙指了指楼梯那边。

除夕夜，大家都沉浸在对家的思念和被烟花震撼的情绪中，没人注意有两个少年来到了空无一人的楼道。远离了人群，他们拥有了安静的一隅。

"在这个世界上，我怪谁也不会怪你的。"姚叙十分坚定地给了倪星桥回答。

倪星桥站在楼梯拐角，姚叙几乎是把他堵在那里，跟外面的世界彻底隔离开来。他们距离很近，在这一刻，倪星桥突然觉得姚叙真的长大了，比自己高了不少，结实了不少，也比自己成熟了不少。那么也就意味着，姚叙比他多承担了不少。

"姚叙。"倪星桥抬起手，轻轻地拍了拍姚叙的肩膀，"不要皱眉，要开心一点儿。"

姚叙根本就没有意识到自己此刻在皱眉，倒是倪星桥的动作让他忍不住笑了起来。

"有什么事我能帮你吗？"倪星桥说，"我想为你做点儿什么。"

"有啊。"姚叙笑着对他说，"一直在我身边，不管发生什么事，你都陪着我。"

"就这？"

"这就足够了。"姚叙说，"其实很多事情是我们成长必须经历的，我们关系再好，你也没办法替我承担。你能为我做的就是一直在我身边，这么多年可能是习惯了，只要你还陪着我，我就觉得什么事都能扛过去。"

外面的烟花声停了，走廊里的人回到教室。世界安静了，感应灯再次熄灭。除夕夜，漆黑一片，倪星桥眨着眼，不知道姚叙眼里的是自己还是星星。

去洗手间的齐韦宁路过楼道，无意间看到了这一幕。齐韦宁没有打扰他们，而是难得地主动回头对后面走来的同学说："这边厕所坏了，去另一边的吧。"

除夕夜，姚叙终于解了倪星桥的心结。虽然今天的事情没有解决姚叙的任何麻烦，但至少倪星桥让他知道了，在这个世界上确确实实有人在乎他这个朋友。

姚叙从小就不停地听父母抱怨自己的出生，似乎这个家庭所有的不幸都是因为他，他是个罪人，他根本就不应该被生下来。可是在这个除夕夜，有一个人告诉姚叙：我在乎你、珍惜你这个朋友，我希望你能过得好。这对于姚叙来说，比什么都重要。

春节之后的半个多月，他们的生活一如往常。每天起早贪黑地做题、讲题。

集训的最后一天，进行了一场考试，排名前十的正式进入数学竞赛省队，排名靠后的或为候补选手。

姚叙这段时间状态极好，可能是因为不需要面对戚美玲，加上每天和倪星桥这个乐天派在一起，他整个人都精神百倍，学习效率格外高，在这场考试里，轻轻松松地考了第一名。

但倪星桥不怎么在状态，勉强考了个第十名。不过好在，两人都进了省队。

正式的竞赛在三月份，现在距离开学还有一个星期，他们回去后还是有点儿时间休息休息的。

倪星桥终于等到了这一天，大巴载着他们回到熟悉的地方，他跟姚叙下车后，火急火燎地往家跑。

"星桥！"姚叙还是叫住了倪星桥。

倪星桥跑出了几步，听见姚叙叫自己，立刻回过了头来。两个人之间只有两三米的距离，这么近又那么远。倪星桥看着他，寒冬冷飕飕的风从两人身边打着旋而过。

"集训的这段时间开心吗？"

姚叙的问题问得很认真，他也真的很需要跟对方确认这道题的答案。姚叙逞强了这么多年，好像什么都被自己掌控着，但其实，他才是全世界最没有安全感的那个人。

父母不关心他，没有人在乎他，除了倪星桥。可是，他不知道怎么了，总觉得迟早有一天，倪星桥也会离开他。他们都会长大，都会离开这个地方，到那时候，倪星桥还会愿意自己一直跟在旁边吗？

姚叙必须得到来自对方肯定的回答，因为他实在太不安了。

就这么一瞬间，倪星桥感受到了一股强大的忧愁从姚叙的心口倾泻而出。

为什么要忧愁呢？为什么要这么不安呢？为什么要看起来这么紧张、这么惶恐、这么摇摇欲坠呢？

倪星桥见不得这样的姚叙，他快步走过去，主动靠近了对方。

"怎么了？"倪星桥说，"当然开心啊！姚叙你怎么了啊？"

"姚叙，你放心。"倪星桥说，"不管怎么样，你都是我最在乎的朋友。"

倪星桥很清楚，语言从来都是苍白的，他也清楚，姚叙一定还有更多的秘密没有告诉他，但是没关系，他要让姚叙知道，他们的友情是独一无二的，是没人可以取代的。

倪星桥重复说道："你不要不开心。"

倪星桥看着没心没肺，但也有自己的担忧。

他们两个人，表面看起来是姚叙一直在照顾着倪星桥，但事实上，倪星桥也把姚叙放在了很重要的位置上，他害怕姚叙不开心。

倪星桥在身边的时候，姚叙觉得心里踏实。他是个极度缺乏安全感的人，永远戴着假面，连面对倪星桥的时候都要选择性地伪装。

他很累，他不过只是一个高中生而已。但倪星桥让他暂时放松下来，紧绷着的神经舒展开来，对回家那件事，也没那么恐惧焦虑了。

"我没有不开心。"姚叙说，"有你这个朋友在，我很幸运。"

但要说幸运，他们俩都觉得自己是幸运的那个。

"好了，回家吧。"姚叙轻轻拍了一下倪星桥，笑着说道。

"哎呀！别把我拍肿了！"倪星桥还是很在意这件事。

两人终于又像以前一样笑着闹起来，姚叙也总算松了一口气。

"去吧，叔叔阿姨肯定急坏了。"

倪星桥真的很想家，但他还是放心不下姚叙，总觉得对方自从踏上回来的大巴就心事重重的。

"你真的没事？"

"没事！"姚叙笑道。

倪星桥轻笑出声："行吧，那我先走啦！"

"嗯，回去好好休息，少看点儿小说。"

"哎呀！知道啦！"

姚叙一直站在那里目送着对方消失在楼梯的转角处，然后抬脚想往别处走，却在抬头时发现他妈妈正站在窗边看着他。姚叙心里"咯噔"一下，全身跟过了电似的，瞬间脊背发凉。他立刻开始回忆自己刚刚跟倪星桥说笑的样子是不是看起来太热络了，他妈有多不喜欢倪星桥他心里再清楚不过了。他很害怕，怕的不是自己被骂被打，怕的是他妈发起疯来不管不顾地伤害倪星桥。

戚美玲在窗边等了很久。她早就打听好了，姚叙他们今天回来。具体时间应该是中午或下午，但她起床后连饭都没吃，就一直站在那里等着。

她眼睁睁看着姚叙跟倪星桥从小区门口走进来，看着那两人站在那里，不知道聊了些什么，又看着他们嬉笑打闹。戚美玲用力地咬后槽牙，心里的怒气已经呼之欲出。

大冬天，原本就寒风萧萧，再被当头淋下一桶冰水，姚叙半天没能动弹。等到他调整好情绪，才起步回家，想着该如何应对戚美玲的质问和指责。

姚叙往家走的时候，没有任何时刻比现在更希望自己能变得独立强大，没有任何时刻比现在更希望自己可以远走高飞。

如果有倪星桥和他一起就更好了。他们去世界的另一边，远离这里的一切。可姚叙也清楚，自己这样的想法太自私，他想逃离，但倪星桥恋家。哀伤变成了对自己人生的哀悼，姚叙每往前走一步，都觉得自己脚下的世界在坍塌。

他回到家门口，离开了一个月，这里跟过去没有丝毫不同。春节，戚美玲甚至没有像其他人家一样在门上贴副春联，冷冰冰的。"温馨"这个词，和这个家没有一星半点儿的关系。

姚叙掏出钥匙开门，他幻想着戚美玲就站在门口跟索命的阎王一样等着他，然而等到门开了，她并不在。他换了鞋，屏住呼吸，准备回自己的房间。

"站住。"戚美玲的声音传来，语气比这个没有供暖的家还冷。

姚叙停住脚步，回头望过去。戚美玲依旧站在那扇窗前，面无表情地看着他。

"那么舍不得跟他分开，就别回来啊。"戚美玲说，"跟他待在一块儿吧，反正这个家对你也是累赘。"

"不是。"姚叙乖乖地在那里站着，不想激怒她。

"不是？怎么不是啊？"戚美玲拔高了音调，"我看你挺野的，一点儿都不想回家啊。"

她质问姚叙："这个家怎么你了吗？我对你还不够仁至义尽吗？你跟他说什么啊？没完没了的！那么多话，跟去他家，继续说啊！"

"你说什么呢！"姚叙皱起了眉。

"我说什么呢？"戚美玲笑道，"你看看你，有一点儿学生的样子吗？我都怀疑你去集训没有好好学习！"

她朝着姚叙走来："我跟你说过多少次了？离那个倪星桥远点儿！他整天跟在你身边是因为什么啊？不就是因为你成绩好，想从你这儿偷学吗？"

姚叙彻底无语了，无力地说："妈，你能别把所有人都想得那么坏吗？"

"是你太天真了！"戚美玲已经来到了姚叙的面前，"没人会无缘无故对你好，你可清醒一点儿吧！"

她一边咬牙切齿地说，一边用力地用手指戳姚叙的额头。姚叙比她高出一头多，却生生被她戳得往后踉跄。姚叙并不反抗，因为他知道，反抗只会让事情变得更糟。

姚叙站稳，觉得额头被戳过的地方疼得发烫。他不敢多说，只是应答道："我知道了。"

"你知道才怪！"戚美玲恨得牙痒痒，她不明白姚叙为什么就跟那个倪星桥关系那么好！

天天在一起，无话不谈似的，面对着那个小子的时候永远是一副笑脸，而到了她这个亲妈面前，像个不开窍的闷葫芦。有时候，戚美玲真的怀疑，姚叙是故意气她的。但她不知道，其实姚叙是在怕她。

姚叙低着头不说话，任由她骂，等她骂完了找准机会回到了自己的房间。像过去的每一天一样，姚叙不能关门。

他把书包放下，脱掉外套。戚美玲跟着进来，在姚叙挂衣服的时候，打开了他的书包。

姚叙看了她一眼，眉头紧锁，很想让她别乱翻自己的东西，但又说不出口，因为他知道，一旦说了，今天就真的没完了。

戚美玲仔细检查姚叙的书包，甚至连书包的隔层和每本书里面夹着的试卷都要看一遍。她必须确保儿子的书包里没有藏着秘密，确保儿子专注于学习，没有那些杂七杂八的人和事来打扰他。

她从一本练习册里翻出了不久前那场考试的试卷，姚叙的题答得不错，但被扣了几分步骤分。戚美玲厉声问他："怎么这还能扣分？你稍微细心点儿也不至于！"

姚叙叹气，解释说："我做题的时候直接套用了公式，没想到这类题需要把推导过程也写清。"他说完，赶紧补充，"这次是入选数学竞赛省队的最后一次考试，前十名的学生正式进入省队，三月份代表咱们省去参加北区竞赛。我考了第一名。"

戚美玲原本还想骂他几句，但一听说他是第一名，火气瞬间就消了下去。

看她态度缓和了，姚叙终于松了一口气。

"妈，你能先出去一下吗？我要换衣服。"姚叙在外面这么久，这几身换洗衣服来回穿，身上这套穿了两天了，反正都回来了，他想换下来洗洗。

"你跟我避什么嫌呢？"戚美玲不悦地说，"我是你亲妈，是我把你生下来的，你换个衣服我还得出去？"

姚叙彻底无奈了，索性不换了，等她什么时候去忙自己的事，他再换下来拿去洗。

"怎么？说你几句还不乐意了？"戚美玲说他，"你跟别人也这样吗？去集训住宿舍，别人能看你换衣服，你妈不能？真的是长大了，开始防着我了？你有什么不能见人的啊？"

"妈！你说什么呢！"姚叙急了，"疯了吧你！"

他这一句话彻底刺激到了戚美玲，她尖锐地叫出声："我疯了？你说我疯了？我疯了也是你们逼的！你还敢这么跟我说话！"说着，她抬手就把手里的练习册丢到了姚叙的脸上，书页划破了他的脸，血流下来，疼得钻心。

姚叙始终想不明白，为什么自己家会变成这样？是从什么时候开始的？导火索是什么？始作俑者究竟是姚振海还是他？

如果当年在一片混乱中，姚叙没跑过去劝他妈答应离婚，那现在的他们会是什么样的呢？

人生哪有如果，人生只有挣扎。

看着姚叙的脸被书页划破，戚美玲终于稍微冷静了一点儿。她斥责姚叙："你给我永远记住，我是你妈，生你养你的人，没有我你什么都不是。"

姚叙沉默地站在那里，他跟戚美玲对峙良久，最终还是无可奈何地点了头。

戚美玲说："这是你们姓姚的欠我的，你要是恨，就恨姚振海。"

她说完，转身离开了姚叙的卧室。

第二天，戚美玲找人来拆掉了姚叙卧室的门。姚叙彻底放弃抵抗了，随便吧，他现在只是迫切地想知道，自己的生活还能糟糕到什么样。

集训回来之后的好几天，姚叙都没能见到倪星桥，因为戚美玲又把他锁在了家里。不过好在这次没了卧室门，姚叙还能在这个家自由活动。

倪星桥打电话来，姚叙说："我出不去。"

"啊？"倪星桥想趁着假期结束前的几天去一趟市图书馆，借几本好看的小说回来。但是他这人，干什么都得找人陪着，最佳人选自然还是姚叙。

倪星桥问："你有事啊？"

"我妈不在家。"姚叙不想让倪星桥知道自己的处境，生怕对方担心他。当然了，他也不希望倪星桥知道自己家里的真实状况，知道了不过是平白多一个人心烦罢了。

他找了个蹩脚但糊弄倪星桥足够用了的理由："我家门锁坏了，从里面锁不了，我妈走的时候就从外面锁上了。"

"啊……这样啊……"倪星桥明显有些失望，"我想让你陪我去图书馆。"

姚叙又何尝不想陪他一起去。

"改天吧，好吗？"姚叙哄着他，"开学前我一定陪你去。"

"那今天我自己去吧。"倪星桥说，"开学前你出来陪我玩。"

倪星桥没继续追问关于锁门的事情，姚叙松了一口气。

倪星桥从图书馆回家的时候还是去了一趟姚叙家。下午，姚叙家的门还锁着。

两个人隔着防盗门说话，倪星桥想到今天在图书馆胡乱翻书时看到的一句话——最好的安慰其实就是陪伴，于是忍不住轻叫了一声："姚叙。"

"嗯？"姚叙感觉到倪星桥似乎有点儿没精神，担心地问，"你是不是不舒服？感冒了吗？"

"没有没有，我就是……"倪星桥低着头看自己的鞋尖，过了一会儿才说了句，"担心你。"

他确实挺担心姚叙的，自从集训回来后就没见到面，也不知道对方胖了还是瘦了。

姚叙听了倪星桥的话，"戴着镣铐被锁在冰窖里"的人终于觉得有股暖意涌了上来。他突然想到一个办法，对倪星桥说："你到楼下，我有东西给你。"

倪星桥乖乖听话，立刻往楼下跑。大冬天，姚叙打开了窗户，两个人总算看到了对方。

他好像瘦了。倪星桥仰着头看姚叙，几层楼的距离，好像很近但又很远。

姚叙在家里找了一根麻绳，把要给倪星桥的东西绑在麻绳的另一端，顺着窗户递了下去。

倪星桥早早地就伸手去接，看着绑在麻绳这端的东西缓缓下降，忍不住就仰着脸笑了起来。

他觉得这样有趣又温馨。

倪星桥的目光落在姚叙的脸上，冬日里西垂的太阳把世界染成了橘色，姚叙的脸也因为这光显得更帅气温柔。

手指碰到了那个东西，倪星桥接下来，发现是一封信。蓝色的信封，上面以简笔画的形式画了一个满头卷毛的小男孩儿。

倪星桥笑了："这画的是我吗？"

姚叙在楼上带着笑意点头看着他。

拿到了信的倪星桥心情大好，宝贝似的放到了书包里。

外面太冷了，姚叙舍不得倪星桥挨冻，见他拿到东西了，就催他快回家。

倪星桥也有点儿舍不得走，但脸被寒风吹得像被刀子割，在楼下站了一会儿，还是小跑着回家了。

世界重归安静，姚叙感受到一种热闹过后的失落。但好在，他写给倪星桥的信，那家伙已经收到了。

那是这些日子以来姚叙在心烦的时候写下的只言片语，没什么主题，满篇都是碎碎念。

他写：我很庆幸自己能遇见你这个好友，有时候我想，或许上天真的眷顾我，在我出生前就把你送到了我身边。

倪星桥看到这句话的时候，想起自己第一次听说他们同年同月同日生这件事时的场景。那会儿他们还是小屁孩儿，倪星桥因为晚出生几分钟这事儿哭了好半天。他笑了起来，觉得怪有意思的。

在姚叙被"关禁闭"的时候，寒冬终于慢慢消退。

二月的最后一天，学生们返校，收到新的课本，准备明天的开学典礼。姚叙终于走出家门，觉得连冷空气都是那么珍贵。

倪星桥换了件薄一点儿的羽绒服，戴着毛线手套早早等在姚叙家楼下。

两人去学校的路上心情还算不错，在集训了一个月之后，倪星桥觉得跟集训相比，上学简直太幸福了，至少不用每天只面对数学题，还能有体育课可以出去玩。

到了学校，倪星桥一见到路里就更兴奋了，两人脑袋凑一起就开始聊这个假期的见闻。

路里说："我跟林苏晨单独见了好几次！"

"她竟然理你了？"

"谁能抵挡得了我的人格魅力啊！"

倪星桥觉得有猫腻，问他："你是不是跟她打赌赢了？不然她干吗听你的，和你见面啊？"

路里"呵呵"一笑，然后说："其实是……我求她给我补习英语来着。"

"原来如此！不过也算是一种进步，她竟然能答应给你补习，说明你还是有机会跟她成为朋友的。"

路里笑得满脸通红："我觉得也是！"

这时候，林苏晨跟林屿洲走进了教室。

"哎，别光说我，你怎么样？"路里坏笑着挑眉，"估计今天老曹就得给咱们调座位，你跟叙哥还当同桌啊！"

"那是！"上次期末考试倪星桥可是铆足了劲儿考的，虽然屈居第二，但第一可是姚叙。

曹军当初自己立的规矩，按照成绩排座位，这次他要是食言，倪星桥保证自己当着全班人的面奋起反抗！

曹军没有食言，倪星桥也没有当着全班人的面奋起反抗。新学期，小倪同学如愿以偿再次跟姚叙成了同桌。

"万年老二就万年老二吧。"倪星桥抱着书包坐过来的时候说，"总比让林屿洲鸠占鹊巢好！"

姚叙笑他："你可别让林屿洲听见，不然你俩又要吵了。"

"我又不怕他。"倪星桥自信地挺起了小腰板，"凭这三寸不烂之舌，我怕过谁？"

能重新坐在姚叙旁边，倪星桥心情大好，只不过他的好心情并没有维持太久，因为下午的时候，他就看见姚叙爸爸出现在了教室外面。

姚叙觉得很烦，他爸一趟一趟地来找他，班里好事的同学都把注意力放在了他身上。不过，别人怎么想对于姚叙来说倒也不重要，他主要是不希望被倪星桥看见，怕影响对方的心情。

自习课上，姚叙被叫出去。

"我妈知道你来找我吗？"走廊里空荡荡的，姚叙压低了声音，不想被班级里的其他人听见。

姚振海"啧"了一声："你不说她就不知道。"

姚叙抬眼，冷着脸看他："能不能拜托你以后不要再来学校找我了？"

"我来看看我儿子不行吗？"

"你到底为了什么来，你自己心里清楚。"姚叙说，"你就算在这儿打地铺，天天守着我也没用，不给就是不给，我的就是我的。"

外面的父子俩针锋相对，教室里的倪星桥眉头紧锁。倪星桥支棱着耳朵想听他们在说什么，可是什么都听不清。他皱着眉，透过门玻璃往外看，焦虑到把手里的笔拆了装，装了拆。

姚叙很久才回来，看起来倒是跟往常无异，和他一比，倪星桥更像是那个被骚扰的人。

"姚叙，你没事吧？"倪星桥小声问。

姚叙看了看他桌上被拆得稀碎的几支笔，笑出了声来。

之后，一直到放学倪星桥都是心事重重的，他特意在课间跑出去给姚叙买双皮奶。

"怎么回事？"姚叙问他，"你是不是犯了什么错，想让我帮你顶着啊？"

这种事儿以前也不是没发生过。

"才不是呢！在你心里我就是那种人吗？"倪星桥撇撇嘴，嘟囔道，"我就是想对你更好一点儿，让你开心点儿。"

姚叙没想到他会这么说，愣了一下，鼻子突然就有些发酸。被人关心的感觉就像是流浪汉在寒冬腊月突然被塞了个暖水袋，要不是他转过头去看别处，倪星桥必定会发现他已经红了眼睛。

"姚叙，你怎么啦？"倪星桥凑过去想看他，但被姚叙回手挡住了，阻止了。

"哎呀！你又挡我！"

到了放学的时间，教室里那些熬了一天的学生迫不及待地往外冲，只有他们俩还在打闹。

"你俩干吗呢？不走了？"路里收拾好书包过来。

这么闹了一会儿，姚叙的情绪也平复了，笑盈盈地看着吵闹的那两个家伙，坏心情全散了。

"姚叙！"往学校外面走的时候，倪星桥叫住推着单车走在前面的姚叙。

姚叙听见声音，回头看他，冬日的雪才刚刚融化不久，柳条还没抽出新的枝芽，但是他回头的一瞬间，倪星桥笑得像是有清风拂过脸颊。

那一刻，姚叙的心情前所未有地放松，当他听到倪星桥说"祝你明天也开心"时，他觉得就算对方此刻想要天上的月亮，他都能不管不顾地去为对方摘下来。

"好。"姚叙说，"你也要开心。"

新学期，跟往常无异，姚振海出现了一次之后，好长一段时间都没有再来烦姚叙，而戚美玲这边，因为姚叙之前拿到了数学竞赛省队的名额，最近对他倒也算和颜悦色。

曹军依旧加快速度讲新的知识点，下了狠心要在这学期期中考试之前让大家学完所有新内容，然后开始总复习。

倪星桥说："我觉得咱们就是被老曹拿着鞭子赶着往前跑的驴。"

路里说："好歹当匹马吧！驴算怎么回事儿啊！"

大家每天累个半死，怨声载道的，感觉提前步入了备考阶段。

三月份，倪星桥跟姚叙作为省队成员去参加了数学竞赛。这一次，他们要去的地方比集训时更远，老师带队，乘坐一个半小时的飞机抵达了那座城市。

整个竞赛从开幕式到考试再到闭幕式一共五天时间,他们提前一天抵达,有专门的人来接他们。

倪星桥跟在姚叙身边下了飞机,小声问:"是不是全国的数学天才都在这里了?"

姚叙笑着看他:"你来了,那就是了。"

倪星桥笑得不行:"可以啊小姚,嘴巴很甜嘛。"

他们住的地方是主办方提前订好的酒店,标间,两人一间。倪星桥自然要跟姚叙住一起,分发房卡的时候,第一时间举手跟带队的老师提出了申请。

对于来参加竞赛的学生,老师自然不会太严厉。爱怎么住就怎么住吧,不打架就行。

酒店的房间很不错,宽敞又舒适。

进屋之后,倪星桥就趴在床上不想动,说这床比家里的还舒服。像上次集训时一样,姚叙简单收拾了一下行李,过去对倪星桥说:"好好歇会儿吧,老师说下午自由活动,晚上要开个小会。"

"那我想出去玩。"倪星桥仰头看姚叙,"我知道这里有好玩的地方,你跟我一起去吧。"

姚叙从来都不会拒绝倪星桥,于是两人洗了把脸,在楼下餐厅吃了顿饭就出去了。

这座城市的春天比安城的春天来得早,两个人出门的时候只穿牛仔外套都不觉得冷。

倪星桥查好了公交路线,拉着姚叙就跳上了公交车。

"我上次来这里还是三年前。"倪星桥说,"那次我爸带我去玩,我都没玩够。"

姚叙没问究竟是什么好地方,他相信倪星桥一定不会让他失望。全身心地投入在这种未知的快乐中,这感觉,像是两个人要开始一场奇妙的冒险。

坐了四十来分钟公交车,终于到了目的地。

"游乐场啊。"

安城没有这种超大规模的游乐场,公园里的过山车一点儿都不过瘾。

倪星桥拽着姚叙往里面走:"快走快走,今天陪我玩个痛快吧!"

他们一人买了一张通票,游乐场的所有项目随便玩。

倪星桥喜欢刺激的游戏设施,从海盗船玩到过山车,甚至还拉着姚叙进了恐怖屋。

倪星桥几乎把所有感兴趣的游乐设施都玩了一遍,累却兴奋着。两人继续往前走,不远处就是高高的摩天轮。

倪星桥说:"我想坐那个。"

"不恐高吗?"

"你到底是不是我的好朋友啊!"倪星桥说,"也太不了解我了。"

姚叙跟着倪星桥往摩天轮的方向走,嘴角挂着笑,说:"我这不是怕你等会儿又哭出来嘛。"

"我什么时候哭了啊!"

两人来到摩天轮下面,这会儿除了他们几乎没别的人。

倪星桥问检票的阿姨:"我们要等满员吗?"

"那可有得等。"阿姨笑着说,"上去吧,专门给你俩开一圈。"

倪星桥受宠若惊,欢呼着先一步跑了进去。这是他第一次坐摩天轮,安城的公园里是没有的。姚叙跟着坐进来后,阿姨关上了门,他们俩被关在了这个小小的独立空间中。

倪星桥有点儿兴奋,四处看,问姚叙:"升到最顶上的时候能看见城市全景吧?"

"应该能吧。"

随着一段音乐声响起,摩天轮启动了。倪星桥像只亢奋的小猴子,不安分地四处张望,而姚叙始终坐在那里,眼含笑意地看着面前的人。

"你知道摩天轮的传说吗?"

"什么传说?"倪星桥问。

"据说在座舱升到摩天轮最高处的时候许愿,都可以成真。"

倪星桥歪着头:"真的假的?那岂不是只要坐过摩天轮的人,就能实现愿望了?"

"没准儿就是真的呢。"姚叙问,"你要许愿吗?"

就在这时,摩天轮的播音装置提示他们已经升到了最高点,倪星桥来不及多想,催促着姚叙和他一起双手合十,闭上眼睛默默许下了心愿。

两个少年坐在摩天轮座舱里,在足以俯瞰这座城市的高空,各自许下了心愿。

过了一会儿,他们睁开眼,姚叙问倪星桥:"你许了什么愿?"

"愿望说出来就不灵了。"倪星桥说,"我不能说。"

嘴上说着自己不能说,但下一秒倪星桥却问姚叙:"你许什么愿望了？"

姚叙笑他："你都不说，那我也不说！"

倪星桥不甘心，一边耍赖，一边闹，非要对方说出来。

"跟我有关吗？"倪星桥问。

姚叙想了想，最后还是点了点头。倪星桥瞬间就笑了，他老老实实坐回去，不再问也不再闹，美滋滋地看向了窗外。

得到姚叙肯定的回答他就安心了。倪星桥这个小孩儿就是这样，非要证明自己在姚叙的世界里有着非同寻常的分量。

"其实呢，"倪星桥抿着嘴笑，转过来看向了姚叙，"我的愿望也跟你有关。"

这段时间姚叙一直心情不好，倪星桥就许愿，希望姚叙能早日摆脱糟心事，每天开开心心的。就是这么简单又朴素，倪星桥希望所有的烦恼都可以远离他身边这个人。

听到倪星桥的话，姚叙很是感动。这些日子自己被各种事情折磨得身心俱疲，总觉得这世界上他的存在好像是多余的。然而，因为倪星桥此刻的这一句话，他猛然间意识到，自己还是应该再坚持一下的，至少还有倪星桥。

"我觉得你这个朋友真的很不错，这种感觉很好。"

姚叙忍不住说出了这句话，而倪星桥惊讶地望向了他。这句话的分量太重了，重到倪星桥根本不知道自己的小肩膀能不能撑得起来它。

可是，姚叙又说："你不要有负担，你只要知道，你在我身边就是对我最大的安慰，这就足够了。"

倪星桥眼睛有些泛红，透过姚叙的眼睛，他总觉得这个他自认为了解的好朋友还藏着很多不为人知的秘密，但对方不说，不让他知道。不说就不说吧，倪星桥不想逼迫姚叙，就像对方说的，自己一直在他身边就好了。

"放心吧。"倪星桥突然举手发誓，"我倪星桥一定一辈子都是姚叙最好最好的朋友！"

姚叙看着他笑，随着慢慢降落的摩天轮，他们终于回到了地面上。

这些出门在外的孩子，有些是乐不思蜀，有些是归心似箭，但姚叙不想回家并不是因为贪恋这里给自己的感觉，只是不想面对戚美玲——当然也不是绝对的，每天晚上都能和倪星桥闹一通再睡觉，这对于他来说无疑是快活的。虽然不想让时间走到最后一天，可时间从来不由人。

第五天上午,闭幕式,宣布奖牌和排名情况。带队老师紧张得不行,看着这帮孩子,想着不管怎么样都能拿到个铜牌吧,不然回去没法交代啊!然而,让大家都很惊喜的是,他们不仅拿到了两金一银一铜,姚叙跟齐韦宁还进了前六十名,拿到了名校的保送资格。倪星桥差了一点儿,不过也拿到个银牌,这已经超出了他的预期。

姚叙并没有因为自己拿到这样的好名次而有多开心,只是觉得松了口气,至少能跟他妈交差。

五天的时间就这么结束了,大家收拾行李,下午就回去了。

倪星桥有点儿舍不得,他说:"好矛盾,想家,但是又没玩够。"

"从小到大你不都是这样吗?不管怎么样,我们还是要回归正常生活的。"

倪星桥看向他,不知道为什么,总觉得姚叙在说这句话的时候,仿佛在叹息。他正想问,可姚叙已经开了门,刚好齐韦宁也出来了。

三个人都算是得胜而归,齐韦宁看着姚叙说:"还是输给你了。"

他跟姚叙都拿到了金牌,但名次没有姚叙好。姚叙没说话,倒是倪星桥,走在姚叙身边,美滋滋地说:"小齐啊,回去以后继续努力吧!"

第七章 走不到的十八岁

离家一个星期，再回来的时候一切都没什么变化。

戚美玲因为姚叙拿了金牌，心情大好，为了炫耀，又去找姚振海。姚叙懒得管那么多，继续在家里当她少言寡语的儿子。

在这次的数学竞赛中，姚叙拿到了山城大学的保送资格，按理来说之后应该能轻松不少，但是，当他把这件事告诉戚美玲的时候，对方却说："这你就满足了吗？"

戚美玲对他的要求可不是进这所学校，她要姚叙必须考进排名第一的高校。

姚叙说："可是，我很喜欢这所学校。"因为倪星桥说过，他最想读的就是这所大学。

当姚叙拿到这所学校的保送资格时，倪星桥羡慕得不行，说自己初中的时候就把这所学校当作目标，一心想考这里。

倪星桥说："真羡慕你，我要是你，现在开始都不学习了，开开心心玩到高考结束，美滋滋地去读大学。"

姚叙笑了："你只要正常发挥，肯定能考上。"

倪星桥问姚叙："你呢？你最想去哪所大学？"

"我也想去这里。咱们俩一起去。"

从小姚叙就被剥夺了主宰自己命运的机会，他从来没有选择任何东西的权力。他被安排，被指令，被戚美玲规划好的道路束缚着，不可以有任何自己的想法。

他头脑中的一切都被挖空，直到后来，他发现自己不想离开倪星桥这个朋友，只有在对方身边时才觉得踏实，然后一点点用对方的喜好填满自己空虚的心。

姚叙明白，像他这样的人其实是可悲的，他看起来是个独立的人，但其实是攀附着别人生长的。他像藤蔓，攀附在倪星桥的身上，一旦对方想要斩断与他的关系，他就没法继续活下去。

"那你长大以后想干什么？"倪星桥托着下巴吃着双皮奶，眼睛亮亮地看着姚叙。

姚叙认真地想了好半天，然后郑重其事地说："想开间甜品店。"

"啊？"

姚叙说的是真的。他对未来没太多想法，甚至不觉得自己有什么美好的人生，但如果非要他说以后想做什么的话，他想开间甜品店。

因为倪星桥喜欢吃甜品，所以他就想每天亲手做给对方吃。

这件事绝对不能让戚美玲知道，否则自己肯定躲不过一顿痛打。

没有人知道，看起来优秀的姚叙一点儿都不喜欢学习，不喜欢考试，不喜欢争那个第一，他甚至对考大学也不感兴趣，对什么都不感兴趣。他像一匹将死的骆驼，驼峰已经没有了任何储备，却依旧被人拿着鞭子抽打，在荒芜的沙漠缓慢前行。

姚叙说："真的。"他告诉倪星桥，"等以后我能独立了，就开一间甜品店，天天给你做好吃的。"

倪星桥笑了："你最好说到做到！"

这就像是他们之间的一个约定，姚叙铁了心要做到，尽管路途漫长，但他觉得真的会有那么一天，只要他能离开家。

戚美玲听他说喜欢这所学校，嘲讽道："你就这么点儿本事？"

"我一点儿本事都没有。"

"你怎么说话呢？"戚美玲的火气一点就炸，"我说你你还不高兴了，是吗？"

"妈，我只是想请求你，哪怕一次，让我自己做决定。"

"你自己做决定？你有什么资格自己做决定？"戚美玲说，"我生你养你，你有今天还不是多亏了我？你想自己做决定？"

她指着姚叙的鼻子斥责他："你在我面前说这种话不觉得心虚吗？你们谁，哪一个，让我自己做过决定啊！"

说到这个，姚叙终究还是低下了头。

戚美玲歇斯底里地说："我要离婚的时候，一个个劝我，拦着我，我说我不离了，又逼我离！谁考虑过我的感受啊！"

她叫着叫着，眼泪喷涌而出，姚叙忍不住，还是过去抱住了她。

每一次想起过去那些事，戚美玲都觉得委屈，委屈到心脏好像都要被苦水撑破了。

她当年怀着姚叙的时候，满心欢喜地期待小生命的到来，不承想，在她怀孕期间，姚振海就出轨了。但回到家，装模作样，演得好像是个贴心的好老公。

戚美玲生完姚叙，还没出月子，无意间发现了姚振海跟那个女人的事，她崩溃绝望，当即就要离婚。结果呢，大家都劝她别离。

姚振海又是磕头又是认错，把两家的老人都给找来，一起劝戚美玲。两家的老人说孩子还小，不考虑大人也得考虑刚出生的孩子。还说姚振海只是一时昏了头，从今往后一定改邪归正，好好回归家庭。

闹了小半年，姚振海也真的表现得还不错，鞍前马后地照顾戚美玲和新生儿，再加上亲戚朋友的劝说，戚美玲终于决定再给他一次机会。

之后的生活还算不错，姚振海的小生意做得越来越好，他们一家人的生活条件也好了起来。姚振海因为工作忙，总是在外应酬，家里大大小小的事都落到了戚美玲肩上。

那时候，戚美玲并没有多想，只是觉得姚振海的事业正处于上升期，当时听说又遇到个贵人，帮了不少忙，这两年多辛苦点儿，以后公司做大了，一家人生活也能更好些。

后来，姚振海回家的次数越来越少，也开始有流言蜚语传到了戚美玲的耳朵里。

姚叙小学毕业那年，姚振海竟然带着"小三"直接上门，递给戚美玲一纸离婚协议，说"小三"怀孕了，他得对她负责。

那天戚美玲才知道，原来所谓的事业上的"贵人"就是这个破坏他们婚姻的第三者，叫翁瑶，姚振海攀上了她，公司这才发展起来。

而这两个人登门要戚美玲离婚那天，正是戚美玲的生日。

翁瑶说："我们在一起好多年了，你怀孕的时候就在一起了。不过，那会儿我还不想结婚，所以也就没要求什么，现在不一样了，我们有孩子了，我的孩子必须有爸爸，有一个完整的家。所以，你们离婚吧。"

遇上这种事，没人会不恨的。戚美玲对于姚振海的可恶、第三者的无耻，还有那些曾经在她下定决心要离婚却非要劝她忍一忍的人，依然心怀怨气。

当年她竟然真的听了别人的话，"忍一忍"，之后的好多年都活在谎言和欺瞒中。却没料到，她成了真正的笑料。

戚美玲怎么可能甘心呢？她为了这个男人，为了这个家，牺牲了自己的事业和尊严，结果到头来，男人还是被别的女人勾走了，家也被人拆散了。她不甘心啊！

所以她要闹，她坚决不同意在这个时候离婚——就算以后真的要离，也应该是出轨的男人净身出户，而且由她主动提出离婚。应该是她不要他，而不是他带着怀了孕的第三者上门来逼她让位。

那一刻，戚美玲觉得自己在被人践踏，她的尊严和这么多年的付出都被那笑着看她的两个人碾碎了撒在了土里。他们在家里厮打起来，戚美玲发了狠，朝着姚振海拳打脚踢，本以为姚振海不还手，但没想到，对方一个巴掌打在了她的脸上。

那一巴掌，比晴天霹雳还让她无法忍受，就好像活生生从她的心脏上撕下来一块肉。

姚振海毫无愧色，指着她愤恨地说："戚美玲，你别太过分了。"

到底是谁过分呢？这世界，到底还讲不讲道理啊？

那天的那场闹剧以姚叙放学回家而暂时宣告停止。姚叙刚进楼门就听见吵闹声，那时候他还没想到，这声音的来源竟然会是自己家。那天之前，他已经差不多半个月没见到他爸了，每次问起他妈，她都说："你爸出差呢，忙得不行。"

姚叙站在门口，看到的是披头散发、眼泪鼻涕混在一起的妈妈，满脸怒气、咬牙切齿的爸爸，还有穿着体面拿着名牌包骄傲地站在一边的陌生女人。

姚叙一开始没明白怎么回事。姚振海说："姚叙回来了，我给你留点儿面子，咱们的事情改天再说。"

他转身就走，而那个陌生女人无比自然地挽住了他的胳膊。

"哦，对了。"两人经过姚叙的时候，陌生女人从包里拿出几页纸来递给姚叙，"离婚协议，催你妈尽快签一下。"

姚叙愣愣地站在那里，还没搞清楚这一切的来龙去脉。他懵懵懂懂地接过那份离婚协议，之后的几年里，他每次做噩梦都能在梦里闻到那个女人身上的香水味道。

那天，戚美玲打了姚叙，因为他接过了那份离婚协议。

戚美玲坚决不同意离婚，在那之后的半个多月，姚叙每次回家都能看到家里一片狼藉。

一开始戚美玲还会收拾一下，后来破罐子破摔了，每次闹完都坐在被剪破的沙发上抽烟，姚叙回来收拾，还要被她骂。混乱的日子持续了十来天，戚美玲的恨意越来越浓。

在姚振海又一次带着翁瑶上门时，戚美玲对准了翁瑶，一头撞了过去。翁瑶吓得在角落尖叫，捂着肚子声嘶力竭。

姚振海极力护着翁瑶，朝着戚美玲吼："你疯了吧！"

戚美玲震惊到眼泪横流，她怎么都没想到，当年那么热烈追求她的男人，如今竟然为了别的女人朝她开骂。

在戚美玲愣住的时候，翁瑶突然跑过来，同时一把抓住了戚美玲的头发。她叫骂着，逼迫着戚美玲赶快在离婚协议上签字。

那份协议，戚美玲看都没看就撕碎了。

一旁的姚振海看这个阵仗也害怕了，安抚翁瑶说："老婆，你别冲动，这件事交给我。"

"老婆？"戚美玲的声音尖锐到可以剔骨，她真的被这个称呼伤到了，她都不记得姚振海上次管她叫"老婆"是什么时候了，好像从某一刻开始，他对她的称呼就变成了名字。

戚美玲彻底被激怒，反手也抓住了翁瑶的头发，她质问姚振海："你说谁是你老婆？"

翁瑶从小到大都被宠着，从没有人这样对待过她，她也急了。姚振海吓个半死，几个人厮打的时候，姚叙正好回来，吓得疯了似的冲过去推开姚振海，抱住了戚美玲。

那年姚叙才十岁出头，拼了命地护着他妈。

他已经知道家里发生了什么，但怎么都没想到，他爸竟然会这样逼着他妈离婚。怎么会有这么狼心狗肺的男人？

姚叙挡在戚美玲身前，听见翁瑶说："我告诉你们，姚振海这个男人我要定了，你们母子俩要是还想好好过日子，今天就把这离婚协议给我签了，不然别怪我不客气！"

姚叙狠狠地瞪向那个女人，她价格不菲的衣服在打斗中被扯掉了扣子，化得精致的妆也蹭花了，护理得柔顺发亮的长发被抓得一团糟，却依旧气焰嚣张。

翁瑶转身又拿出一份离婚协议，硬生生把笔往戚美玲手里塞。

戚美玲尖叫着要用笔尖扎她，姚叙只能死死抱住她，不让她伤到人。

戚美玲骂姚叙："你这个吃里爬外的畜生！"

姚叙哭了，他抱着他妈，心都在抖。他不想让她继续这样了，因为这桩糟糕的婚姻，她的人生已经被毁了。

翁瑶在说什么姚叙已经听不到了，只能听见他妈一直骂他是畜生是白眼狼。

姚叙哭着求他妈离婚，他的本意是希望她能重新过平静的生活，这样的婚姻不要也罢。

那一刻，戚美玲愤恨又绝望，她觉得这个世界上已经没有人站在她这边了。那天，戚美玲终究签下了那份离婚协议，不过是被翁瑶硬抓着手签的。

戚美玲心如死灰，眼睛通红地瞪着低头站在那里的姚叙。她彻底把对姚振海的恨意转移到了在最后一刻"叛变"，劝她离婚的姚叙身上。也是从那时候开始，这个家再也不是一个正常的家了。

后来姚叙长大了点儿，开始明白一些事情。他开始明白戚美玲的不甘心，也开始明白戚美玲的不容易。所以，这些年他一直忍受着对方的一切，打也好，骂也好，他都受着。

他们都是可怜人，他该恨的不是她，而是姚振海。

因为戚美玲反应激烈，所以从那之后姚叙再没跟她提过报考大学的事情。不过，姚叙自己心里也有了主意，他想好了，别的都可以听戚美玲的，但在这件事上他要为自己做主。

之后的日子看起来风平浪静，但姚叙总觉得心里不踏实。

最近，倪星桥开始学着人家写日记，小秘密都被他写进了那个带锁的小本子里，他每天最快乐的时光就是缩在被窝里写日记，比写作业都认真。

在高三到来的时候，倪星桥写满了一整本，里面的内容无非就是路里又抢了他吃的或者姚叙今天看起来心事重重。

黄茜得知儿子每天都在写日记，还笑他，倪星桥不服气地说："你不懂，我这是在记录宝贵的青春呢！"

时间过得很快，又是一个热得人发晕的夏天，八月下旬开了学，倪星桥和姚叙就升高三了。

"嗯，好像前不久才升高二，今天咱们就升高三了。"姚叙依旧像往常那样骑着单车等倪星桥一起上学,去年的这个时候,他们刚刚分到一个班,倪星桥的小卷毛还被曹军勒令去拉直。一晃,一年就过去了。

倪星桥说:"我有点儿害怕高三。"

两个人骑着车朝着学校去,一年的时间,倪星桥的个子也又长高了几厘米。

"怕什么?"

"说不好,就是觉得压力提前来了。"倪星桥对姚叙说,"我真羡慕你,就算你现在开始什么都不学了,都能去名校。"

姚叙笑笑:"放松点儿,你那么聪明,高考对你来说根本不是问题。"

"你就会安慰我。"

姚叙安慰他是真的,但这话也确实是他的真实想法。倪星桥脑子转得快,小心思也多,其实只要保持住现在的状态,考上他想去的那所大学完全没问题。

"我很期待咱们一起上大学。"

倪星桥听到姚叙的话,转过去看他,突然就笑了。

"你笑什么呢?"姚叙问。

"笑咱俩。"倪星桥把视线转移回前方,蹬着单车迎着风,"我想象了一下咱们俩的大学生活,自由自在,多开朗!"

说完,倪星桥哼着歌,笑得跟花似的。虽然五音不全,但姚叙还是听出了那是哪首歌。

"我们要飞到那遥远地方看一看……"

"你又跑调了。"

"我没有!"

"对对对,没有。"姚叙笑着说,"因为你压根儿就没在调上。"

虽然说着要放平心态,但曹军可不允许他们太轻松。

高三开学的第一天,学校的动员大会还没开,曹军先来了一场严肃甚至还有点儿严厉的班会。

黑板上方的墙上早早挂起了"拼搏拼搏再拼搏,进取进取再进取"的条幅,教室后墙贴着奖状的地方也被条幅占据,那个条幅上印着的是"不苦不累,高三无味;不拼不搏,高三白活"。

倪星桥不喜欢这些横幅,说看着就感到压抑。姚叙对这些条幅倒是没什么感觉,但给他施加压力的另有他人。

高三开学第二天,姚振海就又来了,不凑巧的是,刚好被戚美玲撞见了。戚美玲对姚叙的学习关心到让曹军都觉得她太紧张了，刚开学，她就主动来学校找老师商讨姚叙的情况。

之前的数学竞赛，姚叙把金牌交给她，也告诉她自己拿到了不错的名次和保送机会，不过始终没说具体排名。戚美玲不甘心，非要找老师打听个清楚。

曹军上完课回来，看见等在办公室外面的戚美玲，他是有些惊讶的。

"曹老师！"戚美玲等了好一阵子，不过她倒是一点儿都不急，关于姚叙的事情，她等得起。她看见曹军，笑着迎过去，虽然这些年生活磋磨了她，各方面状态都不好，但稍一打扮，她还是有气韵在的。

曹军对她印象深刻，之前开家长会，她表现得非常积极。

"姚叙妈妈？"

"是我。"戚美玲笑着说，"这不是高三了吗，我想着和您聊聊我们家姚叙学习的事情。"

这样的家长曹军也见过不少，于是点点头，让她进了办公室。

数学组办公室，十几个老师都在这儿办公，不过这会儿办公室里只有三五个老师，其他人都去上课了。曹军给戚美玲接了杯水，还搬了把椅子。

"姚叙成绩挺稳定的。"曹军说，"这孩子心里有数，让人省心。"

戚美玲听了，笑了笑，说："省心吗？那是在外面装的呢，在家里可没少让我操心。"

曹军听了她这话，看了她一眼，不过没多说什么，只是问她："姚叙妈妈，你今天过来找我是有事吗？"

"曹老师，是这样的，我想了解一下姚叙之前参加那个数学竞赛拿了第几名，"她端坐在椅子上，"这孩子就把金牌给我了。"

她说这话的时候，刻意加大了"金牌"两个字的声量，引得其他老师都看了过来。曹军可太清楚她在想什么了，笑了笑，说："姚叙这次可是给咱们学校争光了，整个省队，他排名最前。"

"那是多少呢？"戚美玲非要知道具体的名次。

她的询问甚至给曹军带来了一种压迫感，曹军往后靠在了椅背上，对她说："姚叙妈妈，其实像这样的全国性竞赛，能拿到名次已经是非常不容易的了。姚叙非常优秀，拿了金牌，还拿了名校的保送资格，其实你可以适当地放宽一下对他的要求，对于他这个年龄段的孩子，家长也要多关注一下其他方面的成长。"

曹军的本意是让她不要把姚叙盯得那么死，结果话听在戚美玲耳朵里就变了味道。

她如临大敌地问:"曹老师,你的意思是,姚叙在学校犯了什么错误?"

曹军觉得跟她交流起来相当困难,她太敏感多疑了。

"不不不,我不是那个意思。"

"曹老师,如果姚叙干了什么不守规矩的事,您不方便在学校罚他,您直接和我说,我回家教育。"戚美玲说,"姚叙这孩子就是会装、会演,人前看着好像多懂事,其实坏心思都藏着掖着呢,主意比谁都多,您摆弄不了他,交给我,我一定把他收拾得服服帖帖的。"

曹军无奈地抬手揉了揉眉心:"姚叙妈妈啊,我不是这个意思。我就直说了吧,姚叙非常好,非常优秀,我能感觉到,确实是你管教出来的听话孩子。但对他这个年龄段的孩子,家长不应该只关注成绩,在这方面他已经足够优秀了,你别把他逼得太紧,容易适得其反。"

戚美玲听了,有些不悦:"曹老师这话我就不爱听了,优秀是没有尽头的,人外有人啊,他跟安城一中的学生比还算过得去,但放眼全国,多少学生啊,我敢放松吗?一放松,他怕是连一流大学的门槛都摸不着。他几斤几两我再清楚不过了,我不逼他,他就完了。"

说完,戚美玲站了起来:"曹老师,我今天过来一是想问问他的排名,二是想跟你商量一下,给姚叙换个同桌。"

"他同桌怎么了?"

"也没怎么,就是那个倪星桥,他是我看着长大的,那孩子太皮了,话还多。"戚美玲说,"这样的孩子跟姚叙坐一起,容易让他分心,影响他学习,我想让您帮个忙,换个安静点儿的同桌。"

曹军实在不喜欢这样的家长,于是也不搞虚情假意那一套了。

他直接说:"倪星桥成绩也一直都不错,我们班都是按照名次排座位的,姚叙第一,倪星桥第二,两人成绩都挺稳定,你说影响学习,我看这问题是不存在的。"

"之前是没有,那是因为还没上高三,大家都还没开始发力。"戚美玲振振有词道,"现在不一样了,我要姚叙时刻保持最好的学习状态,必须给他一个安静的学习氛围。"

曹军不耐烦地看了眼时间,拿着书本准备走:"这件事再说吧,人家名次在那儿摆着,我也不好无缘无故调座位,下次月考后再说。我这边还有点儿事,姚叙妈妈,那我就不和你多聊了,以后有机会的话,家长会再见吧。"

这是明显的逐客令，戚美玲听出来了。她今天来这里的两个目的竟然都没达成，心里对这班主任也有了意见。

她表面上客气地跟曹军道别，然后想着要投诉这个不负责任的班主任。没想到，她刚走出教学楼就看见了在外面徘徊的姚振海。她愣了一下，但很快就提起了气，走了过去。

"你在这儿干吗呢？"戚美玲问，"该不会良心发现，来给姚叙送抚养费吧？"

姚振海自然不会真的良心发现来给姚叙送抚养费，他是被翁瑶逼着过来找姚叙的。说到底，还是为了那两套房子。

翁瑶家有钱有权，照理说压根儿看不上姚振海他爸这两套老房子，但前两年翁瑶他爸彻底退休，原本的关系网如今打不通，导致姚振海的生意也开始阻力重重。

这两年公司效益越来越不好，他跟翁瑶的孩子也到了要用钱的时候，翁瑶整天在家里骂他没用，他压力大到天天躲起来抽烟，快烦死了。

前阵子，翁瑶听说姚振海他爸把两套房子都给了姚叙，气得不行。一方面，这两套房子值不少钱，以后要是姚振海生意真的不行了，卖了这两套房子也亏不着翁瑶母女；另一方面，她就是不想让姚叙得着一丁点儿好，更别说两套房子都给他了。

翁瑶逼着姚振海来找姚叙，打打亲情牌，软硬兼施，怎么都得把这两套房子要回来。

姚振海不想跟戚美玲再牵扯到一起，各过各的日子就完事儿了，免得惹麻烦，但偏偏翁瑶就是个喜欢搅事的人。他在家里一点儿发言权都没有，毕竟什么都是靠人家得来的，只能翁瑶说什么他就做什么。

姚振海没想到在这里会遇见戚美玲，转身就要走，结果戚美玲快步上前一把抓住了他。

"你干吗啊？见了我就走是什么意思啊？"戚美玲追问，"当年跟狗似的在我后面追着跑的人不是你吗？"

姚振海叹气："我跟你没话说，我是来找姚叙的。"

"你找姚叙干吗？"戚美玲如临大敌，"你别想把他从我这儿带走！"

姚振海知道她现在整天疯疯癫癫的，不想和她多说什么，只想尽快脱身，然而戚美玲怎么可能这么轻易就放过他。两人在教学楼外撕扯着，教室里正在上课的学生们敏锐地听见了外面的争吵声。

一开始姚叙并不关心这些，他对一切八卦和热闹都不感兴趣，但是，外面突然传来一声叫骂，那声音他再熟悉不过，一瞬间，脊背发凉，全身像过了电似的，动也不能动。

教室里的学生们有些躁动，老师敲了敲黑板，说："别看热闹！好好听讲！"

姚叙举起了手，跟老师说："老师，我想去一下洗手间。"

老师不疑有他，点头让姚叙出去了。倪星桥皱着眉头看着姚叙的背影，又转过来透过开着的玻璃窗的反射，看见了在不远处撕扯的两个人。

学校为了让学生们节省时间，把高三的教室都安排在了一楼，姚叙出去后，咬紧牙关，快步朝着外面走。

他出去的时候，教学楼的门卫和保安都已经来了，戚美玲披头散发像个十足的疯子，姚振海的脸被抓花了，衬衫的扣子也被扯掉了。这对曾经的夫妻，如今竟像有血海深仇。

姚叙站在距离他们几米开外的地方，听见戚美玲说："姚振海你良心被狗吃了吗？害得我们这么惨还不够！什么都敢来要！"

姚振海也不示弱，指着戚美玲就骂脏话，脏到姚叙都不忍细听。

保安和门卫把两人拉开，还是姚振海先看到的姚叙。

戚美玲顺着姚振海的视线看去，见了姚叙就骂："你不上课在这儿干吗？也是畜生一个！"

她的反应让保安跟门卫都愣了一下，门卫大爷劝说："唉，怎么能这么骂孩子呢？"

戚美玲恶狠狠地看着所有人，然后拿着包就往姚叙脸上甩去。着急忙慌赶来的曹军快步过去，用胳膊挡住了戚美玲的包，她包上的拉链划破了他的胳膊。

姚叙非常抱歉，对曹军说："曹老师，对不起。"

"没事，没事，你先回去，这边交给老师处理。"

但姚叙没听话，而是弯腰捡起戚美玲的包，对他说："老师，我今天想请假。"

说完，他没等曹军回应，就先过去拉住了戚美玲的手腕。

"妈，咱们回家吧。"

戚美玲眼睛通红，愤怒地看着姚叙。

"你别这么看着我，惹你生气的是姚振海。"

戚美玲抬手就打了他一巴掌，然后扯过他手里的包，转身就走。这一巴掌把在场的人都吓愣了，唯独挨了这一巴掌的姚叙，平静淡定地跟着戚美玲走了。

曹军皱紧了眉头,觉得有必要和姚叙聊聊了。

倪星桥的数学随堂测验考了个稀巴烂,原因就是惦记着姚叙。他最后受不了了,晚自习前给他爸打电话,说自己难受,非要他爸给请假,必须得回家。

倪海明被儿子给糊弄了,以为孩子刚开学就因为压力过大生病了,火急火燎地往学校赶,想着接孩子去医院看看。

结果,倪星桥见了他,第一句话就是:"咱们去姚叙家看看呗。"

倪海明抬手摸他脑门儿:"还行啊,没发烧啊。"

"我……我就是难受,没发烧。"倪星桥又说,"去姚叙家看看。"

"姚叙怎么了?他家着火了?"

"说什么呢!你这个大人怎么一点儿正事都没有!"倪星桥也不管自己早上骑来的单车了,钻进他爸的车里,催促着快走,"姚叙下午请假了,我想去看看他。"

倪海明一听,便明白了。

倪海明在路上听倪星桥说了下午发生的事。其实倪星桥也不知道具体发生了什么,就知道姚叙爸爸妈妈在学校遇见了,两人吵了起来,然后姚叙就走了。倪星桥怎么可能不担心呢?

倪海明听完,叹了口气,开车看着前方,无奈地说了句:"姚叙这孩子,真的挺不容易。"

倪星桥迫切地想要见到姚叙,而此时的姚叙正在收拾一片狼藉的家。

戚美玲说:"姚叙,这两套房子,你拼死也得给我守住了。他们不能什么都想要,人不能这么贪心。"

姚叙一边扫地一边说:"我知道。"

戚美玲看着他,眼泪都快哭干了。她躺在沙发上,背对着姚叙,闭上了眼。

"他们这是要把我们往绝路上逼。"

姚叙听了,看向她。他想劝说她几句,但想想以往每次自己劝完的遭遇,索性不说话了。

倪星桥回到小区就直奔姚叙家,但是在敲门之前又迟疑了。他莫名地有点儿害怕,因为不知道姚叙会不会给他开门,也不知道开门后会是怎么样的一片光景。

倪星桥知道,这会儿姚叙一定是不开心的,可是他能做什么呢?他站在姚叙家门口,紧张到手心都出了汗。

有邻居上楼,看见倪星桥就打招呼:"哟,今儿放学这么早啊?"左邻右舍都认识这些孩子。

倪星桥乖巧地跟对方打招呼:"是呢!奶奶我帮您拿东西。"

上了岁数的老太太提着一大袋子鸡蛋,倪星桥赶紧过去帮忙,送奶奶回了家。折腾了一会儿,再回到姚叙家门口,倪星桥也做好了心理建设。他不管开门后是什么情景,他需要做的就是陪着姚叙、安慰姚叙。

倪星桥敲了门,等了好半天,终于等到有人来开门。开门的是戚美玲,她看起来已经恢复了往日的状态,只是眼睛还有些泛红。

倪星桥问:"戚阿姨,姚叙在家吗?"

姚叙坐在房间里,听见他妈对倪星桥说:"姚叙去他爷爷那里了。"

"啊……"倪星桥是有些怀疑的,他伸长了脖子往里看,没见到姚叙的人影。

戚美玲挡住他,问:"你找他有什么事啊?"

"也没什么事,就是今天他提前走了,我来看看他是不是病了。"

"他没病,好得很。"戚美玲说,"都高三了,你多把心思放在学习上吧,姚叙有我看着,能有什么事?"

她的话让倪星桥有些尴尬,低头的时候,看见姚叙今天上学穿的那双鞋就放在门口的鞋垫上。姚叙肯定是在家的!

倪星桥清楚,戚美玲肯定不会让他进去见姚叙了,于是提高了音量说:"戚阿姨,我知道了!我会把心思放在学习上的。麻烦你转告姚叙,适当让自己放松一下、休息一下,压力大的时候多吃双皮奶,双皮奶解压!"

倪星桥说完,转身就跑了。姚叙在房间里听着,低头笑了起来。

戚美玲晚上六点多出门上班了,家里只剩下姚叙一个人。在确认她已经走远后,姚叙拿着钥匙穿上鞋,火急火燎地出门了。

他从学校回来的时候没骑单车,这会儿又着急,没多余的耐心等公交车,于是拦了一辆出租车就往目的地去了。

从家打车过去,不过就十分钟的路程,但这十分钟对于姚叙来说相当漫长。他数着秒度过,恨不得再眨一下眼睛就到了他要去的地方。

差不多六点半,姚叙下了车,路边"青睐"甜品店的招牌一如往常,他片刻也不逗留,直接推门进去。

倪星桥已经在这里等候多时了。他看见姚叙，惊喜地站起来朝着对方挥手。

吧台后面的店长姐姐看着他们俩，托着下巴说："年轻真好啊。"

"我还以为你来不了呢。"

"我听见了。"姚叙说，"她走了之后我就立马来找你了。"

这是他们两人之间的暗号，这事儿要追溯到好久之前了。有一回，倪星桥去找姚叙，正巧姚叙在跟他妈吵架，倪星桥没敢多说话，只说自己是来找姚叙一起去吃双皮奶的，说完就走了，后来姚叙跟他妈吵完，找到机会就跑了出来，直奔"青睐"。从那以后，"双皮奶"就成了他俩的暗号，不方便约见面的时候，一句"双皮奶"就什么都懂了。

倪星桥轻轻地拍着姚叙的背，轻声问他："姚叙，你还好吗？"

本来不太好，但是现在好多了。

店长姐姐看了这俩男孩儿一会儿，转身去做了两份甜品给他们。姚叙调整好情绪，两人坐在窗边的位置聊天。

倪星桥说："你什么都没说就提前走了，差点儿把我吓得心脏骤停。"

姚叙笑着看他，故意装出语气轻松的样子，说："原来你这么脆弱啊？"

正聊着，店长过来了。

"打断你们一下。"她把两杯饮料和两份甜品放在了他们的面前，"看起来，今天心情不太好？"

倪星桥看见甜品眼睛都放光了："这个是什么呀？"

"一份是你最喜欢的巧克力双皮奶，一份是我家新品杨梅奶油蛋糕。"她说，"送你们俩的，尝尝吧。"

倪星桥有点儿害羞地说道："那多不好意思啊，哈哈哈！"

"你俩都上高三了吧？"店长姐姐看着这两个经常光顾自己店的男孩儿说，"就当是送你们的新学期礼物，为高中最后一年加油吧。"

姚叙向她道了谢，等她走后，对倪星桥说："以后我也想开间这样的甜品店。"

"每天给我做甜品吃？"倪星桥喝了口饮料笑着说，"你已经说过啦！"

姚叙望着倪星桥，他想，倪星桥大概只当这是一句玩笑话，但其实他是无比认真的。

"好吃吗？"

"好吃。"倪星桥把一块蛋糕推到姚叙的手边，"据说吃甜食能让人心情变好，你今天多吃点儿，把我的好心情也分给你一点儿。"

姚叙带着笑意看着他，接过来吃掉了那块杨梅蛋糕。他并不很喜欢吃蛋糕，因为对甜食天生不感兴趣，但因为是倪星桥给他的，他从这一块蛋糕中尝出了对方的心意。

两个人在"青睐"待到天黑，然后跟店长道别，出了店门。这个时间学生们还没放学，两个人路过校门口，教学楼每一个长方形的窗口都亮着刺眼的灯，那里承载着无数人的青春和梦想。

街道很安静，只有偶尔经过的行人和车辆。

倪星桥跟姚叙在校门外站了一会儿，姚叙问他："你期待高考吗？"

"你应该问我期待不期待高考结束的假期。"

姚叙笑了，问："那你期待吗？"

"当然了！"倪星桥说，"到时候咱们一起出去玩吧。我想去特别远的地方，有山有水还有民族特色的地方，最好人少点儿，爸妈也不跟着咱们。"

倪星桥想了想，又说："如果路里强烈要求跟着一起去的话，可以勉强答应他，不过林屿洲就不带了，他得回去找他的陆老师。"

姚叙一直笑盈盈地看着倪星桥畅想高考后的那个夏天，但心里却总是七上八下，莫名有一种那个夏天不会来的感觉。

"到时候你会和我一起去吧？"倪星桥有些担心，他觉得姚叙妈妈管得太严格了，怕是不会让他们一起出去玩。

"会的。"只要是倪星桥要求的，他都会满足。

"拉钩。"倪星桥抬起手。

姚叙钩住他的小手指："拉钩。"

从小到大，两个人约定的事情数不胜数，很多都已经被倪星桥遗忘了。但是这件事他要记得，而且早早就开始期待了。

两个人走路回家，路程不短，但走着走着，竟然转眼就到了家。

倪星桥说："姚叙，我好像太依赖你了。"

姚叙看看他，轻声回应道："谁不是呢？我不也一直依赖着你吗？"

倪星桥歪头看他，总觉得这是不一样的。在他看来，从小到大都是他更依赖姚叙，做什么事都要姚叙陪着，而姚叙比他独立得多，就算没有他，姚叙也能过得好好的。

殊不知，如果没有他，姚叙可能都坚持不到现在。

"好想时间快点儿过。"姚叙突然开口说，"想快点儿到明年的夏天。"

明年的夏天，他一定要离开这个家，离开困住他的囚笼。他要光明正大地走出这里，也光明正大地寻找真正的自己。

姚叙觉得自己的心脏快要胀破了，他只希望在爆裂之前，能先迎来希望的光。

姚叙把倪星桥送回了家，嘱咐他回去好好学习。

倪星桥说："知道啦，知道啦，我肯定能考上你那所大学的。"

姚叙笑了："怎么就成我那所大学了？说得好像我已经板上钉钉地被录取了一样。"

"保送名单都下来了，可不就是板上钉钉的事儿吗？"倪星桥说，"你快回去吧，我也得回去学习了，狂言都说出口了，万一到时候考不上就丢人了。"

"不会的，你肯定可以。"姚叙抬头看了看倪星桥的头发，"又长长了。"

"嗯，周末去剪头发。"

"行，一起去。"

两个男孩儿站在楼道里互相看着，彼此笑了笑。

倪星桥心血来潮，突然在他的手心写了"加油"两个字。倪星桥写完，冲着姚叙眨眨眼，笑盈盈地说："祝你明天有个好心情。"

说完，他转身就上了楼梯回了家，留下姚叙在楼道里。感应灯熄灭后，姚叙靠着墙壁看着发烫的手心，低头笑了起来。

姚叙觉得自己手心握了一团火、一束光，他又能再坚持一段时间了。

高三的生活比想象中还要紧张些。

开学初的那场"闹剧"过去后，姚叙很快就恢复到了往日的状态。

到了这个学期，所有人都变得更加紧迫，老师、家长也把他们盯得更紧，每个人肩上都像是扛着千斤重担，连平时到处打听八卦的路里都变得安分了许多。

倪星桥心态好，虽然每天嚷嚷着累，但晚上跑去"青睐"吃份双皮奶就能恢复元气。

因为有倪星桥在身边，姚叙的状态也就没那么糟。只是他妈一直在他耳边督促，不要因为进了保送名单就放松，她不停地说："你要清楚你的目标究竟是什么！"

是什么呢？姚叙想：那根本就不是我的目标，而是你的。

这些话他不敢说，只能憋在心里，写在日记里。

高三的第一次月考，姚叙当天高烧快四十摄氏度，而他之所以高烧，是因为前一晚戚美玲见过姚振海后心情不好，回来后拿姚叙撒气，把他赶出家门又泼了一盆水。后来，戚美玲想起他第二天要考试，就把人放进来了，可是在已经快要入秋的深夜，姚叙冷得直发抖。

早上姚叙起床的时候，扶着旁边的桌子好半天才站稳，整个人就像是在被一团火烧着。

戚美玲因为他要考试，又跟同事换了班，特意在家陪着他，甚至打算送他去学校，然后在校门口等他考完出来。

姚叙从房间出来的时候，戚美玲给他煮好了面条，催促他快点儿洗漱过来吃饭。

姚叙很不舒服，摆摆手说："我难受，不想吃了。"

戚美玲不悦地说："考试你难受个什么劲儿？"

她当他是骄傲自满了，开始松懈，连考试都不愿意全力以赴了。

"我告诉你，别在我面前装，快点儿洗漱，考试别迟到了。"

姚叙皱着眉看了她一眼，嗤笑一声，说："连我生病你都觉得是装出来的？"

他说完，去客厅电视柜的下面找出药箱，量体温，吃退烧药。

戚美玲被他的话气得差点儿掀翻那碗面，但考虑到今天姚叙要考试，她决定等他考完再收拾他。

"你爱吃不吃。"戚美玲转身回自己房间去了。

姚叙坐在客厅量着体温，看向她紧闭的房门，压抑到几乎要窒息。他并没有想逃避考试的意思，只是觉得身体不适，吃不下任何东西，就连这样都要被骂。

姚叙知道她恨他，就像她恨姚振海一样。可是，毕竟他是她的亲生儿子啊，为什么就这么狠心，每天不间断地往他身上划口子呢？

姚叙头晕目眩，靠在那里，恍惚间看见一个满身是血的人在眼前摇摇欲坠，后来他才意识到，这个人根本就是他自己，而他身上的血，也都来自自己身体上的伤。那一处处伤口流出的触目惊心的血，让姚叙几乎崩溃。

在量体温的几分钟里，姚叙烧迷糊了，再被那幻觉刺激，他忍不住死死地抓着裤子，求救一样叫倪星桥的名字。

他没有过濒死的体验，但这个时候，姚叙觉得自己就快要死了。就在这时，他脸上突然传来一阵火辣辣的刺痛，他也猛然惊醒回过了神来。

戚美玲板着脸站在他面前，质问他："你叫倪家的那小子是想干什么？"

戚美玲早就厌烦了那个倪星桥，从小就跟在姚叙身后，没完没了地缠着他,像只蚊子,专盯着姚叙吸血。

姚叙的脸被打得生疼,他没想到高三第一次月考的早晨,他会因为生病挨他妈一巴掌。

姚叙定定地看着她,问她:"你是疯了吗?"

戚美玲震惊于他的质问,接着又是一巴掌。

姚叙猛地起身,因为高烧,眩晕让他差点儿摔倒在地。他抓住旁边的架子,体温计从腋下掉了下来,摔碎在地上。

"你一大早发什么疯啊!"姚叙几乎是吼出来的。

这么多年,他几乎不跟他妈妈吵架,因为他很清楚,两个人剑拔弩张地吵完只会让这个家的氛围变得越来越糟。而且,姚叙觉得他妈妈精神状态出了问题,他不想给自己找麻烦,也不想过多地刺激她。

可是今天,他真的承受不住了。他身体不舒服,还要被骂、被打。

戚美玲真的有把他当自己的孩子看吗?或者说,她真的有把他当人了吗?

因为姚叙的怒吼,戚美玲彻底失控,抬手又是一巴掌。

姚叙仰头看着天花板,猛地推开她,穿鞋就离开了家。他没带书包,没带钥匙,什么都没带,只有那一身还流着血的伤口。

姚叙不管不顾地冲出门去,漫无目的地往前跑,跑到倪星桥家楼下,坐在台阶上头晕目眩,一阵阵呕吐感朝他袭来。姚叙忍不住,赶紧起身,到旁边的草丛里吐了起来。

他很少会哭,不愿意暴露自己脆弱又无能为力的一面。可是今天,他脸上还留着戚美玲的掌印,疼得他蹲在一边大哭了起来。

姚叙真的觉得很委屈,已经痛苦到无以复加的程度,明明是大晴天,他却全身冰冷,像是掉进了冰窟里。

倪星桥下楼的时候,没看见姚叙。平时他出来就能见着那人骑着单车等在家楼下,今天姚叙站的地方空荡荡的,连个人影都没有。

"别是睡过头了啊!"倪星桥看了眼时间,觉得不妙,赶紧往姚叙家跑。

要是第一次月考就迟到,曹军还不得专门开个班会批评他们啊!

他跑到姚叙家门口,"咚咚咚"地敲了半天门。倪星桥急得不行,眼看着就要来不及了。

"姚叙!"倪星桥在门外喊,"还睡呢?要是考试迟到了,曹军会杀了我们的!"

可任凭他怎么敲门,里面就是没有一丁点儿声音。

他把耳朵贴在门上,仔细听,过了会儿,里面终于传来了走动声。他大喜道:"快点儿快点儿!你干吗……"

门开了,门口站着的是铁青着脸的戚美玲。

倪星桥觉得她看着自己的眼神像是在看有血海深仇的敌人,弄得他不寒而栗。

"戚阿姨,您在家啊。"倪星桥老老实实地站在门口,问,"姚叙呢?我出来没看见他,再不走我们就要迟到了。"

"姚叙已经走了。"戚美玲语气冷淡地说,"他没那么多时间等你,自己先去了。"

"啊?走了?"倪星桥觉得奇怪,他今天也没晚出来啊,姚叙干吗不等他?

"你以后也别等他一起上学了,他每天提前出去等你,太浪费时间。"戚美玲说,"你又不是三岁小孩儿,找不到学校,以后就自己走自己的,都高三了,哪有那么多时间等这个等那个。"她说完,直接关上了门。

倪星桥皱着眉戳在那里满腹狐疑,觉得她今天怪怪的,但再不走就真的来不及了。

倪星桥只好下楼,疯狂蹬着单车往学校去了。他一边骑车一边不开心地想:好你个姚叙,居然对我厌烦了!看我等会儿怎么收拾你!

倪星桥没有见到姚叙。

他飞快地蹬着单车,想着或许能在路上就追赶到提前出发的姚叙,可是,没有。

到了学校,他在自己班级停放单车的区域寻找姚叙的那台单车,找了三圈,也没有。

倪星桥觉得奇怪,飞快地跑到了考场。

上次考试他跟姚叙名次挨着,因此在这个考场两人也是前后桌,然而直到考试铃声响起,姚叙迟迟没有出现。

倪星桥有种不太好的预感,开始心慌,考试的过程中也心不在焉,时不时就抬头看向自己前面空着的那个座位。姚叙是年级第一名,那张考桌空着实在太扎眼。

倪星桥因为他的缺席不停地走神,考试结束的铃声响起时,很确信自己这次考砸了。

距离下午那科考试还有三个小时，以往每次这个空当倪星桥跟姚叙都会在学校附近的小饭馆吃饭，然后回家睡一觉，再一起回来考试，反正往返时间也不算很长。

但是这次，倪星桥根本连饭都无心吃，交了卷第一个冲出考场，跑向了空荡荡的操场。

他很快找到自己的单车，飞快地往姚叙家冲去。到了姚叙家门口，倪星桥不停地用力敲门，可就是没人应答。

倪星桥急得快哭了，生怕姚叙出了什么事。他慌里慌张地给他爸打电话，带着哭腔说："姚叙没去考试，家里也没人，会不会被撞了？"

上次倪星桥被林屿洲他爸的车撞到，挂了好久的拐，自那之后他多少有点儿心理阴影了。

倪海明听着儿子焦急的声音，赶紧安抚道："你别慌啊，没准儿人姚叙今天有事，耽误了考试。"

"不是啊！不会的！"倪星桥坐在家楼下的花坛边，急得掉了眼泪，"早上我去他家找他，他妈妈说他先走了，但是我……"

就在倪星桥哭着和他爸说明情况的时候，一个人来到了他面前。他低着头，第一时间只看到那双自己眼熟的运动鞋。倪星桥愣住了，看着眼前的姚叙哭得更厉害。

倪海明见儿子不说话了，吓得够呛："怎么了？怎么不说话了呢？"

倪星桥愣了好一会儿，听见他爸的问话才回过神来，对他爸说："没事了，我找到姚叙了。"

他说完，挂了电话，看着眼前的人撇撇嘴，大哭起来。倪星桥小时候就爱哭，长大后收敛了不少，很少会哭得这么可怜。他感受到对方身体滚烫，但并没意识到此时姚叙还在发烧，只是说："你可吓死我了！"

姚叙觉得这个时候已经比早上好了些，他闭上眼，感受着倪星桥因为他而产生的激烈情绪，这让他格外安心。果然，这个世界上只有这个人真正地在意他。

姚叙说："我没事。"

"没事才怪啊！"倪星桥鼻涕一把眼泪一把，"你没事你怎么不去考试！"

姚叙笑了笑，没说话。

"因为你我都考砸了。"

"对不起。"

"对不起有用的话，你去跟曹军把我那份也说了。"倪星桥心有余悸，抱怨完又说，"你真的吓死我了。"

姚叙知道，他让倪星桥担心了。

"我这不是好好的吗？"

"我以为你出了什么事。"倪星桥说，"我的胆都快吓破了。"

"我就是病了。"姚叙说，"早上起来发烧，就没去考试。"

倪星桥直起身子，看着眼前的人。他知道，姚叙一定有事瞒着他，抿了抿嘴，说："戚阿姨没和我说。"

提到戚美玲，姚叙脸色有些不好。

倪星桥问："你吃药了吗？"

"吃了。"

倪星桥抓着姚叙的胳膊，这是他第一次这么真切地感受到姚叙可能会离开他。他不知道为什么，总觉得心里不踏实。

"你下午去考试吗？"

姚叙想了想，说："不去了。"

"也行。"倪星桥说，"你好好休息，反正就是个月考，你都病了，曹军不会说什么的。"

他抬头又问："回家吗？还是跟我回家？"

姚叙嗓子眼发紧，对他说："跟你回家？"

"嗯，我爸妈都上班了，中午就我自己在家。"

然后，姚叙就拉着他站起来，两人回了倪星桥家里。

倪星桥中午还没吃饭，但这一上午闹得他完全没有胃口。到了家，他找了个面包给姚叙，然后盯着对方又吃了一次退烧药。

倪星桥说："下午我去考试，你就在我家睡觉吧。"

倪星桥给姚叙铺好了被，不顾姚叙的反对，把人塞进了被窝里。

"姚叙。"倪星桥问，"我是不是比以前更懂事了？"

"你一直都懂事。"

"不是。"倪星桥说，"我不是这个意思。"

姚叙没懂，挑了挑眉以示疑问。

"我想说的是，我觉得我最近长大了。"

倪星桥抬手摸了摸姚叙的额头，还是有些烫，他叹着气坐在床边，对姚叙说："以前总是你让着我、照顾我，但是现在我想做那个能照顾你的人。"

听到他说这话，姚叙有些意外。

"不知道为什么，咱们俩都过得挺好的，有家人有朋友，可是我总有一种我们俩应该是亲兄弟的感觉。"倪星桥皱着眉看向姚叙。

倪星桥无心的一句话，却重重地砸在了姚叙的心上。

那个乱糟糟的家，从来没有给过姚叙所谓的归属感，只有在倪星桥身边的时候，姚叙才觉得心里踏实一点点。可姚叙不想说，自己的境遇只会给对方徒增烦恼，在人生这么紧要的关头，他不希望倪星桥被他影响到。

姚叙只能强挤出一个笑容，说："哪有那么可怜？不过你要是还不让我睡觉，我确实要'撒手人寰'了。"

倪星桥撇撇嘴，帮他又掖了掖被子，自己也趴在了一边。

姚叙从昨晚开始心里就不痛快，又发烧，今早和他妈大吵一架，还不知道这件事要怎么收场。他的日子似乎一天比一天难了，可是倪星桥却总能在悬崖边缘把他拉回来。

"星桥。"姚叙突然开口叫他。

本想趴在床边小憩一会儿的倪星桥听见他叫自己，迷迷糊糊地睁开眼："怎么还没睡？"

姚叙看着他笑笑，从被子里伸出手，拍了拍倪星桥的小卷毛。

"没事儿，就是想叫你。"

倪星桥眨巴着眼睛看他，一副欲言又止的样子。

"怎么了？有什么话尽管说。"因为发烧，姚叙的声音有些沙哑。

"姚叙。"倪星桥问，"你是不是过得不开心？"

他们一起成长，互相陪伴了十几年，每一段人生路都是重叠的，可是倪星桥知道，姚叙有很多事情并没有展示给他看。

倪星桥是透明的，而姚叙的生活是个谜。倪星桥想更多地了解姚叙，可姚叙捂紧了自己生活的入口，不想让倪星桥看到他那冰冷、破碎的家庭。

倪星桥说："姚叙，你要是有秘密，可以说给我听。"

他无比真诚，想分担姚叙的辛苦。

姚叙却只是把秘密抱得更紧，不知道自己究竟应该如何说出口。

衣衫褴褛的他站在倪星桥这艘华丽的游轮上，对方的包容是他的幸运，他不敢过多展示自己的伤口，担心吓跑了对方。

倪星桥在这样的氛围中不知不觉竟然睡着了，晕晕乎乎的，睡得不算踏实但至少解乏。

午休时间珍贵，姚叙没有打扰他，就那么看着对方，耐心等待起床时间的到来。

下午的时候,倪星桥照例去考试,而姚叙陪着他到了校门口,告诉他:"我去'青睐'等你。"

"嗯,你要是不舒服就回我家睡一觉。"倪星桥把自己家的钥匙给了他。

整个下午,姚叙呆呆地坐在"青睐"里。

因为是考试日,店里几乎没有人进来。店长姐姐看了他一会儿,做了杯饮品拿给了他。

"怎么没去考试?"她问。

"发烧了,不舒服。"姚叙笑笑说,"其实就是想逃避。"

店长姐姐听了也笑了笑:"生病了就该好好休息,一场考试而已,没那么重要。"

姚叙被这句话安抚到了,他不知道自己这辈子还有没有机会听到这句话从他妈妈嘴里说出来,大概是不可能吧。

店长姐姐看看他,问:"我每天一个人在这里好无聊,能坐下和你聊会儿天吗?"

姚叙点头,他其实很乐意。

"心情不太好?"店长姐姐问姚叙,"看你没精打采的。"

姚叙不好意思地说:"这么明显吗?"

"每次你跟那个男孩儿过来,都特别开心。"她说,"每天来我这店的都是学生,来来回回的都认识了。十几岁的男生女生,都挺有意思的。"

姚叙坐在那里静静地听她说话。

"我的店开了三年多,从刚开业的时候你们俩就经常来。"她轻声笑了笑,"其实你是不太喜欢吃甜品的吧?"

姚叙有些意外,问:"你怎么知道?"

"很明显。"她说,"每次你们都买双份的蛋糕或者双皮奶,据我观察,四分之三都进了那个男孩儿的肚子。"

姚叙笑了起来,他只要一想起倪星桥就会笑。

"他是你的好朋友?"

姚叙愣了一下,然后点了点头。

"难怪。"店长姐姐笑盈盈地看着他,"虽然你们两个,你看起来像成熟的哥哥,但我总觉得你好像对他的依赖更多一点儿。"

她起身给自己也做了一杯饮品,重新坐回来,问姚叙:"我刚刚的话没有冒犯到你吧?"

"没有。"姚叙说,"我只是觉得挺意外的。"

姚叙看着眼前的那杯饮品,手指轻轻蹭了蹭上面的水珠。

"对我的火眼金睛感到意外吗?"店长姐姐喝了口饮料,笑出了声来。

姚叙被她的笑感染了,也跟着笑了笑。

"我们连出生的日期都是一样的,从小他就像我的跟屁虫,不管到哪儿都要跟着我,不管做什么都要我陪着。"姚叙说,"那时候他就顶着一头小卷毛,像一只小泰迪熊。"

店长姐姐想象了一下倪星桥小时候的样子,眼睛都亮了。

"真好啊,有这么一个陪着自己长大的人,你们之间的感情肯定是别人比不了的。"

姚叙的手指轻轻蹭了蹭玻璃杯的边缘,有些失落地说:"是啊,可是……"

店长姐姐等了好一会儿也没等到"可是"后面的话,于是追问道:"怎么了?发生什么事了吗?"

姚叙长舒了一口气,像是下定了决心一样,抬头说:"没事。不管发生什么,我们都是好朋友。"

店长姐姐笑了:"你看,果然是十几岁的男孩儿才会说出的话,真好。"

姚叙看向窗外,阳光正好,一切都充满了生命力。是啊,真好。如果能一直这样也好,就怕日子越来越难熬。

他喝了口饮料,觉得很不错,打算留给倪星桥。

因为姚叙没去考试,他也还没想好怎么跟他妈和解,晚上送倪星桥回了家之后便坐在楼下迟迟不想回家。他坐在两栋楼中间的空地上,就仿佛一边是绿洲,一边是地狱。

这种强烈的对比让姚叙觉得自己的灵魂在被撕扯着,眼看就要碎裂。

就这样坐到很晚,他觉得继续逃避也不是办法,只能起身往家走。家门紧闭,他出来的时候没带钥匙,在门口站了很久,最终还是敲了门。

戚美玲在家待了一天,听见敲门声,她面无表情地起身开了门。

姚叙站在门口,低着头一言不发。

"我以为你不回来了。"戚美玲说,"原来也是个没骨气的。"

姚叙知道,这个时候他只需要保持沉默就可以,多说一个字都会激化矛盾。

戚美玲没有让他进门的意思,而是对他说:"你在外面站着吧,什么时候想明白了,什么时候再进来。"

她重新关上了门。在关门的一瞬间，戚美玲哭了起来。她哭自己命运不济，遇见的男人一个比一个更可恨。

姚叙就那么低头在门口站着，过了一会儿，他隔着门对戚美玲说："妈，如果我走了，你会过得开心一点儿吗？"

戚美玲没有听到他的话，她倒在沙发上，手里攥着衣角发呆。

姚叙的额头抵在门上，秋天夜晚的风冷飕飕的，直接吹到了他心里。他很想知道这样的生活到底还有没有继续下去的必要，他现在只想走，永远离开这个地方。

可是倪星桥怎么办？一年、五年、十年，倪星桥还会记得他吗？

如果他走了，倪星桥会来找他吗？

如果他逃离这地方，倪星桥会原谅他的不告而别吗？还是说，会陪他一起走？

姚叙不知道，他的出路究竟在哪里。

姚叙在门外站到了半夜，戚美玲终于给他开了门。两个人看起来都糟透了，谁也没说话，谁也没关心一下谁。这个家，早就容不下一句关心的话了。

姚叙低着头换鞋回了房间，他没有力气再多说什么，也没力气去想，不管了，随便吧，活着已经很不容易了。他倒在床上，衣服都没脱，蜷缩着睡着了。

第二天，姚叙依旧发烧，起床的时候已经八点多，俨然过了考试的时间。他原本也没打算去，只是很意外，戚美玲没有吵他。

他起床，嗓子疼到吞咽口水都紧锁着眉头。姚叙翻箱倒柜，发现退烧药没有了，回屋翻找了一下校服裤子，找出钱来出了门。他到小区门口的药店买了退烧药，吃完继续睡。

姚叙很少会睡这么多的觉，戚美玲说睡得多是浪费时间。她坚持认为一个人每天睡六个小时足够了，所以姚叙每晚必须学习到十二点以后，早上六点准时起床。

她对姚叙的要求已算是严苛。

姚叙习惯之后倒也不觉得辛苦，毕竟就算真的让他睡，他也睡不踏实，总担心要挨骂。

姚叙已经不记得自己上一次睡这么久是什么时候了，醒来的时候觉得烧退了些，整个人也舒服了不少。已经是中午，戚美玲始终没出现。

姚叙有时候也很厌恶自己，他发现自己永远没办法狠下心来真的跟他妈妈反目。

戚美玲对他似乎从来没有一丁点儿怜惜，那份被人歌颂的母爱在他的家里是从未出现过的。但姚叙始终觉得戚美玲是这场不幸婚姻的受害者，她失去太多了，而她的不幸跟他有关。所以，他一忍再忍，永远对她心软。说到底，那是他妈妈。

姚叙从床上下来，盯着电话看了好久，最后还是没忍住，打给了戚美玲。

戚美玲手机响起来的时候正在超市上班，这一上午，她收错了两次钱，跟顾客吵了三次架，就在刚刚，又被顾客投诉到了经理那儿。

戚美玲满腹怨气和怒火，手机一响，看到来电显示是家里的座机号，直接关了机。

姚叙没打通电话，第二次再拨过去发现关机了。

他实在不放心，换了衣服洗了脸，拿着钥匙出门了。

戚美玲工作的地方离他们家不远，当初之所以选择在这边上班，也是为了方便看着姚叙。

姚叙骑车过去，三五分钟就到了。他停好车，心里忐忑，小跑着进去，刚到那里就看见他妈妈在跟人吵架。

他赶紧上前挡在他妈面前，听见对方气急败坏地说："你甩脸色给谁看啊？我是来买东西的，不是来看你臭脸的！"

戚美玲一脸的无所谓，见姚叙来了，也只是瞥了他一眼，站在他身后说："你就买瓶酱油，我还得赔笑？你算老几？"

她一句话彻底激怒了对方，姚叙赶紧把她拉走，经理烦躁地跑过来瞪了她一眼，然后去向顾客道歉。

戚美玲甩开姚叙的手："你少管我。"

"妈，你别这样。"

"我不是你妈。"戚美玲说，"今天晚上你就收拾东西，搬去跟姚振海住。"

姚叙一愣，问："什么？"

"我没说清楚还是怎么的？我管不了你了，我不配。"戚美玲说，"你去找姚振海，他要是不收留你，你爱上哪儿就上哪儿，咱们俩都自生自灭吧。"

姚叙有些焦躁："至于吗？"

"什么至于吗？你跟谁说话呢？"戚美玲说，"我花那么多钱养你，天天伺候你，我非但没捞到好处，还落得你埋怨。"

戚美玲往后退了半步，眼睛里尽是冷漠："你去姚振海那儿，看看他怎么对你，到时候你就知道什么叫身在福中不知福了。"

姚叙紧锁着眉头，只觉得后背都是汗。他总是想逃，想逃得远远的，可当戚美玲真的说出这样的话时，他还是觉得心脏像是被锋利的刀削成了一片又一片。她怎么这么狠心呢？

"我知道了。"姚叙说，"你不想看见我，那我走就是了。"

他说完，转身就走，骑着单车往家里去。路上，姚叙忍不住哭了出来，这一次他真的觉得自己被彻底抛弃了。

姚叙回家，简单地收拾了自己的东西。在戚美玲下班回来前，姚叙带着书包和行李箱离开了家。他出门前写了封信给戚美玲，但他并不确定对方会不会看。

姚叙没有去找姚振海，他的世界里早就没有那个人了，那里也不是他的家。他去了爷爷给他的房子里，离他家有些距离，但上学倒也还算方便。

这是个老旧小区的老房子，因为地段好，这儿成了市里最好的学区，所以这几年房价越来越高。因为长久没人住，连锁孔都落了厚厚的灰。

姚叙开门进去，站在空荡荡的屋子里发呆。两室一厅的老房子，家具都还齐全，但满屋都是灰尘。姚叙想了想，下楼去买了些生活用品，回去打扫起卫生来。

一开始姚叙心情很糟，可是随着房子逐渐变得干净整洁，他的心也被打扫干净了。这里很清静，空气都变得更好了。

姚叙站在收拾完的房子里，突然意识到这对于他来说，其实是最好的选择。他并不需要谁照顾，他需要的是自由的空间。想开了，姚叙的心情也变好了。他看了眼时间，出门找倪星桥去了。

姚叙其实一点儿都不想回到这个小区，他怕遇见戚美玲。明明是亲生母子，却搞得像是仇人一样，他不明白为什么他们的生活会变成这样。

姚叙在小区门口的公用电话亭给倪星桥打了电话，那家伙考完试回家吃饱了就睡大觉，这会儿是晚上七点多，才迷迷糊糊地起来。

"姚叙找你。"倪海明进屋叫儿子，"说在小区门口等你呢。"

今天一整天没见到姚叙，倪星桥惦记得不行，一听说对方找自己，立马起床往外跑。

倪海明说："希望以后我老了找你扶我过马路的时候，你也能跑得这么快。"

倪星桥跑下楼，一眼就看见骑在单车上的姚叙。

"你好了吗?"倪星桥还惦记着姚叙的病。

"上车。"姚叙一声令下,倪星桥已经坐上了对方的单车后座。

"干吗去?"

"去'青睐'。"姚叙骑着单车载着倪星桥,两人穿梭在初秋夜晚的风里。

他们去"青睐"买了两份双皮奶和两杯饮料,然后姚叙带着倪星桥回了现在的住处。

"你们搬家了?"倪星桥第一反应是戚阿姨因为实在太讨厌他,学孟母三迁,带着姚叙搬离了小区。

"我搬家了。"姚叙开了门,"欢迎光临。"

倪星桥被他这架势逗笑了:"装腔作势干吗呢!"

他进屋,发现里面一点儿生活气息都没有。

"戚阿姨不在啊?"也对,要是在的话,不能让他来。

"我自己住这儿。"姚叙说,"以后这就是我自己的家。"

"啊?"倪星桥没听懂,"什么叫你自己住这儿?"

"这是我爷爷的房子,之前立了遗嘱给我了。"姚叙说,"虽然要到成年才能办过户,但钥匙都在我这里。"

姚叙关好了门,让倪星桥进去坐。

"今天跟我妈吵架了。"姚叙刻意把这两天的事情轻描淡写,"她让我搬去跟姚振海住,我想着,那还不如自己搬到这儿来。"

倪星桥有点儿担心:"你跟戚阿姨……"

"没事儿。"姚叙放下手里的东西,拉着倪星桥在沙发上坐下,"这样其实更好。"

姚叙说的倒是实话,与其那样互相煎熬,不如分开住,都顺心。

姚叙起身把桌子收拾了一下,拿出买的双皮奶,把其中一份递给了倪星桥。

倪星桥伸手去接,不小心碰到了姚叙的手,冰凉冰凉的。

倪星桥小时候听别人说,手凉没人疼。虽然他觉得这是迷信,但还是心疼了一下。他对姚叙说:"你手怎么那么凉?"

姚叙一愣,随即也想到了那个"手凉没人疼"的说法,没忍住笑了出来。

"你什么时候变得这么贴心了?"

"我一直都很贴心的!"倪星桥见姚叙笑话他,也不气恼,一边吃双皮奶,一边说,"明天我给你拿个暖手宝过来!"

姚叙看着倪星桥，终于觉得这日子没那么难熬了："星桥，你怎么那么善良啊？"

"因为你也善良呗。"倪星桥停顿了一下，然后说，"姚叙，我们什么时候能长大啊……"

倪星桥希望他们都快点儿长大，长大到可以独立生活。到那个时候，姚叙就可以轻松自在地生活了。

倪星桥总觉得姚叙不开心，总觉得自己坐在对方身边时也看不透他。他觉得姚叙有什么瞒着自己，觉得自己有些笨，有些无能为力。他闭上眼睛，默默许愿，他想成为顶天立地的大男人，也能让姚叙依靠的那种。

"你的病好了吗？"倪星桥说，"要不你今天晚上还是去我家住吧。"

跟他回家，半夜再发烧或者不舒服，起码他爸妈能照顾下。

倪星桥实在不放心留姚叙一个人。空荡荡的老房子许久没人住，且不说会不会闹鬼，倪星桥想想都觉得孤独。他可是最怕孤独的人了。

"没事。"姚叙不想麻烦倪星桥爸妈，而且他其实也挺期待独居生活的，"我买了药，这里的电器也都好用，我特意查了一下，水电费我爷爷那边都缴着，电话也是可以用的，要是真的有事，我给你打电话。"

倪星桥微微蹙着眉看他，姚叙忍不住笑着说："还是你关心我。"

"那是当然。"倪星桥说，"我人帅心善呢。"

倪星桥跟姚叙在这边玩了一会儿，有点儿乐不思蜀了，但他妈妈打电话来，催他回家写作业。

"为什么刚考完试就催着写作业？"倪星桥问，"你们当家长的字典里是不是没有'劳逸结合'这个成语啊？"

"不是我们家长的字典里没有，是你们班主任删减了这个词。"黄茜说，"你不写也行，明天上学，看你们曹老师怎么罚你。"

"这个学我真的不能再上了。"倪星桥虽然吐槽，但挂了电话还是准备回家了。

姚叙要送他回去，他说："不用了，我打车回家，你还生病呢，好好休息。"

姚叙跟着倪星桥一起出了门，等他上了出租车，还站在路边冲着他不舍地挥着手。

倪星桥坐在出租车里，整个身子都扭过来了，看着离他越来越远的姚叙，心里想：突然住得离我这么远，还真不习惯。

想到以后早上下楼时没有姚叙在楼下等他，倪星桥心里有点儿不是滋味了。

　　一直等到载着倪星桥的那辆出租车消失在十字路口，姚叙才转身回去。他压抑了太久，终于迎来了一个人的生活，就好像突然之间快进到了成年后，这让他总算可以好好喘口气了。

　　姚叙躺在沙发上，感受着他几乎从没有过的自由。他闭上眼，觉得整个人轻飘飘的。他开始想，以后放学倪星桥可以来这里，两人一起学习，然后晚上他再骑着单车送对方回去。

　　安安静静的世界，没有任何人打扰。

　　姚叙猛地想起，他们快过生日了。十八岁，成人礼。

　　他笑了笑，打算在那天和倪星桥一起好好庆祝，一定要准备一份特别的礼物。

　　倪星桥前一晚还在因为早上不能再跟姚叙一起上学而失落，第二天下楼时却惊讶地看到姚叙一如往常地等在那里。

　　"我看错了吗？"

　　"快走吧，等你半天了。"

　　倪星桥眉开眼笑，抬腿跨上单车，跟着姚叙冲进了秋天的风里。

　　姚叙搬去了爷爷的老房子住，但每天早上还是会早早出门，来等倪星桥一起上学。他并不觉得累，反倒觉得很快活。

　　他给戚美玲打过电话，告诉她自己过得挺好，让她不用担心。戚美玲声嘶力竭地骂他，告诉他不回来就永远都别回来了。

　　姚叙没回应，也没回去。他开始把爷爷的这个老房子当成自己的家，打扫卫生，洗衣做饭，安静学习，周末的时候倪星桥会来这里玩。

　　这样的高三生活，是姚叙最理想的生活。

　　只是他因为上次月考没参加，不得已把与倪星桥同桌的位置让给了林屿洲。这是他唯一觉得不完美的事。

　　虽然现在已经彻底入秋，校园满地都是落叶，但姚叙的心情却是前所未有的晴朗。他踱着步子往教室走，不远处倪星桥的背影看得他直笑。最近戚美玲没找他，他总算过上了清静自在的日子，学习状态变得更好了，一切都充满了希望。

　　高三，一个对每个学生来说都意义非凡的阶段，这一年满载着他们青春的梦想和汗水，还有对未来的憧憬。一切似乎都在往好的方向发展，几个好朋友成绩稳定，不出意外的话，通过高考都能考上不错的大学。

只不过，平静的海面下是孩子们看不到的暗流涌动。

姚叙并不知道，看起来他自由了，但戚美玲的眼睛从来没有从他的身上移开过。

高三的第一次月考，姚叙没有参加考试，这对于姚叙来说并不是什么重要的事情。就像"青睐"甜品店的店长姐姐说的那样，又不是高考，一次月考决定不了什么。

可这对于戚美玲来说却相当重要。不只是考试，姚叙的出走也让她的精神濒临崩溃。姚叙搬走后，戚美玲在家里歇斯底里地砸东西，沙发都被她用剪子扎得到处都是破洞。

一直以来，她都觉得虽然自己失去了姚振海，失去了原本很稳定的家，但至少她还有姚叙，她还可以掌控姚叙和她的生活。结果，姚叙也突然脱轨了。

姚叙的离开就像是压倒骆驼的最后一根稻草，戚美玲在家里不吃不喝坐了两天，然后觉得这件事不能就这么算了。

她拼了命生出来的孩子，拼了命培养得这么优秀的孩子，不能在这么关键的时刻被毁掉。

她不允许姚叙逃脱她的世界。

她辞掉了超市收银的工作，每天像是游魂一样跟在姚叙周围。

她看见姚叙每天一早就出门，竟然特意绕远去等倪星桥一起上学。

她看见每天晚上姚叙都要把倪星桥送回家，自己再回老头子的旧房子里，无论多晚都坚持。

两个小孩总是黏在一起，这让她火冒三丈，对倪星桥恨得牙痒痒。

戚美玲经常在上课的时候偷到教室外面，从后门的窗户往里看，就盯着姚叙，一盯就是一节课。

她记下姚叙的每一个能被她看到的瞬间，她愤恨地发现，自己好像真的从来没有了解过姚叙。原来姚叙不在她面前的时候，是这样的——会笑，会跟同学打球、玩闹。

戚美玲并没有觉得欣喜，反倒觉得不安。她不能允许自己连姚叙都无法掌控。

同时，倪星桥也成了她的眼中钉、肉中刺，姚叙不听她话，一定都是那个倪星桥教唆的。她总觉得倪星桥不安好心，觉得倪星桥把姚叙当成竞争对手，所以用各种方式让姚叙分心，影响他学习。

这样不行。戚美玲决定找倪星桥谈谈。

上了高三，学生就没了双休，学校规定周六全天上课，周日白天休息但晚上要上晚自习。

一般情况下，到了周日，倪星桥都去姚叙那边，两个人凑一块儿玩点儿什么，再一起学习，等到傍晚就下楼吃口饭，一起去上晚自习。

但是这个周日，倪星桥打电话来，说家里来客人了，就不过去了。姚叙没多想，只是跟他说自己傍晚过去接他一起上晚自习。

倪星桥迟疑了一下，跟姚叙说："没事，今天你先去吧。"

听他的语气，姚叙觉得他有心事，但在电话里估计不好说，于是决定晚上见面再聊。

倪星桥这边挂了电话，委屈地趴在了床上。

一大早戚美玲就上门了，当时倪星桥刚起床，正琢磨着今天带点儿什么好吃的去找姚叙。

看见戚美玲，黄茜跟倪海明也有些意外，自从戚美玲跟姚振海离婚，两家的大人就很少串门聊天了。

黄茜见她有些憔悴，担心地问："怎么了？是不是哪里不舒服？"

戚美玲进屋坐下，也没喝倪海明给她倒的水。她只是端坐在沙发上，问黄茜："星桥在家吗？"

倪星桥是有点儿怕戚美玲的，他从洗手间出来看见戚美玲冷着脸坐在客厅沙发上，莫名其妙就开始紧张。他乖乖地跟对方打招呼，戚美玲皮笑肉不笑地叫他过去，说是有话跟他讲。

倪星桥老老实实地过去，坐在另一边的单人沙发上。

"戚阿姨，你找我有什么事吗？"倪星桥猜测戚美玲来找自己是因为姚叙搬出去住的事情，可能想让他帮忙劝劝姚叙，让他回家。

可是，倪星桥明显感觉到姚叙搬出来后整个人都更开心了，他虽然知道一个高中生独居很不安全也很不方便，但是他还是觉得这件事要看姚叙自己的决定。

不过，倪星桥显然是想得简单了。

戚美玲说："我来找你当然是有事的，不然为什么要浪费这个时间？"

她这话说得有些难听，黄茜跟倪海明听了，脸色立马就变了。黄茜想说什么，被倪海明捏了捏手，示意她先听戚美玲说说来这里到底要干吗。

倪星桥也跟着紧张起来，他不敢吭声，只能等着戚美玲开口。

"我是不是跟你说过，姚叙要考最好的大学，没有时间陪你玩？"戚美玲语气不善,"你天天黏着他,太影响他学习了,知道吗?"

没等倪星桥说话,黄茜先开了口。她可受不了别人这么说自己家的孩子。

"美玲,你这话说得有点儿不好听吧?什么叫他黏着姚叙啊?两个孩子从小关系就好,习惯了天天往一块儿凑,我看姚叙也挺乐意的啊,怎么现在就变成我们家孩子黏着他了呢?"

倪星桥听他妈语气也开始变得不那么友好,就担心他们会吵起来。

"妈……"

倪星桥想说点儿什么,但黄茜压根儿没给他机会。黄茜继续对戚美玲说:"再说了,影响什么学习了?两个孩子成绩都不错,成绩排名都是年级第一第二的,我怎么没见谁成绩下降啊?"

倪海明在旁边帮腔:"是啊,这不都挺好的吗?高三虽说时间紧,但是也不能给孩子太大的压力,容易适得其反啊。"

"我不是来跟你们商量的。"戚美玲语气强硬,"我是通知,是作为姚叙母亲来对你们提出要求。"

黄茜深呼吸,告诉自己不能吵架。她说:"孩子们的事就交给他们自己处理,我们做大人的不能干涉太多,毕竟他们都不是小孩儿了。"

"我不干涉的话,姚叙早就走下坡路了。"戚美玲站了起来准备离开,她扭头看向倪星桥,"别以为我不知道你打的是什么小算盘,在我面前还是收起你的小心思,不然容易遭报应。"

"你这话就严重了吧!"黄茜决定不忍了,"美玲,咱们两家人好歹也认识这么多年了,俩孩子是咱们一起看着长大的,你怎么能说这种话呢!"

戚美玲当听不见,走到了门口。黄茜跟过去,倪星桥赶紧拉住了他妈。

倪海明心里也气不打一处来,但戚美玲这几年是小区里有名的不好惹之人,他倒不是怕别的,就怕这人真的做出什么偏激的事情影响到孩子们。他让倪星桥把黄茜拉到一边,自己送戚美玲出门。

倪海明在门口对戚美玲说:"姚叙马上就十八岁了,成年了,那孩子本来就成熟得早,懂事,你也别对他太严苛了。"

"我的家事不用外人操心。"戚美玲下楼前说,"我的儿子我自己会管教,你们两口子还是好好管管自己家的孩子吧,从小就调皮捣蛋,招人烦。"

听到"招人烦"三个字,倪海明也绷不住了,奈何戚美玲没给他发火的机会,已经下楼了。黄茜跟倪海明两口子都被这戚美玲气得够呛,倪星桥耷拉着脑袋坐在那里,嘴噘得能挂油瓶了。

"你说这人是不是精神不太好啊？"黄茜气得不行，"好好说话不行吗？干吗上来就对孩子这种态度啊？"

倪海明给老婆倒了杯水，坐在她旁边给她拍背顺气。

"我本来还挺心疼她的，姚振海搞出那么一档子事，她一个人带着姚叙挺不容易，咱们家平时有什么好东西不都让孩子给送去，她就这么对咱们啊？"

"好了好了，不气了。"倪海明一边哄老婆，一边还有点儿担心儿子。

他问倪星桥："小帅哥想什么呢？"

倪星桥抬头看看他爸，"哼哼"两声跑回屋去给姚叙打电话了。原本想告状的，但倪星桥转念一想，姚叙跟他妈已经闹掰了，自己还是别煽风点火了，他只说家里来了客人。

至于戚美玲，她觉得自己做得还不够。她怀疑姚叙离家出走就是倪星桥教唆的，怀疑他们俩每个周末躲在姚叙爷爷的房子里玩游戏。她琢磨着找机会过去看看，她可不能就这么放任姚叙不管他。

戚美玲是怎么弄到那把钥匙的，姚叙无论如何都想不明白，可是那天，戚美玲就是直接开门进屋了。

姚叙跟倪星桥的生日是同一天，从小到大两人都是一起过生日的。这一次也一样，只不过这次他们可以在专属于他们的空间庆祝。

那天刚好是星期日，倪星桥老早就跟爸妈申请过，要带着蛋糕去找姚叙。

黄茜跟倪海明因为之前戚美玲来过的事情有点儿不开心，但也清楚，这件事跟姚叙没关系，一听说姚叙现在一个人住，他们俩也都挺惦记那孩子。

倪星桥说："今天我要单独跟姚叙过！你们谁都不准去！"

十八岁的生日，倪星桥想过得特别一点儿。

其实他跟姚叙从小就幻想过长大成人的样子，对于他们来说，十八岁就像是迈过了一道门槛，每一个渴望长大、渴望独立的小孩子都格外期待这一天的到来。更何况，姚叙说过了，今天他们俩要好好地庆祝，而且要给他惊喜。

倪星桥对这惊喜无比好奇，提前好几天就开始对姚叙死缠烂打，想从他嘴里套出一点儿话来，然而姚叙口风太紧，任他怎么耍赖都没用。

盼星星盼月亮，倪星桥总算是盼到了收获惊喜的这一天。昨晚过于兴奋，后半夜才睡着，导致他上午十点多才睡醒，不过洗了个澡出来刚好订的蛋糕就送到了。

倪海明特意开车送他去姚叙那里，不仅给他们拎着蛋糕，还拿了不少的水果。

"今天我生日，晚上是不是可以跟老曹请假不去上晚自习啊？"下车前倪星桥满怀期待地问他爸。

倪海明看看儿子，微笑着说："那当然……不行了。"

"我太惨了，都是成年人了，还要去上晚自习。"

"小朋友，以后你就知道了，成年人不仅要上晚自习，还要做很多不愿意做的事。"倪海明拍拍儿子肩膀，"去吧，少年，找你小伙伴过生日去吧，成年快乐。"

倪星桥"嘿嘿"地笑了，他对于自己已经十八岁这件事表示相当兴奋。

他这个时候过来没有提前告诉姚叙，为的就是给对方一个惊喜。他一手拎着蛋糕，一手拎着一大袋子水果，一副小心翼翼的模样，生怕摔了。

到了姚叙家门口，他嚷嚷："帅哥开门，帅哥开门！十八岁的大帅哥给我开门！"

姚叙正坐在书桌前背单词，听见外面的声音一愣，看了眼时间，赶紧去给倪星桥开门。

"怎么没提前说？"姚叙从他手里接过东西，"我好去接你。"

"给你一个惊喜嘛！是我爸送我来的。"倪星桥喜滋滋地进门，回手关上房门后拖鞋都没穿，直接就跟着姚叙进了屋。

姚叙刚把蛋糕和水果放在桌上，倪星桥立刻就凑了过来。

"十八岁生日快乐！"倪星桥笑嘻嘻地坐在旁边的椅子上，跟没骨头的小猴子似的往桌上一趴，美滋滋地看着姚叙。他眨巴眨巴眼睛，问："惊喜呢？"

姚叙一愣，无奈地说："你来得太早了，我还没来得及准备。"

"什么啊！"倪星桥不乐意了，"现在就开始准备吧！"

姚叙笑着看他，说："你是先要礼物，还是先要惊喜？"

倪星桥眼珠子一转，下一秒就说："先惊喜！礼物要等晚上十二点再送我！"

"今晚你不回家？"

"我跟我爸妈说好了，今天晚上在这儿和你住。"倪星桥说，"十二点你得准时把礼物送给我。"

姚叙心想：这简直就是你在给我惊喜啊。

没想到,十八岁的第一天,有人陪,姚叙觉得这是个好兆头。

"所以,惊喜拿来吧!"倪星桥都快急死了。

姚叙点点头,转身进了房间。他再回来的时候,把手上拿着的一张便笺递给了倪星桥。

倪星桥低头一看,问:"菜单?"

"嗯,今天我给你做好吃的。"姚叙说,"你可以从这里面随便选,我都可以做。"

倪星桥震惊无比:"你什么时候学会做菜了?"

姚叙拉过椅子坐到了他旁边:"最近学的。"

"是为了跟我过生日吗?"

姚叙想了想,点了点头,说:"算是吧。"

"等一下!什么叫'算是吧'?"

姚叙笑了:"就算不过生日,平时你想吃,我也可以给你做啊。"

倪星桥开心了,笑得眼睛弯弯的,认真地看了看便笺上的菜名,他一边看一边嘀咕:"大家都说小孩子才做选择,我今天就是成年人了,我都要。"

这回轮到姚叙震惊了:"这上面有十几道菜啊!"

"哈哈哈哈哈,开玩笑的!看把你吓的!"倪星桥拿过笔,在其中几个后面画了对号,"就这几个吧。"

"我倒不是不能都做给你,主要是怕你吃太多,去上晚自习的时候吐出来。"

"那正好,我吐了就有正当理由不学习了!"

姚叙当然不会让他以这个理由逃脱晚自习,不过他答应倪星桥,这菜单上的所有菜,以后都会做给他吃。

确定好了十八岁生日的菜谱后,姚叙拉着倪星桥一起去了附近的超市,俩男孩儿大包小包地提着买来的食材回家时,开心得不行。

"真的感觉自己长大了。"倪星桥跟着姚叙把食材放到厨房,"以前去超市我就只负责找零食,一直是个小孩儿。今天咱们俩逛超市的时候,买菜、买调味品,感觉我现在也是个可以扛起一个家的大男人了!"

姚叙扭头看他,这家伙正站在那里啃一根黄瓜。

"你们大男人就是这样的?不帮忙洗菜,就站在那儿吃黄瓜?"

"渴了嘛!"倪星桥掰了一段递过去,"你也吃一口,这个黄瓜比苹果还好吃。"

两人倚着厨房的台面你一口我一口地吃完了那根黄瓜,然后就开始准备今天的"大餐"。

不大的厨房里,倪星桥帮姚叙打下手,洗洗菜,接接水,而姚叙动作十分娴熟地按照倪星桥的口味烹调着每一道菜。

厨房很小,两个人在里面忙活也觉得有些拥挤,倪星桥毛手毛脚的,有时候会不小心撞到姚叙,姚叙也会不经意踩到倪星桥。可是两个人丝毫没觉得慌乱和焦躁,反倒很开心。

也是在这一刻,姚叙终于有了一种"家"的感觉。

在他心里,真正的家就应该是这样的,有温度,有欢笑,而不是进了门就要绷紧神经,每说一句话都要谨慎小心。家人应该是互相爱护的,是互相理解的,是互相体谅的,而不是像仇人一样,恨不得对方消失。

看着倪星桥洗完菜又偷吃的样子,姚叙忍不住笑。他希望时间干脆停在这一刻好了,他们不要再长大了,也不用面对那么多的未知。就停留在这一刻,安安静静,踏踏实实。这是他对人生唯一的期待。

有时候姚叙觉得,自己可能上辈子真的做了什么罪恶滔天的事,否则为什么这辈子总是刚感受到一点点温暖和希望,下一秒就会被打回原形。

他和倪星桥在十八岁生日这天,躲在爷爷留给他的这个小房子里,像一家人一样,围在厨房忙前忙后。

姚叙这段日子过得太压抑,直到这一刻才放松下来。然而,两道菜刚出锅,倪星桥正端着喷香的菜放到客厅的小餐桌上,门突然被打开了。倪星桥疑惑地看过去,听见声音的姚叙也奇怪地从厨房探出了头来。

戚美玲就在两个男孩儿毫无准备的情况下,突然出现在了这个家中。

她看见倪星桥的时候也有些意外,而这意外在她注意到桌上的菜和蛋糕时达到了顶峰。

她冷漠地看看那一桌菜,又抬眼看向了倪星桥。那眼神,像是一把冰镩,直接往倪星桥身上扎。

倪星桥有点儿害怕,他原本就怕戚美玲,之前至少还维持着表面的和平,可这会儿她的目光让倪星桥不寒而栗,下意识地就要往姚叙那边躲。

姚叙赶紧从厨房走出来,挡在了倪星桥和他妈妈中间。

戚美玲的目光终于看向了姚叙,下一秒,在两个孩子都还没反应过来的时候,她已经愤恨地将手里的奶油蛋糕朝着姚叙丢了过去。

这是戚美玲跟姚振海离婚这么多年来第一次给姚叙买生日蛋糕,以往那些年,要不是倪星桥每次过生日都叫上姚叙,姚叙觉得家里可能根本没人记得他是哪天出生的。

事实上，戚美玲原本也没打算买的，只不过她今天出门前竟然接到了姚振海的电话，对方说今天是姚叙的生日，他买了蛋糕要给孩子过生日。

听到姚振海这么说，戚美玲第一反应就是：无事献殷勤，非奸即盗。

她认定了姚振海是为了房子的事在讨好姚叙，非但没告诉姚振海姚叙已经不住在家里，还很骄傲地说不稀罕他买的蛋糕，她已经给姚叙买过了。

这么多年来，戚美玲第一次给姚叙买生日蛋糕，竟然只是为了跟姚振海赌气。

然而此刻，这蛋糕以惨烈的样貌摔在了姚叙身上，又掉在了地上。

倪星桥吓着了，赶紧凑过来看姚叙，然而戚美玲一把扯开他，一声又脆又响的巴掌毫不留情地扇在了姚叙的脸上。

这巴掌之响亮，吓得倪星桥怀疑姚叙的脸会跟戚美玲的手同时碎掉。

姚叙从小就习惯了挨打，每一次都被打得不轻，可是每一次都没有这次这么疼。

戚美玲原本就情绪不稳定，今天这场面着实刺激到了她。她是抱着看笑话的心态来的，觉得姚叙一个人躲在这里肯定过得可怜巴巴，她一出现，他必定丧家犬似的求着她让他回去。

可是她没想到，没有她的姚叙，竟然把日子过得如此轻松惬意，更重要的是，她最讨厌的倪星桥竟然也在这里，姚叙还给他做了菜！

她无法忍受，自己辛辛苦苦牺牲了一切养大的儿子从来没给过自己好脸色，却在这里和别人欢天喜地地庆祝生日，还给别人做菜！

戚美玲见不得姚叙过得好，她有一种自己被他背叛了的感觉。她发了疯似的打姚叙，手边拿起什么就扔什么。

倪星桥吓了个半死，赶紧过去抱住姚叙帮他挡下了几巴掌。倪星桥白净的脸和脖子被戚美玲的指甲抓破，火辣辣地疼，原来被打竟然这么疼。倪星桥不知不觉开始掉眼泪，他死死地护着姚叙，觉得这场面也太狗血了，比他看过的任何一本小说都要狗血。

姚叙见不得倪星桥挨打，尤其是因为他挨打。他护着人想要转过去，但戚美玲不管那么多，她恨不得将眼前这两个人一起打服。

耳边始终都是戚美玲的尖叫和怒骂，她哭得不成样子，已经完全失控，在刚刚看到那一幕的时候，她的灵魂已经碎成了千片万片，再也拼装不起来。她的整个世界都已经崩塌，倾注了全部心血去浇灌培养的幼苗在地震中被摧毁得渣都不剩。

狂风骤雨一起向姚叙跟倪星桥袭来，戚美玲抄起旁边的椅子就往他们身上砸。

姚叙挡下了这一砸，疼得直不起腰来。

倪星桥从没见过这种阵仗，他不知所措地跑去扶姚叙，眼泪不受控地掉。他真的被吓到了，他不知道怎么突然变成这样。刚刚不是还好好的吗？戚阿姨怎么突然就跟发了疯一样？

倪星桥管不了那么多，他开始哭着求饶，希望戚美玲能冷静下来，起码不要再打姚叙了。

他不停地道歉，虽然不知道他跟姚叙犯了什么错。是因为自己来找姚叙吗？是因为自己让姚叙做菜吗？

他想起之前戚阿姨让他离姚叙远一点儿，他开始后悔，觉得自己不应该一直缠着姚叙，如果他乖一点儿，听话一点儿，不整天跟在姚叙身边，也就不会发生今天的事情了。

姚叙不会挨打，戚阿姨也不会发狂。

可他不知道的是，姚叙一直生活在这样的世界里。

倪星桥从来没见过这样的场面，他慌乱得不行，又是担心姚叙，又是觉得愧对戚美玲。

姚叙一直低头承受着毒打，尽可能护着倪星桥，不让他受伤。可是当他看见倪星桥脸上和脖子上的伤时，眼睛通红，打在倪星桥身上的那几下就像是刀扎进了他的心脏。

戚美玲骂他们俩的话难听至极，姚叙一开始被打得耳鸣，根本听不到任何声音，但慢慢地，他的听力开始恢复，他听见戚美玲骂倪星桥无耻，毁人前途。

姚叙抬手捂住倪星桥的耳朵，可是这些话还是一字一句地都钻进了倪星桥的耳朵里。姚叙看着对方满脸的泪痕，心疼得不行，在戚美玲又一次指着倪星桥骂的时候，忍不住吼了出来。

"你别说了！"姚叙从来没有对戚美玲态度这么强硬过，他在她面前从来都是能忍则忍，忍不了就躲起来，可是今天，他绷不住了。

戚美玲被他吼得一愣，随即叫骂了起来。

姚叙受不了了，他拉起倪星桥，把丢在沙发上的书包塞给对方，说："你先回去。"

说完，他打开房门，把惊魂未定的倪星桥推出了家门。

被推到外面的倪星桥脸上还都是眼泪跟鼻涕，怀里抱着书包，不明白好端端的一个十八岁生日,怎么过成了这样。

姚叙把倪星桥推出去后,刚转身就又挨了一巴掌。

戚美玲目光扫到桌上倪星桥带来的蛋糕和刚做好的菜,结果更气了。她发了疯一样扑过去,把桌上的一切都扫到了地上。精致的奶油蛋糕被摔得惨不忍睹,姚叙盯着它看,死死地咬着后槽牙。

他说:"你够了吗?"

"你怎么不消失啊!"戚美玲尖锐地叫喊哭号着,"你怎么不和你那个畜生爹一起消失啊!"

姚叙一直盯着那个倪星桥带来的蛋糕,毫无灵魂地回应道:"要不你就当没我这个儿子了吧。"

戚美玲见他一直看着蛋糕,心里更是不痛快,过去踢了一脚,把奶油踢得到处都是。

姚叙拉开她,蹲下来想挽救一下蛋糕,结果又被戚美玲推倒在了地上。地上的餐具碎片扎进了姚叙的手心,他疼得皱了眉,抬起手看着奶油和血混在手心里。

在他试图把碎瓷片从手心取出来时,戚美玲已经进了厨房又出来,她手里拿着一把锅铲,直勾勾地看着眼前的人。

姚叙抬头看她,问:"要干吗?"

外面,倪星桥不停地敲门,生怕真的出什么事。屋里,姚叙跟戚美玲对峙着,谁都不说话。

戚美玲说:"姚叙,你怎么那么傻呢?"

姚叙就那么狼狈地坐在地上,索性不再管自己的伤口。

"你怎么才能放过我?"

戚美玲被姚叙的这句话又刺激到,她哭着说:"什么叫我放过你?我一心都扑在你身上!"

"你只是把我当成拿捏姚振海的工具。"姚叙说,"我根本就是你的傀儡。"

"那又怎么样?你是我生的!"

"对,我是你生的。"姚叙说,"那我现在已经心死了,看起来你也不想让我过得好,干脆今天就把我打废吧。"

姚叙说得平静,像是真的已经心如死灰。

戚美玲恨铁不成钢,指着门外骂他说:"你就是最蠢的!因为那么个东西跟我翻脸,说你蠢都是夸你!"

姚叙皱起了眉:"你别提到他。"

别提到倪星桥,那个纯粹的、快乐的男孩儿不应该被卷进他家乱七八糟的风波中来。哀莫大于心死,姚叙最不想让倪星桥看到的一面已经暴露在了对方面前。这么不堪的自己,这么不堪的家庭,倪星桥还敢靠近吗?

戚美玲说:"你们真的有罪。"

她大吼道:"你们每个人都有罪!"

姚叙不说话,只是静静地看着她。

"你觉得他为什么总跟着你?你以为他是对你好?"戚美玲愤恨地说,"他就是故意的!故意让你分心!把你从前面拉下来!我说了多少次了!只有我希望你好!"

姚叙没忍住,笑了出来。

"搞了半天,你心里惦记着的,还是只有我的成绩。"姚叙不知道自己应该觉得好笑还是觉得失望。

"妈,你真的挺可笑的。"

姚叙从来没有这么对戚美玲说过话,他再怎么难受,也没有用过"可笑"这个词形容她,但是现在,他真的觉得对方可笑,当然,他自己也可笑。

"算了。"姚叙说,"今天咱们做个了结。"

他步子坚定地走向戚美玲:"要么今天你打断我的腿,要么我永远离开你。"

一直要在戚美玲的操控下活着,真的是生不如死。

他经历得足够多了,成年人的世界他不稀罕了。只是可惜了,答应倪星桥的好多事还没做,太可惜了。

"动手吧。"姚叙说,"求你了。"

他来到戚美玲面前,握住对方的手腕。

"还是说你希望我自己动手?"姚叙说,"也可以,反正我已经无所谓了。"

戚美玲突然觉得很恐惧,她第一次从姚叙眼里读出了心死的信息。怎么变成这样了?

她不敢置信地问:"就因为门外那个人?"

外面,倪星桥还在急切地敲门,他很怕姚叙出什么事。

姚叙说:"你不要把所有问题都归咎到别人身上,我为什么变成这样,你该问问你自己。"

他继续说道:"你没打我,那意思就是我可以远离你了。"

他开始往后退,一直退到了门口。

"你永远都找不到我了。"姚叙说,"以后你照顾好自己,就当我消失在今天了。"

姚叙开门的时候,倪星桥怔了一下,紧接着拉住他,神色慌张地检查他有没有受伤。倪星桥吓得脸色惨白,眼泪怎么都止不住。

姚叙说:"我没事。"

他一把拉住倪星桥的胳膊带着人就往外走。他们下楼时,倪星桥一直注意着身后,他再没有听到戚美玲的声音。姚叙一路拉着他往前走,不说话,也没回头。

倪星桥也不多问,他知道姚叙现在难过,自己做不了什么,就只能安静地陪着对方。

两个男孩儿就那么在大街上拉着彼此快步走着,没有人知道他们要去哪里,其实他们自己也不知道。

漫无目的,最好这条路永远走不到尽头。然而,所有的路都会走完。

姚叙带着倪星桥走进了一个死胡同。不知道为什么,那一瞬间姚叙觉得这就是老天给他的暗示,他的人生注定是死路一条。他们面朝着那堵过不去的墙而立,许久都没有说话。

倪星桥难得安分,乖乖地站在姚叙的身边。他内心忐忑不安,从来没有这么害怕过。这一次,他真的觉得世界就要颠倒了。

"对不起,吓着你了吧?"姚叙突然转过来。

他问得郑重其事,对于现在的姚叙来说,在他的世界里唯一想要寻个答案的就是这个问题。对于他而言,别的都不再重要了。

"姚叙,我没事的。"倪星桥轻轻拍他的背,安抚他说,"你疼吗?我们去医院好不好?"

姚叙闭着眼睛,他太疼了,哪里都疼,可是他没出声,只是这么安安静静地抱着,偷偷地抹了抹眼泪。

"姚叙。"倪星桥轻声说,"你不要害怕。"

在说这句话的时候,倪星桥自己正因为刚刚的事吓得发抖,可他还是对姚叙说:"你不要害怕,你还有我这个好兄弟呢。"

风把倪星桥的头发吹乱,从两人的衣摆灌进去。可是,再凉的风都凉不了他们的心,因为此时此刻,他们还彼此依赖着。

这束光能拯救一切吧。姚叙想,有倪星桥这句话就足够了。

他们就这样站立了好一会儿,姚叙终于调整好了情绪,慢慢放开了倪星桥。

"我彻底和她决裂了。"姚叙说,"其实,我不想让你看见这么糟糕的我。"

"你才不糟糕。"倪星桥说,"你最好了。"

说着,倪星桥心里泛酸,哭成了小花猫。这些年,他只知道姚叙爸妈离婚,知道姚叙妈妈管他管得很严厉,可是更多的,他竟然并不清楚。他从来没有尽到好朋友的义务,这让他无比内疚。他总是依赖着姚叙,却从没问过姚叙累不累。

倪星桥没忍住眼泪,哽咽着说:"姚叙,对不起。"

他真的愧疚,觉得自己让姚叙变得更辛苦。

姚叙帮他擦了擦眼泪,在他看来,最不该向他道歉的人就是倪星桥。

"接下来怎么办呢?"

当又一阵风吹过,姚叙轻轻地叹了口气。倪星桥心疼地看着眼前的人,想到他也不过才十八岁,为什么要面对这一片狼藉的生活呢?

"我也不知道。"姚叙突然就笑了。

"你怎么还笑啊!"倪星桥说,"我都害怕死了。"

"别一脸苦大仇深的表情,车到山前必有路。"姚叙说,"但是,那个家我这次真的不会再回去了。"

两人在巷子尽头席地而坐,这让倪星桥觉得他们就像是两个小流浪汉,有点儿可怜又有点儿自由。

"你要去你爷爷那里吗?"

"不去。"

"那你爸爸那边呢?"

姚叙又摇了摇头,他说:"我哪儿都不去。"

"可是……"可是以后的生活怎么办?倪星桥说,"你去我家吧,我爸妈一定对你好,他们本来就特别喜欢你。"

姚叙笑着看他,但很快笑容就消失不见了。

"怎么了?"见他这样,倪星桥又开始担忧。

"对不起。"姚叙说,"我可能会害到你。"

"啊?为什么?"

"咱们俩走了,我妈一定会去找你爸妈的。"

姚叙的话像是一桶冷水泼在了倪星桥头上,他皱起了眉,觉得脑子有点儿乱。

"没事的。"倪星桥说,"我们又没做错什么,我爸妈不会怪我们。"

倪星桥低下头,看着自己不知道什么时候松开了的鞋带。

"我先送你回家吧。"姚叙说,"别让叔叔阿姨独自面对我妈,这件事本来就和他们无关,别让他们徒增烦恼了。"

"那你呢?"倪星桥说,"你不跟我一起回去吗?"

"我去了只会拱火,我妈见了我肯定要发疯的。"姚叙说,"放心吧,我会尽快安顿好,你等我消息。"

姚叙把倪星桥拉起来,安静的小巷里回荡着两个人化不开的愁绪。

"明天还要上学。"倪星桥说话的时候,声音都有些抖。

姚叙迟疑了一下,然后说:"明天学校见。"

他凑过去,轻轻地拍了拍倪星桥的小卷毛。

这个动作对于他们两人来说都再熟悉不过,从小姚叙就喜欢拍倪星桥的卷发,说手感好,像在逗一只小泰迪熊,可不知道为什么,这一刻,倪星桥总觉得这是最后一次了。

他抓住姚叙的衣角,对眼前的人说:"明天一定要来。"

"放心吧,我答应你的事什么时候食言过?"

两人在巷子口分开,原本姚叙说要送倪星桥回去,但倪星桥很怕他在小区跟戚美玲撞见,索性自己回家,而姚叙先去"青睐"躲一躲,再做接下来的打算。

倪星桥失魂落魄地上了公交车,很快就接到了他爸打来的电话。电话那边,倪海明语气有些生硬,问他在哪里。

"我在回家的路上。"

"好,注意安全,我们在家等你。"

倪星桥挂了电话看着窗外,强忍住了眼泪,他烦死了自己动不动就哭的毛病,觉得自己连姚叙百分之一的坚强都没有。

这一路上,他心事重重得让整个人都疲惫到了极致,站在家门前的时候,握了半天的把手都不敢开门,他很怕一进门就看见前来告状的戚美玲。

倪星桥觉得自己可能这辈子都忘不了戚阿姨看他的眼神,愤恨到几乎发了狂。他不知道自己为什么那么让她恨,他只是害怕,也为姚叙担心。

在门外调整了一会儿情绪,倪星桥终于鼓足勇气开了门。好在,戚美玲不在,她只是打了电话来。

今天是倪星桥十八岁的生日,原本黄茜和倪海明打算好好给儿子庆祝一下的,没想到这小子非要去找姚叙,既然这样,那他俩就好好享受一下二人世界，看个电影再逛逛街。

不过没想到的是，两人正准备出门，戚美玲的电话就打到了黄茜的手机上。

自从上次戚美玲来吵过一次之后，黄茜就不怎么待见她了，没想到这次刚一接起电话，听到的就是声嘶力竭地咒骂，骂倪星桥，骂黄茜和倪海明。

黄茜还没听明白怎么回事，只听到戚美玲说让她管好自己那心术不正的儿子，最后还诅咒了他们全家。黄茜觉得莫名其妙，只好打电话让儿子回家问问出了什么事。

倪星桥一进门，他那狼狈的模样就把爸妈吓坏了。

"怎么回事？"黄茜赶紧过去，"脸上这些伤是怎么弄的？"

她皱紧了眉头，发现不只是脸上，孩子的脖子上也有抓伤。

倪星桥本来就一肚子的委屈，一看着他妈立刻忍不住哭了出来。

倪海明跑去拿了药箱给他清理伤口，倪星桥嘀咕："可是，姚叙怎么办……"

谁来为姚叙的伤口清理呢？

倪星桥一五一十地把今天发生的事情告诉了爸妈，他很好奇戚美玲究竟和他们说了什么。

但自始至终黄茜都没有把戚美玲说的那些难听话转述给倪星桥，那些话，不该让孩子听到的。

在他说姚叙遭遇的那些事时，旁边的黄茜忍不住红了眼睛。倪星桥最见不得他妈妈哭，赶紧扑过去抱住了她。

"姚叙呢？"倪海明问倪星桥。

"姚叙不知道去哪儿了。"倪星桥说，"但是他说明天会来学校。"

倪海明一听，觉得事情不太妙。

黄茜也说："你知不知道姚叙可能会去的地方？我们去找找他。"

倪星桥想了想，然后说："我猜他可能去了'青睐'，就是我们经常会去的甜品店。"

倪海明立刻开车带着倪星桥去了甜品店。然而他们去迟了一步，店长姐姐说姚叙刚离开。

原本倪星桥没多想，既然姚叙告诉他周一见，那他们明天肯定能在学校见面。毕竟，姚叙是不可能不来上学的。

然而，当他跟着爸妈一路找过去，却发现突然之间姚叙就好像是断了线的风筝,他手里只握着再没办法牵引对方的线轴,想找对方,却只能看到空荡荡的天。

倪星桥有点儿慌了,站在"青睐"甜品店不知所措。店长姐姐递给他一份双皮奶,说:"这是那个男孩儿买给你的,他说如果你来了就拿给你。"

倪星桥瞬间红了眼,不管什么时候,姚叙始终记挂着他。他道了谢,从店长姐姐手里接过那份双皮奶。

倪海明问:"你还知道他可能会去的地方吗?"

倪星桥摇了摇头,原来他真的什么都不知道。

这一整个晚上倪星桥几乎没睡着,他家跟姚叙家楼挨着楼,小时候他特别喜欢开了窗户扯着嗓子喊姚叙,后来他妈说这样太扰民,不让他这么瞎嚷嚷了。

多久没在那扇窗看到姚叙的身影了?倪星桥趴在卧室窗边,一直望着对面那栋楼。

姚叙家的灯始终没亮起来过,其实他心里清楚,就算亮了,也不会是姚叙回来了。姚叙再也不会回来了。

倪星桥抬手蹭了蹭眼睛,还是不明白,为什么会变成这样。

隔壁房间里,倪海明跟黄茜也是彻夜未眠。他们为心事重重的儿子担忧,同时也惦记着此时不知道身在何处的姚叙。在他们眼里,倪星桥跟姚叙终究还是孩子,即便已经十八岁,却还没到能独立扛起生活的年纪。

黄茜说:"好好的日子,突然一团糟。"

她感觉得到,如果姚叙真的出了什么事,倪星桥也好不了。

所有人都在焦虑不安中度过了这个夜晚。第二天一早,倪星桥一口饭都没吃,简单收拾了一下就出门上学了。他到了学校,先是跑到教室,见姚叙还没来,又回到了校门口。

路里看见他,有些惊讶:"哟,这是谁啊?太阳打西边出来了啊,今儿来得这么早!"

倪星桥听见路里的声音,转过去看他,就这么一眼,把路里给吓着了。

"怎么了这是?"路里见他眼睛又红又肿,一脸疲态。

平时的倪星桥那可是满天飞的花蝴蝶,今天蔫得像霜打的茄子。

他赶紧过去,问:"跟叙哥吵架了?"

"没有。"

这时候,林屿洲跟林苏晨也来了,看见他们俩在校门口站着,过来打招呼。

"不进去在这儿干吗呢？"林屿洲说，"该不会老曹罚站的地点已经从教室发展到校门了吧？这算游街示众吧！"

如果是平时，倪星桥早就跟他斗嘴了，但今天，一丁点儿说话的欲望都没有，一心等着姚叙出现。只可惜，直到快打上课铃，姚叙也没有出现。

倪星桥一直在那里站着，一言不发，路里他们几个觉得事情不妙，又问不出个所以然，只好舍命陪君子，和他一起等——虽然他们并不知道倪星桥在等什么。

最后，实在是要上课了，路里他们拖着倪星桥回了教室。几个人刚在教室坐下就打了上课铃。倪星桥看着姚叙的位置，坐立不安。从来没有骗过他的姚叙，竟然食言了。

一节课过去了，两节课过去了，一个上午就这样过去了，姚叙却始终没有出现。

倪星桥一上午什么都没听进去，英语老师叫他站起来回答问题，他就那么站在那里发呆。

路里他们终于意识到出大事了，中午的时候过来叫倪星桥一起去吃饭都被拒绝了。

"是不是叙哥出事了？"路里紧张地问倪星桥，"他人呢？"

倪星桥死死地咬着牙，坐在那里不吭声。

"姚叙来了。"林苏晨突然说。

几个人都看向了教室门口，姚叙正站在那里。

倪星桥瞬间起身，慌里慌张地跑向姚叙，其间还撞到了桌角，却不像往常那样娇气地叫疼。他看见姚叙差点儿又哭出来，但没等他说话，人已经被姚叙带走了。

路里看得一头雾水，问："怎么回事？"

林屿洲若有所思地说："可能真的出事了。"

倪星桥被姚叙带到教学楼后面的小花坛边，中午时分大家都去吃饭了，校园里本就没多少人，这个地方更是没人来。倪星桥抱怨说："你快吓死我了！"

姚叙轻轻地拍他的背，也说不准是在安慰他还是安慰自己。

"对不起，吓着你了。"

姚叙还是一如既往地温和，在面对倪星桥的时候，永远都是这样的。

倪星桥摇摇头，"哼哼"了两声，算是抱怨完了。

"我爸妈也担心你。"他把昨天自己回家之后的事情都跟姚叙说了，"他们和我一样担心你。"

倪星桥的话让姚叙心里有些难受,为什么同样为人父母,有的人百般呵护自己的孩子,有的人却恨不得自己的孩子赶紧消失?姚叙羡慕倪星桥,也很清楚,这是自己这辈子都求不来的。

"我妈让你去我家住。"倪星桥说,"你别在外面了。"

姚叙说:"昨天晚上我偷偷回了爷爷的房子,把东西都拿走了,然后又找了个住处,晚上我带你过去。"

他告诉倪星桥:"这次这个地方只有咱们两个知道,我打算这几个月就住在那里,熬过这段时间,我们一起上大学。"

就在昨天,姚叙其实几乎放弃了。他的人生原本就是被戚美玲规划出来的,一步一步完全按照对方的意思在走。努力学习、争当第一,不许有朋友,不许有兴趣爱好。从来没人关心过他想要什么,没人问过他以后想做什么。

大闹一场之后,姚叙彻底没了心力,他压根儿不想继续上学了,只想尽快离开这个地方。可是到最后,他还是舍不得。

他想了一整个晚上,想到自己已经拿到了那所学校的保送资格,最后剩下的这几个月咬牙坚持一下,然后他就可以和倪星桥一起离开了。他觉得这是他们最好的安排。

倪星桥连连点头:"好,我们一起上大学。"他拉住姚叙的手,生怕下一秒对方就走了。

过了一会儿,倪星桥问姚叙:"姚叙,你生我的气吗?"

"我为什么生你的气?"

"因为如果不是我,你和戚阿姨可能就不会闹成这样。"倪星桥把一切都归咎于自己,他昨天晚上一直在想:姚叙会不会讨厌我?

"我们迟早都会这样的。"姚叙说,"自从我爸走了,我们就没过过好日子。"

倪星桥眉心绕着一层愁绪,有些难过地看着姚叙。

"其实像现在这样也好,我们都解脱了。"姚叙叮嘱倪星桥,"我今天跟曹老师请了假,怕我妈来找我。晚上放学你先照常回家,我晚一点儿再过去找你,带你去我现在住的地方看看。"

倪星桥点了点头。

"没事,不用担心我。其实我什么都不在乎了,就是希望你能像以前一样,开开心心的。"

"我也是。"倪星桥说,"我最怕你不开心。"

姚叙笑了,他发自内心觉得倪星桥真好。在这个瞬间,姚叙觉得自己还是可以爱一下这糟透了的生活的,至少在这样的生活里,还有人在乎他,支撑着他继续走下去。

林屿洲说:"我怎么有种不祥的感觉呢?"

路里打他:"少乌鸦嘴。"

他们几个并不知道姚叙身上究竟发生了什么事,但是看得出现在那两人的状态都很糟糕。

姚叙走前跟他们打了招呼,倪星桥眼睛红红的,硬把自己的手机塞给了他。

"你别让我找不着你。"倪星桥说。

姚叙原本不想拿他的手机,但听见倪星桥这么说,短暂的犹豫之后还是收下了。

"晚上见。"

等到姚叙走了,倪星桥撇撇嘴,强忍着才没哭。

"到底出什么事了?"路里担忧地问,"怎么搞得跟生离死别似的?"

"呸呸呸!乌鸦嘴!"倪星桥打他,"我俩可好了。"

"还真不是乌鸦嘴,我也觉得你俩不对劲。"林屿洲在旁边说,"如果需要法律援助,可以和我说。"

路里跟林屿洲嘴里没什么正经话,关键时刻还是得靠林苏晨。

她说:"倪星桥,虽然咱们俩不熟,但如果你们遇到什么事情需要帮忙,开口就是了。"

倪星桥有点儿感动,但姚叙家的事情他暂时还不知道应该怎么和朋友们说。下午上课时,倪星桥依旧心不在焉,因为走神,被曹军丢到教室后面罚站去了。

好不容易熬到了放学,倪星桥火急火燎跑去"青睐"甜品店,买了两份双皮奶,准备等姚叙晚上来找自己的时候拿给对方。他回家之后就一直在等姚叙的电话,双皮奶在那里放着,看起来跟倪星桥一样垂头丧气。

黄茜进屋来问他:"是在担心姚叙吗?"

倪星桥不知道该怎么回答。

"今天他没去上学?"

倪星桥点了点头。

黄茜拉了把椅子过来坐下:"今天姚叙妈妈又打电话给我了,下午的时候还去了我们单位。"

倪星桥皱起了眉。他觉得特别对不起他爸妈,没想到戚美玲竟然已经闹到了这种程度。

"妈,对不起……"倪星桥心生愧疚。

"你又没有做错什么。"黄茜抬手给儿子捋顺了一下乱糟糟的头发说,"不过,大人的事情我们解决,你们的事情如果只靠自己的努力解决不好,也记得一定要跟爸爸妈妈说。"

倪星桥点头:"我明白。"

"那姚叙这两天住在哪里?"黄茜问。

"我也不知道。"倪星桥说,"他说找到了住的地方,但是没告诉我在哪里,说是晚上来找我,带我过去看看。"

倪星桥说完,小心翼翼地问他妈:"妈,我可以去吗?"

黄茜微微蹙眉,她见不得孩子这么战战兢兢的样子。

"当然可以。"黄茜说,"但要注意安全,你跟姚叙都是。你要永远记住,爸爸妈妈和你们是站在一起的。"

倪星桥松了口气,笑着点了点头。

"妈,你真好。"看着自己的妈妈,再想起姚叙跟他妈妈吵架的样子,倪星桥觉得没有人比自己更幸运了。但就是因为这份幸运,他更心疼姚叙了。

黄茜轻轻抱了抱儿子,对他说:"我们也在学习怎么当父母,不需要你多感激我们,你记得我们很爱你就好了。"

黄茜的话让倪星桥忍不住掉了眼泪,这两天他哭得太多了,感觉泪腺可能已经失控了。

倪星桥等了一个晚上,但姚叙没有来。他打电话到自己的手机,姚叙也没接。

又是惴惴不安的一个夜晚,第二天一早下楼时,他看见姚叙坐在一楼的台阶上,抱着膝盖睡着了。倪星桥赶紧跑过去,轻声叫姚叙。

姚叙五点多就来了,生怕错过倪星桥上学的时间。他抬头看对方,发现这家伙眼睛又是肿的。

"对不起,昨天晚上我又失约了。"

姚叙这次去了一套早就没人住的老房子,自从爷爷从那里搬走后,那里就空了下来,五十几平方米的城郊小房子,钥匙就放在门口的花盆下面。

姚叙原本打算暂时住在那里，却没想到昨天他一回去就看见了戚美玲。母子两人又爆发了一场战争，那里也不能住了，姚叙彻底不知道还能去哪里了。

"我想离开这里。"姚叙说，"让她再也找不到我。"

倪星桥一怔，呆呆地问他："你要去哪儿？不上学了吗？"

姚叙看着眼前的人，不知道应该怎么跟他形容自己的处境。

倪星桥单纯天真，这样的人是无法想象他的生活是什么样子的。

姚叙也不希望他想象。

"我不想等了。"姚叙说，"我想放弃了。"

倪星桥不明白，什么叫不想等了，什么叫想放弃了？

他抓紧姚叙的手问："你要放弃什么？你不要做傻事！"

姚叙笑了："笨！放心吧，我不会想不开的。"

话是这么说，可姚叙也真的不知道自己还能撑到什么时候，他现在只要想到戚美玲就会浑身发抖。

他拉着倪星桥起来，两个人一起往外走。姚叙骑上倪星桥的单车，回头对他说："来，我载你去学校。"

跟过去几年别无二致的路线，入秋后，道路两旁的树上纷纷有枯叶落下来。

倪星桥坐在车后座，姚叙身上还穿着之前那件衣服，肩上已经蹭脏了。有落叶掉在姚叙身上，倪星桥赶紧捡走，他不希望失去生命力的枯叶再夺取姚叙的能量。

这一路上，两个人都前所未有地沉默，倪星桥的心脏胀得快要炸开了，他总有一种自己要跟姚叙分别的预感。

他死死地抓着姚叙的衣服，快到学校的时候说："姚叙，你不许走。"

姚叙看着前方，咬紧牙关，眼睛微红，一言不发。

那天，姚叙把倪星桥送到学校之后就又离开了，他要把手机还给倪星桥，但倪星桥不管姚叙说什么都让他拿着。

"你得让我找得到你！"倪星桥很少这么任性，他命令似的对姚叙说，"你不可以让我联系不到！"

姚叙无奈，只好重新把手机放回口袋。

然而接下来的几天，姚叙神出鬼没。他几乎每天都会留一封信给倪星桥，就放在"青睐"甜品店，让店长姐姐帮忙转交，但鲜少能见到人。

倪星桥打电话给他，他有时候接，有时候不接，从来不说自己在哪里。一切都变得不可捉摸起来,倪星桥觉得有什么已经开始失控了。

一个星期过去,姚叙始终没来上课。路里他们也终于知道了事情的前因后果,一个个跟倪星桥一样愁眉苦脸,为姚叙担忧。

姚叙在写给倪星桥的信里说自己这几天过得比过去十几年都要好,他终于呼吸到了正常的空气,也终于能为自己活了。倪星桥不明白他的意思,只是迫切地想要见到他。

终于熬到周末,倪星桥一大早就跑去"青睐"甜品店等着姚叙的出现——在前一封信里,姚叙说过周日会来这里等他。

甜品店八点半开门,倪星桥七点就坐在门口的台阶上等着。让他没想到的是,自己没等多久,姚叙就出现了。

星期日的早上,街道上都没多少行人和车辆,倪星桥望过去,确认来人是姚叙后,猛地站起来冲了过去。

几天没见,却好像过了好多年。

姚叙笑着问:"要哭吗?"

"不哭。"可是倪星桥还是有点儿哽咽。

姚叙笑着说:"我可能不回学校了。"

"啊?"倪星桥震惊地看着他。

"我回不去了。"姚叙拉着倪星桥在"青睐"门前坐下,把这几天自己的经历告诉了他。

姚叙这一次是铁了心要摆脱戚美玲,不管别人怎么说他,他真的不想再继续过那样的日子了。他一天摆脱不了戚美玲,就一天没法正常呼吸。

姚叙说:"我想好好活着,就必须彻底躲开她。"

倪星桥知道他说的这个"她"是谁,可是要怎么做才能彻底摆脱一个已经丧失了理智的母亲的控制呢?

"可是……"倪星桥用力地咬了一下嘴唇,"我们说好一起上大学的。"

"我先休息一段时间调整一下心情,"姚叙说,"我要是晚一两年上大学的话,还能做你最好的朋友吗?"

"能啊!"倪星桥用力地握着姚叙的手,"对我来说,你永远都是我最重要的好朋友!"

姚叙没忍住,笑了出来。

姚叙本以为自己不管经历什么,心情都不会再有波动了,但是在听到倪星桥说自己永远是最重要的好朋友时,他糟糕的人生还是得到了抚慰。这个男孩儿实在太好了。

倪星桥在乎的其实根本不是姚叙能不能跟他一起上大学，他在乎的是，姚叙原本可以有很好的前程，却被逼到宁可放弃一切也要逃离当下的生活。

倪星桥无法想象在过去那些日子里姚叙究竟经历过什么，对方什么苦都没和他诉过，全部自己一个人扛了下来。

"姚叙。"倪星桥说，"我不希望你后悔。"

他紧紧地抓着姚叙的手："要不我去跟戚阿姨道歉，求她不要再惩罚你，高考之前我都不打扰你了，你都已经有了保送资格，你今年可以去读大学的，没必要缓一两年。"

"我明白。"姚叙笑着看他说，"但这一次，我不想再去追求别人想让我追求的了。"

"什么意思？"

"从小到大我都按照她的计划成长。她让我考第一名，我就考第一名。她让我去名校，我就拼了命地去考名校。"姚叙说，"但是我根本不想随她的心意，我不想继续做她的工具了。"

他对倪星桥说："即便以后有一天可能我会为了自己晚两年读大学而后悔，我也不想继续这么下去了。我一天都不想忍了。"

姚叙在说这些话的时候，对这世界已经充满了恨意。要不是倪星桥，他可能真的已经失控了。他忍受太久，压抑太久，全部的委屈和怨怼终于在这几天彻底爆发。他不想继续这么下去了，他恨极了自己被别人掌控的人生。

"那些事情对我来说都不重要。"姚叙告诉倪星桥。

姚叙的话莫名有些悲壮，听得倪星桥又是一阵心酸。

倒是姚叙，表现得轻松，只要能离开戚美玲，他怎么活都行。

"我带你去我现在的住处。"

所有戚美玲可能会找到的地方都不能去了，姚叙从银行取出之前爷爷每年偷偷给他的零花钱，算下来也有两千块了。他在离学校不算太远的地方找到了一个租金便宜的住处，是个群租房，一套三居室的房子隔出了七户人家，他住最小的隔断间，每个月五百块。

倪星桥跟着他来到这破旧的老楼，跟着他进门，走进白天都不见阳光的房子。他心里难过，觉得姚叙不该过这样的生活。然而姚叙表现出来的兴奋和自在，又让倪星桥觉得，或许应该尊重他的选择。

姚叙带着倪星桥沿着狭窄的、昏暗的走廊一路朝着里面走去，七拐八拐,拐到了隔断间的门口。老式的锁头,姚叙掏出钥匙开门。房间很小,小到只能放下一张单人床和一张小桌子,连再放一把椅子的位置都没有。

倪星桥站在门口,看着床上放着的姚叙的书包,发现除了很简单的日用品之外,姚叙什么都没有。他又是一阵难过。

姚叙拉着倪星桥进来,随手关上了门。

"这里的隔音很差,条件也有点儿简陋,不过至少住得安心。"姚叙说,"白天大家都出门了,现在只有咱们俩。"

姚叙告诉倪星桥,自己找了份帮工的活。

"每天按件计费,算下来时薪也不低。"

倪星桥听不得这个,不久前还是天之骄子的姚叙,如今竟然为了赚钱糊口去干体力活。

"姚叙。"倪星桥说,"要不……"

"我知道你想说什么。"姚叙打断了他,"相信我好吗?"

他说:"对于现在的我来说,哪怕是每天累个半死,也好过像之前那样活着。而且我不会一直这样的,这只是一个过渡期。"

倪星桥鼻子发酸,撇了撇嘴,忍着没哭。他不想再哭了,就算哭也躲起来,不让姚叙看。

"我知道了。"倪星桥不再继续劝姚叙,对于姚叙的遭遇,他虽然不能完全感同身受,但也知道,姚叙一定是真的受不了才会做这样的决定。自在地活着,再苦再累也好过当别人的傀儡。

两人在房间待到下午,倪星桥必须回家了,他要回去拿书包,然后去学校上晚自习。

一想到教室里再没有姚叙的身影,倪星桥觉得自己的魂儿都不在了。

第八章 一个人的山城

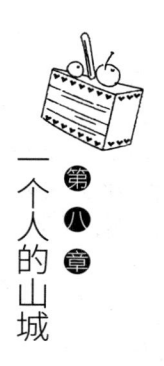

姚叙退学的事引起了不小的风波。

曹军见不得那么好的学生突然退学，都已经拿到了名校的保送资格，只要读到高中毕业，一切都会有新的开始，怎么偏偏在这个时候退学呢？他当即决定去姚叙家一趟，但连续吃了三次闭门羹。

姚叙走后，戚美玲先是到处疯找，发现真的找不到姚叙后，又去姚振海家大闹了一场。

姚振海听说姚叙走了，第一反应不是问他去了哪里，不是担心他出了什么事，而是问人走了，那两套房子是不是应该还给他。

这两年姚振海的生意越来越难做，原本就是借着翁瑶家的人脉和势力做起来的，翁瑶他爸现在退了休，以前的一些人脉和"绿色通道"都行不通了，公司连年亏损，甚至已经卖了一套房还债。

翁瑶给姚振海下了最后通牒，要是今年拿不回姚叙手里的那两套房，她就离婚，让姚振海净身出户。

姚振海这个人向来自私自利，离婚他不在乎，他早就过够了这种处处被翁瑶压着的生活，但净身出户对他来说是致命的打击，没有翁瑶家帮衬，以后他想东山再起就没可能了。

他整天盘算着怎么把那两套房子要过来，一听姚叙失踪了，第一反应就只是要房。

戚美玲来找他，是希望他帮着一起把姚叙找回来，然而对方却是这样的反应，免不了又是一场大战。

翁瑶冷眼看着，在旁边跟孩子说风凉话。

戚美玲跟姚振海两个人大打出手，两败俱伤，之后一个人回到空荡荡的家，看着已经被拆了门板的卧室，冲进去，撕烂了姚叙留下的所有书。

曹军来敲门的时候，戚美玲是在家的，只不过她不想理。她把自己关在家里，不出门，也不接触任何人。她的身上没有镣铐，但她给自己、给姚叙都套上了不止十年的铁链。

这个家，就是个监狱，是囚笼，是地狱，她跟姚叙都是囚犯。现在，姚叙竟然越狱了，她怎么能接受？她思来想去，想到了倪星桥。

倪星桥这几天过得很不好，每天心不在焉。学校里没有姚叙在，身边再怎么热闹都不像以往的人间。

原本话多爱闹的倪星桥逐渐变得安静，时不时就往窗外看，希望赶快发生奇迹，姚叙能回来上学。

路里他们几个也跟着担心，姚叙不联系他们，他们就只能从倪星桥口中了解对方的现状。

几个人把零花钱都攒了起来，让倪星桥去见姚叙的时候给他。

倪星桥其实知道，姚叙肯定不会收，但还是接过来了。不仅如此，他把自己的钱也都放了进去，大家唯一的心愿就是姚叙不要过得太辛苦。

路里说："桥儿，你最近就跟丢了魂似的。"

"嗯。"

"叙哥那边要是有什么困难，一定要跟我们说。"路里搂了一下倪星桥，"咱都是好兄弟，千万别跟我们客气。"

倪星桥看着路里，愁绪怎么都散不去。

周五晚上，倪星桥刚一进家楼门就看见了站在那里等他许久的戚美玲。

黑咕隆咚的楼道突然出现一个铁青着脸的女人，倪星桥吓得差点儿晕过去。

"戚阿姨？"倪星桥一点儿都不想看见她，厌烦和恐惧，让他下意识地后退。

戚美玲看着倪星桥的眼神像刀子一样，认定了是他把姚叙藏起来了。

"你把姚叙藏哪儿了？"戚美玲问，"你害得姚叙还不够惨吗？现在家都不让他回了，你无不无耻啊？"

她声音尖锐刺耳，一下又把倪星桥拉回了那天。倪星桥不停地往后退，戚美玲步步紧逼。

"姚叙呢？"戚美玲说，"把我儿子还给我。"

"我不知道。"倪星桥答应过姚叙，不把他的去向告诉任何人。

"你不知道？你怎么会不知道？不是你把他骗走的吗？"戚美玲快步上前，一巴掌打在了倪星桥的脸上，"你太歹毒了！"

倪星桥被打得耳朵嗡嗡作响，只觉得昏天黑地，连戚美玲咒骂的声音都听不清，也还好他听不清。

戚美玲撕扯着他的衣服，吵嚷着让他把姚叙交出来。

在楼上听见声音的黄茜跟倪海明跑下楼，看见倪星桥被戚美玲堵在那里的时候吓坏了。

倪海明赶紧过去拉开戚美玲，黄茜哭着把儿子护在怀里，带回了家。

戚美玲指着倪海明骂："你们教出来的小浑蛋！你们也不是什么好东西！"

倪星桥被黄茜带回了家，他在妈妈怀里哭着说："我不是……"

倪星桥是从小被爱到大的，他爸妈都没有很严厉地批评过他。他的世界里从来没有任何难听的话，可如今他却被骂是浑蛋。

倪星桥觉得自己被这些话刺得浑身都疼，他不明白姚叙妈妈为什么要这样。他很委屈，还有些生气。

黄茜也气急了，起身就要去找戚美玲。

倪海明拉住她说："很明显她现在精神明显有问题，你别去了，我怕她伤着你。"

"那就随她这么说我的孩子？"黄茜眼里含着泪说，"我自己都舍不得说，她上来就一巴掌！"

"我去联系她家人。"倪海明说，"这件事交给我处理，你们在家好好休息。"

他从冰箱里拿出个冰袋，裹上毛巾递给了黄茜："给孩子敷敷脸，别待会儿肿了。"

他说完拿着手机就出门了。气是真的气，就像黄茜说的那样，倪星桥长这么大，家里人没动过他一根头发丝，当宝贝似的养着，如今却被别人打了一巴掌。

孩子做事有问题可以好好引导、好好教育，打人算是怎么回事呢？

倪海明也想去理论，想把戚美玲抓回来给倪星桥道歉，可是他看得出来，戚美玲受了刺激，现在整个人疯疯癫癫的，怕是要出事。

他辗转打听到戚美玲家里人的电话。戚美玲离婚后就几乎跟所有亲戚朋友断了往来，之前他也听说过，戚美玲因为自己离婚的事情跟家人也没少吵架，她一直觉得如果当年家里人不劝她原谅姚振海，也不至于像后来这么惨。她恨所有人，包括她自己。

倪海明能理解她为什么不和亲朋好友联络了，但现在这个情况，绝对不能任凭她继续这么闹下去。

他在楼下打电话给戚美玲父母，两位七十多岁的老人，听到女儿干的这些事，第一反应是骂她丢人。

倪海明皱了皱眉，也明白了戚美玲为什么是这样的性格。他觉得头疼，觉得姚叙远离这个家或许是正确的选择。

倪星桥被那一巴掌打得好几天都提不起精神，话比之前更少了。

林屿洲问他："你没事吧？"

倪星桥只是点点头，一声不吭。

这显然不是没事。

林屿洲说："如果真的出了什么事，我爸可以给你提供法律援助。"

他想了想，又说："也可以提供给姚叙，免费的。"

"说得好像你能说了算似的。"

"我当然可以啊！"林屿洲说，"大不了以后我都不跟他要零花钱了呗。"

倪星桥看向他，哀怨中还带着点儿感动。

"哎，你别这么看着我。"林屿洲说，"我这人向来侠义心肠，见不得朋友吃苦遭罪。"

"谢谢你。"倪星桥说，"但我们好像都帮不了他。"他说完，下意识地叹气，趴在桌上。

几天的时间，倪星桥的世界也发生了天翻地覆的变化，他突然很怀念风平浪静的过去，那时候他可以每天跟姚叙在一起，每天在对方身边为所欲为。

倪星桥把脸埋在臂弯里，继续想姚叙。

而姚叙，他自己也没想到有一天会踏上跟想象中完全不同的一条路。

不再去学校，每天睁眼看到的是转个身都觉得拥挤的小隔断间。早早出门去干活，晚上下班早的话就去学校附近等倪星桥，两人见个面再回家。

戚美玲暂时还没有找上门来，他每天过得提心吊胆，生怕遇见那个人。

谁能想到，这世界上有人躲避自己的亲妈就像躲避寻仇的敌人。

姚叙觉得这很悲哀，他跟戚美玲都很悲哀。

倪星桥告诉姚叙,曹军找过他几次,问他姚叙发生了什么事。

倪星桥忍不住当着曹军的面哭了,但咬死没说姚叙现在躲在哪里。

其实,倪星桥并不确定自己这么做到底对不对,因为曹军说:"只剩下半年多的时间了,他只要坚持下来,以后有大好的人生。"

倪星桥脑子里总是会不停地想象那所谓的大好人生,他想象姚叙意气风发地走在大学校园里,他们两个一起上课,一起出去玩,一起穿着学士服拍毕业照。他还有很多很多想跟姚叙一起做的事,可不知道还有没有机会了。

半个多月,日子就这么过着。

倪星桥心里盛满了苦水,每天在学校像是行尸走肉。他来上学的动力变成了每晚放学后跟姚叙短暂的相见,两个人在"青睐"碰面,有时候简单聊几句,有时候什么都不说,就那么看着对方。

倪星桥看得出姚叙瘦了,还有黑眼圈了。他心疼得不行,好几次甚至想开口求姚叙回来。可是,看着姚叙对他笑着说自己现在心里有多轻松,就把到了嘴边的话给咽了下去。

倪星桥从来都不是心里装得住事的人,可是现在,好多事情一股脑地压给他,他一件都不能说给别人听。他觉得自己变成了一只气球,吹得鼓鼓的,不知道哪天会爆掉。

一个月过去,戚美玲还没找到姚叙。

她已经从之前着了魔似的发疯走向了另一种极端。她每天打扮得很精致,一条街道一条街道地走,她觉得只要自己走的地方足够多,就一定能找到姚叙。

迟迟找不到姚叙让她很着急,但有一件事让她觉得心头大恨得到了相当程度的缓解:翁瑶终于把姚振海踢出了家门。

几天前,姚振海过来踹门,逼她交出姚叙名下那两套房子的钥匙。

戚美玲跟他大打出手,后来才知道,翁瑶两年前就在外面有了别人,当初姚振海为了翁瑶抛弃了戚美玲跟姚叙,如今翁瑶为了别的男人让姚振海净身出户了。这就是报应。

戚美玲心里终于痛快了些,口水直接吐到了姚振海脸上。

戚美玲说:"你活该,我现在就等着翁瑶也遭报应!"

姚振海打了戚美玲一巴掌,戚美玲用指甲划伤了他的胳膊。两个人永远都是这样,谁也捞不着好处。

那天姚振海把这个已经只剩下空壳的家翻了个底朝天,在戚美玲刺耳的笑声中，愤恨地空手离开了。他怎么都找不到钥匙。

姚叙到底还是聪明，他很清楚自己离开之后在很长的一段时间里并不会过得那么好，于是走时，除了拿走了自己的证件，还带走了房产证和钥匙。那两个住处是不能去了，但房子还是他的。

他想过，以后他会每年想办法给他妈赡养费，但房子他必须拿走。

有时候，躺在床上姚叙也会想自己是不是对他妈太残忍了，毕竟她落得今天这样，一家人谁都不无辜。可是他翻个身，对自己说：我只是想活下去。

生存的压力让姚叙没有太多的精力关注倪星桥的变化，两个人只有每天晚上短暂地相聚。他能感觉到倪星桥因为自己的事情也很有压力，于是想尽办法让对方相信自己现在的生活比以前好得多。他自由自在，终于真正掌握了自己的人生。

姚叙对倪星桥许诺，等他高考完，两人一起去山城。

倪星桥死死地抓着他的衣角，不知道为什么，这几天总觉得心神不宁。倪星桥知道自己可能出问题了，但他不知道应该怎么办。他觉得好像有什么在吞噬自己，很可怕，而自己却很无力。

姚叙离开之后的月考，倪星桥成绩大幅下滑，直接从年级前三名掉到了二百多名。

路里看到成绩单后，吓得赶紧来找倪星桥，一进教室就看见倪星桥趴在桌子上，不知道是不是睡着了。

"我的桥哥啊！"路里跑过来，发现这人没睡，就只是趴着发呆。

他说："亲哥，你咋了嘛！"

倪星桥懒洋洋地看他，有些迟钝地问："我怎么了？"

路里掏出手机，给他看自己拍的成绩单。

倪星桥扫了一眼，一副意料之中的样子。这一个月，倪星桥根本无心学习，每天光是喘气就消耗掉他所有的能量了。

路里问："是因为叙哥的事吗？"

倪星桥没吭声。

林屿洲从外面回来，见他俩在这儿说话，也凑了过来。

"聊什么悄悄话呢？"

路里瞪了他一眼，嫌弃得要死。

林屿洲看向没精打采地趴着的倪星桥，问路里："这位又是怎么了？"

"他最近一直都是这样。"路里说，"自从叙哥走了，他魂儿就丢了。"

路里偷偷告诉了林屿洲这次月考的成绩排名，林屿洲看向倪星桥，多多少少有点儿担心了。

上课了，路里跟林屿洲都回了自己的座位，倪星桥一直到老师进了教室开始讲课才慢慢悠悠地坐起来。

熬到体育课，倪星桥像往常一样，坐到体育馆看台上，眼睛望着篮球场。只可惜，那里再没有姚叙的身影了。倪星桥不再看那些不着调的小说，就只是坐在那里发呆。

林屿洲拿着饮料过来找他："聊聊吗？"

倪星桥看了他一眼："聊什么？你要回山城了？"

林屿洲笑了："我倒是想。"

倪星桥没什么生机，像是一棵枯了的小树。

他喃喃地说："不知道姚叙还会不会和我一起去山城大学。"

林屿洲看向了他。

说起这个，倪星桥又想起那天，他意识到，那天戚美玲的尖叫可能会成为他和姚叙一生都过不去的坎儿。只要想起那个场面，倪星桥就好像整个人被吸入沼泽，挣脱不出来。

林屿洲安静地观察着他，过了一会儿，打了个响指把人从困境中唤醒了。

"你怎么了？"林屿洲担忧地问，"每天跟行尸走肉似的，魂儿丢了吧？"

倪星桥低下头，拧开饮料喝了起来。

林屿洲说："有些事你不跟我们说，我们就不问。但要是你什么时候想找个人说说，我或者路里，随时都等着你。"

倪星桥看向了他。

"还有啊，不是只有你一个人担心姚叙。"林屿洲对他说，"我们也是姚叙的好朋友，你们俩有什么事，别只想着自己扛。"

倪星桥才不是喜欢扛事的人，他最扛不了事了，可是事情发展到今天，根本没人告诉他，究竟应该怎么办。一切都乱套了，失控了，他很自责，觉得全都是自己的错。

"有时候我觉得特别对不起姚叙。"

林屿洲不知道他为什么突然这么说，但沉默片刻，他对倪星桥说："姚叙要是知道你这么说，可能会挺难过的，他最在乎你了。"

"可是，我觉得是我害了他。"倪星桥快被那种愧疚感杀死了，"要不是我，起码他不用退学。"

说到这里，林屿洲也沉默了。是啊，谁能想到事情会闹成这样呢？

两个十八岁的男生坐在体育馆的看台上，四周是同学们吵吵嚷嚷的声音，青春无敌。然而他们并没有心思享受这样的青春，尤其是倪星桥，他猛然间觉得，他跟姚叙的青春已经在那天戚美玲声嘶力竭的叫喊声中结束了。

倪星桥跟姚叙见面的时候并没有告诉对方自己成绩下滑的事情，他努力让自己看起来和以前没什么两样。

坐在"青睐"甜品店里，一切都好像跟过去没什么区别，但世界已经发生了天翻地覆的变化。姚叙再没有穿过校服，再没有进过校园，但是倪星桥看得出来，姚叙很开心。

"脸上是怎么弄的？"倪星桥发现他左脸似乎被划破了。

"干活的时候不小心弄的。"姚叙说这句话的时候神采奕奕的，让倪星桥既心疼又羡慕。

倪星桥从书包里翻出创可贴，这是自从姚叙告诉他自己开始打工赚钱他就放在书包里的。

他笨拙地给姚叙的伤口贴上卡通创可贴，突然就笑了。这是最近一个多月以来，倪星桥少有的发自内心的笑。

姚叙问他是不是有心事。

虽有很多心事，但是倪星桥不想说。最后，倪星桥说："其实是月考没考好。"

他知道自己要是说没有心事，姚叙一定不信，于是只好找了个相对没什么杀伤力的烦恼糊弄姚叙。倪星桥说："你不在学校，我学习都没动力了。"

姚叙笑着说："那可不行，你还得考山城大学呢。"

倪星桥嗓子眼发紧，觉得心口闷闷的。是啊，他跟姚叙约好了的。

"嗯，我调整一下状态，下次一定考第一名。"他这个永远被姚叙压一头的"万年老二"，是时候帮姚叙把第一的位置占稳了。

"姚叙。"倪星桥问他，"你真的没后悔过吗？"

姚叙把自己面前的双皮奶往他面前推了推："我要是后悔，现在就不会坐在这里了。"

倪星桥看着他，过了一会儿终于点了点头。

"对了。"姚叙说，"领班调了我的上班时间，以后三班倒，就不能每天晚上都来找你了。"

倪星桥一下就皱起了眉。

"不过，你放心，我还是会每天晚上在这里等你。"

一开始倪星桥不明白他的意思，可是当他第二天晚上来到"青睐"甜品店，店长姐姐笑着递给他一封信时，他才明白过来。姚叙来不了，但他的信如期而至。

之后的每天都是这样，"青睐"甜品店成了他们俩的邮件中转站，姚叙每天上班前都会把写好的信送过来，再买一份双皮奶，让店长姐姐在倪星桥来的时候交给他。而倪星桥也开始给姚叙写起信来，有时候还会买些别的小玩意儿。

姚叙换班之后，两人见面的时间就只有周日的白天。

倪星桥会一大早就跑去姚叙的住处，两人像以前那样，谈天说地，分享彼此的生活，只是故意不提那些糟心事。

本以为生活会一直这样持续下去，一直到倪星桥高考结束，他们俩去山城，离这个地方远远的。

倪星桥每天都在期待下一个夏天的到来。

只可惜，他没等到梦中的那个夏天，姚叙也没有等到。

又是一个周日，倪星桥照例来到姚叙的住处。他今天来得晚了些，因为上午爷爷奶奶来家里，他吃过午饭才出门。倪星桥迫切地想见到姚叙，火急火燎地往这边赶。

天已经冷了，姚叙住的隔断间冷飕飕的，他又没什么厚衣服，倪星桥今天过来还特意带了几件毛衣跟外套给他。

两人待到下午，倪星桥依依不舍地出门去学校。他走之前，想起前两天曹军又问他姚叙的近况，说是只要姚叙能回来参加结业考试，还是可以拿到毕业证的。

于是，他回头问了姚叙一句："你真的不打算参加结业考试了吗？"

姚叙摇摇头，说没有这个打算了。倪星桥似乎有些失落，但还是没再多说什么，离开了。

他走后，姚叙收拾房间，把倪星桥带给他的衣服叠好。就在这个时候，突然有人敲门。

姚叙一般不会管，因为他很肯定除了倪星桥不会有别的人找他。但倪星桥前脚刚走后脚就有人敲门，他还是去了，怕是倪星桥落下什么东西回来找。然而门一打开，外面站着的人竟然是好久不见的戚美玲。

戚美玲穿了一身新衣服，化着艳丽的妆，头发也重新烫过了。

姚叙看到她，瞬间如坠冰窟。

戚美玲面带微笑地对他说："姚振海被翁瑶赶出来了，他现在跪着求我，我都不理他。"

姚叙要关门，但戚美玲还是挤了进来。

姚叙不在乎任何事，他只问了她一个问题："你是怎么找到这里来的？"

戚美玲站在那里，云淡风轻地说了句："你那好朋友带我来的啊。"

自从离开家，姚叙一边享受着从来没有过的自由，一边也始终如履薄冰。他生怕被戚美玲找到，生怕好不容易拿回来的自主权又要被迫交回对方的手里。

眼前这个人简直就是他的梦魇，而此刻她说的话更是将他一秒打入了地狱。姚叙第一反应是"不可能"，倪星桥明知道这个地方是他最后的栖身之所了，也明知道自己被戚美玲找到会发生什么，不可能把自己的地址告诉她。

可是，戚美玲说："那个倪星桥虽然惹人厌，但有时候还是比你懂事点儿。"她看着姚叙的眼睛，慢慢悠悠地说，"人家都知道我把你养这么大不容易，眼看着就高考了，什么都可以等高考结束了再说。"

姚叙突然想起倪星桥走前的话，他问他是不是真的就这么放弃了。原本姚叙还在奇怪他怎么突然又提起这件事，现在明白了，原来是戚美玲找过他。

姚叙已经看不到别的，也听不到戚美玲在说什么。他能感觉到的只是深入骨髓的寒意，和一点点下坠的心。

突然，戚美玲的巴掌狠狠地落到了姚叙的脸上，瞬时他左耳一阵耳鸣。

戚美玲面目狰狞地痛骂着什么，可他什么都听不清，抬起手用力地揉耳朵，却无济于事。

姚叙烦躁不堪，在戚美玲逼近他，一脚踏入这个房子的时候，他猛地推了对方一把，然后头也不回地跑了。这是第几次逃跑了？这世界还有他的容身之处吗？

姚叙疯了似的往外跑，持续的耳鸣还在困扰着他。他逃到小区里，逃到大街上，逃到不久前跟倪星桥待过的巷子里。

当姚叙终于停下来，扶着墙壁粗喘，看到落叶掉在脚边时，他瞬间想到了自己的人生。

244

他转个身，背贴着墙壁滑坐在地上，仰头就是天，可天离他太遥远。

姚叙就那么坐着，死死地攥着拳头。

戚美玲不会让他好过，她手上拿着铁链，这次他回去了，那套在他脖子上的铁链只会比以前收得更紧。他还怎么活！

姚叙压抑着，指甲嵌到了掌心的肉里却丝毫感觉不到疼。他一直看着蓝天，而此刻，他连这天都一起憎恨了起来。

如果是这样，那就彻底再也不见吧。姚叙想，这世界不留一隅给我，那我也没什么可留恋的。

一开始，倪星桥并没有发现姚叙的消失。

他依旧每天放学都去"青睐"，店长姐姐会一如往常地递给他姚叙留下的信。

只不过，这样到了第三天，店长姐姐突然对倪星桥说："这几天他都没过来。"

原来姚叙在第一次留信给倪星桥的时候就一口气存在这里十几封，之后每次过来也都会一起拿来好多封。

姚叙让店长姐姐每次只给倪星桥一封，说是万一哪天自己临时有事来不了，也能让这信不间断地送到倪星桥手里。

"你留的信还在这里。"倪星桥回给姚叙的信还保存在店长姐姐这儿。

"本来我还在想他是不是这两天有事来不了，所以昨天没跟你说。"店长姐姐说，"但这都三天了，你知道他去哪儿了吧？"

倪星桥皱起了眉："我不知道啊……"他跟姚叙并没有其他的联系方式。

之前倪星桥放在姚叙那里的手机被对方还了回来，姚叙说自己在攒钱，攒得差不多了就买一部便宜的手机，到时候他们就能随时联系了。

可是，姚叙的手机还没买，倪星桥除了信件和他的住处，再不知道怎么找到他。

倪星桥有种不好的预感，拿起书包就跑了出去。

然而，他再没有找到姚叙。

晚上，倪星桥去了姚叙的住处，敲了半天门，跟姚叙合租的室友不耐烦地来开门，他连连道歉，可到了姚叙的房间门口，发现房门开着，里面没有人。他环顾四周，看见自己之前拿给姚叙的衣服还摊在床上，袖子叠了一半。

姚叙的外套被搭在床边，他周日留下的水果也还在桌上。一切都跟他走的时候一样,就好像他前脚刚出门姚叙后脚就也离开了,而且事发突然,再没回来。

倪星桥内心的不安逐渐被放大,担心姚叙出事了。他小心翼翼地去跟姚叙的室友打听,那个刚刚给他开门的年轻男人看起来刚下班,身上还穿着工作服,正开着房门蹲在桌边干嚼方便面。

倪星桥问:"你好,我想问一下住在那个房间的男生这两天有回来吗?"

那个男人也是一脸疲惫,累了一天回到家,饥肠辘辘,只能嚼干脆面,省时省力,吃完赶紧洗漱睡觉。

他打量了一下倪星桥,又瞥了一眼姚叙的房间。

"不知道。"

"这几天有什么人来过吗?"

对方显然不太想搭理他,但还是想了想,说:"周日打起来了。"

"打起来了?"倪星桥立刻紧张起来,"跟谁啊?"

"我哪儿知道!"对方又不耐烦了,"一个女的,扇了他一巴掌,下手真狠啊,不知是多大的仇。"

倪星桥听完,脊背发凉。

一个女人,扇了姚叙一巴掌。不用想都知道那是谁。可是,戚美玲是怎么找到这里来的呢?

倪星桥失魂落魄地道了谢,回到了姚叙的房间。

姚叙一定是因为戚美玲找到了这儿来,不得已又走了。

倪星桥坐在他的床上,轻抚着姚叙留下的书包,鼻子忍不住发酸。这才过了几天安生日子,那个女人怎么又开始折腾人了呢?

倪星桥抬手擦了擦眼睛,他起身帮姚叙把房间收拾了一下,将垃圾收好拎出去,临走前特意锁好了门,将钥匙放在了自己的口袋里。

姚叙走得匆忙,什么都没带。但是等他安顿下来,一定会和我联系的。倪星桥在心里一遍又一遍地这么对自己说。

他离开了姚叙这暂住的小家,在秋天夜晚的风中,骑着单车独自往家里去。

自己有多久没跟姚叙一起放学回家了?仔细算来好像也没有太久,但是上一次两人并肩骑车上学放学,好像已经是上辈子的事情了。

倪星桥越想越难过,以前总觉得再寻常不过的生活,如今却再也求不来。果然失去了才知道当初拥有的时候是多美好。

他回到家，黄茜也没多问他去了哪儿，洗了水果给他吃。

倒是倪海明，跟倪星桥说："去洗把脸吧，眼睛通红，滴点儿眼药水再睡觉。"

倪星桥听到他爸的话，更想哭了。他说："爸，姚叙又走了。"

黄茜跟倪海明的动作都明显地一滞，家里安静了好一会儿。

黄茜回了房间，倪海明坐到了倪星桥身边。

"对于姚叙身上发生的事，我们也很难受，看着长大的好孩子，被折腾成这样，谁心里都不好过。"倪海明搂着儿子的肩膀说，"但是星桥，我们是你的父母，心疼他归心疼他，最让我们难受的其实是你。"

倪星桥看向了他爸。

"自从姚叙退学，你就跟丢了魂儿似的。话少了，也不笑了。每天心事重重的，像是天都塌了。"倪海明说，"我们不希望看到你这样。"

"可是姚叙走了，我难受。"

倪海明听到他这话，微微皱了皱眉。

"我知道你在乎姚叙，你们从小一起长大，感情好。"倪海明停顿了片刻，然后才接着说，"但是，他离开是去找他的人生了，你不能因为这个，把自己的人生给毁了。"

"我没有啊。"倪星桥说，"我上次没考好，但是下次一定能考好。我跟姚叙说了，以后年级第一的位置我帮他守住。"

"我不是这个意思。"倪海明有点儿急了，"对我们来说，最重要的不是成绩，你明白吗？"

倪星桥看着他，没有说话。

"最重要的是，我们想找回那个可爱的、每天活蹦乱跳爱笑爱闹的儿子，明白吗？"倪海明说着说着，自己也难过起来，"今天你妈问我，你有多久没和我们撒娇了，你知道这话对我们来说意味着什么吗？就是突然之间，我们觉得已经失去你了。"

倪星桥的眼泪又落了下来，他凑过去抱住了他爸，可是什么话都说不出来。

他没办法，姚叙不在他身边，他就是没办法开心起来。

他的眼泪打湿了倪海明的衣服，不知道过了多久，他才轻声说："爸……我好担心姚叙啊……"

姚叙再没联系过倪星桥。

在很小的时候，倪星桥就知道，这世界很大，而人很渺小。那时候，他才刚会走路，爸妈把巨幅地图铺在地上，把他们生活的城市指给他看。

安城在地图上只是一个圆圆的小点，可这里承载了倪星桥和上千万人的一生。

长大以后，倪星桥总想着去很远的地方看看，每逢假期就跟爸妈去旅行。他看过很多山川，也曾经坐在车里穿梭于繁华的都市。那个时候，他向往未知的世界，可如今才意识到，真正的未知就在他身边。

姚叙突然之间不打一声招呼就从倪星桥的生活里销声匿迹，从前觉得安城很小的倪星桥瞬间觉得这城市望不到边。

安城一定大到让他无法想象，否则为什么他再怎么找都找不到姚叙呢？

确认姚叙真的不会跟自己联系之后，倪星桥生了一场大病，连续高烧不退，吃什么吐什么，半个月的时间，人瘦了一大圈，林屿洲看见他都以为他得了绝症。

倪星桥的身体好不容易逐渐恢复，但又开始有了厌食症的症状。他没有胃口，看见食物就觉得反胃，强行吃点儿东西，但很快就会恶心呕吐。

倪海明跟黄茜担心得不行，带着倪星桥辗转去了几个大医院看病，结果却是厌食症没好转，抑郁症状还加重了。

倪星桥觉得自己这样很对不起爸妈，他开始刻意在他们面前装得像没事人，然后在他们看不见的地方吐得昏天黑地。

在那段时间里，倪星桥经常压抑到无法顺畅地呼吸，做什么事情都觉得痛苦。更让他觉得痛苦的是，戚美玲对他整日纠缠，就好像他才是让这一切变成这样的罪魁祸首。

倪星桥觉得难受，一想起戚美玲这个人就开始浑身冒冷汗。

他知道，按目前的这种情况来看，就算姚叙想找他也被吓得不敢出现。他也开始恨起了戚美玲。

倪星桥用了很多时间治疗，几乎每天都在吃药。他身体逐渐恢复，可一切都再也回不去了。

高三最后的那几个月，倪星桥一有空就骑着单车在城市里打转，他觉得姚叙一定就在不远处，只是不方便出现。可是，姚叙为什么连他都不见了？

倪星桥觉得委屈，觉得失落，觉得每天的痛苦和思念都在叠加。

他也有点儿生姚叙的气，为什么就不来见他呢！

倪星桥也开始写信给姚叙,每天一封,然后放到"青睐"甜品店。

店长姐姐说:"还没找到他?"

倪星桥摇摇头,再也没笑过。

他周末偶尔也会去姚叙之前租的隔断间,当初姚叙只付了一个月的房租,但后来倪星桥用自己攒下的零花钱又多租了几个月。他保留姚叙留在这里的一切,趴在那张单人床上睡觉。

有时候他会做梦,梦见姚叙回来了,坐在床边轻声细语地和他说话。可是醒过来的时候,屋里却是空荡荡的,姚叙不知道在哪里,不给他一丁点儿消息。

倪星桥也偶然遇见过戚美玲,她被家人送去医院,住了一段时间,又回来了。她看见倪星桥就打,倪星桥也不还手,随她去了。

路里、林屿洲、林苏晨,几个人担心完姚叙又担心倪星桥。他们眼睁睁看着倪星桥越来越安静,越来越消沉,觉得他完全变成了另外一个人。

姚叙刚离开的那两个月,倪星桥的成绩一落千丈,他没办法专注精神,每天都在走神。可是后来他开始一门心思学习,再不用爸妈劝,每晚学到深夜。因为他答应过姚叙要帮对方守住年级第一的位置,也答应过姚叙要去山城一起生活。

不管姚叙是否会信守诺言,倪星桥都决定坚持到底,等以后有一天两个人再见面,他一定要质问对方为什么要这样欺负他。

倪星桥咬紧牙关,姚叙成了他努力学习、努力生活的唯一动力。有时候,他想,或许姚叙先一步去了山城,为了躲避戚美玲,他早早地过去等着自己。于是,他开始想象姚叙在那里的生活,想象对方也像他这样担心着彼此。

高三的一整年,倪星桥性格大变,曹军都有些担忧,时常找他谈心,让他不要有太大的压力。倪星桥再不跟老师斗嘴,乖巧地听着,走时还会老老实实道谢。

林屿洲说:"姚叙要是看见你这样,肯定心疼坏了。"

倪星桥说:"姚叙是谁啊?"说完这话,他鼻子发酸,撇撇嘴,想哭的时候才变回以前的那个小男孩儿。

林屿洲无奈地看看他,叹了口气,什么都没说。

姚叙走后,倪星桥再没吃过双皮奶。

他每天去"青睐"甜品店只是送信,也依旧能收到店长姐姐递给他的来自姚叙的信。那些信都是姚叙走前留下的,几十封,倪星桥不知道他写这些信用了多少时间。

店长姐姐问过倪星桥要不要把这些信一起拿走，倪星桥拒绝了。他说："每天给我一封吧，这样我会觉得姚叙还在我身边。"

店长姐姐特意买了两个收纳盒，一个盒子放姚叙写给倪星桥的信，另一个盒子放倪星桥写给姚叙的。

日子一天天过去，一个摞得越来越高，另一个却逐渐见底了。

店长姐姐的心也跟着这两个男孩儿揪了起来，她不知道他们之间发生了什么，但她看得出来，突如其来的剧变已经彻底颠覆了他们的人生。她看着倪星桥一个人坐在角落的位置发呆时，总能想起以前他们两个人一起过来的场面。

所有关于青春的美好词汇都可以用来形容他们俩，而如今，怕是两人都站在绝望之巅了。

这太残忍了。

高考那天，跟往年的高考一样，天降大雨。倪星桥坐在他爸的车里，看着路上的行人。

考场外，拉着红色的条幅，紧张的学生、家长、老师，都堵在那里，互相说着打气的话。

倪海明停好车，告诉他别有压力。倪星桥点头，下车时对他说："我要考上山城大学。"

倪海明满怀忧虑，看着儿子撑着伞走进了考场。

倪星桥还抱有最后一丝幻想，说不定姚叙会出现在人群中。他走得很慢，试图从撑伞的人中寻找到那个他已经大半年没见到的男生，那个高高帅帅，永远让他觉得可以依靠的姚叙。

他缓缓站住，鞋子踩在了水坑里。他望着人群，对着虚空，轻轻地叫出"姚叙"两个字，让他难过的不只是姚叙并没有出现，而是，他突然发现，当他说出这两个字时，这个名字对他来说竟然变得陌生了。

倪星桥很难过，他不允许姚叙在他的世界里变得陌生。

他垂下眼睛，看自己的脚尖。鞋子已经湿了，姚叙不会再来背着他走进教室了。

倪星桥转身继续往考场走，他知道，自己幻想的一切都不会出现了。但人生还没走到尽头，姚叙一定在山城等着他。

高考的两天，倪星桥心无旁骛，他应试的状态很好，最后一科考完走出考场的时候，他确信如果没有意外，他一定能去山城大学。他觉得自己就要跟姚叙团聚了。

说来也是奇怪，下了两天的大雨在学生们走出考场的时候竟然停了。

倪星桥把考试用的东西交给等在外面的他爸妈，跟着路里他们玩去了。

倪海明跟黄茜也没阻止他，十二年苦读，今朝就此告一段落，他这些日子的压抑和压力，做父母的都看在眼里，难得孩子说要出去玩，那就让他玩个痛快。

倪星桥跟着路里他们去吃饭，去的是路里叔叔开的饭店，专门给他们几个留了个包厢。

倪星桥一直在笑，几个人都刻意对姚叙避而不谈，只说轻松的话题。

吃完饭，他们去歌厅，五音不全的倪星桥当起了麦霸，拿着话筒唱个不停，林屿洲受不了，把他按在沙发上，强行抢回了麦克风。

天黑了，他们从歌厅出来，林屿洲提议去吃烧烤。夏天的夜晚，微凉的风吹得人很舒服。

倪星桥、路里、林苏晨和林屿洲，四个人坐在路边的烧烤摊口水横流。

倪星桥说："我们都成年了，是不是可以喝酒了？"

几个人互相看看，随即兴奋地招来老板，要了四瓶冰镇啤酒。

他们都是第一次喝酒，丝毫不觉得好喝。然而，倪星桥却停不下来，一杯接着一杯，喝到后来，涕泗横流。大家都知道他为什么哭，知道他为什么要不停地喝酒。

倪星桥喝得精神涣散，斜靠在林屿洲的肩膀上继续一杯杯地往嘴里送。

T恤弄湿了，裤子弄湿了，灵魂也湿了。

倪星桥到后来已经不知道自己都说了些什么，但是林屿洲他们都记得。

他们清楚地记得倪星桥哭着说："姚叙给我的信全都看完了……"

高考前，姚叙留给倪星桥的信都已经看完了。每天一封，原来姚叙写了这么多。

那些信的存在还能让倪星桥骗骗自己，骗自己姚叙其实一直都在陪着他，可是，他将最后一封信反反复复看了不知道多少遍，也没有等来新的信。信不会再有，姚叙也不会回来。

倪星桥想不明白，为什么会变成这样。支撑他的信念轰然倒塌，赤裸的真相就此摆在了眼前。姚叙不会回来了，姚叙不再牵挂他了。

可是，为什么？

酒入愁肠，解不了任何忧。倪星桥哭得肝肠寸断，但无解的问题始终没人来给他答案。

路里他们见他喝成这样，怕他爸妈担心，索性打了电话回去，扯了个谎，把醉得走不了路的倪星桥带到了林屿洲家。

林屿洲他爸还记得倪星桥，这个当初被自己倒车直接倒进医院的小子。

"怎么喝成这样？"林屿洲他爸看见烂泥一样的倪星桥，下意识地想问：这是没考好？但觉得这话实在不吉利，生生憋回去了。

林屿洲说："学霸释放一下压力，你们大人不懂的。"

林屿洲他爸嗤笑一声，心想：就你懂。

几个人把倪星桥安顿在了林屿洲家的客房，路里也没走，留下陪着倪星桥。

倪星桥在半夜醒过来，头痛欲裂，还有些恶心想吐，他下意识地想叫姚叙，然而睁眼之后，把那个名字吞了回去。

在这个混混沌沌的夜晚，他依旧满脑子都是姚叙。自从姚叙走后，倪星桥的世界好像就只剩下这个人了。

他一遍一遍地想他，生怕时间久了，那个清晰的、在他生命中留下浓墨重彩的人会变成一个模糊的影子。到时候，他真的会比现在更痛苦。

无法忍受对方的离开，更无法忍受自己对他的遗忘。

安静的房间里，路里趴在床边呼呼大睡，而倪星桥看着天花板，想着他们曾经幻想的高考后的夏天，永远不会到来了。

这个暑假，对于其他人来说都是肆意快活的，然而倪星桥依旧整天守在姚叙曾经短暂住过的隔断间里。

那里没有窗，没有风扇和空调。炎热的夏天，倪星桥自虐似的把自己关在那里。

他就那么从早到晚地守着，总觉得有一天姚叙会回来。

其间戚美玲也来过，像幽魂一样，一言不发，满是怨恨地盯着倪星桥。倪星桥当她不存在，自顾自地发呆。

还有几次，倪星桥走在路上，戚美玲突然冲出来，他站在那里一动不动，看着她被路人拦下，被警察带走。

他觉得自己这辈子都不会忘记戚美玲看他的眼神，也不会忘记戚美玲的那些咒骂。原来在过去的那些日子里，姚叙每天承受着这些。若真的如此，还不如一走了之呢。

倪星桥终于对姚叙的遭遇真正感同身受起来，也开始理解姚叙的离开。他甚至希望,姚叙走了就别回来了。

这个长达三个月的暑假发生了很多事,倪星桥像一个安静的记录仪,帮着身边的人一一记了下来。

路里被提前批录取,进了梦寐以求的军校,去研究核工程了。

林屿洲不顾他妈妈的反对,学了法律,进了他爸当年就读的那所大学。

林苏晨是几个人里分数最高的,在高三最后的几次模拟考中,她都是倪星桥最强劲的对手。原本林屿洲跟林苏晨应该回山城高考的,但他们高考前还是把学籍转了过来,决定在安城参加高考。曹军曾经断言,今年的省状元会在林苏晨和倪星桥之间产生。最后的结果是,林苏晨总分比倪星桥高了四分,成为这年的省理科状元。

林苏晨自然被排名第一的学校录取,倪星桥的分数也绰绰有余,然而他当初跟姚叙约好,要去山城大学。倪星桥在报考的时候,只填了山城大学这一个志愿,气得曹军直跳脚。

在大家的录取通知书陆续到来时,路里向林苏晨告白了。

当时他们几个刚看完电影出来,路里跑去买了束花,对她说:"月亮代表我的心。"

林苏晨看看他,十分无情地告诉他:"现在是下午三点,我看不到月亮。"

但她还是收下了花,并同意路里暂时当她的男朋友。

林屿洲吐槽:"暂时,啧啧啧。"

林苏晨毫不留情地扎他的心:"你少阴阳怪气,以后对路里放尊重点儿。"

林屿洲被这句话伤得差点儿哭死在路边。

倪星桥就站在一旁,脸上挂着笑意看他们。

他把这些用手机拍了下来,找了个店,打印出来贴在了一个本子上。不仅贴了照片,他还给每一张照片做了标注,以便姚叙回来找他时,他能给对方把这些日子发生的事一一讲个遍。

倪星桥始终都相信,姚叙记挂着大家。

而事实上,消失不见的姚叙已经自顾不暇,他彻底陷入了戚美玲为他营造的噩梦里。入梦时,戚美玲笑着看他,醒来时,那个人那双眼睛也好像无处不在。

这些日子,他接连不断地产生幻觉,如同惊弓之鸟,随时都可能倒下。

好几次,他回过神来时,要么自己握紧拳头却以为是戚美玲要伤他,要么他发现自己死死地掐着一棵大树,幻觉让他以为那是来找他的戚美玲。姚叙知道,他快走到人生尽头了。

八月份,雨水开始变得充沛,大家未来的去向都已经尘埃落定。

林屿洲决定带着简单的行李回山城,他之后要报到的大学也在那边。不过这次提前回去是为了给陆哲明一个惊喜。当初陆哲明送他回来的时候,两人打过赌,如果林屿洲考回了山城的大学,陆哲明可以满足他的任何要求。

他走的那天,倪星桥去送他。两个人坐在火车站的肯德基吃甜筒,林屿洲说:"人啊,来来去去的,就么回事儿吧。"

"你怎么一副看破红尘的架势?"

"我装的。"林屿洲说,"这样看起来是不是特成熟?"

倪星桥一点儿面子都不给地说:"特滑稽。"

"啧。"林屿洲说,"其实我这话是说给你听的。"

"干吗?我不想出家。"

"没让你出家,就是劝劝你。"林屿洲说,"我总觉得你在因为姚叙的事情惩罚自己。"

倪星桥低头,缓慢地舔着他的甜筒。

"你知道你这叫什么吗?"

"什么?"

"画地为牢。"林屿洲说,"说不定姚叙就在你那牢笼的外面等你呢。"

倪星桥没吭声,他不知道,他什么都不知道。

吃完甜筒,倪星桥送林屿洲去检票。分开前,倪星桥说:"祝你好运。"

"我在山城等你。"林屿洲说,"哥们儿也祝你能早日逮着姚叙,带他一起来山城找我。"

倪星桥笑着看他,耸了耸肩。

送走了林屿洲,倪星桥一出火车站就看见了站在人群中的戚美玲。他已经释怀了,觉得她已经彻底疯了,他又何必跟一个疯子计较呢。

倪星桥买了个甜筒给戚美玲,对方把它丢在了倪星桥身上。倪星桥没什么反应,去洗手间收拾干净,迟疑片刻,去了"青睐"甜品店。店长姐姐又做了新品,送给他品尝。

姚叙不在的这些日子,倪星桥跟店长姐姐成了好朋友。

很多时候,店长姐姐陪着他聊天,他将很多自己想不明白的事情,拿来跟店长姐姐讨论。

"什么时候开学?"店长姐姐问。

"月底就走。"倪星桥说,"差不多还有二十天。"

"真快啊。"店长姐姐坐下来,百无聊赖地看着窗外。又是雨天,没什么人进店。

"当年你们第一次来的时候,还是小孩儿。"店长姐姐笑着说,"初中生,嫩得很。"

"我现在也嫩。"

店长姐姐笑得不行:"时间过得可真快啊,你都要上大学了。"

倪星桥看着她,几年过去,她好像一直都没怎么变。每天守着这个店面,研究她的新品,观察每一个客人。

"姐,你会一直在这里吗?"对于倪星桥来说,店长姐姐见证了他跟姚叙的成长,而这间"青睐"甜品店,承载了他们青春里全部美好的记忆。

"不知道。"她回答说,"未来的事,谁说得准呢?"

"那以后你要是不开这间店了,就便宜点儿,转让给我吧。"

店长姐姐惊讶地说:"怎么?你要当我的接班人啊?"

倪星桥笑了:"这间店对我们来说太重要了,我不希望它消失。"

店长姐姐目光深沉地看看他,半晌才开口说:"行,到时候给你一个友情价。"

外面的雨越下越大,店长姐姐打开窗,让微凉的风吹了进来。

倪星桥看着外面的大雨,思绪不受控制地蔓延,想的都是姚叙。

这么大的雨,姚叙在干吗呢?也是躲在某一个店里看雨吗?还是在哪个屋檐下焦急地等待着雨停?还是说,他真的已经在山城了?是在那边满心期待地等着自己过去找到他吗?

可是,山城比安城还大,倪星桥想,我真的还能找到他吗?

他的手机突然响了起来,是那个隔断间的房东打来的。

房东说:"警察又来了,让我们这个星期之内把隔断都拆了,实在不好意思啊,大家只能搬走了。"

倪星桥怔怔地听着他的话,再一次意识到,姚叙什么都没法留给他了。

当姚叙的东西一件件都被回收,倪星桥觉得就好像在把他一点点推进焚化炉。

最后,他把出租屋的钥匙交还给房东那一刻,就是姚叙的骨灰被撒进大海的时刻。

什么都没有了。

他想念姚叙的时候，那份想念从此也无处安放了。

倪星桥客客气气地跟房东道了谢，拿着那仅有的几样东西离开了那里。

姚叙的黑色双肩书包，还有当初他拿来给对方的几件衣服。

那个人匆忙离开时，有没有遗憾过不能带走它们？

天气炎热的八月天，倪星桥走在街头。

几分钟之前还是烈日高照，突然就下起了暴雨来。他躲进旁边的一家便利店，站在窗边看了好一会儿的雨。

阵雨，说来就来，说走倒也快。十来分钟，乌云挪去了别处，只剩一地的潮湿。

他躲到巷子里，背靠着湿乎乎的墙壁发呆。

就这么走了好一会儿，走累了，倪星桥不知道自己到了哪儿。

又是一条巷子，房屋看起来都有些年头了，砖墙都有些斑驳。右手边的电线杆上贴着脏兮兮的小广告，左手边是一排店铺，距离他最近的是一家小店。

店名他不认识，也不知道是哪国的语言，但门口挂着的小牌子上写着一句话：文身是灵魂的隐喻。倪星桥驻足看了很久，然后迈上台阶，走进了那家小店。

当他再出来时，天已经快黑了，从此，他手臂内侧多了一个文身贴。

倪星桥觉得他贴的不只是一个图案而已，更多的是他对姚叙无处倾诉的担心和愧疚。这感情在看不到尽头的等待和未知中，逐渐开始变得复杂了起来。

八月底，倪星桥踏上了前往山城的火车。

他只有一个行李箱，和一个黑色的双肩书包。

行李箱里放着他的一些衣物，还有姚叙留给他的那些信。黑色的双肩书包就是姚叙的那个，里面是倪星桥的录取通知书。

倪星桥是个很喜欢依赖别人的家伙，然而这次到远方读大学，他拒绝了爸妈要去送他的要求，一个人去乘坐火车。林屿洲跟他说好会来接他，让他放心大胆地到山城。

一路上，倪星桥戴着耳机听着歌，一遍一遍地幻想当他下了火车，姚叙就站在出站口笑着等他跑过去。

倪星桥有一肚子的话想跟姚叙说，他要抱怨，要训斥，也告诉姚叙他离开之后的这些日子自己有多担忧。他一点点构筑自己的信念，坚信姚叙就在山城等着他。

然而，当他下了火车，在人群中搜寻，却只看到林屿洲站在那里，手里提着肯德基的袋子吃得欢。

之前，倪星桥没事就在安城的大街小巷转悠，如今到了山城，又开始拉着林屿洲陪他在这里搜寻姚叙的身影。

开学前的这两天，两个人每天坐着公交车到处跑，根本没有目的地。林屿洲每天累个半死，但看着倪星桥那么执着，也只好舍命陪君子。

他说："你得好好审视一下咱俩的关系了，我这辈子还没对谁这么贴心过呢，你得把我在你心里的好友排位往前提一提，咱不说比肩姚叙吧，但至少得提到路里前面。"

他嘟囔道："要不然，我可太亏了。"

倪星桥冲他笑，给他买了份肯德基快餐，算是回报。

倪星桥总是觉得姚叙就在不远处望着他，可是自己怎么找都找不到。

去学校报到的前一天晚上，两个人又坐在一起喝酒。这次他们说好，每个人只喝一罐。

林屿洲说："虽然这样有点儿残忍，但你有没有想过，其实是姚叙故意不让你找到的？"

倪星桥握着易拉罐的手用了力，啤酒差点儿被挤出来。

他咬了咬牙，心想：怎么会没想过？可是，他不愿意相信。

"不会。"倪星桥都不知道自己这句话究竟是说给林屿洲听的还是说给自己的，"姚叙不可能不和我见面。"

林屿洲欲言又止，最后喝完啤酒，洗澡睡觉去了。

倪星桥坐在客厅的落地窗前看了一整晚外面的月亮，那月亮仿佛就是姚叙，可望而不可即。

倪星桥带着遗憾走进了山城大学的校门。

这所学校近些年来一直在全国排名前五，不知多少学生削尖了脑袋要往里面考。

他站在校门口，想着原本他应该跟姚叙一起站在这里的。

气派又庄严的大门，周围都是人跟车。

往里走，到处都是迎新的学长学姐和带着大包小裹来报到的新生。

倪星桥脸上丝毫没有他人同款的兴奋表情，他只觉得难过，因为姚叙不在他身边。

往里走了一会儿，倪星桥在路边的长椅上坐下了。他不想走了，也不想去报到了。

因为姚叙没来，他对自己的大学生活也没了一丁点儿的憧憬。

林屿洲打来电话，问他："怎么样？山城大学不错吧？有没有准备忘掉姚叙，开始新的生活？"

"没有。"

"啧，你积极一点儿！"林屿洲说，"林子大了什么鸟都有，你再找一个好朋友呗！"

"我近视眼，没戴眼镜，放眼望去这些'鸟'长得都一样。"

两个人斗了一会儿嘴，林屿洲依旧拿倪星桥一点儿办法都没有。不过，和他闹了一会儿之后，倪星桥的心情倒是好了不少。挂了电话之后，他拖着行李去办了手续。

学长学姐都很友好，也很热情，他在填写资料的时候，旁边一个学长看到他是安城一中的，惊喜地说："学弟啊！"

倪星桥乖乖地笑了笑，也没说什么。如果是以前，倪星桥能在几分钟之内跟学长彻底聊开，但现在的他已经没有多余的心思去交朋友。

等到他手续都办好，拿到了宿舍的钥匙，学长自告奋勇送他过去。

倪星桥连连拒绝，说自己可以慢慢找，学长笑着说："路过实验楼，那边在发床铺用品，我跟你一道去领了，省得你再跑一趟。"

盛情难却，倪星桥只好答应了。

学长叫卢尚辰，聊起来才知道，他其实是研二的学生，同时在兼职做院系辅导员助理。

倪星桥说："那您在安城一中的时候，我还没去呢。"

卢尚辰笑笑说："比你大五岁。"

倪星桥只回应了一个笑，突然之间不知道说什么了。他觉得自己现在很奇怪，好像不太会跟陌生人聊天了，要知道，他以前可是社交能手，到哪里都能跟路里一起成为活跃分子。

可能是因为关系好的朋友们都不在身边，更重要的原因是姚叙不在这里。

卢尚辰看他心事重重，问他是不是第一次出来读书不适应，刚开学就想家了。

"还好吧。"倪星桥说,"慢慢就好了。"

见他不太愿意说话,卢尚辰索性也不多说了。

两个人一路上遇到很多新生,也遇到了卢尚辰的同学以及他带班的本科生。

倪星桥看得出,卢尚辰人缘很好,大家见了他都特别热情地打招呼。

这才应该是正常的大学生活。

倪星桥低头走路,幻想在下一个拐角处能遇到和他打招呼的姚叙。然而幻想始终是幻想,一直到了宿舍楼,他连姚叙的影子都没见到。

卢尚辰帮他把东西送到宿舍,一一放好。这个宿舍有四个人,另外三个还没来。

倪星桥跟他道谢,卢尚辰说:"要不你加我为微信好友吧,以后有什么事可以直接找我。"

倪星桥原本想拒绝,但转念一想,人家好心帮自己,也不能太不识好歹了。他加了卢尚辰的微信,对方说还要继续回去接新生,于是很快就离开了。

倪星桥这个学院所在的校区是前几年建设来的,一切都还很新,这栋宿舍楼也是前年刚盖好的,设施齐全且干净。

他走到阳台,望着后面的山。八月末,后山郁郁葱葱,很适合跟姚叙在那里散步。

又是姚叙,满脑子都是姚叙。倪星桥知道,他的大学生活注定是要充满遗憾的,甚至不只是大学生活,如果姚叙一直不出现,他的人生都会写满了遗憾。

他掏出手机,给林屿洲发消息。他问:你说我会不会有一天把姚叙给忘了?

倪星桥等到林屿洲的回复已经是半小时之后,那家伙说:看你现在这样子,我倒希望你能忘了他。

倪星桥翻了个白眼,懒得搭理他。

在倪星桥收拾东西的过程中,其他三个室友陆续到来。让他万万没想到的是,最后一个拖着行李箱走进来的人竟然是齐韦宁。

齐韦宁看见倪星桥也愣了一下,两人对视几秒钟,齐韦宁问:"姚叙呢?"

哪壶不开提哪壶。倪星桥不乐意地回答他:"不想告诉你!"

而此时的姚叙,正站在山城大学的门口,戴着帽子和口罩,却没有踏进去半步。

姚叙是亲眼看着自己的世界一点点崩塌的。

从他十岁出头开始,他无忧无虑的人生就已经结束了。

一开始,只是被一块块石子砸到身上,后来,石子积少成多,变成了压在身上的一座大山。不过,这座沉重的大山上还有宝贵的绿茵溪流,让他能感受到生命的气息。然而有一天,他突然发现,那所谓的绿茵从根部开始松动,那轻快流淌的溪流流向远方再不回来。

姚叙觉得可能自己出现幻觉了,戚美玲发疯之前,他就已经先疯了。

这样的姚叙已经没办法应对任何意外,他甚至不敢再靠近倪星桥。

姚叙身陷噩梦之中,不知道哪一刻就发作,仿佛癔症,周围都是要他消失的戚美玲。

清醒的时候,他觉得可怕,也觉得害怕,没法面对这样的自己,更不敢让倪星桥看见。

他只能逃。

他没有家,没有朋友,孑然一身,一无所有。

他不知道该怎么面对,意识到对于现在的他来说,逃是唯一的出路。

无论是他还是倪星桥,甚至是戚美玲,他们都需要时间和空间,让一切重新归位。

等一切都归位了,纠缠他的幻觉也就消失了。

下定决心的姚叙在街头巷尾游荡,在各处打零工糊口。有上顿没下顿,缩在打工的地方凑合着度过每一个夜晚。他时常被噩梦惊醒,或者被工友发现异样,以他清醒后道歉作为结局。

姚叙知道,自己还是没能摆脱掉戚美玲。"哀莫大于心死",姚叙切身体会到了这句话。

就那样浑浑噩噩度过几个月,从秋天到冬天,他穿着单薄的棉衣,在仓库跟那些三四十岁、皮肤黝黑的工人一起搬货。

下雪天,手冻伤了,皮肤皲裂,疼得他直皱眉。就算这样,姚叙也不要回去。

他每天都在尝试把过去从自己的脑子里剔除,他甚至在帮工时用了假名,反正临时工,连劳务合同都不签,没人管他到底叫姚叙还是叫什么。

一个月,他忘了自己曾经是年级第一名。

两个月,他忘了自己藏在书包里面的日记。

三个月，他忘了戚美玲打在自己脸上的巴掌。

四个月，他忘了自己原本到底叫什么。

可是，不管几个月，他还是记得有个喜欢吃双皮奶、喜欢睡懒觉、喜欢对着人撒娇的男孩儿叫倪星桥。

这让姚叙痛苦至极。

他无数次想去找倪星桥，可心魔始终难以战胜。有一次，他甚至恍惚间把倪星桥看作戚美玲，生生掰断了买来想要跟倪星桥偷偷联络的二手手机。

姚叙突然意识到，自己也陷入了跟戚美玲一样的旋涡里，他恨别人，也恨自己。这样的他，没办法重新面对倪星桥。

但他始终还抱有一丝期待，他觉得自己之所以如此是因为戚美玲还在，等到他们去了山城，戚美玲只要不跟过来，他就能慢慢好起来。

八月末的山城，阳光比安城那里的更毒辣。

姚叙穿着一身黑色衣服，戴着黑色的棒球帽和黑色的口罩，站在山城大学的门口，像是来参加一场葬礼。

他吊唁的是自己。

这样站了很久，直到门口的保安走过来问他是不是有什么事。像这样的学生每年多得很，高考失利，没能进入理想学府，心有不甘，于是来这里看看。

只是保安不知道，姚叙本可以轻松走进这所学校——如果高考之前没有发生那些事。

而如今，姚叙站在这里，看到的却只是站在门前，笑得像索命厉鬼一样的戚美玲。

他不知道那是真实的还是自己的幻觉了，酷日之下，他只觉得冷。

这一刻，姚叙的希望被打破，无论那是不是真的，对于姚叙来说，都是致命的打击。

他又一次证实，自己的幻觉还在。他就是个精神病人。

他查过资料，现在的自己，患的是典型的精神分裂症。他笑自己，终究还是被戚美玲逼疯了。

姚叙在保安的注视下默不作声地离开了，他的心空空荡荡，满是尘埃，所有关于美好的事物都无法在那里暂存片刻。

但他离开时，还是忍不住想：我来过了，就不算食言了。

山城大学新生报到第一天，倪星桥彻夜未眠。

很多远道而来的学生跟家长深夜才抵达学校，已经快十二点，宿舍走廊依旧是闹哄哄的。

齐韦宁坐在床上开着台灯看书，另外两个室友一个跟父母去亲戚家住了，另一个在阳台打电话。倪星桥翻了个身，越躺越焦虑，索性起床，换了鞋子准备出去。

齐韦宁问他："这么晚了，你要去哪儿？"

"出去吹吹风。"倪星桥觉得心烦，想着或许出去走走能好点儿。

齐韦宁想了想，在倪星桥出门之后也跟了出去。

倪星桥慢慢悠悠地走在校园里，他其实没什么目的地，只是胡乱游走。走了一会儿，他突然意识到自己身后好像有人一直在跟着，回头看过去才发现竟然是齐韦宁。

倪星桥转过来打量齐韦宁，一年没见，齐韦宁跟以前也不太一样了。

以前那个总是畏畏缩缩的家伙变得坦荡了很多，这样对视的时候也不会怯懦地移开视线了。

"你跟着我干吗？"倪星桥问。

"怕你出事。"

倪星桥笑出了声："神经病！"

齐韦宁想着反正都被发现了，索性上前来。

两个人并肩往前晃悠，齐韦宁说："我知道姚叙的事情了。"

倪星桥用力咬了咬后槽牙，不说话。

"但是，我以为他至少会参加毕业考，大学还是要读的。"

"他比你想的更痛苦。"倪星桥说，"要不是真的坚持不下去了，姚叙是不会放弃的。"

"我没别的意思，就是觉得挺可惜的。"

可惜、遗憾，这些词倪星桥已经听腻了。他没什么精神，也没什么力气，能不说话就不说话了。

"你性格变了挺多。"齐韦宁说。

倪星桥轻声一笑："你也是。"

他又看了一眼齐韦宁："你现在怎么这么多话？"

齐韦宁也笑了，他确实变了很多。

"高三的时候，我遇见了一个人。"齐韦宁说，"他让我意识到，做人要放肆一点儿才痛快。"

倪星桥扭头看他，没想到齐韦宁这种人也会跟别人交心。

两个人走到剧场后面的小广场，这里四下无人，他们坐在了旁边的大石头上。

"我高考成绩很差。"齐韦宁先开了口。

倪星桥这才想起，当初他是姚叙最强有力的竞争对手，在高考中却似乎隐身了一样。

倪星桥看看他，没问为什么，觉得他想说的话自然会说的。

"因为在最后半年的时间里，我突然不知道自己这样努力是为了什么。"

倪星桥有些意外，没想到齐韦宁竟然会说出这样的话。

齐韦宁说："我从出生开始就被揠苗助长，两岁，刚开始学会说话就要背诗，上小学前就已经学完了小学的所有课程。你知道的，我有个很优秀的哥哥，那是我爸前妻的儿子，我不能被比下去。他太优秀了，想超越他太难了，我被爸妈拿着鞭子抽着往前跑，累得从来没有空思考自己这么努力奔跑是为了什么。"他停顿了一下，继续说，"直到我遇见那个人，他对我影响很大。他问我，活着的意义是什么？难不成一辈子就要按照别人的指示去生活？那一刻我好像被什么击中了，迷茫了好长一段时间，然后……"

齐韦宁笑了笑说："很讽刺，然后我就开始跟着他，学他的样子，好像那样我就能找到人生的意义。"

倪星桥皱着眉仰头看夜空。

"但其实我只是从一个牢笼跳到了另一个牢笼里，"齐韦宁笑了，"不过，这种感觉也挺有意思的。"

倪星桥不明白，问："为什么这么说？"

"因为我找到自己活着的意义了。"齐韦宁说，"以前，我活得规规矩矩的，束手束脚，怕这怕那。怕自己不够优秀，被人笑话。怕自己做了什么出格的事情，给我爸惹麻烦。我根本不是为了自己活着的。"

倪星桥静静地听着他说话，突然之间好像有些明白了姚叙为什么走得那么决绝。

"我就像个宠物。"齐韦宁说，"被驯化，被控制。"

倪星桥觉得这话听起来很怪异，但也知道自己没资格对别人的人生指手画脚。

"我高考考得一塌糊涂，但好在那次数学竞赛给了我保送名额，不然今天咱们也不会在这里遇见了。"

倪星桥对他的人生观不敢苟同，但也没说什么。

"所以我以为姚叙跟我一样，临门一脚了，起码给自己多留一条路。"

"姚叙不会的。"倪星桥说，"姚叙狠起来，斩断自己的筋骨都不会眨一下眼的。"

"我可真羡慕他。"齐韦宁说，"这么一比，我还是很差劲。"

倪星桥躺在了那块大石头上，两个人再没说话，各自望着星空想心事。

漫天繁星，不知道此刻的姚叙会不会也抬头看一看，顺便想想他。

大学生活跟倪星桥想象中的完全不一样，说到底还是因为姚叙不在。

开学没两天新生就开始军训，倪星桥穿着又肥又大的迷彩服，站在太阳底下暴晒，短短两天时间，脸就晒伤了。

林屿洲听说了这事儿，大晚上跑过来给他送了防晒霜和面膜。

因为晚上还有课，倪星桥没有太多时间跟林屿洲闲聊，坐在车里的人显然也只是把东西给他就打算走人。

倪星桥跟林屿洲约好，等军训结束再一起出去玩。

林屿洲："你说的出去玩，该不会是继续串大街走小巷找姚叙吧？"

倪星桥笑笑，不置可否。

林屿洲："再见吧您！"

林屿洲逃跑了，倪星桥笑着跟齐韦宁还有宿舍其他人一起去教学楼上军事理论课。

军训半个月，倪星桥被折腾得灰头土脸。

他每天晚上回了宿舍不管多累都会在睡前写好日记，其实，这本日记他是写给姚叙的，事无巨细地记录自己每天的生活，等以后姚叙来找他，可以一件不落地分享给对方。

除了日记，倪星桥还在写信。

他每个星期都会以姚叙的名义给自己写一封信，收信地址写的是"青睐"甜品店。他模仿姚叙的语气，想象姚叙的生活，用自己的方式编撰了一个姚叙没有缺席的人生。

直到现在，倪星桥也没办法接受姚叙抛下了他这个事实。

军训结束，学院举行迎新晚会。

倪星桥又一次见到了卢尚辰，对方是这次迎新晚会的组织者之一，忙前忙后，不亦乐乎。

之前加了微信好友，卢尚辰发了几次消息给他，问他是否适应学校的生活，问他要不要参加老乡聚会。倪星桥的回复永远都是客气疏离的。在卢尚辰看来，他就是个内向到极致的人。

如今的同学、室友，除了齐韦宁之外，没人知道以前的倪星桥活泼到让老师头疼，他从一个天真少年变成了一个不苟言笑的人。

迎新晚会很热闹，可倪星桥始终觉得自己无法融入这样的热闹中。他像局外人，冷眼旁观别人的快乐。

迎新晚会进行到一半，倪星桥觉得场馆太闷，偷偷从后门溜了出去。

倪星桥躲到场馆外面，找了个没人的地方，看着后山发呆，不知道什么时候卢尚辰来到了他身边。

"怎么出来了？"

倪星桥吓了一跳，看见他之后下意识地站直了。

"里面太闷了。"

卢尚辰笑笑："也是，出来透透气挺好。"

倪星桥还是觉得不自在，两人并肩站着都不说话，实在有些尴尬。

"学长，那我先回去了。"

他转身往回走，卢尚辰却突然叫住了他。

"你可以尝试交几个朋友。"

倪星桥循声回头，卢尚辰对他说："不要太封闭自己，大学生活很美好的。"

美好吗？或许吧。可是，自己最在意的朋友不知去向，他又有什么资格享受美好的人生呢？

倪星桥点头道谢，又听到卢尚辰说："如果你愿意的话，我可以当你的好朋友。"

倪星桥抬头看看他，笑着说："谢谢。"

说完，倪星桥低着头走开了。他没有继续回去看那跟自己没有关系的迎新晚会，他独自去了学校的后山，坐在凉亭里，望着远方。在这里，倪星桥更感受到了世界之大，感受到了自己的渺小，感受到了人生的贫瘠，以及对未知的恐慌。

他闭上眼，任由晚风吹拂自己的脸，希望这场风能把自己的疑惑和想念都吹到姚叙的身边，如果可以，再帮他带个口信，问问姚叙到底有没有想他。

在倪星桥闭眼深呼吸的时候，时间缓慢又迅速地流走。

他的大学时代就这样开始，无波无澜地度过了。没有肆意张扬，没有热血沸腾，没有炽热的爱情和理想，有的只是逐渐消耗殆尽的期盼。

四年里，倪星桥独来独往，跟齐韦宁也没有成为真正意义上的朋友。

他越发少言寡语，随时随地都是一副生人勿近的样子。

同样来自安城的学长卢尚辰一直很记挂这个性格孤僻的学弟，他毕业时，特意找到倪星桥，把自己的毕业鲜花送给了他。

倪星桥说："我不想要。"

"收下吧。"卢尚辰塞到他手里，"算是我对你的祝福。"

倪星桥看着那捧花，不知道还能说什么。

"有时候我觉得你好像在自我惩罚，但问你的话，你肯定不会告诉我。"卢尚辰说，"每个人心里都有秘密，这很正常，但如果超出了能承受的负荷就会很痛苦。作为学长，我希望你早日解脱。"

倪星桥看着手里的那束花，最后还是还给了他。

"可是，我不需要。"倪星桥对卢尚辰说，"我这样挺好的。"

整整四年，倪星桥逛遍了山城的大街小巷，可是就像之前在安城时一样，姚叙还是杳无音信。他开始觉得对方可能根本没有如约来到山城，在写给姚叙的日记里，他说：我开始有点儿怨恨你了。

不在安城的四年里，倪星桥听他爸说戚美玲被家人送进了医院，说是诊断出偏执性精神分裂，在姚叙离开之后彻底发病了。

倪星桥在电话这边听着，心里五味杂陈。

"不过每个月都有人给戚美玲交费用。"倪海明说，"不是她家里人，留的都是现金，估摸啊，就是姚叙留的。"

听到"姚叙"这个名字，倪星桥的眼泪瞬间就掉了下来。

但倪海明的话还是给倪星桥提供了一个思路，他觉得或许自己可以去医院守着，迟早有一天能逮到姚叙。就这样，倪星桥熬完了本科四年，研究生考回了安城。

所有人都不理解，明明留在本校读研是更好的选择，他却义无反顾地往回走。

但对于倪星桥来说，所谓值得，要看自己的内心。

他回到安城，只要没课就跑去医院。

隔了这么久再见到戚美玲，她变得更瘦更憔悴。倪星桥不敢跟她碰面，只能偷偷地看，对她又是同情又是怨恨。

"青睐"甜品店依旧在，他回来后还是会每个星期以姚叙的名义写信寄过来，店长姐姐就帮忙收着。

其实，店长姐姐知道这是怎么回事，也不拆穿他，帮他营造这个支撑他把日子过好的假象。只是她偶尔也会提醒："多往前看看吧。"

倪星桥也知道，这么多年了，可能姚叙真的忘了他了。

不是说好了一起长大的吗？说好了一起去山城。可是现在，他已经长大了，已经从山城回来了，那个人怎么还没出现呢？

姚叙，你不是从来都不骗我的吗？

倪星桥趴在"青睐"甜品店看着外面的车水马龙发呆，恍惚间觉得时间回到了多年前，那个时候，他就坐在这里，等着姚叙买双皮奶给自己吃。

如果时间可以倒流就好了。倪星桥想永远活在十七岁，活在他跟姚叙可以并肩走在校园里的时光中。

这天倪星桥做了一个梦，梦里姚叙穿着一身黑色的衣服站在他面前，面无表情地对他说："我已经死于火焰。"

他从梦里惊醒，浑身是汗。

倪星桥住在学校宿舍，研究生宿舍一个房间两个人，室友刚开学就搬了出去，现在只有他自己住。

以前的倪星桥很怕一个人住，他怕黑，到了晚上就连厕所都不敢去。可是这几年他好像什么都不怕了，唯独害怕的就是再也见不到姚叙。

有时候，他会觉得这是姚叙故意在惩罚他，可是他又想不明白自己究竟做错了什么。整天活在谜团中，倪星桥觉得有些疲惫。可疲惫归疲惫，等还是要等的。反正，也没有更重要的事。

他从床上下来，接了杯水，去阳台拉开了窗帘。天已经亮了，姚叙也不会死于火焰。

倪星桥喝完一杯水，去洗漱换衣服，准备出门上课。还没到教学楼，卢尚辰突然打了电话过来。

"很意外吧？突然打电话给你。"

倪星桥站在教学楼的大厅，一边看人来人往，一边说："嗯，正要去上课。"

他的潜台词是：我赶时间，如果你没什么事的话就挂电话吧。

卢尚辰倒是懂他的意思："那好，那我长话短说。"

倪星桥靠在大厅旁边的柱子上，听见卢尚辰说："公司把我借调到了安城分公司，要过去两年。"

倪星桥若有所思地"哦"了一声，客气又疏离地说："真巧，我就在安城，学长之后有什么需要帮忙的，随时可以找我。"

卢尚辰笑笑："那我就先谢谢你了。"

倪星桥看了眼时间，准备去上课："我差不多到上课的时候了，那我们之后再联系。"

"等一下。"卢尚辰说，"你现在是在安城大学读研吧？"

"对。"

"我这周末会去安城处理一些事情，也想顺便把房子租了。"卢尚辰说，"周末方不方便陪我看看房子？"

倪星桥不想去，但想到之前在学校卢尚辰没少照顾他，礼尚往来，只好答应了。

"太好了。"卢尚辰开心地说，"那我们周末见。"

卢尚辰高中就是在安城读的，但他的老家并不在这里，所以这次回来，最重要的事情之一就是租房子。

他让倪星桥陪着他在安城大学对面的小区看了一套两居室，卢尚辰租下了这套房子，当天就签了合同，拿了钥匙。

倪星桥回学校之前，卢尚辰说："两把钥匙，放你那里一把吧。"

倪星桥觉得莫名其妙。

卢尚辰说："以备不时之需，万一我哪天出门忘了带钥匙，你就住对面，我找你拿钥匙也方便。"

虽然倪星桥不想和他再有太多的牵扯，但卢尚辰的话倒也不是完全不合常理。想到卢尚辰在这边也没别的熟人，他就收下了。

卢尚辰松了口气，喜形于色。

"今天你帮了我这么多忙，晚上我请你吃饭吧。"卢尚辰说，"咱们再喝两杯，算是给我接风。"

"不了。"倪星桥说，"出来一天了，我在学校还有事情没做，得回去了。"

他拒绝得干脆，卢尚辰还想再争取一下："但是，再怎么也要吃饭吧？"

"我买个面包就好了。"

见他这么坚定，卢尚辰也只好放弃。

"好，那改天吧，一定给我一个机会好好请你吃顿饭。"

倪星桥点点头，准备离开。

"对了。"卢尚辰拉住了他，倪星桥触了电似的赶紧躲开："学长还有事？"

他很不喜欢被别人碰，哪怕对方只是下意识的动作。

卢尚辰察觉到了他的抗拒，连连道歉。

"对不起。"卢尚辰从随身带的包里拿出一个用深蓝色纸包装着的礼物，递给了他，"前阵子我去国外出差，看到这个觉得很适合你，就买了回来。"

倪星桥看着那个礼物盒，并没有接，他甚至没问这是什么东西。

"无功不受禄。"倪星桥说，"学长，你的心意我领了，但是礼物我不能收。"

他说完，对卢尚辰笑笑，转身离开了。

卢尚辰愣在那里，从倪星桥刚刚的笑容里读出了抗拒和疏离。他始终不明白，倪星桥究竟为什么待人这么冷漠，好像怎么都焐不热。

他怔在那里许久，突然一个穿着一身黑、戴着棒球帽的人从旁边走过，狠狠地撞了一下他的肩膀。手里的东西掉落在地上，卢尚辰皱着眉。

那人匆匆而过，头也没回一下。

第九章 安城，乔岭

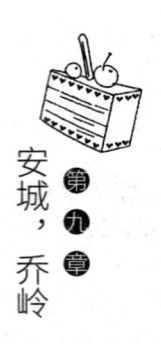

倪星桥发现，好像身边的很多人来了又去，去了又来，连对他来说本以为只是简单过客的卢尚辰又出现了，姚叙却依旧不知道在哪里。

倪星桥闭上眼，打算睡一觉，把这烦躁的一天给过熬过去。可是一闭眼，很多画面涌来，时间各不相同，却唯独少了他们成年后站在一起的画面。

因为倪星桥并不知道后来的姚叙变成了什么样。

他又翻身，干脆把脸埋在了枕头里。他从来没想过自己竟然会跟姚叙分开这么久，而且对方竟然始终杳无音信。

那家伙在干吗呢？是苦行僧一样孑然一身，还是浪荡青年般流连花丛？他有没有再长高一点儿，再结实一点儿？黑了吗？还是跟从前一样依旧是少年模样？

这几年过去，倪星桥和从前已经大不相同。

从小到大，他隔三岔五就要跟姚叙比个子，永远都比对方矮一点儿。

上了大学之后，短短两年时间倪星桥就从一米七三蹿到了一米八，体型也由少年人的那种纤细走向了成熟。也不再像小时候那样古灵精怪，话痨的本性不知道从哪天开始被抹掉了。

林屿洲说："再见面，姚叙可能都认不出你了。"

倪星桥不信他的鬼话，不管自己长成什么样，姚叙都一定会一眼认出他，就像他，即便游历过无数山川，也永远认得出自家门前的小溪。

在这天傍晚的浅眠中，倪星桥又梦见了姚叙。

梦里面，姚叙背着行囊游山玩水，过得那叫一个滋润，对路过他身边的每一个人都笑意盈盈，唯独当他路过自己时，无论自己如何殷切地往前凑，对方都仿佛只看到一团空气，理也不理他。

在梦里受了委屈的倪星桥醒来依旧生闷气，从枕头下面抽出日记本，痛骂了姚叙一顿。

可日记写到最后，抱怨的话说尽了，他还是用那句收了尾：不知道为什么，我总觉得我们就快见面了。

这句话他写了将近六年，骗得自己都要当真了。

回到安城读研的日子跟以前在山城时区别不大，只不过每个星期倪星桥都会回家一趟，在他爸妈身边当会儿小孩子。

倪海明跟黄茜眼睁睁看着儿子从喜欢调皮捣蛋的臭小孩儿变成如今懂事稳重的大人，有时候会觉得有些唏嘘。

对于他们来说，从来没期望儿子变成什么了不起的模样，唯一的心愿就是他过得开心。但显然，姚叙走了之后，倪星桥就再也没有开心过。

黄茜说："你在学校也多去交交朋友嘛，整天独来独往的，多寂寞。"

倪星桥吃着他爸做的炸酱面，笑着说："不寂寞，天天忙课题，哪有时间交朋友？"

谁都知道这是借口，黄茜劝说多了，没一次管用，索性也就不再说了。

她只是在他吃完面后嘱咐他："不忙的时候，多出去走走也是好的。"

倪星桥点头，表示明白了。

他确实经常出去，只不过是去戚美玲住的医院守株待兔，等待姚叙出现。

路里经常给倪星桥打电话，有时候故意不提姚叙，有时候又故意说些吐槽姚叙的话。

路里知道倪星桥没事儿就去医院之后，接连不断地叹气："有时候我觉得姚叙上辈子可能救过你的命，不然，他何德何能啊，这辈子能让你对他这么好？"

倪星桥听着路里的话，无奈地说："有时候我会觉得一报还一报。从小到大，十八年，从记事开始就是姚叙在照顾我、哄着我、迁就我，以前我不懂珍惜，还给他惹了不少麻烦，现在就当是赎罪吧。"

"少胡说八道了，什么赎罪不赎罪的，哪有那么严重？"路里说，"你就是轴！"

"我就是想讨个说法。"倪星桥说，"就是想知道他到底为什么突然连我都不联系了。这是我这辈子一定要解开的心结，得不到答案，死都不瞑目。"

对于倪星桥来说，找到姚叙已经成了他的执念。

挂了电话，路里也只能叹气。他跟林屿洲一样，既挂念姚叙，又担心倪星桥。快活的青春岁月已经不可追，往后这两个人可得怎么办？

倪星桥在医院守了一天又一天，他经常能看见姚振海来找戚美玲，那个一切糟糕事情的始作俑者如今落魄至极，跟翁瑶离婚后，连个像样的住处都没有，没有公司，没有钱，也没有人脉，岁数不小了，出来做什么人家都不要，现在靠开出租车养活自己。

姚振海还在惦记姚叙的那两套房，他认定了钥匙跟房产证都在戚美玲这里，也认定了姚叙跟戚美玲还有联系。

他隔三岔五来卖惨，倪星桥看了都觉得恶心。

戚美玲的情况也很糟，家里人把她送到这里之后就不怎么管她了，反正每年都有"神秘人"交费，放她在这里，自生自灭似的。

她有时候像幽魂一样，有时候又很狂躁，尤其是见到姚振海，必定会大闹一场。

倪星桥就这样一边上学，一边守着戚美玲，经历了几百个日升月落，却迟迟没等来他要等的人。

日复一日地这么过着，倪星桥的心气儿已经被磨没了。

有时候，他甚至觉得自己已经忘了究竟在等什么，他只是习惯性地等。

他每个星期去"青睐"甜品店，送信和取信。

送的信是他写给姚叙的，取的信是他以姚叙的名义写给自己的。

每次店长姐姐都会给他做双皮奶，可是倪星桥这两年的口味开始变了，没那么喜欢吃甜品了。但他每一次都是一点儿不剩地吃掉了，因为这对他来说不是一份简单的双皮奶而已，更多的是一份记忆、一场怀念。

他偶尔也会去安城一中转转，有几次遇见了曹军。

直到现在，曹军还对姚叙的事情耿耿于怀，并且懊悔自己当初没能拉姚叙一把。

倪星桥在安城一中那些熟悉的角落收集当年遗落的青春碎片，在哪里跟姚叙打闹过，在哪里偷偷跟姚叙赌气，他发现自己竟然全都清楚地记着。

可记着也没用，他已经无法再拥有。

就这样到了倪星桥研究生毕业，卢尚辰说好了要来帮忙收拾行李，结果等他来的时候，倪星桥已经都整理好了。

晚上，两人找了个烧烤摊喝了点儿酒。

"你毕业了，我也要调回山城了。"说这话的时候，卢尚辰是有些伤感的。

倪星桥没什么表情地说："恭喜学长，回去就能升职了。"

卢尚辰看着他，哭笑不得地说："你就没一点儿伤感吗？"

倪星桥一愣，不知道说什么好。

"有时候我会觉得你整个人是空的，"卢尚辰说，"但有时候又感觉好像被什么事情填满了。"

倪星桥喝了口酒，觉得头有些晕。

"有时候好像对生活毫无期待了，但有时候又似乎在期待着什么。"卢尚辰跟倪星桥轻轻碰了碰杯，"第一次见到你的时候就觉得你挺特别的，这么些年一直想跟你好好交个朋友，可是没想到，你好像很抗拒我。"

"学长，我不太擅长交朋友。"

"我看出来了。"卢尚辰笑着说，"也不是不擅长吧，就是不想。"

倪星桥没有说话。

"我感觉得到，你抗拒别人的靠近。"卢尚辰叹了口气说，"但是，星桥啊，你要知道，人不是孤岛，都是需要朋友的。"

"我有朋友。"倪星桥抬起头看他，"只不过我最好的朋友现在不在我身边。"

他说这话的时候，眼睛里有什么在闪，卢尚辰仔细看过去，发现是泪光。这一瞬间，卢尚辰觉得自己明白了，他点点头，轻笑一声，说："原来是这样。那祝你早日等到他。"

卢尚辰说的那句话是出于好意，可听在倪星桥耳朵里却有些讽刺。

祝你早日等到他。

怎么好像所有人都觉得他等不到？

倪星桥回到宿舍，坐在空荡荡的房间发呆，眼前摆着简单的行李，明天他就要离开这里了。他都要离开了，姚叙却还没来过。

喝了点儿酒的倪星桥就这样在光秃秃的床板上睡着了，第二天起床时，浑身酸痛，简单洗漱了一番，拖着他的两个大行李箱，还有当年从姚叙那里拿回来的双肩包走出了宿舍的大门。

这一次，他是彻底离开校园了。

倪星桥其实有些惧怕毕业，毕业就意味着他必须承担起自己往后的人生了。可是，他心里清楚，自己这些年浑浑噩噩，对人生毫无概念。

他拖着行李箱来到路边，好半天打不到出租车。

不远处，一个穿着黑色衣服、戴着棒球帽的人站在公交站，倪星桥扫了一眼，正想着要不干脆坐公交车，这时候他面前就来了一辆出租车。

倪星桥招手拦下出租车，在司机师傅的帮忙下，把两个大箱子塞进了后备厢。

在这里住了三年，东西却没多少。

他坐在车里，抱着那个双肩书包，路过公交车站的时候看了一眼外面，那个穿着黑色衣服的男人转过身去了。

倪星桥下个星期就要上班了，他租的房子就是以前姚叙曾经住过的隔断间。

当年那里被勒令整改，隔断间全部拆除，房东重新装修之后整套出租。

倪星桥提前半年就跟那个房东联系上了，确认了之前的租户最近搬走，生怕房东再租给别人，早早付了押金。

倪海明问："干吗不回家住？"

但当他得知这套房子是姚叙曾经住过的，就不再多问了。

很多时候，倪海明跟黄茜都在想，怎么才能让儿子从过去姚叙的事情里走出来，可这么多年过去了，什么办法都试过，没用就是没用。如今他们也放弃了，就把一切都交给时间吧。

倪星桥在车上有些昏昏欲睡，到小区门口的时候，还恍惚了一下。

司机师傅又帮他把又大又重的行李箱从后备厢拿出来，他付了钱，拖着箱子往小区里面走去。这个地方他太熟悉了，姚叙在的时候，他经常来，姚叙离开后，他来得更频繁。

现在，他搬了进来，虽然房子已经重新装修，但他很清楚家里的哪个位置曾经摆放过姚叙睡过的那张床。

时间并没有让倪星桥对姚叙的挂念变淡，不是时间的威力减弱了，而是他总是故意让自己沉浸于此，是他不想走出来。

倪星桥上了楼，把行李放在门口，掏钥匙开门。

打开房门的一刻，他仿佛回到了多年以前，站在那里好半天，终于确定姚叙没在这房里。

他开始打扫卫生，收拾东西，把衣服挂进衣柜，把生活用品各归各位。

收拾完已经晚上八点多了，路里打来电话，说自己过几天要回来。

"行啊，正好请我吃饭。"倪星桥开玩笑说。

"不应该是你请我吗？"

"不应该。"

这么多年，路里永远拿捏不了倪星桥。

"全世界的人都惯着你！"

倪星桥笑了，笑着笑着觉得有点儿失落。原本姚叙是最惯着他的人，可是那家伙现在在哪儿呢？

倪星桥告诉路里自己搬了家，就住姚叙以前租过的那个房子。

"他当初走的时候，很多东西都没拿走。"倪星桥说，"我觉得他会回来取东西，到时候我就把他按住，让他再也别想溜。"

路里觉得他已经魔怔了，但又不知道该怎么劝说，只能顺着他的话："不愧是我桥哥，脑子就是好使。"

倪星桥得意地笑笑，就好像姚叙马上要来了似的。

挂了电话，他去附近的面馆吃了一碗鸡蛋面，又去便利店买了点儿速食跟水。

从便利店出来，恍惚间又看见了那个穿黑色衣服的男人，但当他再转过去的时候，发现并没有那个人。倪星桥觉得可能是自己看错了，没多想，回家了。

之后的日子新鲜又无趣，倪星桥入职金融咨询公司，开始了打工人的生活。

他入职的这家公司在国内很有名，规模也很大，他从入职的第一天开始就忙得团团转，甚至经常出差。

这样一忙起来，倪星桥少了很多胡思乱想的时间，也不像读书那会儿有那么多时间去戚美玲那边守着了。但对于倪星桥来说，这其实是一件好事，他开始把注意力转移一部分给自己。

倪星桥发现，忙碌的工作对他是极其有利的，他已经很久没有遇到可以调动起他积极性的人和事了，而这种感觉，他在高强度的工作中重新找到了。

他依旧尽可能地找时间写日记，不过，这日记已经从单纯的记录变成了工作总结。

他每次回到家都是一个人，家里安静得只有他的呼吸声。对于他来说，给姚叙写这样的日记就像是把工作中的失败与成长分享给了对自己最重要的人，朋友也好，家人也好，独居的时候，没处说的话都这样写下来，哪怕从来没有回应。

倪星桥把这些事情巨细无遗地记录下来，这样一来，他有了发泄的出口，事后很多项目做总结时，他甚至可以直接翻看写给姚叙的日记。

有时候，倪星桥觉得挺有意思的，姚叙人虽然不在他身边，但竟然用这样的方法给了他强大的辅助。

就这样工作到过年，倪星桥因为出差，没能回家。

这是他第二次春节没有跟爸妈在一起，第一次是因为那年他跟姚叙一起参加数学竞赛的集训。

那年，他原本应该想家想到偷偷抹眼泪的，可因为有姚叙在身边，他过得充实又开心。

多年后的今天，又是一个除夕夜。

倪星桥一个人在酒店的房间工作到深夜，抬头时刚好外面响起了新年的钟声。他走到窗边，拉开厚重的窗帘，打开窗户的时候，对面的河边开始燃放烟花。

他拿起手机，录制了一段视频。

他说："姚叙，又到新年了，我们分别快九年了。"

他停顿了一下，在视频的最后问了一句："第十年的时候，你会回来吗？"

倪星桥拍完这段视频，发到了自己的微博上。

倪星桥其实对任何社交平台都不感兴趣，但当初林屿洲说："你注册一个微博，没事给我点点赞。"

他是在林屿洲的胁迫下注册的这个名为"四十四次日落"的微博账号，名字来源于他很喜欢的一本书《小王子》里面的情节：有一天，小王子独自看了四十四次日落。

倪星桥想象着那个画面，觉得无比孤独。

新年的视频发布成功，倪星桥收起手机，站在窗边看烟花。

后来，他走出酒店，来到空荡荡的街上。他不再看烟花，而是仰头看起了月亮。

烟花，只有他看得见。但月亮，姚叙也可以和他共赏。

春节过后，倪星桥又在外地出差了小半个月才回安城。

他没直接回自己租的房子，而是先去了他爸妈那里。

倪海明跟黄茜有一阵子没见到儿子了，大过年的都不在家，他们心疼得够呛。

倪海明做了一大桌子菜,让他晚上就别走了,在家住。

倪星桥好长时间没在家里住了,于是答应了下来。

"回来住几天挺好的,找找回忆。"黄茜说,"我跟你爸准备看看新楼盘,咱们也搬走算了。"

他们这个小区有些年头了,房子的年龄比倪星桥都大。

早些年建的这种小区,物业不好,各种设施坏了都找不到人修。

都是五六层的老楼,刚建起来那会儿没装电梯,这两年政府张罗着把旧小区改造,全都装上电梯,但物业跟居民矛盾不断,小区里整天有人示威。

倪海明说:"其实早就想买新房了,但你妈说这地方住出感情了,舍不得。"

倪星桥笑笑:"毕竟是你俩结婚的新房呢。"

黄茜拿了几个新楼盘的介绍给倪星桥:"我们看了这几个,你也看看,我琢磨着再给你买一套,也不能总租房子住。"

安城这几年房价涨得有点儿凶,倪星桥刚上班没多久,自己手头是没钱的,他想了想,说:"我不着急,你们先买自己住的。"

他自己没钱,也不想让爸妈出钱给自己买。

再过几年,爸妈也退休了,到时候收入下降,总得有点儿存款做保障。

"对了,最近戚阿姨那边怎么样?"

这些年,除了倪星桥,黄茜跟倪海明其实偶尔也会去看看戚美玲。

对于当年发生的那些事,他们都挺气的,但气归气,可恨之人也确实有可怜之处,加上倪星桥惦记着姚叙,当父母的总不能真的什么都不管。

"还在医院呢,过年前我们过去看她,她精神状态好了不少。"黄茜看看倪海明,然后又对倪星桥说,"那天她正好脑子挺清醒的,问我们姚叙为什么没去。"

倪星桥拿着筷子的手顿在那里,咬了咬后槽牙。

"她以前跟姚叙住的那套房子,在她不清醒的时候,被家里人给卖了。"

倪海明接了话茬儿说:"这戚美玲的爸妈也真够可以的,女儿病成这样了,不管不问的,还卖了她的房子接济他们那废物儿子。"他气得够呛,不想再说。

这些事情其实对倪星桥来说都无所谓,他早就不是以前那个心肠软的小男孩儿了。他现在难过的只是姚叙真的没有家了,如果有一天姚叙回来,会很失望吧。

吃完饭,倪星桥回了自己的房间,黄茜跟进来,对他说:"前几天收拾东西,在书柜下面找到了这个。"

那是一个明黄色封面的日记本,已经有些年头,封面都旧了。倪星桥一眼认出这是当年写的"青春日记",他定定地看着,听见黄茜说:"妈妈没看。"

倪星桥对她笑笑:"看了也没事,都是陈芝麻烂谷子的事了。"

他接过日记本,黄茜说:"但是,那些陈芝麻烂谷子的事对你来说不是最重要的吗?"

她出去前,轻轻拍了拍倪星桥的背,没再说什么。

倪星桥觉得自己真的很幸运,如果他跟姚叙交换就好了。

他想把自己父母赋予的这份幸运和温暖都交换给姚叙,让姚叙轻松无忧地长大。

这个晚上,倪星桥趴在自己睡了将近二十年的床上翻看十七岁时写的日记。

满篇都是姚叙。

姚叙,姚叙,姚叙。

倪星桥看着看着就红了眼,那时候的他不够好,但姚叙好到无人能及。

他凌晨三点多才睡,可能因为睡前一直在看日记,所以才做了个梦,梦里面他跟姚叙才十七岁,在阳光明媚的日子里,姚叙穿着校服在打篮球。

早上六点多,闹钟响了。倪星桥已经改掉了赖床的毛病,因为他觉得自己早点儿起床,早点儿出门,遇见姚叙的概率也会变大。

才睡了不到三个小时,倪星桥觉得头脑发昏。

他吃完早饭从家出来,打车去公司,到了公司第一件事就是煮咖啡。

他并不是很喜欢喝咖啡,尤其是黑咖啡,但对于他们这些睡眠严重不足的打工人来说,黑咖啡是提神醒脑的利器。

在茶水间,倪星桥注意到饮水机的桶装水见底了,于是煮完咖啡特意去前台说了一声。

前台的姑娘刚到,听到他的话后,立刻打了电话给送水的老板,让他务必上午就送来。

刚出差回来的倪星桥又是忙得团团转,十点要开会,他在这之前得把所有的资料都准备好。一杯咖啡显然不够让他头脑清醒,资料都准备得差不多了,距离开会还有十几分钟,他再次起身去了茶水间。

倪星桥过来的时候，刚好看见送水的工人来换饮水机上的桶装水。

他哈欠连天地走进去，直奔咖啡机。

在等待咖啡做好的时间里，倪星桥满脑子都是等会儿要汇报的工作，余光瞄到斜后方的人正弯腰准备抬起水桶。他扭头看过去，想着是不是应该帮忙搭把手。

他看向对方，那人穿着送水公司的工作服，戴着棒球帽和口罩，捂得严严实实。然而，当他的目光落在对方露出来的后颈上时，像是有一股电流瞬间游遍他的全身。

他一直都记得姚叙后颈上有一颗痣，当年他还趁着姚叙趴在桌上睡觉，用笔在上面画过向日葵。倪星桥愣在那里，缓了缓神，突然之间心跳就快了起来，他微微蹙起了眉，用力地眯起眼睛，试图看得更清楚。

就在倪星桥想走近那人时，咖啡煮好了，心不在焉的他一不小心碰倒了杯子，热咖啡洒了他一身。倪星桥有些慌乱，赶紧抽出纸巾擦衣服、鞋子和地面，等他再抬头，刚刚来送水的那个人已经离开了。他越想越觉得那人眼熟，不管是不是姚叙，都要追出去看个清楚。

倪星桥放下杯子，转身就跑出了茶水间。他跑到前台，没见到人，电梯前也是空荡荡的。

倪星桥心跳有些快，虽然他觉得可能只是巧合，毕竟以前也有认错人的时候，但不知道为什么，他总觉得刚刚自己跟那个人单独在茶水间里时，对方给他的感觉很熟悉。

或许只是他的心理暗示，但他不能放过任何找到姚叙的机会。

倪星桥问前台的姑娘："刚刚来送水的那个人你认识吗？"

"你说岭哥啊，他总来送水啊。"

"总来？"倪星桥嘀咕，"我怎么没见过？"

前台的姑娘笑了："你们又不是整天泡在茶水间，哪会见过？平时都是你们上班前就换好水了的。"

倪星桥扭头看了看电梯的方向，问她："他叫什么？"

"乔岭。"前台的姑娘说，"怎么了？刚才那桶水有问题啊？"

乔岭……倪星桥皱着眉想着这个名字。

同事来叫倪星桥去开会，他对前台的姑娘说："那人的手机号码你能告诉我吗？"

"我没有他手机号码。"前台的姑娘从桌上的盒子里抽出一张名片，"这是他们家老板的名片，你要订水的话可以联系他。"

倪星桥接过名片道了谢，然后急匆匆地过去开会了。

乔岭。倪星桥一直想着这个名字，难道自己又认错人了？

而此时，那个叫乔岭的人已经走出了写字楼，他在路边点燃了烟，手都是抖的，抽完，走到路边拉开了面包车驾驶座的门。

开车离开前，他扭头看了一眼写字楼的十七层，没再停留，踩了一脚油门，离开了。

因为那个叫乔岭的人，倪星桥开会的时候都有些心不在焉，好几次走神被同事叫了回来。

倪星桥好不容易熬到开完会，已经是午休时间，他饭都没吃，直接按照名片上的地址找了过去。这家送水站离公司不远，打车十来分钟。

倪星桥到达的时候，发现这就是一个很小的门店，蓝白相间的牌匾，应该有些年头了，看起来脏兮兮的。

他站在路边看着那个店面的时候十分忐忑，莫名就有种自己要跟姚叙见面了的错觉。

没错，只是错觉。这些年，倪星桥好几次都以为自己找到姚叙了，但每一次都失望而归。

他觉得这一次可能也是空欢喜。虽然不愿意承认，但偶尔午夜梦回，他也觉得没有希望了。或许就像林屿洲之前说过的那样，姚叙可能故意不让他找到。

当一个人铁了心要躲着另一个人时，哪怕擦肩而过，也能做得滴水不漏不被发现。

只是，倪星桥始终都想不明白究竟为什么，说好了会一辈子跟他好的姚叙，为什么突然一声不吭地离开，连他都不再见。

他死死盯着那个门店，好半天没迈出脚步。

倪星桥每一次去寻找答案都很紧张，于是掏出手机打电话给林屿洲。

"嗨，帅哥。"林屿洲说，"今天一上午我打印了500页文件，我这见习律师当得可太牛了。"

"我去见姚叙。"

"啊？"林屿洲震惊地问，"你找到他了？"

"不知道。"倪星桥眼睛都不眨地看着前方，"可能吧。"

他把早上的事情说给林屿洲听，对方沉默了几秒钟，对他说："是不是他，去看看就知道了。"

倪星桥"嗯"了一声，对林屿洲说："据说叫乔岭，怎么那么巧呢？"

"怎么？你认识叫这名字的人？"

"不认识，但他姓乔。"倪星桥说，"我名字里也有'乔'，我觉得就是他。"

林屿洲听了笑出声来："这是不是太牵强了？你都魔怔了。"

"万一呢？"倪星桥说，"不跟你说了，我进店看看去。"

"行，祝你顺利。"林屿洲说，"要真的是姚叙，你打算怎么办？"

倪星桥想了想，咬牙切齿地说了句："揍他。"

挂了电话，倪星桥深呼吸，终于迈开步子走进了那家送水站。

店铺非常拥挤，两边的货架上都是桶装水，除此之外就是一个收银台。

一个看起来四十多岁的男人正坐在收银台后面打电话，又黑又壮，笑得倒是很爽朗。

他见有人进来，草草结束了对话："我这儿来人了，先不跟你说了啊。晚上我关门了去买菜，亲自下厨给你们娘俩做一桌子好吃的，咱也庆祝一下。"

电话那边的人不知道说了什么，这老板笑盈盈地挂断了电话。

"要订水？"老板问。

倪星桥走过来，有些不好意思地说："您好，我想跟您打听个人。"

虽然不是来订水的，但这个老板倒是依旧很热情。

"打听谁啊？"

"您认识一个叫姚叙的人吗？"

"姚叙？"老板想了想，摇头说，"没印象。"

"那乔岭呢？"

"怎么着？你是乔岭的朋友？"

老板这么一问，倪星桥就确定这个叫乔岭的人的确在这里工作。

"也不算吧。"倪星桥说，"我找他有点儿事。"

"他送水去了。"老板告诉倪星桥，"估计得下午两三点钟才能回来。"

倪星桥看了眼时间，现在才十二点半。

"你要是找他，就等会儿再来吧，不过也说不准，他回来取完水又得走，天天紧忙活。"

倪星桥听他这么说，怕自己走了再来扑个空，于是问道："那您能把他的手机号告诉我吗？我找他挺急的。"

"哟，这多不巧，他刚才走的时候手机落店里了。"

倪星桥听出他不想给，于是就不勉强他了。

"行，那我等会儿再过来吧。"他没急着走，而是跟老板打听说，"这个乔岭，他多大啊？是本地人吗？"

那老板也是个挺谨慎的人，打量了一下倪星桥，笑着说："三十出头吧。是不是本地人我也不知道，我招人来，能干活就行，问那么多干吗？哈哈哈。"

倪星桥若有所思地点点头，觉得问不出什么了，于是道了谢，出去了。

倪星桥出门后没有走，就那么在门口等着。

二月末，安城还很冷。倪星桥穿着羽绒服站在寒风中，一等就是两个多小时。

送水站的老板出来的时候吓了一跳："哎哟，你怎么还在呢？"

他看着倪星桥冻得通红的耳朵跟鼻尖，惊讶地问："该不会是一直没走吧？"

倪星桥笑笑："嗯，我怕错过了。"

他太怕了。如果这个人真的是姚叙，别说等两三个小时了，就是让他一直等下去都行。

"哎哟，那你倒是进屋等啊！"那热情的老板招呼倪星桥进去，"都快冻成雪人了！"

倪星桥连连道谢，跟着老板进了屋。大哥给他拿了把塑料凳子，让他坐着等。

倪星桥就坐在靠近门口的地方，到时候那个叫乔岭的男人一回来，他就能看见。

快三点的时候，倪星桥手机响了，同事问他："你人呢？"

倪星桥这才想起来，自己没回去，也忘了请假。他赶紧给领导发了请假的邮件，刚点击发送，一辆灰色的面包车就停在了门外。

倪星桥抬头看过去，当车上的人下来时，他立刻站了起来。

正是今天上午在茶水间看见的那个男人，穿着送水站的工作服，戴着帽子和口罩。

倪星桥看不到对方的脸，只觉得这人个子很高，很挺拔，看起来三十岁左右。

他几乎是跑着出的店门，也是这时，对方看见了他。

倪星桥明显感觉那个人动作滞了一下，紧接着像是没看到他一样，别过脸从他旁边过去，进屋找老板。

在他路过倪星桥时，戳在那里的倪星桥眼泪差点儿喷涌而出，明明看不到脸，但倪星桥觉得这就是姚叙。他转头，叫出了声："姚叙！"

那人无动于衷，径直走进了屋。

倪星桥不管不顾地跟过去，就在他身后不停地喊姚叙的名字。

那人从老板手里接过等会儿要送的货单，正准备走，突然被倪星桥抓住了手腕。

倪星桥定定地看着他，终于看到了帽檐下的那双眼睛，他永远都不可能认错姚叙的眼睛。

倪星桥斩钉截铁地说："姚叙！"

对方看他的眼神很冷漠，完全像是在看一个陌生人。那人用力抽出手，头也不回地往外走。倪星桥追出去，跟他撕扯起来。对方猛地甩开他，皱着眉后退，逃也似的，上车走了。

倪星桥看着那辆绝尘而去的面包车，不停地用力喘息，他不敢相信，自己竟然真的找到姚叙了。

老板被他吓坏了，赶紧过来问："你这是干吗啊？"

倪星桥满脸泪痕，一直看着那辆面包车消失的方向。

过了好半天，他终于开口，对送水站的老板说："他是姚叙，我最好的朋友。"

"啥？"老板一脸茫然地问，"你的朋友？"

倪星桥站在那里，冷风吹得他脸生疼，他抬手抹了一把脸上的眼泪，又是哭又是笑的。

他转过来，祈求似的问老板："他什么时候回来？我要在这里等他。"

"今天就不回来了。"老板说，"他送完这一波直接下班回家了。"

"他家在哪儿？"倪星桥说，"求求你，告诉我吧。"

老板为难地说："这我可不能随便告诉你，让你在这儿等他就很不错了。"

倪星桥抓着他的手满眼都是恳求的神色。

老板觉得这人要么认错人了，要么精神不正常，人家乔岭明显不认识他啊！

老板说："小伙子，要么这样，你明天早上再过来，他每天七点来，要是有什么事，你当面跟他说。"

"我今天晚上就想见到他！求您了！"

"真的不行，我哪能随便把人家的地址告诉你啊！"老板对倪星桥说，"再说了，人家乔岭不会说话，万一真的有什么事，我得担责任啊！"

倪星桥愣了一下："不会说话？"

"嗯，哑巴。"老板说，"能听见，但是说不出来，好像是小时候落下的毛病。你看，你根本不认识人家！你就是认错人了！"

倪星桥非常确定自己没有认错，这个乔岭就是姚叙。但是，姚叙怎么不会说话了呢？

倪星桥觉得寒意遍布了全身，对方消失在他世界里的这几年，究竟遭遇了什么？

原本倪星桥打算明天再来找姚叙，但是当他听到老板说姚叙不会说话之后，震惊、悲痛、焦躁，各种情绪一股脑儿冲进他的身体，让他整个人都有些发晕。

送水站的老板劝倪星桥先回去，但在这种情况下，倪星桥更要早点儿找到姚叙。

万一姚叙今天看见了他，明天就不来了，怎么办？

老板开始收拾东西，他今天要提早关门，回家买菜做饭。

倪星桥就一直跟着他，跟着他从店里到了菜市场，眼看着要跟回家了。

老板实在拿他没办法，觉得自己惹上了个麻烦精。

"小伙子，我就这么跟你说吧，一呢，我不知道他到底住哪儿；二呢，就算知道也不能告诉你。"老板说，"我看你人模人样的，但就你今天这架势，谁看了不害怕？我还敢让你去他家吗？"

老板可不敢担那个责任。

倪星桥恳求说："大哥，求你了，我就是想见见他。"

他眼睛通红，只要想到姚叙，就觉得眼泪即将喷涌而出。这么多年了，他已从笨拙的高中生变成了疲于奔命的打工人，这些年里无论经历了什么，他都没放弃过等待和寻找。

他每天都在幻想自己跟姚叙见面的场景，却怎么都没料到，当他们真的重新遇见了，别人跟他说，姚叙是个哑巴。倪星桥宁愿自己受苦遭罪，也不愿意姚叙再吃一丁点儿的苦。

可是看起来，姚叙这些年一点儿都不比他好过。

突然之间，倪星桥难过起来，无法想象姚叙究竟经历了什么。

老板铁了心不搭理倪星桥，摆摆手，上车走了，走前还警告倪星桥，再跟过来的话就报警。倪星桥不怕他报警，可是在这个地方，一时间打不到车，他只能眼睁睁看着老板离开。

深冬，天黑得早。倪星桥站在菜市场，不知所措。最后，他又回到了那个送水站。

倪星桥在送水站旁边的 24 小时便利店等了一晚上,吃了一桶泡面,喝了三杯加冰的黑咖啡。他片刻也不敢合眼,生怕自己打个盹就错过了姚叙。

天亮之前,倪星桥又发了新的邮件给领导,依旧是请假。他觉得自己今天也没办法回去上班了,甚至只要能把姚叙找回来,这工作他不要都行。

六点多钟,天突然开始飘起小雪来。

雪花落在小路上,落在路边光秃秃的树枝上,落在不远处热气腾腾的早餐摊周围。

倪星桥看着尚未亮起来的外面的世界,想着姚叙今天来的时候会不会多穿点儿。

快七点的时候,天逐渐蒙蒙亮,雪也越下越大了。

倪星桥起身出门,他记得送水站老板说姚叙每天七点左右来开门取水。

他生怕错过,早早地守在了门口,他的身上很快就落满了雪。

他一点儿都不怕冷。很多时候,他发现自己有自虐倾向,仿佛自己多承受一些,姚叙就能多好过一些。他就那么站着,站成了这条小街里一个无声无息的雪人。

七点整,昨天那辆灰色的面包车缓缓驶过来,车身上也积了层雪。

倪星桥瞬间提起了精神,全身倒流的血液似乎能让身上积着的雪融化。

开车的人看见门口站着的人,突然之间有些慌乱,他下意识地想开车离开,但车子还没来得及发动,就看见那个不知道等了多久的家伙跑了过来,其间还脚底一滑,差点儿摔倒。

倪星桥满心欢喜又有些紧张,他跑过去说:"姚叙,我找到你了。"

车里的人皱起了眉,双眼并没有看向他。

"姚叙!"

倪星桥看对方犹豫了一下,终于下了车。但那个人只是瞥了他一眼,理都没理,往店门口走。

倪星桥也不恼,紧随其后,他只是抱怨说:"你当年怎么突然就走了呢?"

开门的动作滞了一下,他下意识的动作让倪星桥更加确定这就是姚叙。

倪星桥一把抓住他的手,冰冰凉凉的,还有些粗糙。一瞬间,倪星桥的眼泪就掉了下来。

大雪天,寒风凛冽,哭过的脸被吹得生疼。

对方的目光落在抓着自己的手上,几秒钟后,用力抽出,开门进屋。

倪星桥跟了进来:"姚叙,你身上到底发生了什么事情?"

进屋的人开始一桶一桶地搬水,从店里搬到车上。

倪星桥见他不理自己,索性帮忙一起搬水。倪星桥本来就瘦得快皮包骨了,抱起水桶走在雪里,有些摇摇欲坠。但他始终咬牙坚持着,和姚叙一起搬完了十桶水。

水搬完,那人拿起桌上的送货单,转身就要走。

倪星桥不管不顾地从后面抓住了姚叙,说什么都不让他走。

"你不能走。"倪星桥说,"也别想骗我。"

他咬紧牙关,对自己好不容易才逮到的人说:"你不是什么乔岭,你就是姚叙。"

被他拉着的人看向门外,大雪簌簌地往下落,刚刚被他们踩过的地面又积了一层雪。

倪星桥控制不住自己,他浑身发抖,嗓音嘶哑,他觉得自己就像是病入膏肓的老人,以为不久于人世了,却意外地抓住了一线生机。

他问姚叙:"你为什么丢下我了?"

问姚叙:"为什么不见我了?"

问姚叙:"你是不是吃了很多苦?你为什么不能说话了?"

他就这么拉着这人,不知道过了多久,手指被一根根掰开,他拉着的人用力将他推开。

倪星桥皱着眉看他:"我今天要一直跟着你。"

倪星桥几乎是吼出来的,他说:"我找了你这么久,你还不认我!"

两个人就这样在店里对峙着,直到老板走进来。

"这是干什么呢?"老板看了看他们,对倪星桥说,"你怎么又来了?"

"我根本就没走。"倪星桥说,"昨天我在这里等了一晚上。"

面前的人抬起眼看他。

"我数着秒过的这一宿。"

老板看见他就觉得头疼,扭头说:"乔岭,你认识这人啊?赶紧领走,魔怔了似的。"

被叫"乔岭"的人盯着倪星桥看了几秒,之后用力地拉过倪星桥的手腕,将人几乎是拖着带出了店门。

倪星桥被拖了个趔趄,到了外面也走得跌跌撞撞。

以前的姚叙,从来不会对他这么粗鲁。倪星桥撇撇嘴,又想哭。

他冷漠了这么多年,一到姚叙面前,还是会变成以前没出息的样子。

那人把他拽到路边，拉下口罩，点了支烟。

当他拉下口罩的瞬间，倪星桥愣住了。是姚叙没错，他永远都不会认错的姚叙。这张脸他从小看到大，他认错谁都不会认错姚叙。

倪星桥觉得手脚发麻，眼睁睁看着对方点了烟，站在自己面前吞云吐雾，一瞬间说不出话来。

姚叙眉头紧锁，脸上满是无奈。昨天因为意外，他竟然被倪星桥撞见，想过今天就辞掉这份工作，然而一整晚辗转反侧，到了早上还是早早就来了。

"我就知道你会找过来。"说这句话的时候，姚叙嗓音沙哑，他紧张到夹着烟的手都有些发抖。到底应该怎么办？

倪星桥瞪圆了眼睛，以为是自己幻听了。

"你……你能说话？"

姚叙故作轻松，嗤笑一声："懒得说话怎么就变成哑巴了？"

其实，在很长一段时间里，姚叙确实是不能说话的。一开始是不想说，可后来即便想开口也发现自己发不出声音了。当时他做了检查，医生得出的结论是心理问题，他的嗓子实际上没有任何问题。

姚叙觉得这样也挺好，反正他也不想说话。

慢慢地，他开始适应不发声的人生，在他刚来这里送水的时候还几乎没办法出声。但后来他开始频繁地看医生，很着急地想开口说话。原因无非就是，他又见到倪星桥了。

昨天他差点儿跟倪星桥碰面之后，回家对着镜子一刻不停地练习说话，时隔这么久，他说出的第一句话是：星桥。

姚叙努力不让倪星桥看出自己的异样。

知道姚叙起码身体无恙，倪星桥松了一口气。他觉得特别委屈，为什么好不容易见面了，姚叙却不理他，甚至还对他这么冷淡？

"姚叙，你还是人吗！"倪星桥从来没骂过人，从来没对人这么凶过，这句话他曾经在心里排练了无数次。

他就是要吼姚叙，让对方知道自己这么多年有多生气有多委屈，还有多担心他。

倪星桥声音发抖，用尽了力气吼出这一句后嗓子都哑了。他想起小时候，自己撇撇嘴姚叙就立刻开始哄他，可不像现在，他都这样了，那人还无动于衷。

对于那些记忆，姚叙很多次都想彻底抹掉，可是，他越用力，就越是记得清晰。

"发泄完了该干吗就干吗去吧。"姚叙抽了口烟,看都没看他,"你上班,我上班,大家都忙得很。"他叼着烟,转身去拉面包车的车门。

倪星桥一把抓住他:"你这是什么意思啊?"

姚叙瞥了他一眼。

"什么叫'发泄完了该干吗就干吗去'?我找了你这么多年,你就这样对我吗?"

姚叙用力地抽回手,拉开车门上了车。他把抽完的烟头直接按灭在车窗上,又打开车窗对倪星桥说:"伸手。"

倪星桥抬起手,摊开了手掌。

姚叙把烟头放在了他手心里:"麻烦帮忙扔一下,谢谢。"

说完,他重新关了车门,在倪星桥还没反应过来的时候,已经开着车走了。

倪星桥站在原地,又一次站成了雪人。

后视镜里看到的人影变得越来越小,直到转了弯去,再也看不到了。

姚叙长出一口气,情绪复杂到也红了眼。还是被逮到了。

这些年,他过得好但也不好。

好是因为终于不用在戚美玲日夜的咒骂声中徘徊了,他第一次体会到,原来活着是这样的感觉。

打打零工,赚点儿过日子的钱。生活有压力,但这种压力远不及当年在家里所承受的那种。相比于过去,自由之后,为了赚钱养活自己流的所有汗水都是值得的。

姚叙改名换姓,从此叫乔岭。

乔岭。

起完这个名字他其实就后悔了,可当时不假思索脱口而出,也只能用着。

乔,是因为倪星桥。岭,是因为当年倪星桥曾经写给他的一句话。

那时候他才刚刚从家里搬出来,两个人把"青睐"甜品店当作信件中转站。

倪星桥给他写:以后不管你去哪里,就算翻山越岭也要来见我。

姚叙一直都记着。

可是,这种"好"极其有限,有限到不足以支撑他去跟倪星桥见面。

他知道自己病了,却不敢去看医生,只能跑进市里的图书馆,或者书店，翻书寻找答案。

书里说他那是精神分裂的症状，姚叙不相信。可接二连三地，他伤人伤己，却还是不愿意面对。直到后来，戚美玲因精神分裂送进医院，姚叙彻底心灰意冷。

原来，他跟戚美玲还是成了同一种人。

姚叙自暴自弃了一段时间，想着要不干脆死在街道边算了。

但，好几次他清醒过后又会有劫后余生的感觉，脑子里想的都是倪星桥，他答应过倪星桥要一直陪着他的。他还是不甘心。

姚叙开始想办法，赚钱、看医生，最后没办法，还是卖掉了当初爷爷留给他的两套房子，总算看得起病了。

他住过两次院，一次是在山城时，那会儿他以为自己快好起来了，可以跟倪星桥见面了，然而就在他决心去找倪星桥之前，发病了。那是最严重的一次，他差点儿没了命。

之后，他住进了山城的精神病医院，彻彻底底变成了第二个戚美玲。

那是他人生中一段至今回忆起仍然感到恐惧的时光。因为他发病是断断续续的，有时候很正常，有时候会突然失控。他清醒时看到周围的其他病人，会觉得自己身处地狱。

他对自己当时做了什么其实已经没有了记忆，只记得醒过来的时候，头上全是仪器。

后来，他亲眼见证过其他患者发病后治疗的场景，才知道自己经历过什么。看着别人狼狈的惨状时，他想象自己当时的样子，如果这番模样被倪星桥看见，会吓到他吧。

不知道还有没有明天，已然没了做人的尊严，这让姚叙很绝望。

但好在，后来他遇到了一个还不错的医生。那个医生帮了他很多，调整用药，进行认知行为治疗，结合心理治疗，姚叙竟然慢慢很少发病了。

但即使这样，在医生宣布他的情况已经不会影响到正常生活，可以出院，只要定期检查、正常服药、不受太大的刺激就基本算是恢复了之后，他还是不敢贸然出现在倪星桥面前。

生命中出现过一个疯子就已经很可怕了，倪星桥还会愿意再冒一次险吗？

姚叙不敢想，更不敢出现，他最怕的是，自己伤害到对方。

有时候，他甚至希望自己跟倪星桥互相遗忘。

忘了，他就是真的乔岭了，不必翻山越岭去找某个人。

忘了，倪星桥也就不用再郁郁寡欢地度日了。

可是，忘不掉。

自始至终，只要他不在医院，就会出去，偷偷地、远远地注视着倪星桥。

倪星桥高考成绩公布的时候，他去学校外面看那张红榜看了好久。

倪星桥跟林屿洲他们喝醉的那个晚上，他也喝得酩酊大醉。

倪星桥去了山城，他也坐火车去了山城。

姚叙其实一直都在。

即便住在精神病医院里面时，他满脑子想的也都只有倪星桥。

别的病人的世界都是扭曲的色彩和叫声，唯独他的世界，绝大部分时间都是一个穿着校服的美好的少年，骑着单车穿梭在绿荫小路上。而另一些时候，是一个面色阴沉的女人，带着瘆人的笑容，拿着刀走向他。

姚叙对抗那个女人的幻影用尽力气，好多次差点儿败给她，但好在，最终也算是挺过来了。

这些年，从安城到山城，又回到安城。他如约，翻山越岭，跟随着倪星桥。

精神疾病的治疗让姚叙觉得自己已经是个疯子了，即便出院了，他也丑陋、可怕。

这样的他是不可能去见倪星桥的。这样的自己让他觉得可耻又可笑，在想起倪星桥的时候，他会自卑到不行。

他眼睁睁看着倪星桥长大成人，眼睁睁看倪星桥在他离开之后，长成了一个与从前截然相反的人。

说到底，姚叙也是于心有愧，是他把倪星桥害成这样的。这样作恶的自己，哪有脸面带着一身的危险和噩梦再去找人家？他就是在这样的挣扎中，度过了每一天。

姚叙去找了一份送水的工作，意外的是，每天要送的一家公司，竟然就是倪星桥所在的公司。这对于姚叙来说又惊又喜，他目前还不敢直接面对倪星桥，可是一切都好像在朝着有希望的方向走了。

他用乔岭的名字活着，每天早上来送水时，倪星桥还没上班。他就偷偷地观察那个办公区，猜测倪星桥会坐在哪里。

直到这次，因为意外，他来得晚了些，竟然如此凑巧，就遇上了倪星桥。姚叙还没做好跟他见面的准备，久病的他还没有这个底气。

所以他下意识还是想逃，他得躲起来先检查一下自己，是不是看起来已经是个正常人了。

  姚叙不想对倪星桥说重话的,可是他太慌乱了,在对方面前,他自惭形秽。

  面包车拐了弯后,姚叙还是没忍住,靠边停车,又抽了一根烟。

  怎么办?被逮到了。

  姚叙不知道这样的自己该怎么走到倪星桥面前,他唯一庆幸的是,自己情况稳定,"戚美玲"已经很久没有出现了。他开始想,自己是不是真的如医生所说,已经康复了。

  倪星桥浑浑噩噩地站在路边,等冻得浑身都僵了,才回过神来。

  他低头看自己手心里的烟头,从口袋里掏出纸巾,宝贝似的将它包好,放进了衣兜里。

  倪星桥还是笑了,不管怎么样,杳无消息了八九年的人如今重新出现了,这就说明一切都在朝着好的方向发展。只不过,姚叙干吗那么冷淡、那么凶!

  倪星桥"哼哼"了两声,决心下次见面,还要骂姚叙。

  既然已经请假了,倪星桥也不想回公司,一大早他就把电话打到了林屿洲那里。

  "祖宗,早高峰时间,您这是有什么重要指示吗?"

  "逮到他了。"倪星桥的语气难掩快乐,"就是姚叙。"

  林屿洲一愣,一脚刹车,差点儿被后面的车追尾。

  "真的假的?"

  "千真万确,我还骂了他。"

  林屿洲笑了:"你骂他什么了?"

  "我骂'你还是人吗?'"

  林屿洲也觉得有些不真实,跑了好几年的人,就这么轻易地被倪星桥找到了?

  林屿洲脑子活络,加上这些年学法律,看过不少案例,不由自主就开始脑补各种剧情。

  "你现在干吗呢?跟他在一起吗?"

  说起这个,倪星桥就觉得委屈。

  "他不搭理我。"倪星桥说,"你说他是不是真的把我忘了?"

  林屿洲觉得这个可能性不大,就算姚叙在社会摸爬滚打几年,混成了社会盲流，但那人对倪星桥有多好他是亲眼见过的，身边来来往往这么多人，就倪星桥被他放在最重要的位置，说他会忘了倪星桥，不可能。

"怎么个不搭理法？"林屿洲觉得这事儿有猫腻。

"冷漠，特别冷漠，还很凶。"倪星桥说，"从小到大他都没对我这样过。"

"我得调查一下。"倪星桥说，"姚叙肯定不对劲。"

林屿洲说："加油调查吧，如果需要法律援助，可以找我。"

"行，等我跟姚叙打官司让他赔偿我精神损失费的时候，你记着得向着我。"

聊了一会儿，倪星桥心情好了不少。虽然姚叙对他过分冷淡，有点儿气人，但此时只要想到对方就在不远处，他就可以笑出声来。

倪星桥跑回了爸妈那里，那两人都上班去了。他窝在自己从前的那张床上舒舒服服地睡了一觉。

昨晚一宿没睡，还挨了冻，睡醒后倪星桥有点儿发烧，在家转了好几圈没找到药箱。果然是太久没好好回家待一阵子了。

倪星桥觉得有些愧对爸妈，这些年他沉浸在找不到姚叙的苦闷中，忽略了对他们的陪伴。

下午一点多的时候，倪星桥发烧还是有点儿严重，头重脚轻，鼻子冒火似的。他想着还是去打个退烧针吧，但出门之后，还是掉头去了姚叙上班的送水站。

他这次过去，特意买了点儿水果和酒送给了老板。

老板问他："你怎么又来了？"

"我来等姚叙！"倪星桥虽然身体不舒服，但心情很美好，他笑着说，"大哥，这些是送您的，谢谢您对姚叙的照顾。"

老板可不敢随便收这家伙的礼，他连忙拒绝："可别，我不认识什么姚叙。"

"就是乔岭。"倪星桥把东西放在凳子上，"多亏了您，我才能找到他。"

他这一句话可把老板给吓着了，怎么什么锅都往这儿甩呢！

"你快拿走啊！"老板说，"我不要你东西。"

倪星桥当听不见，美滋滋地戳在那里等着姚叙回来。

两点多的时候，姚叙回来了。其实，他不该回来的。

姚叙不停地对自己说，给老板打电话，直接辞职，然后继续躲起来。可是每次电话要拨通的时候，他又立刻挂断，即便是姚叙也没办法战胜自己的欲望。他还是忍不住，想要见倪星桥。

倪星桥说："姚叙，我发烧了。"

姚叙心跳很快，几乎就要没法呼吸了。他偷偷地深呼吸，没多说话，径直走到了收银台那边拿下一张订货单。

老板小声问："你真的认识这人啊？"

姚叙抬眼看看他，迟疑了一下，摇了头。

"怎么不认识？"倪星桥不乐意了，"我们在同一家医院出生，从小一起长大的！"

老板乐了："真的假的啊？"

姚叙没理会，开始搬水，倪星桥脱了羽绒服也跟着一起搬。

老板赶紧说："哎，你干活我可不给钱的啊！"

"不要你钱。"倪星桥说，"你多给姚叙发点儿工资吧！"

老板撇撇嘴，摇摇头，觉得这小伙子脑筋坏掉了。

倪星桥连呼哧带喘地搬水时，一直絮絮叨叨地跟姚叙说话。

"我不明白。"倪星桥问，"你为什么不理我？"

姚叙不吭声。

"我找你找得都快疯了，你现在还不理我！"倪星桥越说越气，到后来也不搬了，戳在面包车驾驶座车门那里，姚叙不给他一个说法，今天就别想走了。

姚叙搬完水，示意他闪开。倪星桥不动。

"要不你就把我像水桶一样搬走，要不你就给我一个说法。"倪星桥说，"我也是有脾气的，你别太过分。"

姚叙盯着他看，下一秒直接把人架起，走出几步，放在了别处。

倪星桥气急败坏地跑回去，直接拉开车门进去了。

"行，那我今天就跟着你。"他真的觉得姚叙过分了，就算不在意他了，不想见他了，连朋友都不要做了，起码也要给个说法吧！

姚叙拗不过他，只好先上了车。

一路上倪星桥气得头晕。他原本就在发烧，这会儿更是难受。

"我真是欠了你的。"倪星桥靠在副驾驶座有些昏昏欲睡，心里又是一阵委屈。

姚叙闭上了眼，心里的苦水直往外冒。

"是我欠你的。"姚叙咬紧牙关，对他说，"我才是这个世界上最恶的恶人。"

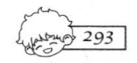

他转过来,看向倪星桥。倪星桥对上他的目光,突然之间觉得可怕又陌生。

他们很多年没见了,姚叙的眼神已经彻底变了,黯淡无光,望进去,让人觉得心慌,像是下一秒他就要过来吃掉倪星桥。

倪星桥下意识地攥紧了手,紧张到不行。

"你干吗这样看着我?"倪星桥问他。

姚叙死盯着他看,已经太久没这么仔细看过这个人了。

姚叙听到倪星桥的问话,心像被扎出了一个窟窿来。

怎么看着呢?他明明是充满善意地看着对方,可是他的眼神还是吓到了他。

姚叙苦笑:"害怕了?"

倪星桥觉得姚叙的眼神让他很不安,他不明白对方为什么要这样看着自己。他做错了什么?

事实上,他什么都没做错,姚叙也没有想伤害他。

可是这几年走过来,姚叙知道,生过的这场病在他身上留下了难以磨灭的烙印,他的眼神就是最好的病历。姚叙很怕克制不住自己的情绪,于是想着先让人下车。

"我还要忙,你快点儿走。"姚叙的声音有些发抖,他现在急切地想要吃药,可是又不能当着倪星桥的面吃。

倪星桥皱着眉看向姚叙:"你为什么要这样对我?"

姚叙扭过头不看他,祈祷着倪星桥快走。

"你说啊!"倪星桥扯着嗓子喊了出来,"你干吗那么对我?"

原本就不舒服的倪星桥这会儿更是难受,他嘴唇微张,用力地呼吸着。

姚叙掏出烟,结果还没点燃就被倪星桥抢了过去。

他眼睁睁看着倪星桥熟练地点烟抽了起来,忍不住叹了口气。

生活把他们都变成了什么样子……

倪星桥气得手都在抖,抽了口烟之后,头更晕了。

"姚叙,你不要给我脸色看,你觉得自己这样做对吗?"倪星桥快被他气哭了,死死地咬着牙缓了缓,才没让眼泪掉下来,"我做了什么对不起你的事吗?你可以直说。"

他狠狠地抽了口烟,定了定神。

"我自认为这么多年都对你问心无愧。"倪星桥说,"你一声不吭地走了,我天天找你,盼星星盼月亮似的盼你联系我。结果,你倒好,一点儿消息都不给，一走就是八九年。这八九年我是怎么过的你都不知道！现在好了，好不容易找到你了，你还给我摆臭脸。"

烟灰掉在了倪星桥的羽绒服上。他低头看，不小心还是让眼泪掉了下来。他抬起手使劲儿抹泪水，不想再在姚叙面前哭了，这样看起来太软弱太没出息了。

"你是不是当我真的吃饱了没事做，在这儿消遣呢？"

这一句话，让姚叙的心为之一震。他没想到倪星桥会说出这样的话，那么骄傲快活的小王子，竟然红着眼睛说这样的话。

"我真是没出息死了，没脸没皮的。"倪星桥说，"死乞白赖地往上贴，人家一个眼神都不给我。"

倪星桥说着就按灭了烟头，推开车门下了车。他狠狠地关上了车门，再看向姚叙的时候，眼里像是有一片被冻结的湖水。

"再说一遍，我没做过对不起你的事。如果你误会了什么，我希望你搞清楚，再向我道歉。但如果你只是单纯不再理我了，想用这种方式让我滚远点儿，可以直说。只要你不想看见我、讨厌我，你直截了当地告诉我，我立刻滚得比谁都远，可以让你这辈子都看不见我。"倪星桥说完，转身就走。

他踩在厚厚的积雪上，觉得这个冬天比姚叙离开之后的每一个冬天都要冷，他快承受不住了。以前找不到姚叙的时候，他可以安慰自己，可以帮对方找无数的借口，可是现在姚叙给他的冷脸是实打实的，是他没办法再自欺欺人的。倪星桥觉得委屈，姚叙怎么会对他这样？

他走了几步，听到车子发动的声音。姚叙真的不来找他了。倪星桥越想越难过，原来真的变了。

他觉得难受，身体和心里都难受。他缓缓蹲下来，一阵眩晕，只好用手撑着地面，支撑自己不要倒下。

找姚叙干吗呢！见了他只会受气。倪星桥又气又恼，心想，早知道这样，应该先去医院的。

他就这样蹲了好半天，还是头晕，高烧不退让他浑身一点儿力气都没有。就在他觉得自己可能要倒在雪地里的时候，一个人来到了他身边。

倪星桥看着那双鞋，不需要抬头就知道是谁。他赌气似的不说话，索性收回手，搭在膝盖上，抱住了头。

姚叙低头看他："不是你的错，是因为我太懦弱。"

倪星桥恍恍惚惚听到姚叙的话，但此时的他烧得快没有意识了，对方明明就在身边，可那声音却像是从遥远的山谷传来的。

姚叙说："你并没有欠我什么，只是我自己没办法面对。"

面对什么……

倪星桥只听清"没办法面对"几个字，然后就晃晃悠悠地栽倒了。

快三十岁的人了，因为发烧，又跑出去瞎胡闹，晕倒在了雪地里。倪星桥觉得这件事绝对不能让林屿洲知道，不然那家伙会嘲笑他很久，还会觉得他在故意向姚叙施苦肉计。

倪星桥可不是没有想过苦肉计，但不是这个用法。不管说什么，他晕倒在姚叙脚边是铁打的事实了。

倪星桥再次睁眼的时候已经躺在医院的病床上，这地方乱哄哄的，一个房间塞了快十张床。他的羽绒服被搭在旁边的椅子上，姚叙站在那里，面无表情，双手环抱在胸前，就那么直勾勾地看着他。

倪星桥觉得嗓子冒火，疼得像是长了个瘤。他张张嘴，想说话，却半个字都说不出来。

姚叙问他："喝水吗？"

倪星桥生气，扭头不看他。姚叙不再继续问了，随他去了。

过了一会儿，倪星桥一瓶点滴打完，姚叙去叫护士换药。倪星桥看着一个空瓶被换成另一个满当当的药水瓶，想着这样也行，姚叙能多陪他一会儿。想到这里，他更委屈了，他怎么变得这么卑微了呢？

倪星桥没忍住，终于费劲地开了口。

"到底为什么？"

以前不管他受了什么委屈，姚叙永远都是站在他这边的，帮他反击，安慰他。

可是现在，他受了天大的委屈，让他委屈的人竟然就是姚叙。

倪星桥受不了，他得知道为什么、凭什么。

姚叙盯着他看了一会儿，脸上没什么表情，但想起今天背着人上车时，那么高个子的一个人竟然那么轻，一时间心疼难耐。他知道，这些年倪星桥受苦了。

"说话！"倪星桥生着病还要生着气，问了话对方还不回应，这样一来就更气了。他这辈子也就在姚叙身上吃过这么大的亏。

在倪星桥醒过来之前，姚叙一直在想要怎么向对方开口。他还是没办法直截了当地告诉倪星桥自己是另一个戚美玲这件事，他很怕看到对方恐惧的目光。

该怎么办？姚叙不停地捏口袋里的药瓶。

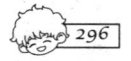

"说啊！"倪星桥急得红了眼。

姚叙叹了口气，往前半步，总算要开口了。

"我就是想逃。"姚叙隐瞒了自己的病情，把话题带回了当年，"那年你刚走，戚美玲就来了，告诉我是你带她过去的。"

那个时候的姚叙根本没有多余的精力去思考，再次被戚美玲找上门来的他万念俱灰，觉得自己只有两条路可走：要么被戚美玲逼疯，要么就是逃。

后来他逃走了。

有那么短暂的一瞬间，姚叙是动摇了的，他觉得或许是倪星桥心软了，或许是为了让他回去上学，所以才把自己的住处暴露给戚美玲。

可后来他冷静下来，觉得倪星桥不可能做那种事。就算天塌下来，倪星桥也不会背叛他。

只是那个时候，他想去找倪星桥求证已经没有机会了。

戚美玲像个鬼魂一样跟在倪星桥身边，姚叙只要看见她，就像着了魔一样。

没多久，姚叙就有了精神分裂的症状，只不过迟迟不去面对。

这样的他，自身难保。

后来的这些年，姚叙时不时就会想起这件事，他也清楚地知道，该被痛恨的从来都不是倪星桥，他才是最无辜的人。

姚叙的这句话像是一个莫名其妙朝着倪星桥丢过来的炸弹，他反应慢，不小心给接住了。

"什么？"倪星桥怀疑自己还在发烧，还在幻听。

"戚美玲来找我，说是你带她过去的。"

姚叙太清楚戚美玲为什么一定要找到他了，她并不是在关心他过得好不好，也不是舍不得他，只是单纯地要他回去参加高考，她为的是自己的执念、自己的面子。

那个时候，倪星桥也劝过姚叙，坚持一下，哪怕参加结业考试拿个毕业证，等以后上了大学就好了。可是，就凭戚美玲的性格，即便姚叙考到天涯海角，她也会跟着。

对于戚美玲来说，姚叙就是她驯服的狗，永远要在脖子上系着绳子，一旦狗不听话，打骂就会接踵而至。

倪星桥不可置信地看着他，嗓子沙哑，一说话就疼。

他突然泪流不止，断断续续地说："你觉得是我出卖了你？"

倪星桥恍惚了几秒钟，之后突然激动起来，他猛地从床上坐起来，手背上的针差点儿被扯掉。他飙泪，几乎嘶吼着说："我没有！"

他说："我没有！没有！没有！"

所有的人都看向了他们，倪星桥毫无形象可言，他面红耳赤，涕泗横流，十分狼狈。

他再吼不出声，却还是一遍又一遍地尝试：我没有！

他不明白姚叙为什么这样说他，他出卖谁都不会出卖姚叙啊！

姚叙见他这样，也有些慌，赶紧过去按住他的手背，发现已经流血了。

"躺着，我去找护士。"

倪星桥才不听他的，死死地抓住他的衣服，虽然发不出声音，但还是坚定地说：我没有！

姚叙被他这架势吓着了，心疼又懊恼。干吗在这种时候说这事呢？至少等他好了再说啊。

姚叙抬起手，覆在他的手背上。

"没有。"姚叙说，"我知道了，你没有。"

姚叙见不得倪星桥这样。别说没有了，就算有，他也原谅了。

这么多年的心结和苦闷，都抵不过倪星桥的两行眼泪。

姚叙再次看着对方时，他竟然发现，自己前所未有地安心，就好像飘摇许久的孤舟，终于靠岸了。

倪星桥在医院闹了这么一通，姚叙吓得不敢再凶他了。果然，不管过了多久，姚叙还是会被这家伙拿捏得死死的。

重新在手背扎了针，还被护士教训了一顿，倪星桥乖乖躺好，满怀怨念地盯着姚叙看。

姚叙依旧站在病床边，不坐下，也不再说什么。

倪星桥看着看着就开始犯困，没一会儿就睡着了。

他睡着了，姚叙也松了一口气。他走到窗边，看着外面，医院后院停满了车，车上都是积雪。

冬天啊，姚叙想，冬天真冷啊。但医院的病房倒是暖和，甚至让他觉得有点儿热。

手机突然响了，是送水站的老板打来的。

"今天的货我都给送完了啊，当你下午旷工，没工钱的。"

姚叙说："好。不好意思给你添麻烦了。"

送水站的老板觉得这事儿有点儿荒谬："你小子真行，我还当你是个残疾人，不会说话呢，搞了半天是没遇着急事儿就跟我在这儿装哑巴！"

姚叙不吭声。

"行了行了，你那朋友怎么样了？"

"打上针，睡着了。"

"让他别整天往这儿跑，把自己身体祸害完了，还耽误你工作。"

"明白。"姚叙又一次跟老板道歉，"给你添麻烦了，对不起。"

"没事，没事，就这样吧，你明天来吧？"

"嗯。"

"行，挂了。"

那边的人先挂断了电话，姚叙才关掉手机。

他回头看倪星桥，那人睡得正香。多少年没这么看过他了？

自从那次躲起来后，姚叙都是遥遥地偷看，他看得出倪星桥过得不好，也看得出倪星桥在惦记着他。可他心里就是过不去那道坎儿，已经形成了心魔，在打败那个心魔之前，他没办法好好地回到倪星桥面前。

手机突然又响了，是殡仪馆打来的，问他什么时候过去。

"找别人。"姚叙一点儿都不想去，迅速挂断了电话。

他就这么静静地等着倪星桥醒来，用目光描摹对方脸颊的轮廓。

这些年真是变了好多，长大成人的倪星桥，眉眼间都是忧愁。

是因为我吗？

姚叙看着他，不敢要回答。

倪星桥醒过来的时候，天已经黑透了，针也打完了。他的高烧已经退了，只是还有些不舒服。

"明后天还得来。"护士说，"别忘了。"

倪星桥点点头，坐在病床边，手按着针孔，头有点儿晕。这么坐了三五分钟，倪星桥起身，穿好了衣服准备往外走。

姚叙跟在他身后，倪星桥走出几步回头看他。

"花了多少钱？"倪星桥哑着嗓子问。

姚叙掏出那些单据递给了他。

"你还真的跟我要啊？"

"日子不好过。"

倪星桥突然就笑了。这挺有意思的，跟他想象的不一样。

倪星桥接过单据，看了一眼，又塞给了姚叙："今天不还，改天吧。"

姚叙没说什么，揣好，跟着他往外走。

外面又飘起了雪,倪星桥嘀咕道:"这两天雪可真多啊。"

姚叙下意识地想点烟,刚摸到烟盒,想起身边这人还在生病,放弃了。

"你送我回家吧。"

"不送。"

"不行。"倪星桥说,"我是因为你才生病的。"

姚叙看看他,觉得这家伙藏了八百个心眼儿。

"快点儿!"倪星桥先一步往外走,出了医院大门,右转,是个公交站。

"打车吧。"姚叙说。他顾及倪星桥的身体,打车回去舒服又快捷。

"坐公交。"

姚叙拗不过他,只好跟着他等公交车。

倪星桥站在那里发了一会儿呆,雪落在了他头上。

姚叙站在距离他半米开外的地方,过了一会儿,靠过去,抬起手放在他头顶,帮他挡雪。

倪星桥瞬间为之动容,他开始相信,无论过了多久,无论发生过什么,姚叙还是会和以前一样义无反顾地把他当作最重要的人。

"我一直都很想你。"倪星桥说话的时候嗓子生疼,但他还是要说。

姚叙的目光闪烁了一下,没有回应他。

"但是也很生你的气。"倪星桥瞪了姚叙一眼,心里闷闷的。

公交车缓缓进站,在医院这里下车的人很多,上车的人也很多,空了一半的公交车瞬间又被乘客塞满,姚叙跟倪星桥挤在人堆里。

倪星桥抬眼看看公交车上的拉环,不去拉,非要拽着姚叙保持平衡。姚叙没有推开他,也没有说什么,随他去了。

公交车晃晃荡荡地开着,一站一停,乘客上上下下。快到终点站的时候,有了空着的座位,两人终于坐下了。

姚叙问:"终点下?"

倪星桥当听不见。

他们就这样坐着公交车,看窗外的雪和街景。姚叙偶尔用余光瞄倪星桥,也不知道对方在想什么。

这一路过来,姚叙想起从前的某些时光。上学那会儿,他偶尔自己坐公交,偶尔和倪星桥一起。但倪星桥娇气,不喜欢坐公交车,嫌挤,嫌慢,大部分时候他们都坐出租车。

可姚叙最怀念的还是他们骑单车上学的日子,清晨他等在对方家楼下，满心欢喜地等着倪星桥出现。一晃，就这么多年了。

倪星桥不知道什么时候又靠着车窗睡着了，公交车颠簸的时候，磕得他皱眉。他迷迷糊糊地醒过来，发现姚叙坐得笔直，不动，就安静地看着前方。

快到终点站的时候，姚叙轻声叫醒了倪星桥，让他打起精神，不然下车被冷风吹了，感冒要加重。

倪星桥睁眼的时候，恍惚间好像回到了过去，他跟姚叙还是天真的少年，唯一的苦恼就是自己考试没考好没能跟他做同桌。

"老曹一直都很惦记你。"倪星桥说，"他也很想你。"

姚叙怔了一下，转过头看向另一边的窗外。

其实高考前，曹军找到过姚叙。

那时候姚叙在一间洗车店帮工，他不知道曹军是怎么找到他的，但那人就是来了。曹军请他吃了顿饭，那个在学生面前从来威严十足的班主任在那天还喝了酒。

姚叙看着他眼睛泛红的样子，听着他苦口婆心地劝自己，心里清楚，曹军是个好老师。

可他不是好学生。

姚叙最终还是拒绝了曹军让他回去参加考试的建议，因为对于姚叙来说，高考已经无法改变他的命运了。世界已经坍塌，他没办法重建。

"听说老曹还在带学生，马上又要高考了。"倪星桥说，"改天我们去看看他吧。"

"再说吧。"

公交车报站，终点到了。好像什么事情都会有一个终点，不论结果好坏，人都得面对。

倪星桥跟姚叙起身，从后门下了车。

姚叙问："你家在哪儿？"

倪星桥一拍脑袋："哎呀，一不小心睡过站了。"

姚叙很难不相信他是故意的。于是，两个人只好慢慢悠悠地踩着雪沿着小路往回走。

倪星桥说："我很喜欢现在住的地方。"

姚叙不说话。

"我觉得你也会喜欢。"

两个人看着彼此，姚叙半天没有开口说话。

这让倪星桥觉得时间过得很缓慢，他们好像在朝着一条漆黑的、充满未知的路走去。

倪星桥说："你是不是故意的？"故意不找我，故意害我吃苦。

"有时候，我真的挺恨你的。"倪星桥说，"你不觉得你其实挺自私也挺心狠手辣的吗？"

姚叙咬了咬后槽牙，他当然知道。自始至终他都是这样，害人害己。

"本来一切都是好好的，我以为我们马上就能一起去山城了，结果你却一声不吭地跑了。"倪星桥深呼吸了一下，对姚叙说，"这些年，你在哪儿、过得怎么样，我全都不知道。我每天都在煎熬，每天都在猜。我猜你会不会受伤，会不会被人欺负，我生怕你过得不好。但是你呢，你其实很清楚怎么能找到我。哪怕给我一丁点儿消息，我也不会等得这般痛苦，就像看不到尽头似的。"

倪星桥心里委屈，他本来是不想抱怨的，但在面对姚叙的时候，他向来藏不住任何心思。他忍不住想说，忍不住想让姚叙知道自己这么多年有多难熬，也忍不住想让姚叙知道，他真的一直都在等着他。

"你就是想看我受苦吧？"倪星桥说，"就是想用这种方式来证明，我有多在意你这个朋友啊。你真坏啊，姚叙！"

姚叙安静地听着他说这些话，不得不承认，倪星桥说的每一句都是真的。自己就是这么坏，这么自私，这么狠心。

可同时，他是真的在乎倪星桥，只是连自己的人生都不知道该怎么面对的他，也不知道应该怎么去珍惜别人。倪星桥恨他是应该的。

"我不知道怎么面对你。"姚叙终于说了出来。

他不知道应该怎么开口，也不敢向倪星桥坦白，他怕倪星桥会害怕他。

他不知道应该怎么告诉倪星桥自己在那次之后就不正常了，就像当年的戚美玲一样。

他如今也不过是个靠吃药维持"正常"的精神分裂症患者，他会产生幻觉，会幻听，尽管最近的情况一直都还算稳定，但这病就是个定时炸弹，他却不知道爆炸的时刻。他一直觉得，自己在倪星桥身边只会让对方的生活变得更糟糕。

懦弱啊，欲望啊，姚叙沦为了自己都不齿的人。

自私、邪恶、极端，姚叙清楚，这就是现在的自己。

"姚叙，你怎么变得那么坏？"倪星桥重复道。

倪星桥狠狠地瞪着他，说完，觉得心尖都疼。

姚叙坦诚地说道:"我其实一直都这么坏。"

倪星桥深呼吸,摊开手,说:"给我一根烟。"

姚叙双手揣在棉服口袋里,没动。

"不跟我道歉,还不给我烟抽!"

倪星桥不高兴了,自己去摸姚叙的口袋,拿出了那包烟。他站在姚叙面前抽烟,一根接着一根,直到烟盒变空。

"以前,我一直以为自己是最了解你的人。"倪星桥说,"后来才发现,你有很多秘密我都不知道。"

"人都是有阴暗面的。"

"你是故意藏起来,不给我看。"倪星桥说,"但我真的挺好奇,你的阴暗面究竟是什么样的。"

姚叙看着他。

"干吗不说话了?"倪星桥问。

"怕说了吓着你。"

倪星桥嗤笑一声:"真有意思。"他恨得牙痒痒,真的想跟姚叙打一架。

"我这几天受的惊吓已经够多了。"

"我们好像变成了陌生人。"倪星桥问,"你有这种感觉吗?"

"本来就是。"姚叙说,"我们都跟以前不一样了。"

彻彻底底地不一样了。其实,连彼此心中根植多年的羁绊,都变了味道。他们不再是天真纯粹的少年,那份从出生开始就相互陪伴的感情也不再清澈。

"姚叙,你想时光倒流吗?"倪星桥突然问。

姚叙没有说话。

倪星桥心中有对答案的猜测,他觉得姚叙大概是不想的吧。

"那你还想继续跟我做好朋友吗?"倪星桥盯着姚叙看。

当然想。姚叙很想斩钉截铁地告诉他,可是,现在真的可以吗?

倪星桥看出他的犹豫,但并不明白他究竟在犹豫什么。

向来坦率的倪星桥不会拐弯抹角,他坦然地看着姚叙。

"我想,我还是会希望你回来,希望不管未来有什么事情,你能让我和你一起面对。"倪星桥说。

姚叙微微皱了皱眉,一时间不知道应该怎么回应倪星桥。这几年来,他怎么会不知道倪星桥还牵挂着他,那份执着到有些偏执的牵挂让姚叙觉得自己配不上对方的这份情谊。

倪星桥说:"但我生你的气也是真的。"他目光坚定地看着姚叙,"你仗着我在意你,折腾我,折磨我,欺负我。这些账我都替你记着呢。姚叙你放心,我不是那么好糊弄的人,这些账,我都会一一从你那里讨回来。"

姚叙看着眼前的人,不知道说什么好。他现在还有什么资格去为自己辩解呢?倪星桥说的每一句,都是真的。

"好。"姚叙说,"那我等你来讨账。"

他说完,抬脚继续往前走。

倪星桥心里不痛快,弯腰团了个雪球,砸向了姚叙的背。

倪星桥跟姚叙在大雪天走了快半个小时,终于来到了他家门前。

倪星桥说:"你就一点儿都不惊讶吗?"

"什么?"

"我租的这套房子,就是当年你住的隔断间。"

姚叙看看这栋楼,装出一副恍然大悟的样子。

倪星桥眼尖,脑子反应也快,刚刚走路的时候,他就发现不对劲了。

"你是不是早就知道我住在这里?"

"我不知道。"

"那为什么刚刚往回走的时候,我并没有告诉你应该在哪里转弯,你却每一次都走对了?"倪星桥说,"姚叙,你真的太坏了。"

姚叙站在原地,倪星桥还是那么聪明,和小时候一样。

倪星桥说:"我不知道你究竟在耍什么把戏,但对于你戏弄我这件事,我非常生气。"

倪星桥说:"姚叙你记着,我不欠你的。"

姚叙当然知道倪星桥不欠他的,因为明明就是他欠对方的。

"姚叙,你好好想想怎么把我这九年弥补回来吧。"倪星桥戳了戳他的肩膀说,"我当你是这辈子最重要的朋友,但也没那么大度。既然你这么欺负人,那我也要睚眦必报了。"

倪星桥说完,赶紧转过了身,生怕自己的眼泪被姚叙看到。

姚叙看着他的背影,悔恨不已。其实他们的人生,根本就是被他一手毁掉的。

"恨我吧。"姚叙说,"你应该恨我。"

"当然了。"倪星桥撇撇嘴,想着自己过去的那几年,忍不住想揪着姚叙的耳朵骂:你就该被我恨!

他转过来看姚叙:"别再想着跑。你就是胆小鬼,但我不管你还有什么顾虑，你都要记着你欠我的，你欠我的！欠我的就得还！老老实实在我身边给我端茶倒水伺候我！因为是你欠我的！"

倪星桥故意说着这些话，最后几乎是吼出来的。

姚叙看着他痛苦到撕心裂肺的样子，也终于蹲下来，痛哭起来。

倪星桥就那么低头看着姚叙，当年那个意气风发的少年已经完全不见了，此刻在他面前的，是一台零件被磨损到快要拼凑不起来的机器，他根本不知道应该怎么办。

"姚叙。"倪星桥问，"你还走吗？"

姚叙慢慢平静下来，仰起头看面前的人。

倪星桥面色平静地对他说："我不会再求你了，如果这次你还要离开，我也不会再找你。"

姚叙站起来，红着眼睛看他。

"我也是人，我撑得够久了。"

下一秒，倪星桥被姚叙拉住了。

倪星桥有些哽咽地说道："别以为这样我们就冰释前嫌了，你说，我们应该怎么办？"

很多时候，等待就像是一口小火慢烧的锅，一开始没什么感觉，可时间久了，锅也会被熬烂掉。倪星桥觉得自己就是那口锅，已经在漫长的等待中破败不堪。

倪星桥丧着脸说："我真的觉得你好陌生。"

姚叙没有说话。倪星桥低头，看两人沾满了雪的鞋尖。该怎么办呢？

倪星桥找不到答案，长叹了一口气，抬头看向了姚叙。眼前的人变化太大了，可倪星桥透过他的眼神可以确认，姚叙还是那个姚叙。他突然使劲儿扯了姚叙的脸，就像小时候姚叙对他做的那样。

"真丢人啊。"倪星桥说，"我熬成这样，结果你理都不理我。"

倪星桥笑了笑："我可真丢人。"

他想逼姚叙说些什么，可是眼前的人就像是得了失语症，竟然始终一言不发。

"干吗？又装哑巴？"倪星桥放开他，"算了，你回去吧，我也很累了，还生着病呢。"

他说完转身就走，走出好远，姚叙也没叫住他。

倪星桥回到了家，而姚叙在原地站了很久。他摸口袋，想抽烟，却突然想起，新买的一包烟都被倪星桥给抽完了。他走出小区，在路边站了很久，回忆今天的倪星桥。

　　他没有烟，药也不知道去哪里了。刚刚一直没说话，是因为觉得自己有些恍惚，他一直在压抑自己的情绪，生怕会暴露他是个疯子这件事。

　　到现在，姚叙还是不敢告诉倪星桥实情。懦弱，姚叙恨自己变成了这样。

　　倪星桥说他陌生，他时常看着镜子里的自己，又何尝不是这样的感觉。

　　还有倪星桥。

　　尽管多年来，姚叙一直偷偷关注着对方，可当他真的走近了，这个时候才看清，倪星桥的改变到底有多大。

　　对于从前的倪星桥，自己就是一片森林。而如今，自己像是淋了雨的枯木桩，一靠近就能感觉到湿冷湿冷的，多少火都烤不热了。

　　姚叙知道，是自己害了倪星桥。他叹气，在雪地里站到双脚冻僵，然后才转身慢慢地朝着家的方向走去。

　　倪星桥回到家后，一直站在窗边看着，他看到姚叙一直站在那里，也看到姚叙迟迟没有离开。他沉默地站在黑暗中，直到姚叙终于转身走向远处，直到他再也看不到姚叙的背影。

　　也不知道明天还能不能见到姚叙，这场他期盼已久的重逢让他筋疲力尽。

　　倪星桥一整晚都没睡着，他一直在想姚叙，一直觉得姚叙不对劲。

　　在他看来，无论如何，姚叙都没有非要冷落他的理由，这么多年，自从他去山城上学，戚美玲就已经住进了精神病院，从那时开始，姚叙已经拥有了自由。

　　他要的不就是自由吗？既然不再有戚美玲的纠缠，他为什么还是不肯出现呢？到底是为什么？

　　姚叙早上到送水站的时候没见到倪星桥，第一反应竟然是有点儿失落。

　　他闷头搬水，发现今天上午要去给倪星桥公司送水。

　　昨晚他又做了个梦，梦见自己将倪星桥关在了一座高塔里，对方手脚都被系着锁链，而他死死地掐着对方的脖子，眼看着那人就要窒息了。

　　醒来时，姚叙出了一身的冷汗。这就是他不敢出现在倪星桥身边的最重要的原因，哪怕是梦，也足以让他惊惧不已。

　　因为经历过戚美玲几近疯狂的控制，所以他太清楚自己身上正在发生着什么。

当年，他像个屠龙的少年，充满了热血和反叛精神，然而如今，那个少年却发现自己已然变成了另一条恶龙。他从无法接受到认命，经过了长久且痛苦的挣扎。可是显然，他高估了自己的自制力。

他开着车朝着倪星桥公司的方向去，昨夜又下了一宿的雪，轮胎在雪地上轧出痕迹，像是岁月在他们心上留的疤。

姚叙一路开车过去，尽可能放空大脑。但当他把车停在倪星桥公司大楼的路边，还是忍不住会想见他，以及想昨天倪星桥问他的那个问题：如果时光可以倒流，你想回到过去吗？

想。姚叙非常坚定地想回到过去。

十几岁的时候，他就开始犯错，如果可以重来，他绝对不会让倪星桥因为他遭受这么多痛苦。

如此说来，他真的打从一开始就是个恶人。那么，这罪，该怎么赎？

姚叙到倪星桥公司的时候，没刻意躲避，扛着水桶大大方方地去了茶水间。

倪星桥一早来了就跑去问前台的姑娘什么时候换水，前台的姑娘告诉他今早送水的就快来了，他直接守在了茶水间。

倪星桥耍了点儿心眼。姚叙来的时候，他跟同事在茶水间谈笑风生，这让同事都觉得稀奇。大家都知道，倪星桥这人长了张和善的脸，但平时惜字如金，工作之外的事情一律不掺和，别人和他说什么，他最多就是笑笑，跟人很有距离感，永远亲近不起来。

没想到，今天早上他竟然跟每一个来茶水间接水、煮咖啡的同事主动聊天，说说这下个没完没了的大雪，聊聊这冷得要死的天。

倪星桥的反常让大家觉得奇怪，但也有善谈的同事，很快就和他聊开了。

倪星桥故作轻松地跟对方聊着些没营养的话题，姚叙扛着水桶进来时，看到的就是面带笑容泰然自若的他。

姚叙没直接看他，只是用余光偷偷瞄了两眼。换水的时候，他忍不住听两人的对话。

同事说下周团建，大家还没商量好去哪儿玩。

倪星桥以前从不参加团建，每一次都找借口推脱了。但这回，他故意说给姚叙听，满口说自己非常期待。

姚叙面无表情地换好了水，转身离开了茶水间。

倪星桥看着姚叙离开的方向，什么都没说。

姚叙走后，倪星桥笑了笑，在心里自嘲：怎么这点儿小把戏都能开心好半天？

当天晚上，倪星桥跟林屿洲打了很久的电话，聊了很多，结果把自己聊得心情烦闷，大晚上跑到酒吧去喝酒。去了一个有些偏僻的清吧，工作日的晚上没什么人。

倪星桥酒量向来极差，没喝几杯就开始晕头转向。

他其实在跟自己打赌。

他喝得差不多了，付钱离开，出来时发现竟然又下雪了。这个地方太偏，半天打不到车。倪星桥放弃在这里等着，晃晃悠悠地往远处的大马路走去。

雪花簌簌地往下落，很快就让他白了头。

倪星桥头晕脚软，还觉得冷，竟然流起了鼻涕来。走了一会儿，走不动了，他靠着墙壁站着，没一会儿就开始往下滑。怎么就没车呢？倪星桥叹气，觉得自己倒霉透顶了。

就在这时，他迷迷糊糊间好像看到了那辆脏兮兮的面包车，车停在路边，从驾驶座上下来一个眼熟的人。

倪星桥笑了，嘀咕了一句："又赢了一局。"嘀咕完，他打了个喷嚏。

姚叙其实跟了他很久，从他下班就一直跟着他。

倪星桥一个人来喝酒，一个人跌跌撞撞地在雪地里走，姚叙再怎么也看不下去了，来到了倪星桥身边。

此时的倪星桥已经快断片了，看见眼前的人也反应不过来。

姚叙掏出纸巾给他擦鼻涕。

倪星桥眼神迷茫，问他是谁。姚叙不说话，突然起身，将人架在肩膀上，带回了车上。

倪星桥脑袋有点儿充血，难受，挣扎。被塞进车里的时候，倪星桥抱怨道："现在知道来了！当初我被人欺负的时候，你在哪里啊？"

姚叙满眼忧愁地看着他，在心里默默回答：对不起。

彻底喝醉的倪星桥躺在面包车的后座上，昏睡过去，姚叙开着车，先是把人带回了自己家，后来犹豫了一下，掉头离开，在倪星桥公司附近的快捷宾馆给他开了个房间。

半夜，倪星桥吐得昏天黑地，姚叙就小心照料着，直到第二天早上天快亮了才轻手轻脚地离开。

倪星桥一觉睡到快十点，上班算是彻底迟到了。

倪星桥下午去上班，忙得团团转，到了晚上才想起来，这姚叙怎么还没好好跟自己道歉呢？

这个晚上，倪星桥一个人在家看了半宿的电影，又翻了翻上学时写的日记。

而姚叙，下班后稀里糊涂地来到了倪星桥家楼下，在对方家楼道里坐了一整晚。

折腾了一宿，姚叙没法上班，于是请了假。他回家补了一觉，简单地给自己弄了点儿吃的，躺在床上发了一天的呆。

傍晚时分，殡仪馆的人又打了电话来。

"别找我了。"姚叙说，"你联系她其他的家人。"

活着的时候管了，已经仁至义尽，如今他真的不想再管了。

姚叙打算出门透透气，他在路边的小店随便吃了口面，然后漫无目的地晃悠着。无意间看到一排共享单车，天很冷，几乎没人愿意骑车，但姚叙掏出送水站发的羽绒服里的手套，扫码骑上了车。

他不知道这副手套是从哪里来的，前两天突然出现在了面包车上，可能是老板放的，他这两天就一直戴着。他戴着手套骑着车慢慢悠悠地散心，到某个拐角的时候，心血来潮，转向了很久没去的那个方向。

他骑车去了安城一中，在校门外驻足看了一会儿。里面有穿着厚厚外套的高中生，还有被雪掩盖的树。

他跟倪星桥曾经在这里度过了美好又混乱的青春期，虽然后来一切都变了样，但回忆终究是喜人的。

"哎？"

姚叙听见声音，回头看去，惊讶地发现原来是"青睐"甜品店的那个店长姐姐。她跟几年前相比似乎没怎么改变，算起来应该三十出头了，但看着还是明眸皓齿的靓丽模样。

真好。姚叙看着她的时候，觉得时间并没有蹉跎一切。

"姚叙！"店长姐姐认出了他，惊讶到觉得不可思议。

姚叙没想到她还能轻易认出自己，刚想说什么，就听见对方说："你站着别动，千万千万别动！等我回来！"她说完转身就跑走了。

姚叙愣在那里，不明所以。

店长姐姐跑回了"青睐"，她已经很久没这么激动了。她跑到后面的房间，打开柜子，拿出了一个大箱子。她抱着这个分量十足的大箱子火急火燎地往安城一中校门那边跑，生怕自己慢了点儿，姚叙就走了。好在，她回去的时候，姚叙还在那里。

"可算等到你了。"店长姐姐把手里的箱子给他，"它们等了你好多年。"

姚叙看着那个草编的箱子，问她："这是什么？"

"那孩子给你的信。"店长姐姐说，"你们见面了吗？"

那孩子，不用想也知道是倪星桥。

姚叙的目光落在那个草编箱子上，听见她说："最开始的时候，你们不是通过我交换信件吗？后来你留在这里的信被他取光了，但是他还是不停地写给你。"

姚叙安静地听着店长姐姐跟他说关于这些信件的事情。

"他上大学之后，还会写信寄来，有的是他寄给你的，有的是以你的名义寄给他的。"店长姐姐说，"其实我认得他的笔迹，从信封上的字迹就看得出来，全都是他自己写的。"

姚叙皱起了眉。

"我毕竟是个局外人，你们之间的事，他和我说过一些，但了解得不多。"她说，"只是我想着，这些信还是应该交到你手里。他也一定希望你能收到的。"

姚叙伸手去接那个箱子的时候，发觉自己竟然有些颤抖。他觉得胸口闷闷的，说不出话。

"你变了很多。"店长姐姐说，"有空吗？姐请你吃双皮奶。"

姚叙把那个箱子抱在了怀里，抬起头看她。

"走吧。"店长姐姐说，"我店里出了新品。"

姚叙半天没动，店长姐姐无奈地笑笑，过来拉着他的胳膊拽着人去了店里。

外面很冷，"青睐"里面却像是正值春天。

姚叙很久没来过了，确切地说，自从那年离开，他就再没来过。

很多次远远地跟着倪星桥，知道他来了店里，可是他那时候不想被对方发现，只能遥遥地望着。如今进了店里，发现这个地方也跟从前一模一样，除了桌上的鲜花换了，其他的没有任何改变。

他看着从前两人最喜欢的座位，恍惚间看到了十七岁的自己和倪星桥。满头自然卷的倪星桥会因为曹军说了他几句就气得像只河豚，也会因为考试考得好了开心得像只花蝴蝶。

喜怒哀乐，一一上演。

突然之间，他明白了为什么不能轻易故地重游。

310

"坐啊！"店长姐姐端来了一整盘的甜品和两杯刚做好的饮料。

姚叙故意绕开之前的座位，想去别的地方，结果被店长姐姐拉了回来。

"怕什么呢？"店长姐姐说，"干吗刻意回避？"

姚叙嘴硬说自己没有刻意回避，坐在了从前经常坐的位置上。

店长姐姐说："还记得你以前在这里和我说过的话吗？"

姚叙看向了她。

"你说你们会是一辈子好朋友。"店长姐姐笑了，"那时候我还说呢，这句话果然是只有年轻的小孩子才会说。"

姚叙现在明白了她那时候说的那句话的意思。只有尚未看过残酷人生的孩子，才会轻言永远。

人的一生有太多承受不住却又不得不承受的事情，很多时候，自己的人生都没办法被自己掌控。

店长姐姐说："他经常过来。"

姚叙垂眼看着那些甜品。

"就坐在这里发呆。"她看向姚叙，"和你现在一个样。"

"回不去了。"

"哎哟，这么肯定？"店长姐姐笑着说，"就跟当年说会一辈子是好朋友一样，草率得很。"

姚叙无可奈何地轻笑一声："真的。"

"闹翻了？"她把饮料拿出来，放到了姚叙的面前。

"我害了他。"

店长姐姐看了看他，然后喝了口饮料，意味深长地说："我看你也没怎么变，说话永远都是那么绝对。"

姚叙抬头看向了她。

"每个人的路都是自己走出来的，想那么多过去的事有什么用啊，谁害了谁的，有时候，对于那个人来说，可能根本没那么重要。"

姚叙听着她的话，皱起了眉。

店长姐姐大笑起来："你这人可真拧巴。"

她笑完，自己先吃了起来。

"你们真是挺有意思的，不过反正年轻，折腾吧。"她突然想起了什么似的，"对了，你现在在干吗？"

姚叙指了指自己外套胸口位置印的字，上面写着送水站的名字。

"好玩吗？"

姚叙笑了："什么好玩不好玩的，赚钱吃饭。"

"那要不要换个赚钱吃饭的方式？"她说，"我在招徒弟。"

她把桌上的立牌转过来，上面印着招学徒的广告。

"招了快一年了，没人理我。"她说，"我想招个人，把我这一身本领传授给他，然后这店……我就不开了。"

"为什么？"姚叙皱起了眉。

对于他跟倪星桥来说，"青睐"有着非同寻常的意义，它不开了，他们的青春就好像真的终结了。

"我要出国读书啦。"店长姐姐笑着说，"以前一直想出国去学习，去最好的厨艺学校，可是没钱。这些年终于攒够了学费和生活费，我打算去试试。"

姚叙看着她，突然明白了她为什么看起来都没怎么变。

心怀梦想的人，是不会被岁月辜负的。

他想起倪星桥，辜负了倪星桥的并不是岁月，而是他。

店长姐姐跟姚叙聊了一会儿，之后让他一个人安静地享受这些甜品以及跟从前相似的时光。

她说："认真考虑一下我的提议吧，不过，我招徒弟是要收费的，如果是你，可以打折。"

她笑盈盈地起身离开了。姚叙点点头，意思是自己会好好考虑的。

他想起自己以前说过的豪言壮语，说长大以后想开一间甜品店，想给倪星桥做一辈子的甜点。那时候，他说这句话是发自肺腑的，只是感觉时间遥远，遥远到如果不是店长姐姐提起，他自己都快要忘记了。

姚叙拿起桌上的饮品喝了一口，他很惊喜，或许是店长姐姐知道他其实不喜欢甜的，所以这款是最真实的果汁味道。

坐在过去最喜欢的位置上，喝着饮品，看着眼前装满了倪星桥写给他的信件的箱子。姚叙的心像是被云朵包裹着，有些不知所措了。他试图往前走，可又战战兢兢。

此时此刻，没有任何人能为他解惑，他能做的，唯有再多给自己一些时间。

姚叙离开"青睐"的时候，店长姐姐又嘱咐他回去好好想想，还指了指那个箱子说："别辜负了这份心意。"

姚叙笑着道谢，他难得笑得像以前一样。

因为抱着大箱子，骑单车不方便，姚叙把共享单车返还之后坐公交车回了现在的住处。

他现在跟别人合租,两室一厅,他住次卧。合租的室友是个外地来的小伙子,在房产中介上班,经常因为业绩不好被领导骂,姚叙好几次看见他坐在楼道里哭。

生活中,各人有各人的苦。

姚叙到家的时候,室友正在煮面,两人打了个招呼,他就回了自己的房间。

关上房门,他把箱子放在桌上。

姚叙这个房间很小,一张床,一个衣柜,一张桌子,一把椅子,这就是全部了。

但是,他很喜欢这个小房间,每天都收拾得干干净净。

姚叙坐在桌前,盯着那个箱子看了好久,好几次想要打开,但都没有勇气。他知道这个箱子承载的是什么,那是倪星桥赤诚的情谊,让他这个罪人没有脸面去面对。

他也很清楚,一旦打开了这些信件,他就再也控制不了自己的情绪,会不遗余力地表达自己对倪星桥的思念,可是同时,他也可能会伤害到对方。

他见过戚美玲发疯是什么样子,他不希望倪星桥也活在阴影下。

他坐在床边盯着那个箱子看,摆在那里的箱子对于姚叙来说,就像会施法似的,他根本无力招架无力抵抗。他太想知道倪星桥都写了些什么话给他,不管是什么,他都想了解。

原来,这么多年,他们都在做着同一件事。

姚叙最终还是打开了。

满满一箱的信件,最上面的信标注的是最近的日期。

一直到前不久,倪星桥还在不停地写信给姚叙。

姚叙把这些信倒在床上,按照时间排好。

他从最早的一封开始看,第三封还没看完,就已经要崩不住了。

那个可爱天真的小男孩儿,那个总是在他身边笑得无所顾忌的小男孩儿,在他离开之后,整日痛苦,郁郁寡欢。

姚叙这一生,没什么渴求,唯一渴求的就是他最好的朋友、唯一支撑他走到现在的这个人能一生无忧快活。然而,因为这个人也一直在乎着他,那所谓的无忧快活,消失了。

姚叙从小就懂得克制自己的欲望,然而在这个时候,他彻底失控了。

信件被丢在床上，他连外套都没来得及穿，大冬天里，只穿着毛衣就跑出了门，像一头莽撞的野兽。姚叙迫不及待地想要见到倪星桥。

此时的姚叙彻底明白，击垮他的其实从来都不是戚美玲，也不是什么该死的命运，明明就是他自己。

他要去向倪星桥道歉，然后祈求对方原谅。他要为自己这些年的懦弱逃避和阴暗自私向对方道歉，要坦白自己的糟糕和无耻。

如果可以，他希望倪星桥重新快乐起来。

他出了小区的门，没看到出租车，于是一边跑，一边寻找出租车，寒冬腊月，跑出了一身的汗。

等到姚叙终于坐上出租车，他连呼哧带喘地催促司机师傅开快点儿。

司机师傅说："再快点儿？再快点儿我超速被拍了，你给我缴罚款啊？"

姚叙被教训得哑口无言，只能急得不停地捏手。

深夜，倪星桥在家里对着电脑工作，弄得腰酸背痛。这几天有个项目会要开，可是原本负责这个项目的同事出差了，做总结的工作就落在了他的头上。

他这几天因为姚叙的事情没有好好上班，现在时间紧任务重，只能带回家来继续做。

那个同事把资料弄得乱七八糟，光是重新整理就搞得倪星桥头昏脑涨。

他刚滴完眼药水，想着透透气，于是跑去阳台，把窗户开了条缝隙。

凉风吹进来，他的头脑总算清醒了一点儿。他趴在窗台上发呆，也不知道过了多久，突然看见一个熟悉的身影匆匆闯进了视野。

倪星桥愣住了，以为是自己的幻觉。他眼睁睁看着那个人出现，然后进了自己家所在单元的门。

倪星桥定了定神，赶忙跑去开门。

姚叙慌乱地往楼上跑，因为太过急促，上楼时竟然不小心踩空。

倪星桥一直站在家门口听着脚步声，当他发现脚步声消失姚叙却没有上来时，疑惑地下了楼。只下了一层，他就看见了站在那里的姚叙。

"姚叙？"竟然不是幻觉，姚叙真的来了。

倪星桥没忍住，虽然很想表现得冷淡一点儿，但还是面露喜色。

姚叙惊讶地看着他，没想到倪星桥就这么出现在了眼前，他赶快拍了拍脏了的裤腿，有些局促地看着对方。所有克制的情绪在这一刻都像是被冲垮的堡垒，荡然无存。

倪星桥居高临下地看着姚叙，问他："你来干吗？"

"道歉。"姚叙仰头望着站在高处的倪星桥，"我来向你道歉。"

倪星桥有些想哭，但忍住了。

"真新鲜。"倪星桥问，"不给我甩脸色了？"

"对不起。"姚叙说，"是我太浑蛋。"

倪星桥绷得好好的，结果姚叙这一句话就把他的心窝给戳中了。

他强忍着不让自己哭："姚叙，如果你跟我说你有难言之隐，我是可以理解的。"

姚叙欲言又止。

"所以，没有，是吗？就是单纯不想见我，是吗？"

"不是。"姚叙不知道该怎么解释，他要怎么才能把自己是精神病患者的这件事告诉倪星桥？

"行，你道歉了，但我也可以不原谅你。"倪星桥说，"不过既然来都来了，那就进来喝杯水再走。"

他说完就要走，可是下一秒，姚叙快步上来，拉住了他。

倪星桥愣在原地，回头看身后的人。

姚叙的目光像他十几岁的时候那样，真诚地望着眼前的人。

倪星桥有些撑不住了，心里发酸，心尖都颤抖起来。

"姚叙啊……"

倪星桥在叫出姚叙名字的时候，有些哽咽，有些发抖，只有他知道，他等这一刻等了有多久。

"跟我回家吧。"倪星桥拉住姚叙，把人带回了家里。

"回家"这个词对于姚叙来说，意义重大。从小到大，他都觉得自己根本没有家。那个冰窖一样的地方是他的地狱，他从来没有在那里感受过哪怕一丝家的温暖。

他所有关于"家"的记忆都跟倪星桥有关，是他在倪星桥家里保存的记忆。

他羡慕倪星桥，有疼他爱他的父母，有温馨有爱的家庭氛围，关于"家"，姚叙是从来不敢奢望的。可是现在，倪星桥对他说"跟我回家吧"。

往上走的这几步，姚叙仿佛是在朝圣，他知道，不管待会儿他看到的屋子是什么样的，那都是他最渴望的温暖的家。

他太渴望有一个让他安心躲起来的地方了，而这个地方，这么多年过去，还是只有倪星桥才能够给他。看着倪星桥的背影，姚叙突然意识到，那个和他从小就在一起的小男孩儿长大了，既成熟又有担当，比他更像英雄。

不知道走了几级台阶，姚叙只顾着看倪星桥的背影，忘记了数。

他终于来到"家"的门前，这里他其实是熟悉的。

倪星桥说过，他租下了从前姚叙住过的那个隔断间，房子已经重新装修，倪星桥已经在这里住了很久。家门大敞着，看得出主人刚刚走得有多急切。

倪星桥说："我一直等你回来呢。"他打开鞋柜，从里面拿出了一双新的拖鞋，"买了好久，终于派上用场了。"

说这话的时候，倪星桥还觉得有些不真实，姚叙竟然真的回来了。

姚叙站在门口，打量着这个家，既熟悉又陌生，这里的一切都和以前不一样了，但他大致还看得出自己从前住的那个隔断间是在哪个位置。

现在，那里放着沙发和茶几，倪星桥换下来的衣服乱糟糟地丢在那上面。

"有点儿乱。"倪星桥不好意思地说，"最近太忙了，没时间打扫。"

倪星桥像是要确认什么一样，不停地叫姚叙的名字。

姚叙耐着性子一遍遍地回答，有些无可奈何。

他能感受到倪星桥的毫无保留，对方越是这样，他就越是觉得自己可耻。他在隐瞒自己丑陋的一面去博取对方的关照，他生怕自己暴露，惹人厌烦。

那个住在城堡里的可爱小王子，望眼欲穿地等待着骑士从邪恶的黑森林中走出来。

在此刻，姚叙的心又活了过来。

倪星桥确认完毕，放松了下来。

姚叙发现，倪星桥真的瘦到只剩骨架了。

"怎么会……瘦成这样……"想到从前倪星桥的脸肉嘟嘟的，可如今这个人瘦得好像碰一下就会碎掉。也是在这一刻，姚叙终于意识到，倪星桥承受的比他想象的还多，懊悔和心痛瞬间吞噬了他。

"对不起。"姚叙心如刀绞，他从没想到，原来自己对倪星桥造成的伤害持续时间竟然如此之长。

倪星桥再一次痛哭起来，他不想让姚叙觉得自己是爱哭鼻子的笨蛋，可是他真的忍不住。这些年，无数情绪压抑在心里，倪星桥从来都不觉得自己是能承担得了这些的人。

他不勇敢，不强大，不坚强。

他就想让姚叙陪着他去面对人生中的一切难题。

他就是这么没出息的一个人。

可是，因为过去这些年姚叙不在，所以他一直忍着。那些情绪终于在今天全部都发泄出来，因为他一直依赖着的姚叙终于回来了。

"姚叙……"倪星桥用姚叙的衣服抹眼泪，"你对不起我。"

"对不起。"

"那你补偿我，别再离开了。"倪星桥哭着问，"可以吗？"

姚叙知道，自己这些年实在太亏欠倪星桥，他在对方身上留下的这些伤害，其实根本弥补不了，他感觉心都被搅碎了。

倪星桥哭累了，魂儿都睡了三分。过去的这些年里，他始终紧绷着神经，走到哪里都想看看姚叙是不是也在。现在好了，不用恨不得自己眼观六路耳听八方了，他终于可以踏踏实实地闭上眼睛睡一觉。

真好啊。

两人这么站了一会儿，倪星桥困了。

姚叙笑他："从小就爱睡觉。"

"你不在的这几年，我总是失眠。"倪星桥说得认真，他也真的是这么熬过来的。

姚叙心尖被揪疼了，不知道说什么好。

"我有个问题。"

"问吧。"

倪星桥说："这么多年，你是不是一直都知道我在干什么？"

不知道为什么，倪星桥总觉得只是自己看不到姚叙，而姚叙其实一直都在望着他。他没有任何证据可以证明，但那种感觉很强烈。

姚叙吞咽了一下口水，没有回答。

"问你什么都不说！"倪星桥抱怨，"你跟我都有了好多秘密。"

"这是什么意思？"姚叙指了指倪星桥手臂内侧的文身贴。

前些年他就看到了。那是一个夏天，他远远地、偷偷地跟着倪星桥，看见他手臂内侧似乎有一个文身贴，但又不敢确定。后来，每年当倪星桥在夏天换上短袖，这文身都会出现，只是离得远，看不清是什么。姚叙做过很多假设，如今近距离看到，却发现是法文。

倪星桥说："之前贴的。"

他蹭蹭那几行法文："是诗人兰波的一首诗。"

他看向姚叙:"你走的那年我就贴了。"

姚叙盯着那段诗看。

倪星桥诉了一会儿苦,问姚叙:"你呢?你这些年肯定过得比我还苦吧?"

"我还好。"姚叙终于开了口。

"骗人。"

"没骗你。"姚叙想着报喜不报忧。

他说:"离开戚美玲之后,我过的生活是从没有过地好。我打工赚钱,养活自己,虽然起早摸黑,但那是我从来没有体会过的自由。"

姚叙刻意略过了自己精神出现严重问题不得不住进医院的那段时间,他还没想好应该怎么向对方坦白。

倪星桥想象着姚叙干体力活的样子,又想起当年拿到山城大学保送资格的那个他,两者巨大的落差,让倪星桥的心脏仿佛泡在了苦水里。

真的过得好吗?

倪星桥说:"姚叙,你不要骗我。"

"都这种时候了,我骗你没有任何意义。"

"我做过很多事,见过很多人,听过很多故事。"姚叙说,"我感觉自己终于睁开眼睛看到了世界。虽然杂乱无章,但每个人的生命力都很旺盛,包括我。"

他告诉倪星桥:"以前,除了和你在一起的时候,其他时间我就像是行尸走肉。我没有理想,没有目标,要非说有的话,那就是一直陪着你。我被迫变得优秀,那是因为没办法,我不优秀就活不下去,戚美玲不会让我好好活下去,而我那时候又想活着和你在一起,我没办法。"

姚叙说:"事实上,我一无所有。没有理想,没有信念,我甚至不温和、不善良,不想跟人交好。"

他停顿了一下,说:"我一直以为人生就这样了,也就该这样了。但是,最近我发现,自己虽然经历了很多,但事实上我根本不知道应该如何面对自己最在乎的朋友。"

在两人重逢后,倪星桥对他说出那些话之后,姚叙突然意识到,他自以为有多在乎、多珍惜倪星桥,其实不过是一场自我感动。

他以为自己离得远远的是对倪星桥好,以为自己偷偷地跟着、看着,那就是在乎,但事实上,他从来没有好好想过倪星桥究竟需要的是什么。

他生在一个没有爱的家庭里,压根儿就不知道应该怎么去为别人考虑。

他从父母那里继承来的，只有自私、无耻和精神病。

姚叙对他说："所以，你理应恨我。"

倪星桥直勾勾地看他，毫不犹豫地回应："对，所以你要想办法消除我对你的恨。"

他伸出手指，戳了戳姚叙的肩膀："不如，就从庆祝生日开始吧。"

"生日？"姚叙疑惑地看向他。

他们俩出生在同一天，此时距离他们的生日还很远。

"我的十八岁生日因为你过得一塌糊涂，从那之后，我再也没过过生日。"倪星桥说，"不管怎样，我希望你把那场生日帮我过完，不然我永远都走不到新的人生里。"

倪星桥的话把姚叙的心敲得碎成一片又一片，十八岁的那个生日对于他们来说是一道始终没能迈过去的坎，他们的青春在那一天被打断，倪星桥也始终被困在那一天，再也没能出来过。

"好。"姚叙说，"我们今天就补过。"

从两个人记事开始，姚叙总是在满足倪星桥的要求。

小时候，倪星桥要吃棒棒糖，姚叙就揣上自己所有的零花钱去给他买糖吃。

后来，倪星桥喜欢吃双皮奶，姚叙就每次买两份，两份都进了倪星桥的肚子。

好像一直都是这样，只要是倪星桥提出的要求，姚叙就一定会做到——除了最重要的那一条。

不过现在，姚叙回来了，他发誓自己不会再放倪星桥的鸽子了。

此时，天色已经很暗，姚叙说立刻给倪星桥补过十八岁的生日。

倪星桥靠在那里看着他笑："傻啊，现在连卖蛋糕的地方都关门了。"

"会有开门的。"姚叙说，"我去买，一定能买到。"

他转身就要走，却被倪星桥一把拉住了。

回头时，姚叙对上倪星桥略显慌张的目光，他明白了，对方这是生怕他再次一走了之。

"放心吧。"姚叙说，"你先睡一觉，起床的时候，我就回来了。"

"姚叙，"倪星桥眉头紧锁地看着他，"我还能相信你的话吗？"

姚叙心头一颤，明白如今的倪星桥因为他严重缺失了安全感。

"能。"姚叙斩钉截铁地告诉他，"再相信我一次，我一定会回来找你的。"

突然之间，倪星桥就像小时候一样，撇撇嘴，差点儿哭出来。但他放开了姚叙，对他说："我明天还要上班，你别来太晚。"

他说完，姚叙像安抚似的对他说："去洗漱，舒舒服服睡一觉，我保证你起床的时候，我已经在这里了。"

刚团聚，姚叙却又离开了。倪星桥站在原地看着他出门，告诉自己：姚叙是去给我们买生日蛋糕了。

就像倪星桥说的那样，太晚了，周边已经没有在营业的蛋糕店。

姚叙实在不想让倪星桥失望，尽管他知道，就算他空手而归倪星桥也不会怪他，那个从小就看起来娇生惯养爱使性子的家伙，其实脾气好得很，但姚叙不想再欺骗他了。

说好了一定会带着蛋糕回去，一定在今天就补过那个他们没有过完的生日，无论如何，他都不会再食言了。

姚叙坐在路边，手里不停地捏着空了的烟盒。

从他上次跟倪星桥见面之后，他就开始戒烟了，以前一个人烦闷的时候烟瘾大，靠着抽烟缓解糟糕的情绪，可是现在，他回到了倪星桥身边，他可不想让对方跟着他吸二手烟。

烟盒被踩蹦得不成样子，姚叙再次起身，准备再找找看，没想到刚站起来，从衣服口袋里掉出了一张名片。那是之前他去"青睐"的时候，店长姐姐给他的。

姚叙愣了一下，心头冒出了一个想法。

深更半夜，虽然很抱歉，但他还是抱着试试看的心态，给店长姐姐发了条短信。他没敢直接打电话过去，觉得实在冒犯，发完短信之后也没抱什么希望，毕竟这时候人家大概率已经睡觉了。

没想到，几分钟之后，他竟然接到了对方打来的电话，店长姐姐问："你人在哪儿？我刚好还在店里没走呢。"

听到她这么说，姚叙片刻不敢耽误，直接打车去了"青睐"。

有时候，姚叙真的觉得"青睐"就像一个港湾，他和倪星桥飘飘摇摇这么多年，这里却始终可以让他们停靠。

姚叙来到"青睐"的时候，店长姐姐已经做好了两杯饮品在等他。

"实在不好意思，"姚叙一进来就开始道歉，"这么晚了，还麻烦您。"

店长姐姐笑盈盈地看着他，顺便递上了热乎乎的奶茶："算你运气好，我还没走呢。"

她问姚叙:"说吧,什么事这么紧急?"

"您这儿还有生日蛋糕吗?"

"生日蛋糕?"店长姐姐笑着说,"我这儿本来也不怎么做生日蛋糕。"

姚叙有些窘迫地看了看橱柜,想说寻常的小蛋糕也可以,却没料到店长姐姐突然问他:"是要给小倪吗?"

姚叙转过去看她,对上那双带着笑意的眼睛时,有些不好意思地点了点头:"想给他补过生日。"

店长姐姐喝了口奶茶,想了想,说:"我很久没做生日蛋糕了,但技术应该还没还给老师。"

她冲姚叙眨眨眼:"你要不要跟我学?自己做的才更有诚意呢!"

姚叙没想到还可以这样,下一秒店长姐姐就丢给他一条围裙,催他去洗手了。

做蛋糕对于姚叙来说并不是一件容易的事情。

十几岁的时候,他对倪星桥说自己的理想是开一家甜品店,天天给对方做甜品吃。可是他食言了,逃跑了这么多年,已经离"甜品"太远了。

"甜品",这么梦幻的东西,像是上辈子才存在的。

第一次来到甜品店的厨房,他呆愣愣地站在那里,满屋子的东西他甚至不知道是用来做什么的。

"紧张吗?"店长姐姐来到了他身边。

姚叙点头,有些手足无措。

"放轻松,我们就做最简单的。"店长姐姐耐心地带着他一起做,"先说好,不管你做出来的是什么样子,我的这个我自己吃,你的那个送小倪。"

姚叙苦笑道:"我尽量不让他失望。"

"这说的是什么话啊?"店长姐姐笑他,"小倪是什么人你还不了解?你就算直接拿个蛋糕坯给他,他都能开心到敲锣打鼓扭秧歌。"

为了赶在倪星桥起床前做好蛋糕,姚叙跟着店长姐姐一个步骤一个步骤地学习,他总觉得自己笨手笨脚,再也不是从前那个学什么都很快、很好的姚叙了。

"你变了很多。"做蛋糕的时候,店长姐姐突然说。

姚叙沉默了片刻,"嗯"了一声,没再多说。

"别误会,我没有说你现在不好的意思,只是觉得你好像和以前是完全不同的人了。"店长姐姐说,"不过,每次提起小倪,你的反应都和以前差不多,你给我一种好像只有他才能牵动你的神经的感觉。"

"是。"姚叙说,"要不是因为他,我可能都活不到现在。"

"这么严重?"

"是啊。"姚叙轻笑了一声,"他是我的恩人呢。"

姚叙带着自己亲手做的生日蛋糕离开"青睐"时,店长姐姐还拿了一束花给他。

"这束向日葵是我昨天买的,还好包装纸还在,我重新包了一下。"她递给姚叙,"这个时间点花店应该都还没开门营业,但十八岁的生日怎么可以没有花呢?这就当是我送给你们俩的生日礼物了。"

姚叙拿着这束向日葵,终于没忍住,红了眼睛。

"姐,谢谢你。"

店长姐姐对他和倪星桥的照顾,就像这束向日葵,哪怕太阳还没有升起,也足够温暖他们了。

"不客气,我还等着你来当我的徒弟呢。"

姚叙接过向日葵,认真地向她鞠了一躬,然后跑向路边,往倪星桥家赶去。

这世界总归是有温暖的。

姚叙坐在车里,抱着蛋糕和鲜花,他终于决定不再困于过去,至少要对得起这些光。

姚叙昨晚走的时候,从倪星桥那里拿了备用钥匙,再次站到门口时正是清晨,他上楼,听到某家的闹钟在响。

开门进屋的时候,屋子里安安静静的,他小心翼翼地走进去,把蛋糕和向日葵放在了客厅的茶几上。然后,姚叙开始帮着倪星桥收拾乱糟糟的沙发。

"你回来了。"

身后突然响起倪星桥的声音,姚叙一愣,回头看过去。

其实,这一晚倪星桥也没睡,他怎么可能睡得着呢?

姚叙出门之后,倪星桥就在阳台看着,看着他跑出小区,然后急切地等着他回来。

直到刚刚,倪星桥听到姚叙开门的声音,这才火急火燎地回到卧室,假装自己在睡觉。没想到,姚叙回来后并没有叫他,倪星桥没耐心再等了,只好自己先出来。

"回来了怎么不先来和我请安啊?"倪星桥撇撇嘴,不高兴地走了过来。

他的样子让姚叙觉得时间仿佛回到了多年前,倪星桥还是那个爱耍小脾气的十八岁男孩儿。

姚叙笑着哄他:"怕吵醒你。睡得好吗?"

倪星桥想了想,坐在沙发上歪着头问他:"你想听真话还是假话?"

"先说假的,再说真的。"

"假话是睡得特别好,口水流了一枕头。"倪星桥说,"真话是压根儿没睡,生怕你又跑了。"

倪星桥说完,目光扫到茶几上的蛋糕,他惊讶地说:"大晚上你真的买到了蛋糕?"

他凑过去看,然后发现包装盒上印着"青睐"的 Logo(标志)。

"你去'青睐'了?"

"嗯。"姚叙把昨晚自己向店长姐姐求助的事情告诉了倪星桥。倪星桥捂着心口说:"这么多年,她真的跟我亲姐似的。"

姚叙下意识抬手,想去拍倪星桥的头发,这是他从前常做的动作,他最喜欢拍倪星桥软乎乎的小卷毛。

可他刚抬起手就停住了动作,不知道自己现在还有没有资格这么做。

倪星桥看向他:"如果你不嫌我今天没洗头发的话,那就给你拍吧。"

姚叙笑了,悬着的心也终于放下了。

他拍了拍倪星桥的头发,然后说:"我们来过生日吧。"

无论是倪星桥还是姚叙,自打那次之后,就都没再庆祝过生日。

十八岁的那个生日就像是一道分割线,他们在毫无准备的情况下,被推搡着,从梦幻的青春期跨到了残酷的人间。

也是从那天开始,不管过了多少年,倪星桥始终觉得自己还停留在那一刻,停留在戚美玲闯进那个家,歇斯底里地跟姚叙对峙的时刻。

他走不出来,他被定格在了那里。

直到此刻,姚叙一根一根地插上蜡烛,足足十八根,一根紧挨着一根。他划起火柴,虔诚地点燃了每一根彩色的蜡烛。

在第十八根蜡烛被点燃的时候,倪星桥终于忍不住,失控地哭了出来。他没办法再压抑,他等这一天等了太久,他必须哭出来,恨不得把这些年的想念和委屈都哭出来。

哭出来,然后他跟姚叙的人生才能重新开始。从十八岁开始,朝着他们的十九岁迈去。

倪星桥问他:"姚叙,你看我还和以前一样吗?"

这是倪星桥这些年来最担忧的。他很清楚，自己变了太多。

他不再可爱，不再无忧无虑，甚至不再像小时候那么好看。现在的他，苍白消瘦，像幽魂一样活着。姚叙万一忍受不了这样的他，怎么办？

姚叙被他这句话戳得心脏发疼，是谁把倪星桥糟蹋成这样的，姚叙心里再清楚不过。

他清楚，是他干的。他用手指轻轻擦拭倪星桥的眼泪，微微皱着眉打量对方。

这短暂的几秒，倪星桥紧张到几乎失语。

"一样，也不一样。"姚叙说，"但是没什么，我也和以前不一样了。"

姚叙笑着看他有些恍惚了，好像真的回到了十八岁。

姚叙说："许愿吧，我们每个人都能许三个愿望。"

倪星桥双手合十，闭上双眼，他轻声说："我所有的愿望都是希望姚叙不要再离开。"

他身旁的姚叙就那么看着他，那张被烛光映红的脸，让时光回到了从前。

"你的愿望呢？"倪星桥睁开眼，问姚叙。

姚叙说："我的愿望是，你的愿望全部都实现。"

多年后终于再次并肩坐在一起的两个人相视一笑，而这一笑，仿佛将过去多走的那些弯路全都抹去了，所有的痛苦都不再是真的，如同一场梦醒来，他们发现自己刚成年。

第十章 他们和青春一起回来了

吹蜡烛,切蛋糕。

倪星桥一晚没睡,但在这个清晨他却丝毫没有觉得疲惫。吃饱喝足,他把店长姐姐送的向日葵拿出来,插在了花瓶里。

倪星桥对姚叙说:"虽然我们的人生有好多好多的遗憾,但是你永远都是我见过的人里最像英雄的那一个。"

英雄吗?姚叙看向倪星桥,心想,我配吗?

"你就是英雄。"倪星桥说,"你不仅是我青春里的英雄,更是成年后支撑我好好走过来的英雄。"

他笑着对姚叙说:"就是我有点儿不高兴,你竟然过了这么多年才回来。"

姚叙知道他在安慰自己,倪星桥的安慰比什么都管用。

"我以后不会再懦弱了。"

"可以面对所有人了?"

"有些人我们不需要再面对了。"

倪星桥疑惑地看向他。

"戚美玲死了。"

"啊?"

"这些年她跟姚振海依旧没完没了地互相折磨,非要搞个你死我活才行。"姚叙说,"可是不久前,姚振海酒后驾驶,把自己撞死了,戚美玲知道后，自我了断了。"

姚叙得知这件事的时候，好长时间没回过神来，他以为这两个人会像鬼影一样伴随自己一生，却没料到，他们离开得让他措手不及。

倪星桥对戚美玲去世的事情丝毫不知情。前几天回家的时候，他爸妈还在说上个月去医院看过她，没想到突然之间，人就没了。

倪星桥对戚美玲恐惧和怨恨多过同情和可怜。

倪星桥不确定自己有没有立场怨恨戚美玲，但他不是圣人，一想到让姚叙沦落成这样，受了这么多苦的人是戚美玲，他就没办法心平气和。但他也不会诅咒对方去死，毕竟是条人命。

"她为什么……"姚振海死了，她难道不应该开心吗？为什么要在这种时候自杀呢？倪星桥一时间想不明白。

姚叙说："可能是支撑她恨下去的动力没有了，这些年她就靠着这份恨意活着，姚振海死了，她就不知道活下去是为了什么。"

他这么一说，倪星桥觉得自己大概明白了。执念没了，吊着那一口气就没有意义了。

"姚叙，你累吗？"

"不累。"

"你可以说累的。"倪星桥说，"就算不想对别人说，也可以对我说。"

对视间，姚叙仿佛看到了十几岁时的倪星桥，毫无保留地心疼他。

时间改变了很多，但也有一些最珍贵的，从没改变。

"想什么呢？"倪星桥问他。

姚叙摇摇头，递了外套给他。

倪星桥说："姚叙啊，你不会再离开我了吧？"

姚叙迟疑了一下，但还是给了他肯定的回答。倪星桥笑了，心满意足地穿上了外套。

"今天真是不适合上班的一天。"倪星桥说，"我过生日，却还要开会。"

姚叙跟在他身后："待会儿我帮你收拾一下屋子，然后就回去。"

"对了！"倪星桥突然想起了什么似的，都穿好鞋了，却又脱掉跑去了书房。他拉开抽屉，拿出了里面放着的一个深蓝色的礼物盒。

"姚叙！"

姚叙闻声赶了过来。

"这都是送你的。"倪星桥把盒子递给了姚叙。

姚叙接过来，发现里面全部都是纪念币。

"你不在的这些年,我总想用什么方式来记录一下去过的地方,想着等以后你回来了,当作礼物送给你,就当是我们一起去过了。"倪星桥说,"后来就开始收集各地的纪念币,不算太多,因为我也懒得去太多的地方。"

倪星桥扒拉了一下那些纪念币,从中拿出一枚,说:"你看,这个是可以刻字的,我让师傅刻了你的名字。"

姚叙垂眼看过去,那是一个寺庙的纪念币,背面刻着"姚叙到此一游"的字样。

姚叙没忍住,笑了出来。

倪星桥看着那枚纪念币上的名字,突然有些怅然。

"我以后要叫你乔岭吗?"倪星桥问。

他这么一问,姚叙立刻明白了他的意思。

"不,在你面前我永远都是姚叙。"他对倪星桥说,"你什么都不用担心,我也绝对不会再逃避了。"

倪星桥看着他,然后下一秒就听到姚叙说:"你要做好被我拖累的准备。"

"拖累我?"倪星桥笑得眼睛亮晶晶的,"想得美啊!我等着你开甜品店,天天给我做双皮奶呢!"

姚叙笑了笑,抬手捏了捏他的胳膊。

"哎呀!皮都给我捏松了!"倪星桥像小时候那样躲开姚叙,不经意瞥见墙上的时钟,"糟了!我要迟到了!"

倪星桥火急火燎地跑去上班了,走前还在抱怨:"人为什么要上班啊!"

姚叙站在门口笑着看他,突然觉得很恍惚。

十年前,倪星桥抱怨人为什么要上学,十年后,抱怨为什么要上班。

这么看来,他似乎真的一直都没变。

倪星桥跑出几步又回来拿围巾,姚叙这时候才注意到,这条围巾和当年倪星桥在圣诞节时送给他的一模一样。

"我后来重新买的。"倪星桥说,"那时候你离开家,什么都没带,我也不敢去你家拿你的东西。"

倪星桥指了指衣帽间的方向:"那边还有一条,是你的,自己去找,我先上班了。"

姚叙的心脏又被戳了一下,他发现自己真的不知道应该怎么回报倪星桥的这份情谊了。

倪星桥走了，家里安安静静的，只剩下姚叙自己。他仔仔细细地把这乱糟糟的屋子打扫了一遍，离开之前拿了倪星桥家的备用钥匙，下楼时想了想，把自己现在的住址发给了对方。

姚叙做完这一切，直接去了送水站。

今天他来晚了，送水迟到了，老板抱怨，说他最近怪怪的。

姚叙也不多解释，答应他今天一定会送完这些货，明天会早点儿过来。

倪星桥春风满面地到了公司，给林屿洲发了条消息，就简单的几个字：我过生日了。

林屿洲正在复印材料，看见他的消息，满头雾水，回复道：你现在过的哪门子的生日？

倪星桥得意地笑笑，没再回复他，整理好资料就去开会了。

好像一切都在变好，但姚叙自己清楚，他还有最重要的危机没有解决。

下午，姚叙送完最后一桶水刚好五点半，他习惯性地去旁边的便利店买了个面包，坐在车里吃了一口，打算就这么混完晚饭。可是他刚咬了一口，突然想起还有倪星桥。

他赶紧从羽绒服的口袋里摸出手机，这才发现，倪星桥打了好几通电话来，他因为在干活没听到。

姚叙有些抱歉，却不知道现在打回去会不会影响到对方的工作。他犹豫了一下，还是先发了条信息。

倪星桥还没下班，但汇报结束之后，今天就没什么事了。他一直坐在电脑前想晚上跟姚叙在哪里见面、吃点儿什么，或许还可以再去看个电影。

倪星桥有好多好多话想对姚叙说，也有好多好多的事情想跟姚叙讲。他甚至开始打腹稿，因为他很担心到时候过于激动，语无伦次。

他隔一会儿就给姚叙打个电话，隔一会儿就打一个，可是对方一通都没接，这让他又紧张了起来。

就在倪星桥有些担忧的时候，姚叙的信息发过来了。他立刻拿着手机去了楼梯间，拨了通电话回去。

"姚叙！"倪星桥太喜欢叫姚叙的名字了，好像这两个字就是这个世界上最美妙的诗。

"对不起。"姚叙说，"我在干活，没听到手机响。"

"你吓到我了。"倪星桥靠在墙角，手指轻轻地戳墙上的开关，"我还以为你又不告而别了。"

姚叙明白他为什么紧张，于是不停地道歉。

"哎,你不用这样,'对不起'说一次就好了。"倪星桥其实也不是故意想让姚叙对自己感到抱歉,他只是太不安了,需要不停地确认对方的存在,"你现在忙完了?"

"嗯,今天的工作都结束了。"

"那你来找我吧!"倪星桥说,"我六点半下班,今天应该不用加班。"

姚叙低头看了看自己,然后说:"行,我先回去换身衣服,收拾一下,然后过去找你。"

倪星桥的眼睛亮了起来,开始满心期待姚叙的到来。他开心地回到工位,难掩眼角眉梢的笑意。

坐在旁边的同事问他:"你中彩票了吗?今天格外开心啊!"

倪星桥笑着回应:"发生了比中彩票还开心的事。"彩票可比不过姚叙。

倪星桥开始琢磨晚上两人去哪里吃什么,一瞬间,生活好像回到了正轨上。然而,他下班后在楼下等了很久也没等到姚叙。

倪星桥给他打电话也打不通,觉得奇怪,眼看着就要七点,索性打车去了姚叙家。

他从来没去过姚叙现在的住处,一路上,不解、不安,全部在他脑海里打转。

姚叙住的地方离市中心很远,下班高峰期有些堵车,倪星桥快八点才到了他楼下。

三单元301。

倪星桥跑上楼,不停地敲门。他没想过万一姚叙是骗自己的怎么办,他相信,已经见面了,该说的也都说过了,姚叙绝对不会再骗他了。他可以确定,这就是姚叙的家。

可是,对方却一直都不来开门。

倪星桥在外面敲了很久,手都红了,终于有个年轻男人上楼来,问他要找谁。

"我找姚叙。"

"姚叙?"

倪星桥这才反应过来,赶忙说:"乔岭。他说他住在这里。"

对方戒备地看着他:"你找乔岭干吗?"

倪星桥盯着对方看,脑子里突然冒出一个念头:这个人跟姚叙是什么关系?

"我是他朋友。"

对方明显地一愣，嘀咕了一句："他什么时候有朋友了？"

倪星桥质问道："你是谁？"

可能倪星桥表情有些凶，搞得对方有些不知所措："我就是他室友，合租的，一人一个房间，也不是很熟。"

倪星桥盯着他看，看得对方开了门赶紧钻进了自己的房间里。

倪星桥注意到另一个房间的房门紧闭，他问那个合租的男生："乔岭是住在那个房间吗？"

对方点了点头，有些紧张地问："你不会是来讨债的吧？"

倪星桥一心惦记姚叙，没心思和他多说。

他来到姚叙房门前，敲门："姚叙！你在吗？"

房间里没有声音。

倪星桥觉得口干舌燥，嗓子发紧，继续敲门。

"姚叙！你在吗？"

几秒钟后，房门突然打开，倪星桥猝不及防被拉进了屋。

浑身是汗的姚叙整个人都在发抖。倪星桥察觉到他的异常，紧张地问："姚叙，发生什么事了？"

姚叙死死闭着眼睛，过了好久才缓缓开口道："现在没事了。"

倪星桥能明显感觉到并不是没事，姚叙身上一定在发生着什么。他轻轻地拍对方的背，柔声安抚，不管发生了什么，倪星桥现在首先要做的是让姚叙平静下来。

他从没见过这样的姚叙。在倪星桥的记忆中，姚叙永远像是一棵提前生长的大树，明明和他年龄相当，却可以为他遮风避雨。

姚叙有他所没有的厚实根基，他可以像小鸟一样在对方的枝叶上快活地栖息，也可以像藤蔓一样懒洋洋地攀附对方生长。

他总是习惯依赖对方，也习惯了姚叙像神一样披荆斩棘。可是，他忘了，姚叙也是血肉之躯，也会受伤。

倪星桥眼睛红了。

门外，姚叙的室友偷偷地从房间里探出头来，他刚刚紧张又懊恼，想着万一不是什么朋友，而是上门讨债的，他岂不是给乔岭添麻烦了？但现在看来，自己的担心应该是多余的，那两人看起来应该是好朋友。

室友扒拉了一下头发，去厨房煮面吃去了。

房间里，倪星桥终于让情绪有些躁动的姚叙逐渐平静了下来。

倪星桥能感觉到姚叙的紧张，像是受到了严重的惊吓。他轻声安抚，希望姚叙感觉好一些。

"对不起。"姚叙说。

"干吗又道歉？"

"说好了去找你。"姚叙叹气道。

"所以，要和我解释一下吗？"倪星桥拍拍姚叙的背。

姚叙没吭声，倪星桥也不再继续追问，等姚叙什么时候想说了自然就会告诉他。

今天姚叙在出门前又接到了殡仪馆的电话。戚美玲火化之后一直没人去领骨灰，殡仪馆工作人员不知道从哪儿拿到了姚叙的联系方式，一直给他打电话。

姚叙很无奈。

戚美玲活着的时候，别人都不管她，他每年攒钱给她付所有的费用，算是报答了她的养育之恩，到了现在，虽说就只是领个骨灰的事，没多麻烦，但姚叙就是很烦躁。

今天殡仪馆那边打电话来，不停地催他过去，他烦到极点，受不了对方一直"戚美玲、戚美玲"地说，没控制住，和对方吵了起来。

那边的人也只是公事公办，但对于姚叙来说，戚美玲的名字就是个魔咒，足以触发他全部的恐惧。

吵到一半，姚叙觉得自己快要失控了，赶紧挂断电话，却恍惚间听见戚美玲在自己耳边尖叫。

他知道发生了什么，立刻关好门，吃药。

他想着应该提前告诉倪星桥自己没办法出门了，可那种恐慌感袭来的时候，他什么都做不了。

还是倪星桥的声音把他唤回现实的。

当时他吃完药，缩在被子里，明明已经好长时间没这样了，怎么突然又来了？

姚叙一直是在一个人对抗，然后他听见了倪星桥的声音。

一开始他还以为是幻觉，直到对方开始敲卧室的门。

姚叙不管那么多了，无论是不是幻觉，他都要放倪星桥进来。好在，真的是他。

当他看见倪星桥时，所有的惊恐都被驱散了，只剩下一身的冷汗。

姚叙不知道应该怎么向倪星桥解释这件事，直接告诉他自己也是个精神病患者吗？

如果是倪星桥的话，会包容他的吧？

姚叙用了很长时间才慢慢恢复了往日的状态，他放开倪星桥，轻声道了歉。

刚煮好面条的室友过来敲门，问他们要不要一起吃点儿面条。

姚叙看了看倪星桥，没有拒绝，哑着嗓子说："谢谢。"

室友觉得这屋子里的气氛有些诡异，也没多说什么，给他们盛了两碗后，自己回屋吃面去了。

这个晚上，姚叙一直都有些恍惚，倪星桥也没拉着他往外跑。

两个人吃完了姚叙室友煮的面，为了答谢，倪星桥又下楼去买了两只烤红薯，回来给姚叙的室友送了一只。

姚叙跟倪星桥围在那个小出租屋的桌边吃香喷喷的烤红薯，外面不知道什么时候又下起了大雪来。

"今年冬天的雪可真多。"倪星桥嘀咕。

姚叙点了点头。

倪星桥看向姚叙，很想问他今天到底怎么了，却又问不出口。

姚叙当然明白他为何欲言又止，抽出纸巾擦了擦手，沉默了一会儿，选择向对方坦白。

"其实，我这些年不只是过得不好那么简单。"

倪星桥知道，姚叙终于要把长大成人后的自己剖析给他看了。他也擦干净了手，坐直身子，看向了对方。

姚叙起身，走到衣柜前面。他打开衣柜，取出压在一堆衣服下面的一个文件袋，那里面装着的是他全部的病历。

姚叙把这一袋子病历交到倪星桥手上的时候，紧张到手都在抖，他不知道对方从今往后会怎么看他，不知道会不会像躲避戚美玲一样躲避他。

倪星桥问他："姚叙，不会真的是绝症吧？"

姚叙一愣，随即笑了。

"想什么呢！"

得知不是绝症，倪星桥松了一口气，眼泪立马止住了。

"不是绝症就好。"倪星桥嘀咕道，"只要活着就行。"

姚叙看着他，心里想的是：其实可能比绝症还糟糕。

倪星桥低头认真地看那些病历，他开始明白姚叙为什么会有这样的反应了。医生的字写得龙飞凤舞，倪星桥也没想看得多明白，这件事他了解个大概就够了。他很快看完，一一收好，放回了档案袋里。

332

"快吃快吃，都凉了。"倪星桥像什么都没发生一样，催促着姚叙快点儿继续吃红薯。

姚叙没想到他会是这样的反应，问他："你没什么想说的吗？"

倪星桥其实内心很复杂，那些他看不太懂但也有所了解的病历让他脊背发凉，但他不希望姚叙多想，于是尽可能地表现得云淡风轻。

他故作淡定地对姚叙说："我都说过了啊，不是绝症就好。"

姚叙明白，他在故意说这些让自己心里不要有负担。

这个世界上不会有人比倪星桥更善良，更懂得如何照顾别人的感受了。

姚叙觉得自己实在太幸运，如此不堪又无能，却可以拥有倪星桥的无限包容。

他凑过去，轻轻拍了拍倪星桥的头发。

姚叙问："你不害怕吗？"

"害怕。"倪星桥抓着姚叙的衣服，轻声说，"但是，我更害怕你再离开我。"

倪星桥想，就算姚叙真的精神分裂，发起狂来，也绝对不会伤害他。

"而且，我们可以好好看医生。"倪星桥眼睛还是红了，眼泪还是流了出来，他说，"我们找最好的精神科医生，你已经吃了那么多苦，命运不会再亏待你。"

说这些话的时候，倪星桥心如刀绞。

命运不会再亏待姚叙。

真的不会吗？倪星桥其实不知道，他只是心疼姚叙，想要安慰姚叙。

不管命运会不会亏待对方，他都不会。

姚叙从来没被好好珍惜过，但他要让姚叙知道，这个世界上总归是有人会好好待他的。

姚叙看着倪星桥，觉得自己的心脏胀得快要爆炸了。

谁说倪星桥变了？他从来没变过。

"对不起。"姚叙说，"这么多年，我错了。"

倪星桥突然发现，这么多年，从某种意义上来讲，姚叙其实从来没有"强大"过。他始终都是被逼迫的，被逼迫着成熟懂事，被逼迫着扛起一切不该由他来承受的。

姚叙没有过天真无忧的少年时代，早早被推入成年人的世界。

他也不想咬牙坚持，但如果不这样，他就活不成。

倪星桥拍拍姚叙的背，像哄小朋友一样对姚叙说："你也不想的。"

姚叙不是英雄，不是神。

倪星桥也并非圣人，可以谅解一切，只不过，他和姚叙一起经历了太多，对于这个人所遭受的痛苦，他了如指掌。所以，无论姚叙做什么，他都包容且怜悯。

同时，倪星桥也发现，他们必须重新认识彼此。

虽然不停地说在乎对方，可也不得不承认，这几年里，他们的人生和性格都发生了天翻地覆的变化。

倪星桥想了想，对他说："姚叙，我觉得不能这样。"

"什么？"

"我不是说你生病了就跟其他人不一样，我没有那个意思，我也没有怪你，我知道你没办法。我也明白，你是为了生活才一直在外面奔波，而且绝大部分的时候是很稳定的。但是现在，为了你好，也为了……"倪星桥突然感觉到姚叙的表情有些紧绷。

他以为是自己的话让姚叙觉得不适，赶紧道了歉。

"不，你不应该道歉。"姚叙说，"我这样的人确实不应该在外面晃荡。"

"我不是这个意思。"倪星桥有些急了。

姚叙挤出一个笑容来安慰他："我知道你想说什么，我没有在埋怨你。"

他停顿了一下，继续说："但我确实没办法。我得赚钱，给自己看病，之前还要负担那个人的住院费用。"

倪星桥真诚地看着他："你现在不用担心这些了，你还有我呢。"

姚叙回看倪星桥，对他说："这就是我害怕被你找到的原因之一。"

姚叙皱着眉说："我真的不想成为你的负担。"

倪星桥看出了姚叙眼中的忧虑。从小到大，姚叙永远都是那个扛起自己世界的人，他这个小宇宙燃烧得快要爆炸了也不愿意向别人求救。可是，倪星桥不是别人。

"你从来都不是，也不可能是我的负担。"倪星桥说，"你让我辛苦的，从来都不是这个，而是拒绝让我看见，拒绝让我和你一起分担。"

倪星桥说："如果天底下有什么是我最想做的事，那就是让你好起来。"

"值得吗？"

"为什么要计较值不值得？"倪星桥说，"你从小对我百依百顺，那这个又值得吗？"

"那都是没什么意义的小事。"

"又是谁规定了大事和小事呢？"倪星桥说，"小时候你让着我，那现

334

在也该轮到我对你好了。"

倪星桥说:"姚叙,我不是付出型人格,除了你,除了我爸妈,我对任何一个人都不会是这样的,只有你们对我来说才是重要的。"

他指了指自己的心口:"你要是出了什么事,我心里得多疼啊。"

他相信,姚叙不会成为第二个戚美玲。

姚叙虽不是英雄,却是勇敢的骑士,骑士刚刚打了一场两败俱伤的仗,身负重伤,但骑士精神永远屹立不倒,只要有信念在,总会赢得战争的胜利。

更何况,他现在不再单枪匹马了。

姚叙辞去了送水站的工作。

他知道倪星桥说的话没错,自己是个病人,随时都有可能出意外,他不能害人害己。

他算了算自己的存款,又应倪星桥的邀,搬离了出租屋,搬去了倪星桥现在的住处。

搬家那天,姚叙从衣柜里拿出一摞厚厚的笔记本,郑重其事地交给了倪星桥。

倪星桥好奇地打开,发现那几本都是姚叙的日记。

他的日记有些写得很认真,把生活中的大事小事记录得清清楚楚;有些写得很混乱,明显是状态很糟糕时写下的;也有一些,满篇只有"倪星桥"三个字,写得歪歪扭扭,像是用尽了力气才写下来。

搬完家之后,合租的次卧被姚叙转租出去,他算了下,目前手头的存款至少可以支撑他治疗一段时间。

趁着倪星桥上班,姚叙约了医生见面。

他已经很久没来了,医生问他最近怎么样,他把前两天发病的情况说给医生听。

这一次,他铁了心要让自己好起来。

医生对他的情况重新进行评估,重新调整了用药和剂量,同时给他推荐了心理医生,让他继续进行心理治疗。

姚叙的情况其实并没有那么糟糕,还在可控范围内,绝大部分时间,病情并没有影响到日常生活,他最不可控的时期已经过去了。

姚叙拿着药走出医院的时候,发现外面的雪竟然开始融化了。

明明前几天还在下大雪,今天就仿佛春天已经到来。

他在医院门口站了很久,想着应该怎么和倪星桥讲今天医生说的话。

正琢磨,倪星桥的信息就发了过来:我爸妈知道咱们俩见面了,让咱们晚上回家去吃饭。

姚叙看着这条信息,又开始不安了起来。

倪星桥有一点还和小时候一样,就是几乎不跟爸妈藏秘密。

倪星桥对于终于等回了姚叙这件事,激动得恨不得昭告天下,他想让所有在这些年里觉得他没有了希望的人知道,姚叙是绝对不会让他失望的。

他跟爸妈打电话,还没讲这件事,电话那边的人就听出他心情格外好,一问,他立刻就说了实话。

姚叙回来了。

黄茜在电话那边听到这件事的时候,一时间都没反应过来,在他们的世界里,姚叙这个人消失得太久了。没想到现在突然出现了。

黄茜有些不敢相信,小心翼翼地问倪星桥,这是真的还是假的。

有段时间,黄茜跟倪海明甚至担心孩子的精神状况,他似乎有些偏执,让他们不安。

倪星桥说:"当然是真的!千真万确,是看得到、摸得到的姚叙!"

黄茜能感受到儿子的欣喜,那快乐甚至都顺着话筒传递到了这一边。

挂了电话,她跟倪海明商量了一下,决定邀请两个孩子回家来吃饭。

说到底,没见着活人,还是不放心。

倪星桥自然是开心的,他现在最想做的就是每天拉着姚叙到处走,让每一个经过他们的人都知道,他等了这么多年的朋友回来了。

就好像做了很长很长的一个噩梦,终于醒来后,发现一切都还很美好。

但姚叙有些忐忑,他站在医院大门口,盯着那条信息看了好久。

他其实不知道应该怎么去面对倪星桥的父母。小时候,姚叙还什么都不懂,追着倪星桥玩的时候,倪海明跟黄茜就对他很好,有什么好吃的都分他一份,出差买了礼物,也都有他的。

在姚叙看来,倪海明和黄茜比他的亲生爸妈对他还好。

从小到大,姚叙都羡慕着倪星桥的家庭氛围。他总是想不明白,两个住得这么近的家庭,怎么会有这么大的不同。

后来长大了点儿,姚叙也总是喜欢跑到倪星桥家,他是去偷家庭的温暖的。他靠着感受别人的幸福生活来确认人生的美好,靠着这个,来获得憧憬未来的勇气。

他珍惜倪星桥，也很喜欢和感激他的父母。

但正是因为这样，他才觉得自己没脸面对他们。

毕竟，是他，让他们放在心尖上的儿子变成了这样。

倪星桥半天没等到姚叙的回复，忍不住躲起来打电话。

姚叙很快就接听，倪星桥松了一口气。

"你在干吗呀？"倪星桥蹲在楼梯间，只要跟姚叙打电话，就忍不住笑意。

姚叙说："听你的话，去了趟医院。"

"你自己去了？"倪星桥抱怨，"不是说好了我陪你吗？"

这句话给姚叙的感觉，就好像回到了从前。

姚叙忍不住笑了，回答说："不想你总为了我的事请假。"

"我之前加班很多，可以调休。"倪星桥问，"你收到我的微信了吗？我爸妈让咱们晚上回家吃饭。"

"回家"，姚叙很敏感地捕捉到了这个词。

倪星桥说："我爸这几年厨艺有了长足的进步，他的糖醋里脊做得超好吃！今天晚上他给咱们做，你到时候多吃点儿！"

他一直在电话那边兴奋地说着，姚叙听得开心又有些不知所措。

倪星桥说完，猛然发现姚叙一直都没说话，一时间有些不安："姚叙，怎么了？"

他想到的是姚叙看了医生之后，医生说了什么让他们难过的事情。

"没事。"姚叙说，"就是觉得有些不真实。"

倪星桥又何尝不是这样呢？

分开这么久，姚叙生活在他看不到的世界里，这个人都仿佛成了一个传说。传说中的人，猝不及防地出现，即便现在随时都能联系到，只要想见就能见，但对于他们来说，依旧有些不真实。

每个人都在担心这是一场梦。

"那就让它更真实一点儿。"倪星桥已经不是当年那个什么事情都要依赖姚叙的小男孩儿，也不是遇到点儿事情就慌乱无措的小傻子了。

他已经成长为一个有担当的男人，在姚叙需要安慰的时候，可以给对方提供依靠。

倪星桥说："姚叙，我知道你在担心什么。"

姚叙走到无人的墙角，点了烟但想起自己要戒烟，还是掐断了。

"但是，你要相信，他们可以理解你。"倪星桥说，"这些年他们也和我一样，一直在等你的消息。"

"我觉得很抱歉。"姚叙看了一眼自己手里提着的药袋子，如果倪星桥爸妈知道他现在这样，还会愿意让他走进自己的家门吗？

"那到时候和他们好好道歉啊！"倪星桥说，"我们不能再逃避了。"

姚叙抬头看向灰蒙蒙的天。他知道，倪星桥说得对。

"医生说我的情况还可以。"姚叙转移了话题，"药物和心理治疗结合，不会影响到日常生活。"

倪星桥瞬间眉开眼笑。

"姚叙，你最近真的接连不断地带给我好消息。"

姚叙苦笑，心想：这算什么好消息？好消息难道不应该是倪星桥从来没有为他受过那么多煎熬，而他全须全尾、坦然大方地出现在倪星桥的面前吗？

"你回来找我了。"倪星桥说，"你的病情也控制得很好。"

他蹲在那里，腿有些发麻，站起来倚着墙壁傻笑："姚叙，你真好。"

他的一句"姚叙，你真好"，仿佛瞬间抹去了姚叙世界里所有的潮湿跟阴暗，阳光洒进来，森林里终日不见太阳的植物们终于又舒展开了枝叶。

在姚叙面前，倪星桥依旧是天真无邪的小王子。

即便这小王子在过去的这些年里，一个人孤独地看了无数次落日。

"我知道了。"姚叙说，"你下班我去接你，这次一定不见不散。"

这一次，姚叙绝对不会再让倪星桥的期待落空了。

挂了电话之后，姚叙把剩下的半盒烟也一起给丢掉了。

倪星桥已经回到他身边，他不需要用烟麻痹自己了，而且医生也建议他尽快戒烟，从现在开始，他要全力配合医生治疗。不只是为了自己，更是为了倪星桥。

他不能再辜负对方了，这么多年，那个人为他吃尽了苦头。

姚叙离开医院，回家洗澡、换衣服，去找倪星桥前还特意去理了发。

他收拾好自己，到附近的超市买了水果和茶叶礼盒。

他不太知道应该买些什么，但觉得这些应该不会出错。

姚叙发现，现在的自己活得很笨拙，也说不好是因为这些年太禁锢内心还是受了病情的影响。但他尽量不再去想那些，将过去暂时放下，他目前有更重要的事情要面对。

倪星桥六点半下班，六点的时候突然有紧急工作。他忙得焦头烂额，把报告交上去之后一抬头，发现竟然已经七点多了。

太忙了，他甚至忘了给姚叙打个电话，告诉对方自己要加一会儿班。

工作完成后，他火急火燎地往外跑，都进了电梯才想起来忘了打卡，无奈之下，又回去打了卡。

都忙活完，终于到了楼下。他发现姚叙就站在写字楼大厅的角落，安安静静地等着他。

那一瞬间，倪星桥悬着的焦躁的心踏实了，他跑过去，像个爱恶作剧的小孩子，从后面拍了一下姚叙的肩膀，然后立刻躲到了另一边。

姚叙正往外面看，看冬春交接的夜晚时分街上的车来来往往。

倪星桥从后面拍他的时候，他愣了一下，随即准确地转向了倪星桥的方向。

"哎呀！你怎么发现了！"

姚叙笑道："我太了解你的小把戏了。"

倪星桥"嘿嘿"地笑着，对姚叙说："久等了！我临时加了一会儿班，忘了和你说。"

姚叙转过来，问他累不累。

"不累。"倪星桥问，"你等急了吧？"

"不急。"姚叙说，"你等了我那么多年，我等你这么一会儿又算什么呢？"

倪星桥心里酸酸的，不知道说什么好。

"更何况，我们说好了不见不散。"姚叙说，"我知道肯定能在这里等到你。"

这么一比，他比倪星桥幸运多了。那些年里，倪星桥根本不知道要等到什么时候，也不知道应该去哪里才能等到他。

姚叙上前一步，拍了拍倪星桥的背，也不知道是在安慰倪星桥还是在安慰自己，然后对他说："走吧，带我回家，去好好地向叔叔阿姨道个歉。"

有些人在地狱待久了，被引领前往天堂时，会惴惴不安。姚叙就是这样的人。

他太清楚自己的不堪，也太清楚自己给别人带来的伤害和麻烦，所以他也很清楚，自己不配走上天堂。

跟着倪星桥往从前住了很多年的那个小区走时，姚叙紧张到出了一身的汗。

他一路上没怎么说话，想着该如何向倪星桥的爸妈道歉。他们会原谅自己吗？

这个把他们心爱的孩子祸害成这样的人，口口声声说是对方最好的朋友，说是最在意对方的人，真的配吗？

姚叙深呼吸，为自己感到羞愧。

但倪星桥却是满心欢喜，和姚叙一起回到这个小区对于他来说是美梦一样的存在。仿佛时间线被拉回了从前，一切痛苦和伤害都尚未发生，他们从出生就互相陪伴，直到现在，一切如常。

倪星桥总想忽略掉难熬的那些年，但很显然，姚叙没办法忽略。

来到小区门口，姚叙迈不开步子了。

倪星桥说："没事的，他们也很想你。"

姚叙看着他，从他的眼神中获取力量。

"不过，"倪星桥说，"你不要和他们说你生病的事。"

原本倪星桥不想提起这件事，但又怕万一姚叙过于坦率，到时候可能会引发一些小麻烦。

他开始知道要筛选信息给父母了。

姚叙明白他为什么这么说，也明白就算倪星桥表现得再云淡风轻，自己生病这件事对于他来说也有着巨大的消极影响。

倪星桥的身边，存在着另一个戚美玲。姚叙想到这个，就恨不得让自己消失。

这就是现在的他，恨都不知道应该怎么恨。

"走吧。"倪星桥抱了他一下，"我都饿了半天了。"

倪星桥知道，要适时打断姚叙的思考，不然他很容易钻牛角尖。

"我现在，很没用吧？"

倪星桥一愣，赶紧说："干吗这么说自己？"

姚叙没有说话，只是看着倪星桥。

"你以前当了那么多年英勇的人，现在让自己休息一下，这不是没用。"倪星桥极力安慰姚叙。

姚叙笑笑，拉着他往前走。要怎么才能弥补这个人？

姚叙想不到，他只知道，自己这辈子就算把命搭进去，也还不清倪星桥的好。

两个人路过姚叙从前的家，他目不斜视地往前走去。

倪星桥也没有刻意提起，既然姚叙不愿意回顾往昔，那就一直向前看。

几年没回来，小区跟以前没太大不同，只是很多老住户已经搬出去了，把房子出租，多了很多陌生的面孔。

340

他们上楼，时光跟多年前重叠。那个时候，穿着校服、背着书包的姚叙在清晨跑上楼来，把喜欢赖床的倪星桥从被窝里拉出来。

时间一晃就是近十年，他们全都变了模样。

重新站在倪星桥家门口，姚叙紧张到站得笔直，目视前方。

倪星桥摸口袋的时候，才想起今天出来没带这边的家门钥匙，只能敲门，叫他爸来开。

开门的是黄茜，倪海明还在厨房里忙活。

九年的时间，黄茜也变了很多。

以前，姚叙觉得黄茜是世界上最美的女人，长得漂亮又温柔善良，对待他就像对待自己的孩子一样。

姚叙对母亲所有的幻想都是靠她的存在建立的，是她让他知道，不是每一个母亲都憎恨自己的孩子。越是这样，姚叙在面对她的时候，就越是羞愧难当。

黄茜站在门口，穿着简单的家居服，不像九年前那样精致靓丽，而是多了些岁月沉淀下来的优雅从容。

她看着眼前的两个孩子，有些不敢置信。

在倪星桥打电话来说找到姚叙了的时候，她是不相信的。

她觉得，姚叙已经彻底消失在了他们的世界里，他只是倪星桥的一个执念。被写在日记里的人，被牵挂在心上的人，却也是永远不会再出现的人。

黄茜也不止一次和倪海明讨论过，这些年，姚叙那个孩子究竟在哪里、在做什么。

他们对姚叙是心情复杂的，是不知道应该怎么面对的。

黄茜让倪星桥带"姚叙"回来，不过是想戳破儿子不切实际的幻想，让他知道，不能总是沉溺于自己想象的世界。姚叙没有回来，他必须认清这个现实。

然而，让黄茜没想到的是，眼前站着的这个男人，竟然真的是姚叙。

九年的时间，姚叙的改变才是最大的。当年充满朝气的男孩儿，如今变成了皮肤有些黝黑、又高又结实的成年男人。

但黄茜还是一眼就认出了他，就像那时候，倪星桥只看一眼就知道这一定是姚叙。

黄茜的眼泪瞬间就落了下来，她情绪复杂地转身进了屋。

姚叙跟倪星桥对视一眼，然后被倪星桥拉进了门。

"爸！"

厨房还有炒菜的声音，倪星桥扯着嗓子往里面喊了一声。

倪海明从厨房出来，系着围裙拿着锅铲，看见站在那里的姚叙时也是一愣，几秒钟之后才说："姚叙来了啊。"

姚叙弯腰鞠躬，倪海明赶紧说："这么客气干什么，快进来。桥儿，你给姚叙倒水，我这边还没炒完菜。"

倪海明慌里慌张地回了厨房，正在炒的菜煳了。

倪星桥给姚叙拿了拖鞋，让他在沙发上坐一会儿。

黄茜躲进了倪星桥的房间，她控制不住自己，没办法不流眼泪。

倪星桥给姚叙倒了杯水，也和姚叙一样，担忧地看向那扇紧闭的房门。

倪星桥轻轻拍了拍他的肩膀，说："没事的，我去看看。"

倪星桥起身，来到了自己从前住着的卧室门前轻轻敲了敲门："妈，我进来了啊！"

他打完招呼，小心翼翼地推开房门，走了进去。

倪星桥进屋后，重新关好了门，他知道，妈妈肯定有很多话想单独和他说。

"妈，怎么了？"倪星桥走过去，拿起桌上的纸巾，给她擦眼泪。

黄茜哭得眼睛通红，手里的纸巾都湿透了。

"妈妈是不是让你们尴尬了？"黄茜有些哽咽，她看见儿子，心里更不是滋味。

"没有。"倪星桥坐到她旁边，握住了她的手，"可以和我说说你怎么了吗？"

小时候，每当倪星桥躲起来，黄茜都会轻声细语地来问他怎么了，如今，倪星桥长大了，是时候和妈妈互换角色了。

黄茜擦了擦眼泪，深呼吸了一下。

"我以为你是骗我的。"黄茜说，"没想到，真的是他。"

倪星桥笑了："不好吗？姚叙多好啊。"

黄茜疼惜地看着儿子，抬手揉了揉他的脸。这是她最宝贝的孩子，她眼睁睁看着他因为姚叙而越来越封闭自己。这些年，别人不知道倪星桥是怎么过来的，可她这个当妈妈的知道。

她心疼姚叙，但同时也怨过姚叙。

黄茜是个母亲，她再怎么宽容善良，还是会偏心自己的孩子。

黄茜说："我不高兴见到他。"

倪星桥笑了："我知道。"

倪星桥怎么会不明白呢？他说："那你待会儿就当面训斥姚叙，教训训他，告诉他这些年我为了他吃了多少苦，威胁他，要是以后他对我不好，你就不让他跟我一起玩了。"

黄茜哭笑不得地看着孩子，无奈地捏了捏他的脸。

"都瘦得捏不起来了。"

"姚叙回来了，我很快就会胖起来。"倪星桥说，"真的。"

黄茜拿他没办法，只怪自己生了个傻儿子。

"妈妈不想看着你难受。"

"我知道的。"倪星桥说，"其实，我也不明白为什么，照理说，时间可以改变一切，都过了这么多年，再怎么挂念，也应该淡了吧。但是，我就是放不下姚叙，故意给自己上枷锁也好，还是别的什么都好，他回来了，我好像也活了。"

就是这样的感觉。

当年姚叙对倪星桥说"你给我个眼神我就能活"，如今的倪星桥，在姚叙回来之后才觉得自己重新活了过来。或许这就是命中注定，他们的一生有着不可解的羁绊。

倪星桥说："我现在很好，我会和姚叙一起变得更好。"

黄茜和倪星桥一起从房间里出来的时候，姚叙紧张地站了起来。

他看着黄茜，深深地、久久地对她鞠躬。他很抱歉，也很懊悔。

他不知道自己怎么做才能让她好过一些，他只是笨拙地向她鞠躬以表自己的歉意。

黄茜就那么看着他，倪海明也从厨房出来了。

不大的房子里很安静，每个人的心情都无比复杂。直到黄茜开了口，她对姚叙说："饿了吧？你倪叔叔的厨艺又进步了，待会儿多吃点儿。"

姚叙听到黄茜的这句话时，眼泪掉在了地上。他一直保持着九十度鞠躬，不敢抬头看她。

黄茜无奈，示意倪星桥拉他起来。倪星桥过去，轻轻拍姚叙的背："好啦，吃饭了。"

姚叙直起身子，看向黄茜的时候眼睛通红。其实，他清楚，这种时候，他就算给倪星桥的父母下跪道歉都没办法弥补他们，他将自己视为这个家的罪人，他也确实让这个幸福的家庭发生了天翻地覆的变化。

姚叙说："叔叔阿姨，我真的很抱歉。"

黄茜摆摆手，抹抹眼泪，让他们去餐桌边坐下。

这个家，跟姚叙记忆里的那个地方相比，几乎没有变化。沙发没换过，电视没换过，甚至连餐桌摆放的位置都没有更改过。

他坐下来，想起当年他跟戚美玲吵架，一早到楼下坐着背单词，倪海明在楼上看到，叫他来家里吃饭。

一切都变了，但一切又都没变。

倪海明做了一桌子的菜，都是姚叙没吃过的。

四套碗筷，四杯水。

倪海明玩笑似的说："今天这么好的日子，应该喝酒的，但是前阵子我体检，医生让我戒了。"

倪星桥在旁边说："身体重要，都得健健康康的。"

这话是说给倪海明的听的，也是说给姚叙听的。

倪星桥明白，此时此刻坐在这里的四个人没一个是真正轻松的，不过都在为了彼此强颜欢笑，但他相信，一切都在变好，他们都会被命运厚待。

姚叙在倪星桥家吃了顿丰盛的晚餐，倪星桥全家人都对他百般照顾，不停地往他碗里夹菜。姚叙受宠若惊，全程慌乱又感激。没想到，过了这么多年，关于家的温暖，他依旧要从倪星桥家来体会。

家人是善良的、温柔的、包容的，是彼此呵护的。

姚叙在这个晚上，被温馨的家庭氛围包裹着，短暂地忘掉了那些年里姚振海跟戚美玲带给他的伤害。幸福的家庭可以治愈一个疯子。

倪星桥拉着姚叙回了自己的房间。

距离姚叙上一次来这里，已经快十年了。

倪星桥的房间也没什么变化，干干净净，整整齐齐。不过窗帘换了新的，四件套也换掉了。

倪星桥关上门，神神秘秘地对他说："我有好东西给你。"

他蹲在书柜前，从下面的柜子里拿出两个看起来年代有些久远的日记本。

这两个本子是倪星桥的日记，都是高中那会儿他写的。

"我的小秘密都在里面了。"倪星桥说，"今天心情好，给你看看。"

他们坐在书桌前，开着台灯，一起翻开了记载着倪星桥少年心事的日记本。这些倪星桥躲在被窝里写下的日记，清清楚楚地记录了他跟姚叙之间的点点滴滴。

姚叙早上给他买了早餐。

姚叙帮他修好了被弄坏的风筝。

姚叙说要有一个很美妙的十八岁成人礼。

姚叙让他觉得今天过得也很快乐。

……

所有关于青春时代的美好瞬间全部被倪星桥记录下来，如今当他们再次翻看，有种恍若隔世的感觉。

要是没发生那些事，他们或许并不会意识到当年那些微小的瞬间有多宝贵。但没人愿意遭遇这些困苦和分离，如果可以，他们宁愿一直当快乐的傻子。

第二天，倪星桥又起床晚了，火急火燎地赶去上班，没什么事的姚叙陪着他一起，看着他跑进了写字楼，然后才离开。

上午九点，他来到了"青睐"甜品店门口，店长姐姐已经开门营业，把收银台上的花换了一束新鲜的。

姚叙推门进去，店长姐姐条件反射一样说："欢迎光临。"

她再一抬头，发现来人是姚叙，瞬间眉开眼笑。

"早啊！"

姚叙也笑着回应她："早上好。"

店长姐姐笑盈盈地打量他，对他说："你今天看起来比之前有精神了很多。"

姚叙也笑了，他太喜欢这个地方了，像是他的另一个家。

"那天晚上谢谢您。"

如果说这个世界上有哪个陌生人能让姚叙敞开心扉，那么一定就是"青睐"甜品店的店长了。不过严格来说，她并不能算是陌生人，她见证了他们的成长。

所有隐秘的心意都被她尽收眼底，所有不敢张扬的青春都被她一览无余。

店长姐姐说："看起来小倪应该对那个生日蛋糕很满意咯。"

她又问："那孩子呢？怎么没和你一起来？"

"他上班去了。"姚叙说，"我今天来，是想和您商量一件事。"

店长姐姐一副了然的样子，姚叙还没开口，她就知道他是为什么而来。

"我想跟您学做甜品。"姚叙说，"但是，现在我没有多少存款，我可以分期付学费吗？"

店长姐姐趴在收银台笑，对他说："我不是说过，如果是你的话，我可以给你打折吗？"

她说："当年我新店开张，没多少客人，你跟小倪没少帮我宣传。"

她从柜子里拿出一条印着店里 Logo 的围裙给姚叙："现在你来做我的学徒，我自然也是要知恩图报的。今天就开始上课，你没问题吧？"

姚叙接过那条湖蓝色的围裙，突然之间觉得好像真的一切都在变好。那些他曾经无比担心的事情，在当下都没有发生，他所惧怕的，也已经消散在了这世间。

"没问题。"姚叙麻利地系好了围裙。

店长姐姐笑看着他说："真好啊，时隔这么多年，你还是那个小帅哥。"

她问姚叙："你想先学做什么？"

姚叙想都没想，对她说："双皮奶。他小时候最喜欢您做的双皮奶，现在我想做给他吃。"

店长姐姐打了个响指，对他说："没问题，今天晚上咱们就让小倪吃到你做的双皮奶！"

时间是回不去了，命运也被改写了，但人生的路走到现在，未必没有幸福和甜蜜。

倪星桥在公司认真工作，而姚叙，在为晚上给倪星桥的惊喜潜心学习。

当一切回归正途，人生也终于豁然开朗了。

倪星桥上班忙了一天，但其间还是忙里偷闲给路里和林屿洲都打了电话。

林屿洲之前就知道了姚叙回来的事情，惦记着来安城看看，但始终没脱开身。而路里还迟迟不知道，接到倪星桥电话得知姚叙回来了的时候，愣了好半天，再三跟倪星桥确认。

"亲哥，你不是糊弄我吧？"

倪星桥心情大好，笑着说："我稀罕糊弄你！"

接着，电话里就传来路里爆哭的声音。

倪星桥在电话这头有些感慨，这么多年，除了他，其实朋友们都时常惦念姚叙。

路里从研究室跑出来，号啕大哭。

倪星桥在这边听得都有点儿担心："路里，你的精神状况是不是不太稳定啊？"

"叙哥！我叙哥！"

路里说:"他还活着呢!"

倪星桥笑了:"活得可健壮了。"

路里蹲在楼道里偷着哭,他时常会想起姚叙,也很惦记他,有时候也会暗地里找人打听,可是一直都没姚叙的消息。

那年姚叙消失之后,路里从倪星桥那里断断续续知道了一些姚叙家发生的事,他觉得难过又无力。一直以来,他都自诩是姚叙的好兄弟,姚叙走了,留下倪星桥,他发誓得帮他叙哥好好照顾他发小。

可是,倪星桥也过得糟透了。路里一身的力气没处使,只能跟着朋友一起伤心难过。

"是他回来找你的啊?"

"是被我抓住的。"倪星桥说,"你什么时候有空,和晨姐一块儿回安城,咱们聚聚。"

倪星桥停顿了一下,说:"姚叙变了挺多呢。"

路里问:"我叙哥胳膊腿儿都还齐全吧?"

倪星桥笑得不行:"废话!"

路里也笑了,但依旧有些不踏实,跟倪星桥说:"晚上我问问她什么时候有时间,我们争取尽快回去一趟。"

"行。"

"对了。"路里说,"你有空给我发张你和叙哥的合照,我给你验验是不是真人,万一是假的来骗你钱,我也好帮你主持公道。"

倪星桥骂他:"少胡说八道!谁会认错我也不会认错!你真当我是吃素的?"

倪星桥和他斗了一会儿嘴,就挂断了电话。

倪星桥翻翻手机,发现竟然真的没有他和姚叙的合照,手机里都是他偷拍姚叙的照片。

倪星桥明白路里为什么让他发照片,于是选了一张看得清脸的发了过去。

路里刚回到研究室,看到倪星桥发过来的照片,再一次"泪奔"。他把照片转发给林苏晨,并说:"姚叙回来了,咱们找个时间回去看看吧。"

路里、林苏晨还有林屿洲和陆哲明,四个人回到安城的时候,倪星桥刚好忙完一个项目,而姚叙又找医生调整了用药。

上次看过医生之后,他的情况更稳定了些。换了手机号码,殡仪馆的人就联系不上他了。

倪星桥觉得姚叙的病情更稳定可能就是因为这些日子没有来自外界的刺激，加上两人生活也趋于安稳，这对于姚叙来说，非常重要。

姚叙存款虽然不多，但足够支撑他买药。

倪星桥开始琢磨给姚叙办医保、社保，这家伙以前一直打零工，连社保都没交过。还有，姚叙要参加成人高考，这事儿也得提上日程。

在电话里说起这事儿的时候，林屿洲笑他："你俩现在可真是太有烟火气了。"

"废话，讨生活哪有没烟火气的？"但倪星桥确实没想到，当年那么依赖姚叙的自己，现在竟然也可以为对方扛起很多事情了。

这些年姚叙在外面风吹日晒的，刚重逢时皮肤黝黑，还有些粗糙，但这段时间每天在甜品店，风吹不着了，雨淋不着了，竟然没多久就白了回来。

有时候，倪星桥坐在窗边的位置上看他，恍惚中好像看到了十年前的姚叙。

有一天，倪星桥心血来潮，说："改天我们一起穿当初的校服，回学校走走吧。"

这个计划还没实行，路里就说他们已经在机场了。

倪星桥把这个消息告诉姚叙的时候，姚叙愣了好半天，然后转身进了甜品店的后厨。

倪星桥跟过去，问他："怎么了？路里他们来了，你不开心吗？"

姚叙摘下身上系着的围裙，双手撑在流理台的边缘，他沉默了一会儿，说："不是。"

他只是不知道应该怎么面对过去的那些朋友。

姚叙有很多心结，有很多跨不过去的坎儿。当年他被迫不告而别，如今重新回来，他早就没有了从前的意气风发，只是一个被岁月蹉跎了的大人。

倪星桥看着他，有些明白他的意思。

"姚叙。"倪星桥劝慰他，"他们都是你最好的朋友。"

姚叙看向他。

"我知道，你也当他们是好朋友，也一直挂念着他们。"倪星桥说，"朋友们知道你回来了，第一时间放下所有的事情来和你见面，不是因为别的，只是因为他们想你，想看看现在的你过得好不好。"

姚叙的心酸酸的,他转过来看着倪星桥。

"我怕让他们失望。"

"他们是我们最好的朋友,只要你的生活过得好,他们就只会开心,只会祝福。"倪星桥知道,现在的姚叙敏感又胆小,这是生活给他留下的伤疤,作为带他回来的人,他要慢慢帮姚叙治愈伤口、抚平伤痕,让他知道,他在被爱围绕着。

倪星桥说:"路里因为你,哭了好多次。"

过了一会儿,姚叙说:"我是不是应该换身衣服去见他们呢?"

路里他们下了飞机先回了家,他和林苏晨一起,去了他爸妈那里。林屿洲跟陆哲明去了酒店,两人就等着倪星桥通知他们见面的时间和地点。倪星桥跟姚叙也回家简单收拾了一下,然后订好了餐厅,先一步过去,等着朋友们的到来。

这些人,都有些日子没回安城了。

路里工作忙,林苏晨也不轻松。

林屿洲已经在山城买了房子,就在陆哲明家隔壁,整天去人家那里蹭饭,也基本上算是在山城安家了。

只有倪星桥,还守着安城的一亩三分地,不过也算皇天不负有心人,让守株待兔的他等来了姚叙。

两人在包厢里等着其他人到来时,姚叙前所未有地紧张。他不停地喝水,沉默不语。

倪星桥撑着桌子笑盈盈地看他,对他说:"你知道吗?你现在的样子特别可爱。"

从前都是姚叙说倪星桥可爱,如今竟然换了角色。

姚叙无奈地说:"我也不知道自己怎么就变成这样了。"

"这样也蛮好的。"倪星桥说,"让我觉得特有新鲜感。"

就在这时,门外传来声响,服务员拉开门,姚叙跟倪星桥同时看过去,看到了刚好在门口碰见,一起进来的四个人。

路里走在最前面,看见姚叙的一瞬间,还没反应过来就已经泪奔。他红着眼睛站在那里,一边哭,一边骂骂咧咧地说:"你还知道回来啊!我想死你了啊!"

一时间,姚叙也红了眼睛。他站起来,走过去,结结实实地跟路里拥抱了一下。

路里说:"叙哥,我好想你。"

姚叙拍了拍他的背,轻声说:"对不起,让你们担心了。"

因为经历过很痛苦的时期,在那个时候,姚叙都不知道自己是怎么活下来的,所以那黑暗的过去让他一直到现在还是处于极度悲观的状态中。

尤其是在医院的时候,他无意间听到其他患者家属聊天,说他们是负担,是这个星球的异类,是该灭绝的一群人。这让姚叙灰心至极,让姚叙觉得,他不值得被爱。

可是,倪星桥重新回到他的世界,倪星桥把往日的朋友们也都带了回来,就好像带回了那些阳光灿烂的日子。

路里一直又哭又笑的,搞得林苏晨无奈地不停给他抽纸巾。

"姚叙你可真行。"林屿洲说,"一跑就是这么多年,一年出差三百六十天的总裁都没你这么能跑。"

姚叙笑了,想起中学那会儿倪星桥带着林屿洲一起看那些霸道总裁小说。

林屿洲说:"还好你出现了,不然哪天倪星桥心血来潮要告你一个失踪的人谋财害命,我还得帮他打官司,麻烦死了。"

他喝了口水,又继续说:"对了,你还没见过陆老师吧?"

他放下水杯,介绍说:"这就是当年让我这个不定期离家出走的迷途少年回归正途的陆老师。"

姚叙看向陆哲明,很温文尔雅的一个人,安静、面带笑意地坐在林屿洲身边。

"你好,我叫陆哲明,是林屿洲的朋友。"陆哲明对着姚叙自我介绍了一下,然后说,"你的事我之前听他们说过,刚好这次过来安城有点儿事要办,就和他一起来看看你。"

姚叙对他笑笑,他能感受到对方的善意。

之后,大家七嘴八舌地说起自己的近况。姚叙看着他们,觉得自己不在的这些年,朋友们过得都还算美满。

这一顿饭,大家有说不完的话。少言寡语了九年多的倪星桥突然之间像是回到了少年时期,身边坐着最好的朋友们,又变得无忧无虑了。

他跟林屿洲推杯换盏,和路里不停地斗嘴。他跟当初那个爱使小性子的男孩儿一模一样。

姚叙就静静地看着、感受着,有一种消失了很久的能量重新回到身体里的感觉。

因为倪星桥和朋友们在他世界洒下的阳光,让那些濒死的种子再次发芽了。

他的世界,万物复苏,丧失已久的对生活的感知终于回归了。

这个晚上,大家都喝了很多酒,深夜走出餐厅,马路上已经没人也没车。

林屿洲拉着陆哲明在大马路上跳舞,路里跟倪星桥小孩子似的边走边划拳。

仅有的两个还清醒的人走在他们的最后面。

林苏晨问姚叙:"后悔吗?"

姚叙很认真地想了想,然后回答:"不后悔。"

他说:"我只是对他很抱歉。"

在姚叙看来,人不该有后悔的情绪,一旦陷入悔恨,就很难好好享受当下的生活了。他现在要做的,不是不停地懊恼过去走错的那些路,而是该想想,接下来怎么能让倪星桥每天都开心。

林苏晨说:"我真的挺佩服你。"

她长长地舒了一口气:"能熬过漫长黑夜的人,肯定能迎来最耀眼的曙光。"

姚叙笑她:"怎么这么文绉绉的?"

"给你的祝语。"林苏晨说,"我嘴巴开过光,说过的话都能实现。"

姚叙似笑非笑地看着她。

她说:"别不信。"

"行啊,那你再送我一个祝福呗。"

"想要什么?说来听听。"

"祝我心想事成。"

林苏晨说:"你怎么这么贪心呢?"

"人的劣根性。"姚叙说,"林女士帮忙实现一下?"

林苏晨哭笑不得,看着前面闹作一团的几个人,轻笑一声,说:"好啊,祝你心想事成吧。"

姚叙含笑看着前方正努力往路里背上跳的倪星桥,觉得虽然现在是黑夜,但一切仍旧充满了生机。

一切都在变好。

醉醺醺的倪星桥被姚叙扛回家时,不停地在心里重复着这句话。他窝在被窝里,痛快地大哭一场之后,又疲惫地睡着了。

因为前一天喝了太多酒,两人一直睡到下午一点多,倪星桥的手机突然响了起来。是同事打来电话,询问工作上的事情。

倪星桥懒洋洋地接起来,但在回复对方的时候,已经清醒过来,态度严谨。

姚叙闻声过来的时候,看见的就是抱着笔记本电脑坐在床上认真和同事沟通工作的倪星桥,当年那个爱撒娇的小王子,变成了可以独当一面的勇士。

在他停步不前的这些年,倪星桥飞速成长着。

"姚叙,我得去一趟公司。"挂断了电话,倪星桥有些为难地说。

"好。"姚叙起身,随手拨弄了一下他的头发,"正好我去店里。"

倪星桥哼哼唧唧地又用被子蒙住自己,明显是不想动。

"我头好疼,可还要去工作。"倪星桥嘀咕,"太惨了。"

姚叙笑着看他,帮他找好了待会儿出门要穿的衣服。

倪星桥在床上又滚了一会儿,实在没办法了才起了床。

姚叙打车先陪着倪星桥去公司,把人送到公司楼下,然后自己才掉头去"青睐"。

他觉得这一路上的景色美极了,安城在这个时候格外迷人。冬天要过去了,积雪已经融化。他恍惚间觉得自己甚至已经看到了路边柳树枝丫上的小嫩芽。

他询问出租车司机自己可不可以开窗,得到允许之后,打开车窗,用力地呼吸着新鲜空气。他感受到的,是生命的气息。

倪星桥在公司加班到晚上九点多,晚饭是姚叙给他点的外卖。

和同事一起走出公司大门的时候,倪星桥依旧精神状态良好地跟对方挥手道别,可是同事一走,他瞬间就跟漏了气似的,翻了个白眼,吐槽了一句"老板不是人"。

突然松懈下来的大脑直接宕机,倪星桥站在晚风中,觉得自己都快缺氧了。

就在这时,眼前突然出现一个印着"青睐"甜品店 Logo 的纸袋,他惊喜地扭头看过去,发现来人竟然是姚叙。

"你怎么来了?"倪星桥眼睛都亮了。

"来接你下班。"姚叙说,"今天有学生预订纸杯蛋糕,特意多做了几个给你。"

倪星桥这会儿正急需"充电",决意不让这纸杯蛋糕活到他们回家。

"现在的学生都不吃双皮奶,而改吃纸杯蛋糕了吗?"倪星桥从袋子里拿出一个来,小心地打开,咬了一口,"好好吃啊!"

"你这几个是我做的。"姚叙做的时候,特意做了记号。

他指了指纸杯蛋糕上面的葡萄干:"我摆了个造型,被你一口吃掉了一大半。"

倪星桥一愣,两人对视,大笑起来。

"吃掉!"倪星桥又是一口,用葡萄干摆成的图案彻底被他吃完了。

"好吃吗?"

倪星桥连连点头:"你真的很有天赋。"

"今天店长姐姐也这么说来着。"姚叙说,"她下个月就要走,我再最后冲冲刺,希望她走的时候能放心把店交给我。"

当年爷爷去世前把两套房子留给他,那个时候他还不想要,却没想到,到头来是这两套房子帮他解决了最大的难题。

那两套房子卖了不少钱,他用来治病,用来偿还戚美玲的养育之"恩",如今,又用剩下的钱从店长姐姐手里接下了"青睐"这家店。

他知道自己这样很没出息,快三十岁的人了却还靠着长辈留给他的遗产来生活。

但他觉得未来是会变好的,人也不能总是消极悲观。

他看着倪星桥,觉得自己被对方感染了。

"回家吃吧。"姚叙说,"站这儿吃一肚子风。"

"完了,我觉得胃疼了。"倪星桥狼吞虎咽地吃掉了一个纸杯蛋糕,然后无辜又可怜地看向了姚叙。

姚叙拿他没办法:"我去对面超市给你要一杯热水。"

他刚要走就被倪星桥拉住了。

倪星桥笑着说:"逗你的。"他看着姚叙,"就是想看你关心我。"

姚叙无奈地笑笑。

"回家吗?"

"走吧。"倪星桥说,"但是我不想打车。"

"那坐公交车?"

"骑单车吧。"倪星桥指向路边的共享单车,"我们好久没一起骑车了。"

"我刚才被老板折磨得有点儿精神错乱,需要吹吹风才能重整旗鼓。"

倪星桥拉着姚叙就往停放单车的地方跑。

两个人扫码骑上车,装着纸杯蛋糕的"青睐"纸袋放在车前的小筐里。

夜色温柔,人更温柔。

在初春的夜晚,倪星桥跟姚叙骑着单车回家。

倪星桥用力地深呼吸,感受着这美妙的夜晚。姚叙在他身后,看着他的背影,吹着风。

风把他们的头发吹乱,把衣角吹得翻飞。把所有噩梦吹向远方,把春天吹到他们身边。

这一刻,十八岁的倪星桥跟姚叙仿佛和二十七岁的他们重合了,在经历了一场漫长的暗淡岁月后,他们重新意气风发地冲进新生活。

"星桥!"姚叙在后面突然叫了一声倪星桥,然后快踩了几下脚蹬,追上了对方。

倪星桥好久没听见姚叙这么叫自己了,亲切又讨喜。

"干吗?"倪星桥抬着笑脸问。

"那个蛋糕你吃完就没发现有什么特别的吗?"

倪星桥故意装糊涂:"什么特别的?"

姚叙说:"在纸杯的底部,我写了字!"

倪星桥满脸疑惑:"啊?真的吗?"

姚叙再次无奈,勒令他回家以后吃另外三个前,好好看看底部写了什么字。

"我不要。"倪星桥说,"我回家才不看呢。"

"看看!"

"就不!"倪星桥说,"肯定是脑筋急转弯,还是我转不过来的那种,我才不要看。"

姚叙看出他是在故意跟自己闹,也不计较:"那我就现在告诉你。"

话音一落,两人几乎是异口同声地说出了姚叙写在纸杯底部的那句话。

他们看着对方说:"岁月漫长,而我永远青睐你。"

岁月漫长。

人生暗淡,可也灿烂。

但不管怎样,我都永远青睐你。

姚叙看着倪星桥无忧无虑的笑脸,红了眼。

走了那么多弯路,尝了那么多的苦,唯有倪星桥始终赤诚又热烈。

上天还是眷顾我的,姚叙想。

不对,这不是上天的功劳,而是眼前这个人太美好。

儿时的玩笑,年少的陪伴,到如今,是此生不可割舍的依赖。

姚叙说:"对不起。"

倪星桥皱皱眉:"我不要听这句话。"

姚叙笑了笑,柔声对他说:"就这样一直去更远的未来吧。"

平行时空 番外

录取通知书送达的电话打到倪星桥家里的时候,他正睡大觉。

上午十点,不大的卧室里,阳光顺着窗帘的缝隙挤进来,刚好有那么一缕,落在了倪星桥的口水上。口水亮晶晶的,让他看上去滑稽又有点儿可爱。

接完电话的黄茜兴奋地敲门,催促着儿子快点儿起床。

还在做美梦的倪星桥被吵醒,抱着被子翻了个身,懒洋洋地嘟囔:"又不上学……叫我干吗啊……"

敲了半天门,屋里的人愣是不来开门。

倪海明说:"直接冲吧。"

黄茜却严肃地制止了老公的行为:"那可不行,咱桥儿也是十八岁的大小伙子了,身为父母,我们得有点儿边界感。"

倪海明笑了:"行,那就等着吧。"

黄茜在门外想了想,清了清嗓子冲着里面喊:"姚叙来啦!"

三秒钟之后,倪星桥打开了房门。

"姚叙在哪儿呢?"倪星桥四处张望。

"逗你玩呢。"黄茜说,"我不说姚叙来了,你怕是要一觉睡到下午了。"

倪星桥撇撇嘴:"哪有你们这样的爸妈,怎么还耍人呢!"

他打了个哈欠,想要回去继续睡。

高三一整年,他每天五点多钟就起床,好不容易熬到高考结束了,他得把这一年缺失的觉都给补回来。

"行了，行了，别睡了。"黄茜说，"我刚刚接到两通电话，一通是邮局打来的，一通是姚叙打来的。"

"姚叙说什么了？"

"啧，天天就知道姚叙、姚叙，你怎么不问问邮局的人找你干吗啊？"

倪星桥想了想，问："找我干吗？让我去做暑期兼职吗？"

"做什么暑期兼职！"倪海明说，"你的录取通知书到啦！得自己拿着身份证去取！"

"通知书？"一只脚已经踏进卧室，另一只脚正悬空的倪星桥转过头来问，"还要自己去取吗？"

"当然了。"倪海明说，"每年这么多考生，难道邮局工作人员一个个给你们送，那得送到什么时候啊！"

"那姚叙打电话来说了什么？"

黄茜说："他约你一起去取通知书。"

姚叙算是个神人。当初数学竞赛拿到了山城大学的保送资格，让所有人都没想到的是，本可以提前享受快乐轻松的生活，混到毕业就能直接去读大学的姚叙，非但没松懈下来，还按部就班地跟着大家复习、考试，甚至在最后认真报考，和其他人一样紧张地迈进了高考的考场。

倪星桥曾经吐槽姚叙："早知道如此，当初你就该把保送名额给我啊！"

姚叙就笑，也不知道是不是故意气人，悠悠哉哉地说："反正不学习也没别的事情做。"

就这样，姚叙和倪星桥一起参加了高考，一起报了山城大学的同一个专业，说好上了大学也要继续当同桌。

一听说姚叙找他一块儿去取通知书，倪星桥这睡意瞬间就没了。

"我去洗漱！"下一秒，人已经冲到了洗手间。

黄茜感慨道："还是姚叙才能治他。"

正所谓一物降一物，好在姚叙是个好孩子，倪海明跟黄茜倒也放心。

倪星桥洗漱完换了衣服就往外跑，黄茜让他吃口饭再走，他就跟没听见似的。

人跑到楼下，倪星桥突然想起没拿身份证，只好再腾地跑回来。

"你什么时候能不跟个毛头小子似的呢？"倪海明感叹道，"人家姚叙都有大人样儿了，你还跟头小毛驴似的。"

"这是什么新称呼？"倪星桥从他爸手里接过身份证，并对这个新的"昵称"表达了不满。

"快走吧，快走吧，取完通知书你俩要是饿了就在外面吃，我跟你妈等会儿要出去。"

"好嘞！"倪星桥说走就走，头都不带回的。

"唉，"倪海明叹气道，"小兔崽子要飞了。"

他家的小兔崽子拿着自己的身份证，就往姚叙家门口飞奔。结果，倪星桥没想到，姚叙已经在楼下了。

"你怎么在这儿呢？"

"在家没什么事，就到楼下等你了。"

高考结束的时候，这座城市才刚刚入夏，六月初的天，下了雨还得穿上长袖。

这会儿录取通知书送达，已经彻底进入了炎热的夏天，两人都穿着白色的短袖T恤、浅蓝色的牛仔裤，站在阳光下，头发都好像在发光。

这是属于他们的夏日，属于他们的青春。

倪星桥笑盈盈地看着姚叙，晃了晃手里的身份证："走啊，我的通知书可能已经等得不耐烦了。"

姚叙笑笑，走过来抬手搭着倪星桥的肩膀，两人像过去无数个日子一样，快活地朝着小区大门口走去。

倪星桥唱起歌来，五音不全的家伙唱"今天是个好日子，心想的事儿都能成"，旁边的姚叙笑得快直不起腰，实在受不了，抬手捏住了倪星桥的嘴。

倪星桥跟姚叙是走路去的邮局。

原本姚叙问他要不要骑车，但倪星桥坚决拒绝，理由就是从家到邮局不算远，只需要过两个十字路口，更重要的是，这一路上有很多小店，他可以一路走一路吃。

"是谁说的要在开学前减肥五斤啊？"

倪星桥一手拿着奶茶，一手拿着冰激凌，旁边姚叙忍不住笑他。

"你说的是什么意思？你是不是觉得我胖了？"倪星桥一脸严肃地看向姚叙，"姚叙，你变了。"

"我怎么变了？"

"以前你绝对不会说这种话，只会让我再多吃一点儿！"

"行，那你就再多吃一点儿。"姚叙无奈地笑着看他，"还想吃什么？我去给你买。"

"不吃了!"倪星桥嘟囔,"万一真的胖了,你该天天笑话我了。"

姚叙抬手捏他的脸,又把人捏得嗷嗷叫。

两人顶着大太阳晃晃悠悠地到了邮局,来排队取通知书的人还不少。

他们俩刚站在队尾,突然听见有人在喊他们。

"叙哥!星桥!"

姚叙跟倪星桥循声看过去,发现队伍前面竟然冒出了路里的脑袋来。

路里兴奋地冲他们挥手,然后想了想,竟然退出了队伍,跑到了他们这边来。

"你疯啦?"倪星桥问他,"都快排到你了,你怎么出来了?排队上瘾啊?"

"我这不是想你们了吗!"

高考结束第二天,路里就跟他爸妈出去旅行了,连向林苏晨告白的机会都没给他留。

出去玩是挺开心的,路里玩得乐不思蜀,但独乐乐不如众乐乐,他还是很想这帮兄弟的。

路里昨天刚回来,正琢磨着呼朋唤友大玩一场呢,这就遇见姚叙和倪星桥了。

"怎么样?一个多月没见,有没有对我思念成疾?"路里美滋滋地问。

倪星桥喝了口奶茶:"你是哪位?看起来有点儿眼熟。"

"不带这么气人的!"

姚叙看着路里跟倪星桥斗嘴,自己在旁边笑。

"下午有什么安排啊?"路里说,"我听说苏晨和她那便宜弟弟也回来了,咱们几个不得聚聚吗?"

"聚呗!"倪星桥咬着奶茶的吸管,眼珠子一转,让路里和姚叙都凑近点儿。

"鬼鬼祟祟的,又干什么坏事呢?"姚叙可太了解倪星桥了。

倪星桥小声说:"要不晚上去喝点儿啊?"

"Coffee(咖啡)? Tea(茶)?"路里阴阳怪气地问。

"废话!"倪星桥说,"我是说酒啊!"

"你想喝酒?"姚叙意味深长地看了看他,果然是这样。

倪星桥点头如捣蒜:"就一点点,我想体会一下当大人的感觉。"

路里笑得跟公鸡打鸣似的:"大人可不只是喝酒那么简单!"

姚叙拍了路里后背一巴掌:"你别带坏他。"

"啧，这家教也太严了吧！"路里吐槽，"叙哥，你差不多得了，人家都十八岁了，该懂的你得让他懂啊！"

"就是，就是！"倪星桥说，"这事儿就这么定了，我想尝尝呢！"

姚叙拿这两人一点儿办法都没有，只好随他们便了。

排队排了好一会儿，终于轮到他们了。

姚叙跟倪星桥都是山城大学的，录取通知书刚好就放在一起。

路里不在这所大学，上学的城市离山城也特远，当初报考的时候他还有点儿难受，因为要跟朋友们分开了。

但好在，他读大学的城市跟林苏晨上学的地方不算太远，虽然也不是同一个地方，但坐高铁一个多小时就能到。

三人取完通知书，直接在邮局大厅就拆开了。

每所学校寄来的东西还挺不一样的，都很有学校的特色。倪星桥说他们跟路里一起拆，这叫"文化交流"。

都拆完了，看完了，也交流完了，倪星桥突然就有点儿伤感。

他拦了个路过的男生，让对方帮他们三个拍张照片。

照片里三个人并排站着，手里都拿着各自学校的录取通知书，站的位置不太好，有点儿背光，照片拍出来黑乎乎的，但还是可以看见三人笑得眼睛都弯了。

倪星桥看着照片感叹道："这是最好的时代，也是最坏的时代。"

路里说他："你还能说出这么有哲理的话啊。"

姚叙翻了个白眼，忍不住说他："这是狄更斯在《双城记》中的开头，多读点儿书吧！"

三个人取完通知书从邮局出来后，路里就开始给林苏晨打电话，说是姚叙跟倪星桥都已经就位了，就等着她一起出来玩。

"如果你愿意的话，可以顺手捎上你弟。"路里如是说。

电话那边传来林屿洲满怀怨念的号叫："什么叫顺手捎上？我是主角，好不好！"

路里跟林屿洲就这么又吵了起来，旁边的姚叙手机突然响了，是爷爷打来的电话。

从高三下学期开始，姚叙就搬去跟爷爷住了，原因说复杂也不复杂，主要就是爷爷看出来姚叙他妈精神都不太好，又总挤对姚叙，担心孩子压力太大，就打着让姚叙陪自己的幌子，把人接到了自己那儿。

姚叙跟爷爷住得挺开心，一老一少彼此照顾着。

"你在家呢？"爷爷问。

姚叙是高考结束后才隔三岔五回家住几天，因为这事儿，戚美玲没少骂他，但最近戚美玲主要的精力都放在跟姚振海斗上，倒是没太多心思搭理姚叙。

更何况，姚叙高考都结束了，她再怎么不满意，也没办法了。

"没，跟朋友出来取通知书了。"

爷爷一听通知书到了，激动得不行。姚叙听出他急着想看，又看看路里那边，便对爷爷说自己先回去，把通知书给他送过去，然后再出来。

挂了电话，倪星桥说："我陪你一起去呀。"

"不用，你跟路里他们先去吃点儿东西。"姚叙抬手习惯性地拍了一下倪星桥的头发，"我待会儿跟你们会合。"

姚叙先走一步，路里直到跟林屿洲斗完嘴了才发现他叙哥不见了。

"人呢？"

"先回去啦。"倪星桥说，"他等会儿再来找咱们。"

他肚子开始"咕噜咕噜"地叫，问："林屿洲他们什么时候过来？我饿了，早上起来还没吃饭呢。"

"你是几点起来的？"路里和倪星桥两人一边说话，一边往外走。

"十点多。"

"那叫早上吗？那是中午！"路里讽刺他，"你太懒了。"

"要你管！"

倪星桥跟路里去了学校附近的小餐馆，吃到一半，林屿洲跟林苏晨过来了。

人家姐弟俩生活规律，是吃完了午饭出来的。

林屿洲一进来就开始找姚叙，倪星桥不高兴地说："别找了！就为了躲你，人家都走了。"

"不可能。"林屿洲拉开椅子一屁股坐下，"我俩现在关系铁着呢！"

倪星桥翻了个白眼，懒得搭理他。

吃饭的时候，倪星桥一直在跟姚叙发短信，得知姚叙在家给爷爷做饭，吃完再来找他们。

倪星桥心想：真孝顺，姚叙真是个好孩子。

好孩子姚叙给爷爷做好了午饭，从厨房出来的时候，看见爷爷还在看宝贝似的看他的录取通知书。

"山城大学好啊！"爷爷眉开眼笑地说，"我听说那儿毕业的学生，个个都有出息。"

姚叙笑着说:"那我也争取有出息,不给学校抹黑。"

"你是我孙子,当然有出息了!"

爷爷被姚叙搀扶着站起来,两人到餐桌边坐下。

姚叙说:"爷爷,等我在学校适应了,有空的时候,就回来接你过去看看。"

"我都成一把老骨头了,还折腾什么啊!"

"看看嘛,你之前不是说自己年轻的时候就想去山城,可因为工作调动一直批不下来,这辈子都没能去成功。"姚叙说,"我有俩同学,关系挺好的,是从山城转过来的,据说那边气候特别好,你要是喜欢,以后我毕业了,咱们就在那边定居。"

姚叙从小就懂事,尽管家里发生了那么多糟心的事情,可他还是长得好好的。

爷爷看着他,感到欣慰又心疼。

"行,都听你的。"

姚叙笑了,催着爷爷快吃饭:"多吃点儿,明天我给你熬骨头汤,医生说你身体哪儿都挺好,就是得多补补钙。"

姚叙陪着爷爷吃完饭,又帮老人家开了电视,调到最近热播的电视剧。

他爷爷没别的爱好,就喜欢看电视,尤其喜欢看狗血的电视剧,虽然大多情况下看完就忘了演的是什么,但看的过程开心就行了。

都安顿好了,姚叙跟爷爷说自己要出去,可能晚点儿回来。

"去吧,去吧,是跟倪家那小猴子去玩吗?"

姚叙笑着说:"他要是知道你还叫他小猴子,会气得在你面前打滚儿。"

从小倪星桥就喜欢调皮捣蛋,姚叙爷爷说他就像上蹿下跳的猴子,都十八岁了,成一个大小伙子了,这"昵称"也没甩掉。

姚叙爷爷乐呵呵地摆手:"玩去吧,叫他改天来家里吃饭,再陪我看看电视,我就爱跟他一块儿看。"

和倪星桥一起看狗血电视剧乐趣特别多,他那小嘴儿叭叭的,像个"人形弹幕",每次都能把姚叙爷爷逗得直乐。

"行,那我先走了,有事儿的话,给我打电话。"

姚叙又给爷爷沏了茶,切了点儿水果放在桌上,这才放心地出门了。

此时正是夏天一日中最热的时候,午后两点多钟,姚叙提前问好了倪星桥他们所在的位置,倒不算远,可实在太热了,他还是决定打车过去。

录取通知书已经到了，距离他们前往山城上大学还有一个多月的时间。

姚叙坐在出租车里，看着窗外，想到之前自己总恨不得时间快点儿过，早一点儿摆脱那个冰窖一样的家，可是因为这些日子跟爷爷一起生活，他又有些舍不得离开了。

可能人都是这样吧，贪恋温暖。

姚叙闭上眼，靠在椅背上，想象着未来有一天，他跟倪星桥都生活在山城，一切稳定、无忧，把爷爷接过去，那可能是他能想象得到的最好的人生了。

姚叙推开歌厅包厢门时，倪星桥正在和路里抢话筒，见姚叙来了，倪星桥立刻不抢了，丢下路里和话筒，跑去找姚叙。

路里不乐意地拿着话筒大声斥责他："倪星桥，你眼里除了姚叙就没有别人了吗？你太伤我的心了！"

倪星桥靠着姚叙坐下，冲路里做了个鬼脸。

路里在那边哼哼唧唧地唱暗恋情歌，时不时瞄两眼林苏晨，倪星桥则挨着姚叙开始点歌，林屿洲不乐意了，愣是挤进了姚叙跟倪星桥中间。

倪星桥不高兴地说："你太烦人啦！"

林屿洲却当听不见，一口气点了好几首歌。

几个十八岁的男孩儿女孩儿在高考结束的这个夏天，唱着歌，喝着饮料，放肆地欢笑。

姚叙坐在角落里看着他们笑笑又闹闹，觉得人间是很美好的。

安城的夏天总是雨水充沛，好像是为了给每一场告别渲染气氛。

倪星桥跟姚叙出发前往山城的那天，大雨连绵，两个人的行李箱都被淋湿了。

黄茜、倪海明，还有姚叙的爷爷，来车站送他们，黄茜对姚叙说："你放心吧，爷爷这边有我跟你倪叔叔照顾着，你就不用惦记了。"

姚叙很感谢倪星桥的爸妈，从小到大，他们给了自己不少帮助和照顾，就好像他们才是自己真正的家人。

"嗯嗯嗯，"姚叙还没回话，倪星桥先开了口，"你们俩也放心吧，到学校去有姚叙照顾我，你们也不用惦记。"

倪星桥的话让大家都笑了，黄茜说他："你也老大不小了，别总想着让人家姚叙照顾你！"

"没事儿，"姚叙接过了话茬儿，"我都习惯了。"

又是一阵笑声,倪星桥得意地冲他妈挤眉弄眼。

月台上,大都是送孩子去上大学的家长,他们有些跟着孩子上了车,有些就在站台告别。

倪星桥和姚叙没让家长送,他们站在月台上聊了一会儿,就不舍地准备上车。

最后上车前,姚叙回头,他知道那两个人是绝对不可能出现的,但还是抱有一丝期待,然而这期待必然会落空。

戚美玲和姚振海,两个视彼此为敌人的前任夫妻,如今在他们的世界,可能早就没有了姚叙这个人。

"姚叙,"倪星桥回头叫他,"放心吧,我爸妈会把爷爷照顾得很好的。"

姚叙转回头来,对他笑笑,点头之后捏了捏他的肩膀,和他一起往车厢里面走。

火车缓缓驶离车站,倪星桥趴在车窗边,冲着外面慢慢向后退的爸妈挥手,在这一刻,他突然有了离别的伤感,再看不到他们之后,低着头,揉了揉鼻子。

"姚叙,"倪星桥说,"我有点儿想家了。"

姚叙抬手弹了一下倪星桥前几天染成了黄色的小卷毛,轻声对他说:"我们要长大了。"

"长大"这两个字对于倪星桥和姚叙来说都有些沉重。

倪星桥是单纯不想长大,不长大的话,他可以永远在父母和姚叙身边耍赖,不用承担成人世界的那些责任,不用做什么事都思前想后。

而姚叙,他很矛盾。他一方面希望自己快点儿长大,可以摆脱妈妈的控制去过自己的人生;而另一方面,他又担心,当他们真的长大了,就不得不跟身边最亲近的朋友渐行渐远了。

"姚叙,你在想什么?"倪星桥拆了一块巧克力,递给姚叙,"苦吗?"

姚叙瞄了一眼他手里的巧克力,是之前倪海明去国外出差带回来的黑巧。

"还行。"

"还行?"倪星桥震惊地看着他,"那都给你吧。"

把巧克力塞给了姚叙,倪星桥还在嘀咕:"我注定不能吃苦。"

姚叙笑着看他:"说得好像谁让你吃过苦似的。"

倪星桥撇撇嘴:"我现在就要开始承受思乡之苦了啊!"

嘴上说着思乡,可当他们下了火车坐着学校接新生的大巴来到心心念

364

念的山城大学门前时，倪星桥所有离家的愁绪就都消失不见了。

倪星桥兴奋地拉着姚叙在大门口拍照，正拍着呢，一辆白色的奥迪轿车停在了他们面前。

倪星桥心想：谁呀，怎么这么讨厌！

刚在心里吐槽完，车窗就摇了下来，出现在他们面前的是林屿洲那张灿烂的大笑脸。

林屿洲比他们早半个月就回了山城，他要读的大学也在这边，离山城大学还不远。

"哟！这是谁啊？"倪星桥见着林屿洲就乐了，"谁家少爷停车还挡道？"

林屿洲"啧"了一声："别闹！我是来帮你们干活的！"

倪星桥注意到开车的人竟然是那个陆哲明，乖巧地打了个招呼，和姚叙靠边站，等着那两人停好车来找他们。

"介绍一下。"林屿洲带着陆哲明过来，"这是我尊贵的陆老师，带来给你们当苦力的。"

姚叙吐槽："你还真好意思。"

林屿洲大言不惭地说："那是，我俩谁跟谁啊！"

八月底的山城比安城热多了，四个人顶着大太阳，在彩旗飘飘的校道上，遇到了很多满脸兴奋的学生和家长。

他们沿着指示牌往里走，顺利找到了他们学院办理新生入学手续的摊位。

以前，倪星桥一直说，等上了大学还要和姚叙当同班同学，然而，哪有那么好的事儿，两人不在一个专业。不在一个专业，分到同一个宿舍的概率就基本为0。

拿宿舍钥匙的时候，倪星桥的嘴巴一直扁着，把不开心都写在了脸上。

帮他办手续的学长笑着问他："怎么这么不开心呢？是不是放假还没玩够啊？"

倪星桥嘟囔道："那倒不是。"

他没说具体是因为什么，签完字就哀怨地看向了姚叙。

林屿洲说他："你差不多就行了。"

"那怎么了？"倪星桥理直气壮地说，"我俩说好了，等以后头发白了，都要一块儿逛花鸟鱼市呢！"

林屿洲翻了个白眼："没出息！"

姚叙办完手续过来的时候,发现这两人又斗起嘴来了,他及时把倪星桥拉走,免得大家真是以为他俩吵架,引起围观就不好了。他可不想上大学的第一天倪星桥就成校园"风云人物"。

林屿洲跟陆哲明帮他们俩拿着刚买的被褥,跟着他们来到了宿舍。

倪星桥这屋的其他室友还没过来。四人间,倪星桥睡在门后的四号床。

"你会铺床吗?"倪星桥问林屿洲。

林屿洲连忙后退半步:"我只是来帮你拿行李的,铺床你就别指望我了!"

话虽这么说,但当他看着倪星桥笨拙地弄被子的时候,还是忍不住搭了把手。

套被罩是一件麻烦事,倪星桥以前和他妈妈一起套过两回,觉得这简直比物理试卷的最后一道大题都难,一想到以后在学校每次都要自己套被罩,不禁悲从中来。

他们俩笨手笨脚地弄好后,姚叙跟陆哲明也过来了。

姚叙提议一起去吃饭,倪星桥拍手叫好:"就去食堂吧,来之前我上网搜过,说我们学校食堂的饭菜可好吃了!"

让姚叙跟倪星桥没想到的是,林屿洲这个最爱凑热闹、最爱占他俩便宜的家伙竟然拒绝了。

"你们去吧,我跟陆老师还有事,得先走了。"林屿洲说,"今天就是过来帮你们干活的,改天你俩再请我们吃饭。"

好朋友突然要走,热热闹闹的气氛也突然冷了下来。

倪星桥有些舍不得,送林屿洲他们离开的时候,还有点儿怅然。

"没事儿,别太想我。"林屿洲趴在车窗上笑嘻嘻地对他说,"咱们学校就隔两个红绿灯,以后你们想我了,就去找我玩。"

倪星桥摆摆手:"少废话了,谁会想你啊?快走吧!"

"嘴比什么都硬!"林屿洲丢下这么一句,跟着陆哲明扬长而去。

看着那辆奥迪轿车渐渐驶远,倪星桥叹气说:"感觉世界都变了。"

姚叙看看他,抬手搂着他的肩膀带着人往校园里面走。

山城大学很大,从校门口走到他们的宿舍楼要好久。

两个人沿着一条林荫小路慢慢地走着,看到小野猫跑过去,看到小鸟停留在树枝上,看到来去匆匆的学生们,还有篮球场不知道哪个年级的学长在打球。

姚叙突然问:"你会不会有那么一个瞬间,觉得现在的生活是一场梦境?"

"梦境?"倪星桥歪着头看他。

"嗯。"姚叙轻声说,"不知道为什么,有时候我会觉得自己所处的世界特别不真实,尤其是在这一刻。"

他对倪星桥说:"我家的情况你是知道的,其实刚上高三那会儿,我压力特别大,我妈几乎每天都骂我,好多次我都觉得自己坚持不下去了。"

他看向倪星桥,看到阳光落在对方染成了黄色的头发上。

他抬手帮忙捋顺了一下倪星桥被夏日的微风吹得有些凌乱的发丝:"有很多次,我觉得自己要崩溃了,都是靠着咱们俩的约定坚持下来的。"

他们说好了要一起来山城读大学。

"姚叙……"倪星桥当然知道,他怎么会不了解姚叙的处境呢?

所以,当姚叙说要搬去跟爷爷住的时候,倪星桥虽然舍不得对方离他远了,不能每天一起上学放学了,但还是发自内心地为对方感到开心。至少跟着爷爷生活,姚叙能快乐一点儿。

"现在想起那段时间,就会觉得一切很不真实。"姚叙闭上了眼睛,深呼吸,他终于嗅到了一个全新的、美妙的世界的空气。

姚叙说:"咱们真的一起来山城大学了。"

倪星桥点点头,意识到姚叙闭着眼看不到之后,伸手过去,拍了拍对方的肩。

姚叙笑了。

夏日微风中,所有的心愿就这样实现了。

就算这是一场梦,那也是一场不愿醒来的梦,就让他们在这美丽梦境中永远生活下去吧,阳光充沛,微风拂动,梦想成真。

郁郁葱葱的小路上,唯有他们最珍贵。

图书在版编目（CIP）数据

青睐 / 秦三见著. -- 武汉：长江出版社, 2025.6. -- ISBN 978-7-5804-0083-3

Ⅰ. I247.5

中国国家版本馆CIP数据核字第2025WA8118号

青睐 / 秦三见 著
QINGLAI

出　　版	长江出版社
	（武汉市解放大道1863号）
总 策 划	一　航
出版统筹	康天毅
特约编辑	赵　婷
市场发行	长江出版社发行部
网　　址	http://www.cjpress.cn
责任编辑	罗紫晨
印　　刷	三河市嘉科万达彩色印刷有限公司
版　　次	2025年6月第1版
印　　次	2025年6月第1次印刷
开　　本	880mm×1230mm　1/32
印　　张	11.75
字　　数	422千字
书　　号	ISBN 978-7-5804-0083-3
定　　价	49.80元

版权所有，侵权必究。如有质量问题，请与本社联系退换。
电话：027-82926557（总编室）027-82926806（市场营销部）